SUSAN ANDERSEN

Ein Traummann zum Verzweifeln

Buch

Unglücklicherweise braucht die junge Sicherheitsexpertin Daisy Parker Geld, sonst hätte sie nie und nimmer eingewilligt, den bekannten Fotografen Nick Coltrane als Bodyguard zu begleiten – und das 24 Stunden am Tag. Denn vor neun Jahren ist Nick nach einer märchenhaften Liebesnacht grußlos aus ihrem Leben verschwunden. Als er jetzt – frech und sexy – in ihr Büro schlendert und erklärt, in Lebensgefahr zu sein, traut Daisy ihm natürlich keinen Zentimeter über den Weg. Bis sie eines Besseren belehrt wird. Denn etwas ist in Nicks Besitz, das für seine Gegner das Aus für Macht und Karriere bedeutet. Plötzlich sieht sich Daisy mit Leuten konfrontiert, die an ihrer Mordlust keinen Zweifel lassen. Aber ihren Schützling am Leben zu halten, ist nicht Daisys einziges Problem. Noch gefährlicher findet sie es, dass Nick größte Anstrengungen unternimmt, sie erneut zu erobern …

Autorin

Susan Andersen hat, wie sie selbst sagt, eine Reihe von hochinteressanten Hobbys: ihren Ehemann, mit dem sie über alles reden kann, einen erwachsenen Sohn, Ski fahren, Modeschmuck, Inline-Skating und – last but not least – ihren Kater und ihre Bücher. Doch am liebsten verbringt sie ihre Zeit beim Schreiben. Weitere Romane von Susan Andersen sind bei Blanvalet in Vorbereitung.

Von Susan Andersen ist bereits erschienen:
Drunter und drüber (35655)
Mach mich glücklich (36076)
Nicht schon wieder Liebe (35654)
Küssen auf eigene Gefahr (36141)

Susan Andersen

Ein Traummann zum Verzweifeln

Roman

Aus dem Amerikanischen
von Gila Stobbe

BLANVALET

Die Originalausgabe erschien 2000 unter dem Titel
»Baby, Don't Go« bei Avon Books,
an imprint of HarperCollins Publishers, New York.

Umwelthinweis:
Alle bedruckten Materialien dieses Taschenbuches
sind chlorfrei und umweltschonend.

Blanvalet Taschenbücher erscheinen im
Goldmann Verlag, einem Unternehmen der
Verlagsgruppe Random House.

1. Auflage
Einmalige Sonderausgabe Mai 2005

Umschlaggestaltung: Design Team, München
Umschlagfoto: photonica/Burley Photography
Satz: DTP Service Apel, Hannover
Druck: GGP Media GmbH, Pößneck
Verlagsnummer: 36251
MD · Herstellung: Luise Wagner
Made in Germany
ISBN 3-442-36251-2
www.blanvalet-verlag.de

In Liebe gewidmet

Jen,
weil sie mich noch aus jeder Patsche
geholt hat;

Mom, Mimi, Tante Thelma, Elaine, Vernetta,
Winnie und Margaret,
die mich über die Jahre hinweg unterstützt
und es geschafft haben, eine
Signierstunde in Rekordzeit auszuverkaufen;

Und der Methow-Valley-Clique
zum Dank für gutes Essen, fantastischen
Skilauf und eine Menge Spass

Schöner kann das Leben gar nicht sein!

Susie

Prolog

Neun Jahre zuvor

Daisy Parker stöhnte unter dem Gewicht von Nick Coltranes nacktem Körper lustvoll auf. Er hielt sie fest in seinen muskulösen Armen, und ihre Körper klebten schweißgebadet aneinander. Sie konnte kaum glauben, dass sie gerade ihre Unschuld an ihn verloren hatte – und dazu noch trunken vor Glück. Er küsste sie immer wieder zärtlich in ihre Halsbeuge und ihr Körper bebte ein ums andere Mal vor Befriedigung nach. Die Arme um seinen Hals gelegt, streckte sie sich in wohligem Entzücken.

Wenn sie daran dachte, dass sie zu Mos Hochzeitsempfang, der zehn Stockwerke unter ihnen immer noch in vollem Gange war, beinahe nicht gekommen wäre … Zwei Jahre zuvor hatte sie versucht, alle Verbindungen zu den Coltranes abzubrechen. Sie hatte Nick und Maureens Vater wegen der kalten Berechnung, mit der er seine Ehe mit ihrer Mutter beendet hatte, aus tiefstem Herzen verachtet, vor allem nach der unsäglichen Schlammschlacht, die er in der Boulevardpresse gegen ihre Mutter inszeniert hatte. Sie hatte keinen Sinn darin gesehen, mit irgendeinem von ihnen in Verbindung zu bleiben.

Aber Mo hatte sich geweigert, den Kontakt abbrechen zu lassen. Sie hatte ihr hin und wieder geschrieben, und es wäre unhöflich gewesen, ihre Briefe einfach zu ignorieren, zumal Daisy mit ihrer Stiefschwester nie Zoff gehabt hatte. Also hatte Daisy zurückgeschrieben und sich auch hin und wieder mit ihr zum Dinner oder Lunch verabredet. Als die Einladung zu Mos Hochzeit kam, hatte Daisy es nicht übers Herz gebracht, abzusagen.

Die Hochzeit in der Grace Cathedral war Daisy aus der Sicht ihrer neunzehn Jahre wie ein Märchen aus Tausendundeiner Nacht erschienen, und Mo und ihr gut aussehender Bräutigam hatten vor lauter Glück um die Wette gestrahlt. Doch als Daisy vor ein paar Stunden im Mark Hopkins Hotel zum Empfang erschienen war, waren ihr doch erhebliche Zweifel gekommen, ob es wirklich klug gewesen war, daran teilzunehmen.

Sie gehörte nicht zu all den feinen Leuten, die sich im Peacock Court drängelten – sie hatte nie dazu gehört. Das war ihr in dem Augenblick, als sie sich mitten in ihrer Gesellschaft wiederfand, erneut schmerzlich bewusst geworden. Deshalb hatte sie sich fest vorgenommen, sich sofort zurückzuziehen, sobald sie Braut und Bräutigam gratuliert hatte.

Aber dann war Nick aufgetaucht und hatte jeden vernünftigen Gedanken aus ihrem Gehirn verbannt.

Sie konnte es immer noch nicht fassen, dass er sie wie eine lang vermisste Freundin begrüßt und die Gratulationscour einfach hatte sausen lassen, um sich an ihre Fersen zu heften. Er hatte es früher so exzellent verstanden, sie zu ignorieren, dass sie diese plötzliche Aufmerksamkeit jetzt völlig aus der Fassung gebracht hatte. Sie hatte das Gefühl, an ein Hochspannungskabel geraten zu sein – es durchzuckte sie heiß, es war beängstigend und sie hatte jede Orientierung verloren.

In seinen Augen war ein Ausdruck gewesen, den sie nicht hatte einordnen können: vielleicht so etwas wie Unaufrichtigkeit, mit Sicherheit aber ein Ausdruck von Verlegenheit, wenn nicht gar Rücksichtslosigkeit. Aber er hatte sie verhext und mit seiner Berührung – eine Hand auf ihrem Rücken hier, warme Finger um ihren Oberarm da oder auch ein zufälliges Streifen ihrer nackten Schultern – so aus dem Gleichgewicht gebracht, dass sie sich eingeredet hatte, das sei nicht von Bedeutung. Er war ein Gott mit goldbrauner Haut, blitzenden weißen Zähnen und gesträhntem braunem Haar, ein Gott, der um sie herumtanzte, der mit der Kamera, die um seinen Hals hing, Schnappschüsse von ihr machte, der ihr den Atem raubte und sie ganz schwindlig machte.

Doch das war noch, bevor der Tanz begonnen und sie einen Geschmack davon bekommen hatte, wie es war, in seinen Armen zu liegen.

Als das Licht gedämpft und die Musik langsam und einschmeichelnd wurde, war es um sie geschehen gewesen. Er hatte sie so eng an sich gedrückt, dass sie ihn von der Brust bis zu den Knien spürte. Er war warm, hart und spürbar *sehr* glücklich gewesen. Das Nächste, woran sie sich erinnerte, war der Hotelaufzug und dass er sie geküsst hatte. Dann waren sie in diesem Zimmer und auf diesem Bett gelandet, und ihr Herz hatte wie wild geklopft, ihr Puls an Stellen gehämmert, an denen sie niemals einen Pulsschlag vermutet hätte; er war auf ihr gewesen und in ihr; und genau zu dem Zeitpunkt, als der leichte Stich vom Reißen ihres Hymens ihr Bewusstsein durchdrang, hatte er sie mit sanften Händen und drängenden Hüften in die Gefilde höchster Lust getrieben, losgelöst von allem Irdischen.

Und alles, was Mütter so über die Liebe sagten, bekam plötzlich einen Sinn.

Sie atmete seinen Duft ein, während er sich langsam auf seine Ellbogen hochstützte. Er blickte auf sie hinab.

»Bist du okay?«

»Ja.« Sie war mehr als okay, sie fühlte sich einfach wunderbar.

»Gut.« Er rollte sich von ihr runter und kletterte aus

dem Bett. Daisy stützte den Kopf in die Hand und beobachtete voller Bewunderung, wie das Licht der Lampe über seinen nackten Körper spielte. Er sah bezaubernd aus.

Das war sicher nicht gerade ein sehr maskulines Attribut, dachte sie, aber es passte perfekt zu ihm. Und kein Mensch, der recht bei Verstand war, würde je bestreiten, dass er maskulin war. So umwerfend, unvergleichlich männlich. Er hatte breite Schultern, muskulöse Oberarme und einen Waschbrettbauch. Die seidige, weiche Körperbehaarung bildete das Muster eines Lebensbaums: Der feine Fächer über dem Brustkorb verjüngte sich zu einem schmalen Stamm, der sich gerade über die ausgeprägten Bauchmuskeln nach unten zog, um schließlich im Bund der Smokinghosen, die er sich gerade wieder übergestreift hatte, zu verschwinden.

Sie blinzelte. Zog er sich etwa an? »Was hast du vor?«

»Ich muss weg.«

Eine Minute zuvor hatte sie sich in ihrer Nacktheit noch absolut sicher gefühlt – jetzt fühlte sie sich plötzlich ungeschützt. Sie sah sich nach ihrem Kleid um und wurde rot, als sie es über der Nachttischlampe an einem Träger baumeln sah. Sie zog ein paar Kleenex-Tücher aus der Box, die auf dem Tisch stand, und tupfte verstohlen die Blutspuren an ihren inneren Oberschenkeln ab. »Warum?« Sie musterte ihn ratlos.

Nick zog sich sein Hemd und sein Jackett an, ohne es allerdings ordentlich zuzuknöpfen. Er schaufelte sich die Hemdenstecker und Manschettenknöpfe in die Hand und steckte sie in seine Tasche. Die Krawatte lose um den Hals und die Hände tief in den Hosentaschen, sah er zu ihr hinüber. Seine blauen Augen wurden weich, die Mundwinkel zogen sich nach oben, und er machte einen Schritt auf das Bett zu.

Aber dann, gerade, als sie sich sicher war, er würde wieder zu ihr zurückkommen, blieb er plötzlich abrupt stehen und straffte die Schultern. »Ich habe morgen früh einen Termin«, verkündete er leichthin. »Das war große Klasse, aber ein Mann braucht nun mal seinen Schlaf.«

»Aber – ich versteh nicht. Was ist … was ist mit dem, was du gesagt hast?« *Du hast doch gesagt, du liebst mich. Was ist damit?*

Er starrte sie an, und für eine Sekunde hätte sie schwören können, dass in seinen Augen ein Ausdruck von Zärtlichkeit und sehnsüchtigem … Bedauern lag. Er zuckte die Achseln, und der Moment war vorüber. »Du bist wirklich noch jung, was, Daisy? Du weißt doch, wie das Spiel läuft – man sagt viel in der Hitze des Gefechts.«

Sie hatte es *nicht* gewusst. Ihr war nicht einmal bewusst gewesen, dass es überhaupt ein Spiel *war*. Als er sich zu ihr herunterbeugte, ihr ein freundschaftliches Küsschen auf die Wange drückte und murmelte, sie solle auf sich aufpassen, konnte sie ihn in ihrem Elend nur unglücklich anstarren. Dann schloss sich die Tür hinter Nicks Rücken.

Und Daisy konnte allein und verlassen in einem Zimmer hoch oben im Mark Hopkins über ihre Einführung in die Welt der Erwachsenen nachdenken.

1

Montag

Daisy war noch nicht ganz durch die Bürotür, da bekam sie auch schon eine geballte Ladung ab.

Ihr Sekretär kreischte auf und glotzte sie entgeistert an. »*Bitte,* erzähl mir nicht, dass du das da tatsächlich tragen willst!«

Daisy blieb abrupt stehen und schaute an ihrem goldfarbenen Wollblazer mit dem Wappen auf der Brusttasche und an dem darauf abgestimmten blaugelb karierten Schottenrock hinunter. »Was stimmt damit nicht? Du wolltest doch, dass ich einen Rock anziehe.«

Reggie verdrehte die Augen und strich liebevoll über seinen eigenen gediegenen Anzug, als wolle er sich vergewissern, dass wenigstens einer von ihnen Geschmack hatte. »Ich habe nicht gesagt, dass du dich wie eine Kreuzung aus Mary Catherine Parochial und GI Jane kleiden sollst.«

»Wieso, du meinst wegen der Stiefel?« Sie ließ ihren Blick über die marineblauen Nylonstrümpfe zu ihren Schnürstiefeln und die zusammengerollten Socken, die oben heraussahen, wandern. »Sie sind marineblau; das passt doch.«

»Sicher, wenn du unbedingt wie der bestgekleidete Kampfsoldat, der je einen Schülerinnenpreis abgeräumt hat, herumlaufen willst … Warum ziehst du dir nicht einfach nur einen Spitzenbody an und fertig? Ich kann bestimmt noch irgendwo etwas grünen und braunen Lidschatten auftreiben; wir werden auch dein Gesicht tarnen.«

Daisy funkelte ihn beleidigt an. »Du hast gesagt, zieh einen Rock an; also bin ich noch schnell bei mir zu Hause vorbeigefahren und habe einen Rock angezogen. Sorry, wenn er nicht deinen hohen Standards in Bezug auf Eleganz entspricht, aber ich bin Sicherheitsexpertin und will nicht auf einen Debütantinnenball. Ich trage keine Schuhe mit hohen Absätzen, Reg, das kannst du vergessen. Das wäre nutzlos, wenn ich rennen müsste.«

»Ich hoffe inständig, dass sich die notwendige Rennerei darauf beschränkt, geradewegs zur Bank zu laufen und den Scheck dieses neuen Kunden einzulösen.« Reggie bedachte ihr Outfit mit einem letzten missbilligenden Blick, bevor er sich wieder seinem Computer zuwandte. »Das heißt, falls er uns den Scheck überhaupt noch gibt, wenn er erst einmal gesehen hat, was du dir unter professioneller Kleidung so vorstellst«, murmelte er.

Wissend, dass es ihn verrückt machte, wenn man sich von hinten über ihn beugte, legte Daisy die Hände flach auf seinen Schreibtisch und verlagerte ihr Gewicht darauf. »Vielleicht hat er ja – ganz im Gegensatz zu den meisten Männern –«, presste sie zwischen den Zähnen hervor, »ein halbes Gehirn in seinem Kopf und merkt, dass das hier professionell *ist*. Zugegeben, es ist nicht der Nadelstreifenanzug eines Bankers, aber es ist äußerst passend für eine Frau, die seinen Arsch bewachen soll.«

Reggie blieb sichtlich unbeeindruckt, und sie richtete sich wieder auf. »Herrgott noch mal, Reg, wer ist dieser Typ überhaupt – der Kronprinz von England?«

»Knapp daneben«, ließ sich eine Stimme von der Tür her vernehmen.

Nein. Lieber Gott, bitte nein. Ihr Herz hämmerte in einem wilden Wirbel gegen ihre Rippen, als sie sich ganz langsam umdrehte, immer noch gegen jede Hoffnung hoffend, dass die Ohren ihr einen Streich gespielt hatten.

Hatten sie nicht. Es war genau der, von dem sie befürchtet hatte, dass er es sei: Nick Coltrane. Der letzte Mann in der Welt, den sie sehen wollte.

Er sah fantastisch wie eh und je aus – zum Teufel mit seinen blauen Augen. Der lang gestreckte, wunderbar gebaute Körper wirkte selbst angezogen genauso durchtrainiert, wie sie ihn in Erinnerung hatte. Er trug alte Jeans und einen Pulli mit V-Ausschnitt, vor dem eine Kamera baumelte. Mo pflegte stets zu sagen, Nick sehe aus, als sei er in seiner weißen Tenniskluft zur Welt gekommen, und das stimmte auch. Er strahlte lässige Eleganz aus und vermittelte einfach den Eindruck, *dazuzugehören*. Das war so natürlich an ihm wie das Atmen.

Doch warum auch nicht? Er gehörte ja schließlich wirklich dazu, hatte immer dazu gehört. *Sie* war es, die ihr Leben lang außen vor gewesen war.

Sie beobachtete, wie er ihr Büro inspizierte. Und plötzlich sah sie es mit seinen Augen und nahm nicht mehr den freundlichen cremefarbenen Anstrich wahr, den Reg und sie den Wänden gegeben hatten, um die hellen, von ihnen eigenhändig gerahmten und aufgehängten Poster zur Geltung zu bringen. Sie sah auch nicht den glänzenden, beinahe zwei Meter hohen Ficus oder Regs schimmernden naturholzfurnierten Schreibtisch. Stattdessen sah sie nur den gewellten Linoleumboden und an der Fensterwand die zwei abgewetzten Holzstühle mit dem auf dem Trödelmarkt erstandenen Tisch dazwischen.

Doch dann straffte sie die Schultern. Was soll's. Sie hatte zwar kein piekfeines Büro, aber zumindest gehörte alles ihr. Nun gut, ihr und der Bank …

Nick musterte sie eingehend. »Wie geht's dir, Daisy? Du siehst gut aus.«

»Nenn mich nicht …«, sie machte einen wütenden Schritt vorwärts, fing sich dann aber wieder. »Daisy«, beendete sie den Satz mit einer Sanftmütigkeit, an der sie beinahe erstickte. Der Spitzname war ein wunder Punkt. Das wusste er verdammt gut, und deshalb hatte er es zweifellos auch gesagt. Sie war sechzehn, er zweiundzwanzig gewesen, als er damit angefangen hatte, sie so zu nennen, und wie ein Fisch hatte sie es sich nie abgewöhnen können, nach dem Köder zu schnappen. Sie spürte, dass ihre Wangen heiß wurden. Sie atmete noch einmal tief ein, hielt kurz die Luft an und atmete langsam wieder aus. Sie war gefährlich nahe daran, die Fassung zu verlieren.

Sie würde lieber Würmer essen, bevor sie ihm diese Genugtuung verschaffte. Und vor allem, bevor sie ihn merken ließe, wie der Schmerz über seine Zurückweisung sie erneut überschwemmte, wenn er sie mit diesem kühlen, leicht amüsierten Blick ansah.

Sie reckte das Kinn nach vorne und musterte ihn wortlos. Er lehnte lässig an der Tür, die Beine gekreuzt, die Hände in den Taschen seiner Jeans, und erwiderte ihren Blick.

»Wie ich sehe, scheint ihr beide euch zu kennen«, sagte Reggie, als das Schweigen sich zu lange hinzog.

»Mein Vater war eine Zeit lang mit ihrer Mutter verheiratet«, erklärte Nick.

Daisy erstarrte. *Diesen Umstand* betrachtete er als die stärkste Verbindung zwischen ihnen? Es sollte sie eigentlich nicht verletzen – nicht nachdem er sie schon so oft auf andere Weise verletzt hatte. Und doch tat es weh. Sie wäre ihm am liebsten ins Gesicht gesprungen, um ihn ihrerseits zu verletzen, aber sie wollte verdammt sein, wenn sie ihn merken ließe, wie sehr er sie immer noch treffen konnte.

Hinter ihr horchte Reg auf und lieferte ihr die Ablenkung, auf die sie sich konzentrieren konnte. »Ach ja?«, fragte er. »Welche Ehe war das denn?«

»Ihre dritte«, sagte sie.

»Bei meinem Vater war es die fünfte«, steuerte Nick bei.

Reggie – dem Himmel sei's gedankt – ignorierte ihn. »Das muss dann dieser reiche Kerl gewesen sein, stimmt's? Der, der deine Mom auf die erste Seite aller Boulevard-Blätter brachte?«

Daisy warf Nick einen warnenden Blick zu. Wehe, er sagte auch nur ein Wort. Wenn er wusste, was gut für ihn war, hielt er die Klappe. Denn schuld daran, dass ihre Mutter von diesem Journalistenpack verfolgt worden und in die Schlagzeilen geraten war, war sein Vater.

Nick sah sie nur gleichmütig an, und fest entschlossen, sich wie eine Erwachsene zu benehmen, erwiderte sie seinen Blick mit demselben Gleichmut. »Tja, Coltrane, wie lange ist das eigentlich her, seit wir uns das letzte Mal gesehen haben? Sechs, sieben Jahre?« Als ob sie das nicht auf die Minute genau wusste.

»Neun.«

»So lange? Meine Güte. Die Zeit vergeht wirklich wie im Flug, wenn dich keiner ärgert. Was treibt dich zu mir?«

»Äh, er ist unser Zwei-Uhr-Termin, Daise.«

Langsam, ganz langsam drehte sie sich zu ihrem Sekretär um. »Er ist was?«

Reggie hielt abwehrend die Hände hoch. »Was sollte ich denn tun? Als ich den Termin machte, hatte ich doch keine Ahnung, dass er dein Stief …«

»Ich *bin* nicht ihr Bruder«, fiel Nick ihm energisch ins Wort. In seiner Stimme lag eine gewisse Schärfe.

Daisy wandte ihm wieder ihre Aufmerksamkeit zu. »Nein«, sagte sie, »diese Rolle hast du mit Sicherheit nie gewollt. Hab ich Recht?«

Er begegnete ihrem bösen Blick, ohne mit der Wimper zu zucken. »Nein, die wollte ich nicht. Und wenn du bis heute noch nicht dahinter gekommen bist, warum nicht, bist du nicht halb so schlau, wie ich immer dachte.«

Sie spürte, wie ihr Gesicht wieder in Flammen stand, wegen der Erinnerung und auch aus Scham. »Du möchtest mich engagieren?«, fragte sie ungläubig.

»Ich *möchte* am liebsten einen Riesenbogen um dich machen.«

»Dann geh am besten nach Hause«, schlug sie vor und war sehr stolz auf ihren vernünftigen Ton. »Ich habe keine Zeit für die neckischen Spielchen reicher Jungs. Ich habe zu arbeiten.«

Nick sah sich um. »Ja, natürlich, ich seh ja, dass die Kunden bei dir Schlange stehen. Wie bekommst du das nur alles auf die Reihe?«

Bitte, lieber Gott, lass mich ihm eine knallen, nur ein einziges Mal. Nur eine nette, saftige Ohrfeige. Dann werde ich dich auch nie wieder um etwas bitten. »Goodbye, Nick.« Der Faltenrock wirbelte ihr um die Beine, als sie sich auf dem Absatz umdrehte und zu ihrem Büro marschierte.

»Warte, Daisy.«

Widerstrebend wandte sie sich wieder zu ihm um. Sie war sich bewusst, mit welch regem Interesse Reggie die Situation verfolgte. Großartig. In derselben Minute, da Nick weg war, würde er über sie herfallen, und dieses Fiasko würde nie eines natürlichen Todes sterben dürfen. Mit steinerner Miene sah sie Nick an.

»Ich entschuldige mich«, sagte er. »Das war völlig daneben. Ich möchte wirklich deine Dienste in Anspruch nehmen.«

Verflucht. Die Hand, mit der sie ihn zu ihrer Bürotür wies, zitterte vor Aufregung, und sie stieß frustriert die Luft aus. »Komm in mein Büro. Reg, ich möchte keine Anrufe durchgestellt haben.« Genau genommen waren die Drähte in letzter Zeit nicht gerade heiß gelaufen, aber das brauchte Nick ja nicht zu wissen.

Die Wände schienen sich in dem Moment, als Nick über

die Türschwelle trat, um sie zusammenzuziehen. Sie hatte ganz vergessen, wie groß er war. Das wurde ihr erst wieder bewusst, als er an ihr vorbeiging und sie sich in Augenhöhe mit seinem Schlüsselbein befand. Als seine Kamera ihre Brust streifte, schoss ihr Blick hoch und wurde von seinen Augen festgehalten. Sie riss sich mit Gewalt los und deutete rüde auf den Besuchersessel vor ihrem Schreibtisch. »Nimm Platz!«

Wütend darüber, dass sie nach all diesen Jahren immer noch nicht immun gegen ihn war, drängte sie sich hastig um den Schreibtisch und ließ sich in ihren eigenen Sessel fallen. Sie verschränkte die Arme vor der Brust und warf ihm einen leidenschaftslosen Blick über den Schreibtisch zu. Ohne Reggie als Zuhörer fühlte sie sich nicht gezwungen, auf ihre guten Manieren zu achten. »Was, zum Teufel, tust du hier, Coltrane?«

Eine ausgezeichnete Frage. Eine Frage, die Nick sich seit der Minute, da er durch die Tür geschritten war und Daisy über den Schreibtisch ihres Sekretärs gebeugt gesehen hatte, schon selbst gestellt hatte. Er hätte sich an zig andere Sicherheitsfirmen wenden können, und zwar am besten an eine, die sich möglichst weit weg von einer Daisy Parker mit großen Augen und Oberlehrergehabe befand. Sie hatte irgendetwas an sich, was bei ihm unvermeidlich Gefühle auslöste, die er besser nicht gefühlt hätte.

Aber als er mit seinen Erkundigungen begonnen hatte, war unentwegt ihr Name als eine der besten Adressen in diesem Geschäft genannt worden. Gleichzeitig war ihm von mehr als einer Seite zu Ohren gekommen, dass sich ihre gerade im Aufbau begriffene Firma kaum über Wasser halten konnte. Warum also nicht zwei Fliegen mit einer Klappe schlagen und ihr den Auftrag zuschanzen? Das würde ihr helfen, und er bekäme den Schutz, den er brauchte, zu einem Preis, den er sich leisten konnte.

Zum Teufel, diese Nacht im Mark Hopkins lag Jahre zurück. Sie waren beide erwachsen genug, um sie zu vergessen.

»Ich brauche deine Dienste«, sagte er kühl.

»Was ist los, Coltrane – hat dich dein Lotterleben am Ende womöglich eingeholt?«

Er hatte den gesamten Weg hierher hin und her überlegt, wie viel er ihr erzählen sollte. Bis zu diesem Moment hatte er tatsächlich in Erwägung gezogen, mit der vollen Wahrheit herauszurücken, aber man brauchte kein Intelligenzbolzen zu sein, um zu sehen, dass das nicht funktionieren würde. Er würde damit zu viele wunde Punkte von Daisy treffen.

Die ganze Geschichte hatte damit begonnen, dass er am Samstag nicht seine gewohnten hundertfünfzig Prozent gegeben hatte. Er stand in dem Ruf, spitzenmäßige Fotos, Fotos, die ihresgleichen suchten, abzuliefern. Die Leute behaupteten, sie seien ungeheuer expressiv. Um ehrlich zu sein – in dieser Beziehung stellte er sein Licht auch nicht unter den Scheffel: Er hatte wirklich einen sechsten Sinn oder ein inneres Auge, auf jeden Fall irgendetwas, was einfach *wusste,* wann er auf den Auslöser zu drücken hatte. Deshalb gelang es ihm immer wieder perfekt, das Wesentliche einer Situation einzufangen und auf den Punkt zu bringen. Und da er mit seiner Nikon so gut wie verheiratet war, vergaßen die Leute oftmals, dass sie überhaupt da war.

Das Ergebnis war, dass er manchmal Situationen auf den Film bannte, die genügend Sprengstoff hatten, um den Ruf eines Menschen zu beschädigen oder gar zu zerstören. Die Boulevardpresse bot ihm routinemäßig ein kleines Vermögen an, falls er sich entscheiden sollte, irgendeines dieser peinlichen Fotos herauszurücken. Aber er vernichtete stets die Negative. Nachdem er als Mitglied der Gesellschaft, die ihn beschäftigte, aufgewachsen war, wusste er sehr wohl, dass er einen wesentlichen Teil seines Erfolgs seiner Diskretion verdankte.

Doch am Samstagnachmittag hatte er, kurz bevor er sich auf den Weg zum Pembroke-Anwesen im Weinanbaugebiet gemacht hatte, einen beunruhigenden Anruf von seiner Schwester bekommen. Deshalb war er bei der großen Hochzeitsgesellschaft nicht so konzentriert wie üblich bei der Sache gewesen.

Aber wer hätte auch gedacht, dass die sonst so besonnene, überlegte Maureen etwas tun würde, was ihr so überhaupt nicht entsprach, dass sie nämlich die kriminelle Energie aufbringen würde, in ihrer Immobilienfirma Gelder zwischen den Anderkonten zu verschieben? Er zweifelte keine Sekunde daran, dass sie es für einen guten Zweck getan hatte. Ihre Neigung, die Probleme anderer zu lösen, war hinreichend bekannt. Dennoch war es idiotisch. Klar war auch, dass sie in ernsthafte Schwierigkeiten geraten würde, da sich die Courtage, mit der sie fest gerechnet hatte und von der sie die Summe zurückzahlen wollte, in Luft aufgelöst hatte, als der Verkauf eines Apartmenthauses in Nob Hill ins Wasser gefallen war.

Er hatte sich das Gehirn zermartert, wie man ihr helfen könnte, und Bitsy Pembrokes Hochzeit mehr mechanisch fotografiert. Das war zweifellos der Grund dafür, warum ihm auch entgangen war, was sich im Hintergrund abspielte.

Nachdem er die Pembrokes verlassen hatte, war er direkt nach Monterey gefahren, wo er einen Sonntagstermin hatte. Bei dieser Arbeit klappte es mit der Konzentration besser. Dennoch hatte er Mos Dilemma nach wie vor im Hinterkopf, als er gestern Abend aus seinem Auto geklettert und damit konfrontiert worden war, dass zwei muskelbepackte Schlägertypen seine Dunkelkammer in der

Garage auseinander nahmen. Sie hatten sich auf ihn gestürzt und die Herausgabe seines Films verlangt.

Sie hatten allerdings nicht spezifiziert, von welchem Shooting. Und er hatte ihnen nicht freiwillig verraten, dass das ganze Filmmaterial der letzten zwei Tage in seiner Sporttasche war, die hinter dem Fahrersitz stand. Stattdessen hatte er unter dem Eindruck all der zerfetzten Kontaktabzüge anderer Shootings gemeint, sie sollten ihm doch den Buckel runterrutschen – ein Vorschlag, an dem sie jedoch Anstoß genommen hatten.

Seine Nikon hing ihm wie gewöhnlich um den Hals, und sie hatten ihm eine letzte Chance gegeben, die Dinge friedlich zu regeln und ihnen die Kamera freiwillig auszuhändigen. Er hatte abgelehnt, und bevor das Heulen von Polizeisirenen die Party schließlich beendet hatte, hatten sie ihm bei dem Versuch, sie sich gewaltsam zu holen, die Schulter ausgerenkt.

Dem Polizisten, der dann bei ihm glücklicherweise aufgekreuzt war, hatte er alles erzählt, was er wusste. Aber das war sehr wenig. Erst als er aus der Notaufnahme wiederkam, war er in der Lage gewesen, den Film zu entwickeln, auf den die Schläger so scharf gewesen waren. Zuerst hatte er rein gar nichts gesehen, was eine Prügelei wert gewesen wäre. Er musste erst einen Ausschnitt nach dem anderen vergrößern, bevor er entdeckte, was er nach dem Willen der Schläger besser nicht entdecken sollte.

Er war wie vom Blitz getroffen.

Bitsy hatte in letzter Minute darauf bestanden, dass er sie und ihren Bräutigam in dem Pavillon aufnahm. Im Hintergrund befand sich ein herrlich restauriertes Pförtnerhäuschen. Und in diesem Häuschen hatten ein Mann und eine Frau Sex miteinander. Man konnte sie, sofern man wusste, wonach man suchen sollte, durch ein Fenster erkennen.

Überraschend war nicht etwa, dass zwei es miteinander trieben. Die Leute kippen sich bei solchen Feierlichkeiten manchmal mehr Champagner in die Kehle, als klug ist, und dann schlagen sie in einer Weise über die Stränge, wie sie es nie gewollt hatten und was sie dann hinterher jahrelang bereuten. Er war, weiß Gott, ein lebender Beweis dafür.

Der Schocker war die Identität des Mannes.

J. Fitzgerald Douglass war eine Ikone, der große alte Mann der San Franciscoer Gesellschaft. Im Alter von sechzig Jahren hatte er einen geradezu legendären Ruf. Er hatte einen maroden Familienbetrieb geerbt und ihn zu einem Multimillionen-Dollar-Unternehmen gemacht. Danach hatte er sich der Wohltätigkeit verschrieben und einen großen Teil seiner Profite Bibliotheken und Kirchen gestiftet.

Seine moralische Rechtschaffenheit war sprichwörtlich, und nach dem, was in letzter Zeit quer durch die Medien kolportiert wurde, galt seine Berufung zum amerikanischen Botschafter eines zwar kleinen, aber strategisch wichtigen Landes im Mittleren Osten als sehr wahrscheinlich. Alle hielten die Sache für gegessen – es bedurfte nur noch der Zustimmung eines konservativen Kongresses. Und da niemand konservativer war als Douglass, schien alles nur noch Formsache.

Was, zum Teufel, hatten also die verheirateten Hände dieses lebenden Denkmals für Sitte und Anstand an einer Frau herumzufummeln, die jung genug war, um seine Enkeltochter sein zu können?

Angesichts der Tatsache, dass Douglass' Gorillas Nick einen verrenkten Arm, eine verwüstete Dunkelkammer und einen unglücklichen Versicherungsagenten hinterlassen hatten, hielt sich seine Sympathie für den alten Mann in extrem engen Grenzen. Aber dafür wusste er jetzt, wie er an das Geld für Mo kommen konnte. Er würde seinen eigenen eisernen Grundsatz brechen und die verdammten Aufnahmen an die Boulevardpresse verkaufen.

Das brauchte Daisy seiner Meinung nach aber nicht zu wissen. Auch wenn der rasende Schmerz seiner ausgekugelten Schulter nach dem Einrenken in der Notaufnahme sofort nachgelassen hatte, hatte er immer noch einen gewaltigen Bluterguss, der sich von der Schulter bis zum Ellenbogen zog. Er konnte den Arm zwar bewegen, aber er hatte in ihm keine Kraft, so dass er für ihn von keinerlei Nutzen wäre, falls Douglass' Gorillas erneut auftauchen sollten. Womit mit Sicherheit so lange zu rechnen war, bis sie den Film, den sie suchten, in die Finger bekämen.

Er brauchte einen Bodyguard. Daisy brauchte Aufträge. Was machte es da für einen Sinn, ihr davon zu erzählen, dass er ausgerechnet das plante, was sie unter gar keinen Umständen gebilligt hätte?

Vor seinem Gesicht schnippten Finger. »Suchst du nach deinem verlorenen Schlaf?«

Er griff nach ihrer Hand und schob sie aus seinem Gesichtsfeld. »Nein, ich denke nach.« Er schüttelte die Empfindungen ab, die die plötzliche Berührung mit sich brachte, und ließ sie los.

»Dann kannst du mir ja vielleicht erzählen, warum du meine Dienste in Anspruch nehmen willst.« Sie rieb sich die Hand an ihrem Rock ab und musterte ihn dabei nachdenklich. »Warum wendet sich ein piekfeines Bürschchen wie Nicholas Sloan Coltrane nicht an eine der Nobeladressen?«

»Wer sagt denn, dass ich das nicht getan habe? Aber die Uptown-Firmen verlangen auch Uptown-Honorare, Daisy.« Was auch stimmte, obwohl er keine von ihnen wirklich in Betracht gezogen hatte.

»Und was bin ich dann? Der Aldi der Sicherheitsexperten?« Sie sprang auf und stocherte mit einem Finger Richtung Tür. »Raus hier, Nick. Von der Sekunde an, als ich dein Lügengesicht sah, wusste ich bereits, dass dies hier ein Fehler ist.«

Er musterte ihre langen Beine, ihre großen blitzenden Augen und ihre vor Entrüstung glühenden Wangen und sagte: »Daisy, ich spreche die Wahrheit. Du bist das, was ich mir leisten kann, okay?«

Verärgert stieß sie den Atem aus. Aber sie nahm immerhin wieder Platz. Sie warf einen gezielten Blick auf die Rolex an seinem Handgelenk und auf seinen Cashmere-Pullover. »Und du erwartest allen Ernstes von mir, dass ich dir abnehme, dass deine Mittel begrenzt sind?«

»Zum Teufel, ja, meine Mittel sind begrenzt! Das Familienvermögen ist längst über den Jordan, und ich lebe von dem, was ich verdiene. Dad hatte sechs Frauen, und die kosteten ihn nicht gerade wenig, vor allem nicht, wenn's ans Goodbye-Sagen ging, mein Püppchen.« Sein Vater hatte sein Geld auch noch auf weit schlimmere Art verpulvert, aber das ging sie, verdammt noch mal, nichts an.

»Ach, ich bitte dich. Dein Vater hat keinen Cent rüberwachsen lassen, als er meine Mom und mich vor die Tür jenes großen weißen Hotels, das ihr Coltranes euer Zuhause nanntet, gesetzt hat. Ich wette, er hat sogar noch richtig *Kohle gemacht,* als er sich diesen Bullshit über meine Mutter ausgedacht und an die Boulevardpresse verkauft hat.« Sie knurrte angewidert. »Sie und ich dagegen hatten nichts weiter als unsere Klamotten auf dem Leib, als wir zurück in die Vorstadt zogen. Und wir hatten verdammt Glück, dass wir wenigstens das hatten.«

»Du willst jetzt von mir hören, dass mein Vater deine Mutter über den Tisch gezogen hat, ja? Ich gebe es zu. Aber das war *er,* Daisy – nicht ich.«

»Dann ist das wohl eine Erbkrankheit, was?«

Zu plötzlich und zu übermächtig, um sich dagegen wehren zu können, explodierten auf einmal die Erinnerungen an den Abend von Mos Hochzeit in Nicks Kopf: Daisy in ihrer ganzen Erregung, wie sie auf ihn einging, wie sie sich unter ihm bewegte, wie ihr der blonde Pony im verschwitzten Gesicht klebte, ihre schokoladenbraunen Augen mit dem verschleierten Blick unter den schweren Lidern, ihr frischer, frecher Mund, der sich ihm dieses eine Mal so ganz unterordnete, ohne jeden Widerspruch.

Er kämpfte die Bilder mit Gewalt nieder und zwang sich, ihrem Blick ruhig zu begegnen. »Stimmt, ich habe mich wohl auch schlecht benommen.«

»Aber, aber, boys will be boys. Du konntest gar nicht anders, stimmt's? Du bist doch aus demselben Holz geschnitzt wie der alte Dad.«

Der Schlag saß. Sein ganzes Leben hatte er sich bemüht, das genaue Gegenteil von seinem Vater zu werden. »Das war vor langer Zeit«, sagte er steif.

»Ja, wohl wahr«, stimmte sie zu. »Wie viele Jahre, sagtest du, ist das her? Sieben?«

»Neun.« Und er hatte es nie vergessen, ganz gleich, wie sehr er es auch versucht hatte. Die Tatsache, dass sie von den unerwünschten Erinnerungen nicht halb so belastet schien wie er, brachte ihn fast zur Weißglut. In seinem Inneren brodelte es. Doch er widerstand der Verlockung, sich Luft zu machen, und schluckte die harschen Worte, die ihm auf der Zunge lagen, wieder hinunter.

Bewusst distanziert sagte er: »Fakt bleibt, dass mein Budget äußerst begrenzt ist, und das ist auch der Grund, warum ich hier bin.«

»Und wie kommst du darauf, dass du dir mich leisten kannst?« Sie zog arrogant eine Augenbraue hoch, so dass sie unter dem zerrupften Pony auf ihrer Stirn verschwand. Ihr Haarschnitt lenkte ihn ab. Von ihrem Kopf staken kurze weißblonde Haarbüschel wie Blütenblätter in die Luft und erinnerten an die Blume, der sie ihren Namen verdankte – Daisy, das Gänseblümchen –, oder aber auch an eine Pusteblume. An den Wangen und im Nacken hingen ihr ungleichmäßig geschnittene Zotteln herunter. Ob sie tatsächlich jemanden dafür bezahlt hatte, sie so zu verunstalten?

Er schob den Gedanken beiseite und erklärte lapidar: »Dein Sekretär sagte mir, ein Vorschuss von viertausend Dollar genüge für den Anfang.« Er merkte, wie sie schluckte, und nutzte seinen Vorteil. »Also, bist du jetzt interessiert oder nicht?«

Sie erholte sich schnell, das musste er ihr lassen. Ohne mit der Wimper zu zucken, begegnete sie seinem Blick, nahm einen Stift zur Hand und hielt ihn schreibbereit über den Notizblock, der auf dem Schreibtisch lag. »Je nachdem«, konterte sie forsch. »Warum brauchst du meine Hilfe?«

Weil er bei den Aasgeiern der Journaille, sprich den Boulevardzeitungen, einen Gebotskrieg anzetteln würde. Zum ersten Mal in seinem Leben plante er, ein kompromittierendes Foto zur Veröffentlichung zu verkaufen.

Mit seinem Entschluss würde er sich zweifellos ins eigene Fleisch schneiden, da er damit seine Glaubwürdigkeit in ebenden Kreisen, die quasi seine Brötchengeber waren, verspielen würde. Hätte J. Fitzgerald einfach nur auf seinen Ruf vertraut und ihn in Frieden gelassen, wäre es Nick nie in den Sinn gekommen, aus der Affäre des Mannes Kapital zu schlagen.

Aber Douglass hatte ihn nicht in Frieden gelassen. Und wenn Nick die Interessen eines Heuchlers mit politischen Ambitionen gegen die seiner Schwester abwog, gab es nichts zu überlegen.

Ganz klar, wenn er Daisy die Wahrheit erzählte, würde sie ihn wahrscheinlich mit einem Tritt in den Hintern an die Luft befördern. Sie hasste die Regenbogenpresse. Man konnte ihr das kaum verdenken, nachdem sie ihre Mutter öffentlich als Schlampe gebrandmarkt hatte. Aber er hatte das ungute Gefühl, dass er unbedingt jemanden brauchte, der ihm bis Freitagabend, so lange eben, bis der höchste Bieter in dem gefährlichen Spiel, das er spielte, feststand, den Rücken frei hielt.

Er rang sich sein charmantestes Lächeln ab und log ihr ohne Gewissensbisse ins Gesicht. »Ich habe ein paar ... kompromittierende ... Fotos von einer Lady. Ihr Beinahe-Ex-Ehemann ist ein bisschen leicht erregbar.«

Es kam Daisy überhaupt nicht in den Sinn, an seiner Geschichte zu zweifeln. Nick war so gestrickt. Er ging wahrscheinlich jeden Tag in der Woche mit einer anderen Debütantin aus. Dass er allerdings inzwischen so weit gesunken war, sich mit einer verheirateten Frau einzulassen – dafür hätte sie ihn am liebsten mit »Schwein« tituliert und ihm eine gescheuert, doch der Gedanke an den Viertausend-Dollar-Vorschuss ließ sie davon Abstand nehmen. »Wie erregbar?«

»Zwei seiner Gorillas haben mir den Arm ausgekugelt und mein Fotolabor verwüstet.«

Er machte auf sie einen ziemlich unversehrten Eindruck. »Welchen Arm?«

»Den linken.«

»Und in welcher Verfassung ist er jetzt?«

»Ich habe zwar keine Kraft drin, aber er hat zumindest keine bleibenden Schäden davongetragen. Ich muss etwa eine Woche lang entzündungshemmende Tabletten nehmen.«

Sie stand auf und kam um den Schreibtisch herum. »Lass mich mal sehen.«

Er starrte sie kurz ungläubig an, kämpfte sich dann aber kommentarlos aus dem linken Ärmel seines Pullovers. An seiner Ungeschicklichkeit konnte sie ablesen, dass der Arm tatsächlich empfindlich war.

Den Grund dafür sah sie, als er ihn endlich aus dem Ärmel hatte. Der Arm war vom Ellbogen bis dort, wo sich der kurze Ärmel eines weißen T-Shirts über seinen harten Bizeps spannte, ein einziger lila Fleck. Sie ging neben ihm in die Hocke und schob vorsichtig den Ärmel so weit hoch, wie es ging. Sie musterte die Verfärbung, tastete sie mit den Fingerspitzen sanft ab und blickte schließlich zu ihm hoch. »Sieht ganz schön schmerzhaft aus.«

»Ist halb so schlimm; ich habe eben nur keine Kraft drin. Aber der Arzt meinte, es würde mit jedem Tag besser werden.«

»Hmm.« Sie zog den Ärmel wieder zurück und nagelte ihn mit einem strengen Blick fest. »Das hat man davon, wenn man es mit einer verheirateten Frau treibt.«

Nick lachte bitter auf. »Ist das die Art von Sensibilität, auf die man euch Bodyguards heutzutage trimmt?«

»Sicherheitsexperten!«

Er zuckte die Achseln und fuhr vor Schmerz zusammen. »Wie auch immer. Bringt man euch Leuten denn nicht bei, dass der Kunde immer Recht hat? Was ist aus der zärtlichen Fürsorge geworden?«

Sie sah ihn finster an und ging zu ihrem Schreibtischplatz zurück. »Wenn ich diesen Job annehme, Coltrane – und es ist ein ziemlich großes ›Wenn‹ –, ist zärtliche Fürsorge im Vertrag nicht inbegriffen. Finde dich damit ab oder geh nach Hause.« Sie nahm einen Stift zur Hand und klopfte damit gereizt auf die Schreibtischplatte. »Benutzten die Schläger eine Waffe?«

»Sie benutzten ihre verdammt schmerzhaften Fäuste, Sweetheart. Ich vermute, sie hatten auch Waffen bei sich, aber bevor sie die zum Einsatz bringen konnten, tauchten ja die Cops auf.«

»Wer rief die Polizei?«

»Meine Nachbarin. Sie hat beobachtet, wie sie einbrachen. Als ich nach Hause kam, überraschte ich sie bei der Arbeit.«

»Warum überlässt du den Typen nicht einfach die Fotos dieser Frau, Nick? Es war schon armselig, sie überhaupt aufzunehmen, aber ich finde, es ist einfach das Letzte, sie nicht rauszurücken.«

Über sein Gesicht huschte ein seltsamer, undefinierbarer Ausdruck, der jedoch schon wieder verschwunden war, als er antwortete: »Ich *kann* ihnen gar nichts rausgeben – ich habe die Negative ihr überlassen. Was sie damit macht, ist ihre Sache.«

»Wo, bitte, liegt dann das Problem? Sag ihm das und schaff ihn dir vom Hals.«

»Das *Problem,* Daisy, ist, dass ich nicht will, dass er dann auf *sie* losgeht. Ich weiß nicht, wozu dieser Kerl imstande ist. Findest du es nicht auch abartig, dass mir der Typ Schläger auf den Hals hetzt, nur weil ich ein paar Nacktfotos von seiner bereits von ihm getrennt lebenden Frau geschossen habe?« Er hielt die Hand hoch, um ihre Antwort abzuwehren. »Vergiss es, du brauchst gar nicht zu antworten – für dich ist das wahrscheinlich verständlich. Für mich aber nicht. Sie haben sich schon vor langer Zeit getrennt, und bis sie ihm das von den Negativen selbst erzählt, habe ich einen Trupp muskelprotzende, bis an die Zähne bewaffnete Dumpfbacken an der Hacke, die mich auf Schritt und Tritt verfolgen und ihr Bestes geben werden, um die Fotos zu finden.«

Sie zog den Notizblock zu sich heran. »Ich brauche den Namen des Gentlemans.«

Nick stockte. »Ich möchte nicht, dass du ihn noch mehr aufbringst.«

»Nick, ich habe gar nicht die Befugnis, ihn zu verhören.« Sie behielt ihren unverbindlichen Ton bei. »Aber ich kann dich auch nicht vor der ganzen Welt beschützen. Also gib mir einen Anhaltspunkt.«

Er zögerte und sagte dann: »John Johnson.«

»John Johnson.« Schwer zu verifizierende Decknamen machten sie immer misstrauisch. »Nicht Smith? Das engt den Kreis doch erheblich ein.«

»Okay, das war's – ich hab's versucht.« Er schob den Sessel zurück und stand auf. »Wenn du jedes Wort, das aus meinem Mund kommt, anzweifeln willst, dann funktioniert das nicht.«

Etwas an seiner Formulierung erweckte ihre Aufmerksamkeit. »Was meinst du damit, du hast es versucht?«

Er ignorierte ihre Frage und sah sie mit zusammengekniffenen Augen scharf an. »Hierher zu kommen war eine blöde Idee. Das musste ja schief gehen. Sorry, dass ich deine Zeit vergeudet habe.« Er wandte sich zur Tür.

Daisy wollte, dass er ging. Sie wollte es ganz inbrünstig. Aber viertausend Dollar …

Ihre Firma bestand erst seit sechs Monaten, und sie hatte ganz schön zu kämpfen. Sie musste Miete zahlen, sowohl für das Büro als auch für ihre Wohnung, dazu kam das Gehalt für Reggie … Und dann beschlich sie hin und wieder das lästige Gefühl, wenigstens einmal am Tag etwas essen zu müssen. Also stand sie auf und sagte in seinen breiten muskulösen Rücken hinein: »Warte, Nick!«

Er stoppte, drehte sich um und musterte sie mit ausdruckslosen blauen Augen.

»Bitte, setz dich wieder. Ich entschuldige mich.« Sie zog einen Vertrag aus der Schreibtischschublade und klatschte ihn auf den Schreibtisch. Dann drückte sie den Knopf der Gegensprechanlage und sagte: »Reggie, würdest du bitte mal reinkommen?« Während Nick seinen Platz wieder einnahm, beobachtete sie ihn kritisch.

Dann trennte sie – in der Hoffnung, nicht den größten Fehler ihres Lebens zu machen – das Honorarblatt von dem Vertrag ab und schob es ihm über den Schreibtisch zu. »Jetzt erkläre ich dir, wie dein Vorschuss verwendet wird.«

2

Am späten Nachmittag dieses Tages bestieg Daisy einen Bus zu Nicks Wohnung. Sie starrte aus dem Fenster, ohne etwas von der vorbeiziehenden Landschaft wahrzunehmen. Sie ließ sich von dem leichten Schaukeln und dem regelmäßigen, monotonen Anhalten und wieder Anfahren des Busses in eine Art Dämmerzustand lullen und konnte nicht verhindern, dass ihre Gedanken zu wandern begannen.

Wenn es etwas gab, was sie während ihrer achtundzwanzig Jahre gelernt hatte, dann das, dass Männer nicht blieben. Sie war die meiste Zeit mit ihrer Mom allein gewesen. Die Männer, die in ihrem bescheidenen Haus am Rande der Stadt eingezogen und wieder ausgezogen waren, hatten mehr wie Besucher gewirkt und stellten für sie wahrhaftig keine harmonische Familie dar. Ihr Vater ging für sie wohl am ehesten als Familie durch, aber er war ständig unterwegs und außerdem hatte er seinen Hut genommen, als sie neun Jahre alt gewesen war.

Ihre Mutter hatte sich oft als Frau hingestellt, die einen Mann brauchte, um sich vollständig zu fühlen. »Das wirst du verstehen, wenn du ein bisschen älter bist, Schätzchen«, pflegte sie zu sagen. Aber so ganz hatte sie es nie begriffen. Nach allem, was sie mitbekommen hatte, bedeutete das schlichtweg, dass eine Frau sich besser darauf einrichtete, sich die meiste Zeit ihres Lebens unvollständig zu fühlen.

Ihre Mutter hatte, als Daisy elf war, also wieder geheiratet, aber sie war kaum zwölf, da war Papa Ray auch schon wieder futsch.

In dem Sommer nach ihrem sechzehnten Geburtstag hatte sie sich Hals über Kopf in Nicks Vater, Dale Coltrane, verliebt. Und ihr Leben hatte eine völlig andere Richtung genommen.

Zunächst glaubte Daisy ehrlich, dass ihr lebenslanger Traum von einer stabilen Familie mit einem Vater, der blieb, und Geschwistern, die ihr gehörten, in Erfüllung gegangen war. Sie war halt eine blauäugige, unverbesserliche Optimistin gewesen.

Sie und ihre Mutter gehörten nicht in die Welt der Coltranes, und die, die dazu gehörten, ließen keine Gelegenheit aus, sie das auch spüren zu lassen. Ihr war nie bewusst gewesen, dass es so viele Möglichkeiten gab, nicht zu genügen. Ständig gab es Kritik, die allerdings mit ausgesuchter Höflichkeit und Finesse vorgebracht wurde, so dass es schwierig war, sich dagegen zu wehren. Was Daisy natürlich nie davon abhielt, es trotzdem zu versuchen, etwas, was ihr natürlich ebenfalls prompt vorgehalten wurde. Und während sie gegen den Snobismus rebellierte, versuchte ihre Mama verzweifelt, sich einzufügen.

Das mit den Geschwistern lief auch nicht ganz so, wie Daisy es sich erhofft hatte. Mo war zwar nett und freundlich und auch bereit, Daisy unter ihre Fittiche zu nehmen. Aber sie war fünf Jahre älter und hatte ihre eigenen Interessen und Freunde. Daisy kannte Nick mehr oder weniger nur als muskulösen Rücken, den sie den Raum verlassen sah, wann immer sie ihn betrat. Bei ihren seltenen Zusammentreffen behandelte er sie wie eine amüsante, exotische Krankheit. Und bevor Daisy noch die Gelegenheit gehabt hatte, ihn in den Bruder umzuwandeln, den sie sich immer gewünscht hatte, war die Ehe ihrer Eltern unter unglaublich hässlichen Umständen in die Brüche gegangen.

Am Anfang bemerkte Daisy nichts, was sie nicht auch schon vorher mitbekommen hatte: erbitterte Stimmen hinter geschlossenen Türen, kaltes Schweigen, halb ersticktes Schluchzen. Aber dann trieb Dale die Situation mit gezielter Grausamkeit auf die Spitze, etwas, was sie bis heute nicht verstand: Er verleumdete ihre Mutter bei der Presse und zerstörte ihren Ruf. Es zahlte sich vermutlich aus, reich zu sein und noch reichere Freunde zu haben. Denn wie sonst hätte er den Boulevardblättern eine solch offenkundig unwahre Geschichte über Mamas vermeintliche, schmutzige Sexualpraktiken mit dem Erbe der Campman-Kellerei, einem angeblich guten Freund von ihm, verkaufen können?

Campmans scharfe Dementis und sein besorgter Versuch, ihre Mutter zu trösten, der von Fotografen der Boulevardblätter beobachtet wurde, verhalfen der Story schließlich zu der Glaubwürdigkeit, die sie allein auf Grund von Dales Behauptungen womöglich nie erlangt hätte.

Als die Ehe beendet war, war Daisy klar geworden, dass sie nie einer Familie à la Bill Cosby angehören würde. Das ließ sich von ihr nun mal nicht steuern. Aber dafür schwor sie sich, nie die Fehler ihrer Mutter zu wiederholen. Sie glaubte, dass es irgendwo da draußen einen Mann gab, auf den sie sich mit hundertprozentiger Sicherheit würde verlassen können, der sie lieben würde, bis dass der Tod sie schied. Und mit siebzehn gelobte sie, sich für diesen Mann aufzubewahren.

Welcher Teufel hatte sie also geritten, einen Vertrag mit ebendem Mann zu unterschreiben, der sie mit schönen Worten dazu gebracht hatte, dieses Gelöbnis nur zwei kurze Jahre, nachdem sie es gemacht hatte, zu brechen?

Der Bus ratterte über eine Straßenbahnschiene, und sie

stierte finster in den verhangenen Tag hinaus. Geld war natürlich kein zu gering zu schätzender Grund, wenn man so wenig davon hatte wie sie. Aber sie musste auch an ihr seelisches Wohlergehen denken – und aus leidvoller Erfahrung wusste sie, dass Nick Coltrane ihr in dieser Beziehung nicht gut tat.

Der Bus war schon fast an ihrer Haltestelle angekommen, und so streckte sie die Hand nach dem Klingelknopf aus. Sie musste nur ihre Zweifel beiseite schieben. Vertrag war Vertrag – jetzt war es zu spät zu kneifen.

Sie kämpfte sich mit ihrem Koffer und ihrem diversen Kleingepäck aus dem Bus und verfluchte innerlich ihre eingefleischte Sparsamkeit. Ein Taxi hätte ihr Budget schon nicht gesprengt, aber es hätte einen weitaus besseren Eindruck gemacht, als jetzt wie das Mädchen mit den Schwefelhölzchen vor Nicks Tür zu stehen. Wann immer sie den Atem dieses Mannes spürte, schien sie allzu schnell in diese Rolle zu schlüpfen. Es wäre heilsam, wenigstens einmal von einer Position der Stärke aus zu agieren. Na gut – dann eben das nächste Mal.

Daisy blinzelte den steilen, beinahe senkrecht ansteigenden Berg hinauf, arrangierte ein letztes Mal so gut es ging ihre Lasten, holte tief Luft und marschierte los.

Einige Blocks weiter blieb sie schnaufend vor einer Mauer stehen, hinter der sich ein riesiges Backstein-Herrenhaus befand. Sie zog einen Zettel aus ihrer Hüfttasche und verglich die hingekritzelte Nummer mit dem Messingschild auf dem Torpfosten der Einfahrt. Es war die richtige Adresse.

Als sie merkte, wie imposant das Haus war, und welchen Wohlstand es atmete, wusste sie nicht, ob sie über Nicks verquere Vorstellung von »arm« den Kopf schütteln oder ob sie sich beglückwünschen sollte. Das war genau die Art von »Schuppen«, die sie sich vorgestellt hatte, als sie eingewilligt hatte, bei ihm einzuziehen, um seinen bedauernswerten Arsch zu bewachen. Die Mauer mit dem Tor war ein bisschen auffällig, aber sie würde es einfacher machen, Nicks Sicherheit zu gewährleisten. Himmel, wenn sie sich mit genügend Proviant versorgten, müssten sie die Hütte nicht mal verlassen, was die Zahl der Möglichkeiten, ihn in Gefahr zu bringen, doch drastisch einschränkte. Sie drückte auf die Klingel, die in dem Torpfosten eingelassen war.

Kurz darauf knisterte die Sprechanlage. »Wer ist da?«, fragte eine Frauenstimme.

»Mein Name ist Daisy Parker ...«

»Oh! Sie sind Nicholas' Bodyguard!«

»Seine Sicherheitsexpertin, ja, Ma'am.«

»Für einen Bodyguard sehen Sie aber ziemlich schmächtig aus.«

Daisy blickte giftig in die Kamera, die oben an dem Torpfosten angebracht war. Wenn sie für diesen Satz jedes Mal einen Dollar bekommen hätte, wäre sie jetzt reich genug, um Nick zu sagen, er solle sich jemand anderen suchen, der seine Lotterhaut bewachte. Dabei war sie nicht einmal besonders klein. Sie war an die einssiebzig groß, aber das zählte nicht. Und das war es, was sie wirklich wurmte.

Der befremdlichste Punkt in den Augen anderer war, dass sie kein Mann war.

Die Frau schien auf eine Antwort zu warten, und so sagte Daisy: »Das sieht nur so aus, in Wirklichkeit bin ich größer.« Ihre Bemerkung wurde mit Schweigen quittiert. Deshalb fügte sie hinzu: »Ma'am, ich versichere Ihnen, dass ich in meinem Job sehr gut bin.« Die Frau reagierte immer noch nicht, und Daisy riss der Geduldsfaden. »Hören Sie, Lady, wenn Sie mich nicht reinlassen, kann ich meinem Job auch nicht nachkommen.«

»Nicholas hat mich schon darauf vorbereitet, dass Sie

ruppig sind.« Das Tor summte, während beide Flügel langsam aufglitten und einen Weg freigaben, der sich nach rechts wand. »Er ist in der Remise, im Garagenhaus.«

»›*Nicholas hat mich schon darauf vorbereitet, dass Sie ruppig sind*‹«, äffte Daisy säuerlich nach. Na, toll. Fünf Minuten in seinen Kreisen, und schon wurde sie für zu leicht befunden.

Sie wuchtete ihre Siebensachen wieder hoch und marschierte durch das Tor. Was sollte das im Übrigen mit dem Garagenhaus? Parkplätze und Abstellflächen für Autos standen in San Francisco so hoch im Kurs, dass es der Inbegriff von Luxus war, vor Ort eine eigene Garage zu besitzen. Nick hatte wirklich Nerven, von beschränkten Mitteln zu reden.

Die ursprünglichen Tore der Remise waren durch automatische Garagentore ersetzt worden, von denen zwei bis zur Decke hochgerollt waren. Dankbar setzte sie ihr Gepäck ab und spähte in die halbdunkle offene Garage. In einer – tipptopp gepflegten – Bucht stand ein klassischer Daimler, in einer anderen ein alter Porsche. Die dritte Bucht war bis auf eine Gefriertruhe in der Ecke leer. Weit und breit war niemand zu sehen, und so rief Daisy laut Nicks Namen.

»Bist du's, Daisy?«

Die Stimme kam von oben, aber als Daisy hochschaute, entdeckte sie nur Balken. Dann hörte sie von draußen Lärm und ging zurück auf den Vorplatz. Dem Getrappel von Schritten folgend, bog sie um die Ecke und sah, wie Nick gerade die letzte Stufe einer Außentreppe aus Holz nahm.

Er kam strahlend auf sie zu. »Wo hast du dein Zeugs?«

Das Herz schlug ihr plötzlich bis zum Hals, sie brachte keinen Ton heraus und deutete nur wortlos auf den Berg am Eingang der Garage. Erneut zweifelte sie an ihrem Geisteszustand. Wie hatte sie diesen Auftrag nur annehmen können? Wenn sie einem Kunden gegenüberstand, spielte ihr Herz normalerweise nicht so verrückt, als sei sie ein verknalltes Schulmädchen.

Daisy straffte die Schultern. Verdammt noch mal, sie würde solche Gefühle einfach nicht zulassen. Sie war schließlich keine dreizehn mehr, sie war eine erwachsene Frau. Sie war Profi – sie war Polizistin gewesen. Sie riss Nick ihren Waffenkoffer – eine Spezialanfertigung – aus der Hand: »Den nehm ich. Du kannst den Rest tragen.« Sich an seinen verletzten Arm erinnernd, nahm sie auch noch ihren Koffer und überließ ihm die leichteren Plastiktüten, die sie mit allerlei Krimskrams voll gestopft hatte.

Als sie sich umsah, entdeckte sie einen schmalen Pfad, der sich durch einen kleinen, üppig bepflanzten Garten zur Hintertür der Villa schlängelte. »Wohin?« Sie nahm mal an, zur Hintertür. Aber da sie von jetzt an ihr Sonntagsbenehmen an den Tag legen wollte, nahm sie davon Abstand, auf eigene Faust loszugehen.

»Hier rauf.« Da er die Hände voll hatte, deutete er mit dem Kinn die Treppe hinauf, die an der Seite des Garagenhauses nach oben führte. Eine der Tüten rutschte ihm ab, und er korrigierte seinen Griff. »Mein Gott, Daisy, was ist da bloß alles für Zeugs drin?«

Daisy spähte die Treppe hoch. Klar doch, da oben war ein Apartment, das er für sie vorbereitet hatte. Aber ebenso klar war auch, dass er schlicht keine Ahnung von den Grundregeln der Sicherheit hatte. »Coltrane«, brauste sie empört auf, »ich kann dich nicht beschützen, wenn du an einem anderen Ort als ich bist.«

Nick sah sie verwundert an. »Wenn ich an …« Er lachte entsetzt auf. »Du denkst, ich wohne im Haupthaus? Mann, du willst einfach nicht wahrhaben, was ich dir gesagt habe, nicht wahr? Ich bin nicht reich. Ich habe das Garagenhaus vom Besitzer des Anwesens gemietet. Komm jetzt!«

Daisy folgte ihm misstrauisch die Treppe hoch, und sie wusste: Sobald sie die Türschwelle überschritt, hatte sie ein dickes, dickes Problem. Die großzügige, in kaltem Chrom und Leder gehaltene Wohnung, die sie erwartet hatte, erwies sich als Puppenstube. Als schnuckelige, gemütliche, einladende Puppenstube. Ihr wurde ganz anders, als sie durch den kurzen Flur in den Hauptraum äugte.

Das war einfach überwältigend.

Hohe Decken, glänzender Parkettfußboden und gemauerte Wände. Sprossenfenster gaben den Blick auf die Einfahrt und den winzigen Garten frei, und an den Wänden hingen ausdrucksstarke Schwarzweißfotos, offensichtlich alles Arbeiten von Nick. Am anderen Ende des Raumes trennte eine Frühstückstheke den Küchenbereich ab, und in der Mitte, gegenüber einem Kamin und einer Hi-Fi-Anlage mit Fernseher, standen eine kastanienbraune Samtcouch und zwei Gobelinsessel mit dicken Polstern. Nick warf ihr einen Blick über die Schulter zu, und Daisy registrierte, dass er am Ende des Flurs neben der einzigen verputzten Wand angelangt war. Sie zeigte zwei geschlossene Türen, die vermutlich zu den Schlafzimmern führten. Vielleicht aber auch zu einem Schlafzimmer und einem Badezimmer.

»Wo ist dein, ehm, dein Fotolabor«, fragte sie. Was sie eigentlich wissen wollte, war, wo sie denn schlafen sollte. Aber in der letzten Sekunde versagten ihr die Nerven. So würde das nie funktionieren. Sie musste endlich damit beginnen, entschiedener aufzutreten, wenn sie nicht die Kontrolle über die gesamte Situation verlieren wollte.

»Unten in der Garage«, sagte Nick und sah zu, wie sie den großen Koffer auf den Boden und den kleineren auf der antiken Truhe, die als Kaffeetisch diente, abstellte. »Ich bin gerade damit fertig geworden, wieder Ordnung in das Chaos vom gestrigen Überfall zu bringen.«

Daisy hatte sich zu Hause noch umgezogen und trug nun Jeans und einen Chenille-Pullover in einem verwaschenen Orangeton. Verfolgt von Nicks Blicken, tigerte sie mit ihren langen Beinen durch die Wohnung, sah sich hier etwas an, lugte dort in eine Ecke … Bei der gewölbten Truhe unter den Fenstern blieb sie stehen und ging vor ihr in die Hocke. Sie hob den Deckel an, er die Augenbrauen. »Suchst du irgendetwas Bestimmtes, Daisy?«

»Ich weiß einfach nur gerne über mein Umfeld Bescheid.« Sie sah ihn böse über die Schulter an. »Und ich hab's dir schon mal gesagt, Coltrane. Nenn mich nicht Daisy.«

»Okay, dann also Daisy. Nimm die Finger von meinem Zeug. Hat dir deine Mutter nicht beigebracht, dass man nicht in fremden Sachen herumschnüffelt?«

»Sie hat's versucht, aber wie du siehst, hat es nichts gebracht. Wenn es etwas zu schnüffeln gibt, dann schnüffle ich auch.« Sie sprang auf die Füße. »Wo soll ich schlafen?«

Bei der Antwort, die ihm durch den Kopf ging, spannten sich seine Muskeln an, doch er zwang sich, wieder zu entspannen, bevor er sich umdrehte und zum Schlafzimmer marschierte. Er öffnete die Tür und sah sich nach ihr um. Sie stand direkt hinter ihm. »Hier drin.«

Sie drückte sich an ihm vorbei und inspizierte den Raum mit der gleichen Gründlichkeit wie alles andere zuvor. Sie nahm seine Sachen hoch und stellte sie wieder zurück. Sie zog eine Nachttischschublade auf, lugte hinein und schob sie wieder zu. Nachdem sie dem professionell wirkenden Punching-Sandsack, der in einer Ecke hing, eine Links-rechts-links-Serie verpasst hatte, setzte sie sich seitlich aufs Bett und wippte ein paarmal auf und ab. »Hübsch.« Dann sah sie zu ihm hinüber. »Das ist *dein* Zimmer. Und das einzige Schlafzimmer – sehe ich das richtig?«

Er nickte.

»Und wo gedenkst du zu schlafen, wenn du das hier mir überlässt?«

»Auf der Couch.«

Sie musterte seine langen Beine und lachte skeptisch auf. »Bestimmt.« Sie erhob sich wieder von der Bettkante. »Behalte dein Zimmer, ich schlafe auf der Couch.«

Alles, was ihm je zum Thema Kavalier eingebläut worden war, rebellierte bei dieser Vorstellung. »Das ist nicht nötig.«

»Das ist sogar unumgänglich. Zunächst einmal passe ich viel besser auf die Couch als du. Doch was wichtiger ist, meine Dienste werden dir nicht viel nützen, wenn die Schläger des Gentlemans hier eindringen sollten und Kleinholz aus dir machen, während ich im Schlafzimmer vor mich hinsäge. Das ganze Konzept baut darauf auf, dass die Kerle erst mal an mir vorbeimüssen, um an dich ranzukommen.« Sie fegte an ihm vorbei. »Come on, schauen wir mal, was du so alles in deinem Medizinschrank aufbewahrst.«

Ihr anmaßendes Verhalten fuchste ihn gewaltig. Er streckte instinktiv die Hand aus und packte sie am Arm, um ihr die Meinung zu sagen. Aber als es sie dabei um die eigene Achse wirbelte und sie direkt vor ihm zum Stehen kam, fing er ihren Duft ein und vergaß, was er ihr sagen wollte. Sie roch nach Kernseife und Shampoo und ein ganz klein wenig moschusartig nach Frau. In einem Anfall von Wahnwitz hätte er sie beinahe gegen die nächste Wand gedrückt und sich an den Ursprung jedes einzelnen Dufthauchs herangeschnüffelt.

Dann sah er ihr Gesicht, in dem kalte Wut stand. Die Hand zur Faust geballt und den Arm nach hinten angewinkelt, stemmte sie sich gegen seinen Griff. Sie starrte auf seine Hand und dann in sein Gesicht. »Nimm deine Finger weg!«

Er wusste, dass das genau das war, was er eigentlich tun sollte, aber etwas in seinem Inneren weigerte sich, ihrer Aufforderung nachzukommen. »Oder was?«

Sie griff mit der anderen Hand nach unten und strich mit den Fingern warnend über seinen Hosenstall. »Dann reiß ich dir dein Spielzeug ab, auf das du so stolz bist, und werf es dem erstbesten Hund, den ich sehe, zum Fraß vor.«

Es war ein Schlag ins Gesicht ihres Egos, wie hastig er ihre Hand wegstieß und sie dann anknurrte: »Wie ich merke, bist du immer noch die armselige, kleine Straßenkämpferin, die wir alle kannten und bedauerten. Ich muss verrückt gewesen sein zu glauben, dass das hier funktionieren könnte.«

Daisys Gesicht wurde fahl. Sie drehte sich um und begann wortlos ihre bunte Tütenkollektion einzusammeln.

»Was machst du da?« Als ob das nicht jeder Idiot sehen konnte. Aber er musste trotzdem fragen. Als sie ihn anblickte, wünschte er sich allerdings, er hätte es nicht getan. Die Verachtung, die in ihren Augen loderte, versengte ihn bis auf die Knochen.

»Ich nehme meine Sachen und gehe nach Hause. Du bekommst deinen Vorschuss morgen früh zurück.«

Vielleicht hatte sie Recht. Angesichts ihrer turbulenten Vorgeschichte und den engen Räumlichkeiten wusste er nicht, ob er damit umgehen konnte, sie hier bei sich zu haben. Doch die Alternative gefiel ihm noch weniger. Dieses ewige Hin und Her zwischen »Es war vernünftig, sie anzuheuern« und »Das war die dümmste Idee, die ich je hatte«, machte ihn kribbelig, und er merkte, wie ihn die Sache langsam innerlich auffraß. Er fuhr sich mit den Fingern durchs Haar. »Ist das dein letztes Wort? Du willst mich also verlassen und den Geiern zum Fraß vorwerfen?«

Sie ließ ihre Tüten mit einem Plumps auf den Boden fallen und baute sich mit vorgestrecktem Kinn, die geballten

Fäuste in die Hüften gestemmt, vor ihm auf: »Was willst du eigentlich von mir, Coltrane? Willst du nun, dass ich bleibe – oder willst du, dass ich gehe?«

»Ich weiß es nicht, verdammt noch mal! Dass ich dich angeheuert habe, geschah aus einem Impuls heraus – wahrscheinlich weil Mo vor einiger Zeit erwähnt hat, womit du dir deinen Lebensunterhalt verdienst.«

»Tja, wenn du deine geschäftigen Fingerchen von den Höschen verheirateter Frauen lassen würdest, dann *bräuchtest* du überhaupt keinen Sicherheitsdienst«, sagte sie spitz.

Er beugte sich vor und näherte sein Gesicht bedrohlich dem ihren. »Halt dich zurück«, warnte er. Mit Genugtuung sah er, wie ihr Mund zuklappte, woraufhin er sich wieder aufrichtete und einen großen Schritt zurücktrat. Aus irgendeinem Grund machte es ihn rasend, dass sie glaubte, er habe es mit einer verheirateten Frau getrieben – obwohl er es ihr doch selbst genauso erzählt hatte.

»Es steht dir nicht zu, über mich zu richten«, sagte er kühl. »Nicht, wenn du bereit bist, mein Geld zu nehmen. Und als dein Auftraggeber möchte ich jetzt einige Informationen über dich. Ich hätte schon früher fragen sollen. Wenn man mal dein kleines Demonstrationsangebot beiseite lässt, dann weiß ich tatsächlich rein gar nichts über deine Qualifikation.« Ihre feingliedrige, schlanke Statur und das eigensinnige Kinn, das ihm kaum bis zur halben Brust reichte, ließen doch ernsthafte Bedenken aufkommen. »Find dich damit ab, du entsprichst nicht gerade den allgemeinen Vorstellungen von einem Bodyguard.«

Sie gab zwar einen Ton der Empörung von sich, aber ihre Miene blieb neutral, als sie entgegnete: »Glaub es oder glaub es nicht, Coltrane, aber genau das kommt mir zugute, da die Leute mich nämlich ständig unterschätzen. Nichtsdestoweniger bin ich voll qualifiziert.«

»Was bedeutet das? Dass du die ITT Peterson School of Bodyguarding oder so etwas besucht hast?«

Ihr Kinn reckte sich noch ein bisschen weiter vor. »Ach, wie süß. Beleidigend und falsch zwar, aber schrecklich süß. Ihr reichen Jungs beherrscht die Schlagfertigkeit wohl aus dem Effeff, was?«

Er hob die Kamera hoch und betrachtete sie durch den Sucher. »Deine Qualifikation, Daisy?«

»Ich habe die Polizeiakademie als Drittbeste meiner Klasse abgeschlossen.«

»Du warst *Polizistin?*« Darauf war er nicht gefasst, und er senkte die Kamera. Mo und sie hatten in lockerem Kontakt gestanden, so dass er die Jahre über immer mal etwas über sie gehört hatte. Aber Mo hatte niemals erwähnt, dass Daisy zur Polizei gegangen war. Er ließ die Kamera sinken und warf ihr einen skeptischen Blick zu. »Du spinnst ja.«

»Es ist aber wahr.«

»Wo?« Sicher in Mayberry, wo Fuchs und Hase sich gute Nacht sagten.

»Ich war vier Jahre bei der Polizei in Oakland.«

Okay, also kein kleines Kaff. Er musterte sie interessiert und versuchte sie sich vorzustellen, wie sie in einer der berüchtigten Straßen von Oakland Streife ging. »Und warum bist du dort weggegangen?«

»In so einem bürokratischen Laden ist eine Menge Politik mit im Spiel.« Sie zögerte und gestand dann: »Ich war in dem Spiel nicht sehr gut.«

Bei Nick ging ein Mundwinkel hoch. »Nein, das kann ich mir lebhaft vorstellen. Diplomatie war noch nie deine starke Seite.«

Sie zuckte nur die Schultern. »Und Ehrlichkeit ist im zivilen Dienst nicht immer die beste Politik.« Sie musterte ihn scharf. »Genügt eine Qualifikation als Gesetzeshüter den Ansprüchen Seiner Königlichen Hoheit?«

Was gab es da noch einzuwenden? Wenn sie in Oakland vier Jahre lang Cop gewesen war, war sie qualifiziert, ob sie nun eine vorlaute Göre war oder nicht. Er nickte.

»Prima. Willst du nun also, dass ich bleibe, oder soll ich gehen? Entscheide dich, denn noch einmal ziehe ich dieses blöde Spiel nicht durch.«

»Bleib.« Mist. Er bedauerte seine Entscheidung in derselben Minute, in der er sie ausgesprochen hatte. Doch er brauchte nun mal jemanden. Sie war da, und sie war qualifiziert. Er musste wohl oder übel damit leben.

Aber er wollte verdammt sein, wenn die Zugeständnisse nur einseitig wären. »Vorausgesetzt, du kannst dich auch wie eine Frau benehmen, die auf einer Akademie ausgebildet wurde, und führst dich nicht wie ein Flintenweib auf.«

Ihre Kiefer malmten zwar kurz, doch sie erwiderte nur: »Das kann ich.« Sie beugte sich nach unten, um ihre Plastiktüten zusammenzusammeln, und marschierte damit in die Küche. Sie öffnete den Kühlschrank und begann die Tüten auszupacken.

»Du hast deine eigenen Lebensmittel mitgebracht?« Er kam neugierig zu ihr rüber.

»Ich wusste nicht, wie lange ich hier sein würde, und ich hasse es, bei meiner Rückkehr von vergammeltem Essen begrüßt zu werden.« Sie stellte zwei Liter Milch in das Fach, in das sie schon einen Liter Orangensaft geräumt hatte, und holte anschließend zwei Orangen, einen Behälter mit frischer Ananas und einen Behälter mit gewürfelter Honigmelone aus der Tüte.

»Wäre es nicht einfacher, alles gleich in den Müll zu werfen?«

»Ich werfe keine einwandfreien Lebensmittel weg, du verwöhnter Junge.«

Er stieß frustriert die Luft aus. Vielleicht würde ja ein Themenwechsel den Gedanken vertreiben, wie gut es sich anfühlen würde, ihr ihren langen, schlanken Hals umzudrehen. »In der Garage ist übrigens Platz genug, wenn du deinen Wagen dort abstellen willst. Ich bin überrascht, dass du auf der Straße einen Parkplatz gefunden hast.«

»Hab ich nicht.« Daisy schloss den Kühlschrank und wandte sich zu ihm um. »Ich bin mit dem Muni gekommen.«

»Mit dem *Bus*? Du hast kein Auto?« Er konnte sich ein Leben ohne einen fahrbaren Untersatz überhaupt nicht vorstellen.

Ihr Gesichtsausdruck war feindselig. »Wir können nicht alle mit einem Silberlöffel im Mund geboren werden.«

»Verdammt, Daisy, kannst du nicht mal damit aufhören?«

Zehn lausige Minuten in ihrer Gesellschaft und schon schäumte er innerlich vor Wut. »Ich bin nicht reich, okay? Verglichen mit meinen Freunden bin ich total pleite.«

»Wenn du mir einen Scheck über viertausend Dollar ausstellen kannst, dann bist du nicht pleite, glaub mir. Ich weiß, was pleite ist. Bis Reggie den Scheck eingelöst hat, hatte ich noch genau einhundertachtunddreißig Dollar und einundvierzig Cents auf meinem Konto.«

»Ach ja? Dann müsstest du eigentlich ein ganzes Stück netter zu mir sein.«

Sie bedachte ihn mit einem unfreundlichen Knurren. »Darauf kannst du warten, bis du schwarz wirst.«

»Das klingt mir doch schwer danach, als würde ich dir ganz allein den bösen Wolf vom Hals halten, Sahnetörtchen.«

Sie sah ihm direkt in die Augen. »Und jedes Mal, wenn ich dich betrachte, denke ich nur: *Großmutter, was hast du für große Augen?* Komisch, was?« Sie rieb sich die Arme, als sei ihr kühl. »Aber trotzdem bin ich hier eingezogen.«

Sie trat hinter der Frühstücksbar hervor, und Nick gab

sich einen Ruck: »Hör mal, Daisy, vielleicht sollten wir mal Klartext miteinander reden.«

Sie ging zur Couch, setzte sich und beugte sich vor, um die Schnappverschlüsse des kleinen Koffers, den sie auf der Truhe abgestellt hatte, zu öffnen. Die Daumen auf dem Deckel abgestützt, musterte sie ihn aufmerksam. »Klartext worüber?« Damit hob sie den Deckel an und griff in den Koffer.

Nick schaute beiseite. Dann wandte er den Blick wieder ihrem Profil zu. »Wir müssen über Mos Hochzeitsabend reden.« Eine Entschuldigung von ihm war längst überfällig.

Das war wirklich das Letzte, was Daisy wollte. Sie stand auf, drehte sich zu ihm um und sah ihn mit steinerner, abweisender Miene an, wobei sie die Pistole, die sie aus dem Koffer genommen hatte, seitlich nach unten hielt.

»Du kannst nicht sehr klug sein«, sagte sie mit ausdrucksleerer Stimme, »sonst würdest du diesen Abend nie und nimmer ansprechen, wenn ich eine Pistole in der Hand halte.« Vor allem nicht, wenn diese Hand in dem übermächtigen Bedürfnis, direkt auf sein verlogenes Herz zu zielen, so entsetzlich zitterte. Sie wandte sich ab und legte die Waffe vorsichtig in den vorgesehenen Schlitz im Koffer zurück. »Du hast Glück, dass ich Profi bin.«

»Hör zu, alles, was ich sagen wollte …«

»Es interessiert mich einen Dreck, was du sagen willst, verstanden? Schluck's runter!«

»Verdammt, Daisy, ich …«

Sie ließ ihn einfach stehen und marschierte zum Badezimmer. Sie brauchte für ein paar Minuten eine Tür, die sie hinter sich abschließen konnte, und einen laufenden Wasserhahn, der seine Stimme ausblendete. Er schien fest entschlossen, am Ball zu bleiben, und sie hatte Angst, so in Rage zu geraten, dass sie eine Dummheit beging, die sie bereuen könnte. Nichts machte sie so fuchsteufelswild, wie die Erinnerung an jenen Abend mit Nick. Deshalb war es klug, sich selbst so lange aus dem Verkehr zu ziehen, bis sie dem Wunsch, persönlich zu werden, widerstehen konnte. Sie musste ihre ganze Professionalität zusammenkratzen und sich damit wie hinter einer kugelsicheren Weste verschanzen. Nach einer Weile verließ sie das Bad wieder sehr viel ruhiger. Doch als sie plötzlich am Arm gepackt, und mit eisernem Griff herumgewirbelt wurde, überlegte sie überhaupt nicht – sie reagierte einfach nur. Sie drehte sich mit dem Rücken gegen seine Brust, packte gleichzeitig seinen Arm, machte eine Körperdrehung und beugte sich blitzschnell nach vorne.

Nick flog über ihre Schulter und segelte ein Stückchen durch die Luft, um mit dem Rücken flach auf dem Boden zu landen.

3

»Was soll der Scheiß, Daisy?« Nick stützte sich empört auf einen Ellenbogen und schnappte nach Luft. »Ich wollte nichts weiter, als mich entschuldigen.«

»Heb dir deine Entschuldigungen für jemanden auf, den sie interessieren.«

»Ich nehme an, sie interessieren dich gewaltig, sonst würdest du nicht so auf mich losgehen.«

Sie lachte gequält. »Bilde dir bloß nichts ein. Das hat mich früher mal interessiert, aber jetzt schon lange nicht mehr.«

Allerdings beugte sie sich vor und streckte ihm die Hand entgegen. Er ergriff sie und ließ sich auf die Füße ziehen. Es war zwar ziemlich albern, dass er sofort ihre Wärme vermisste, als sie seine Hand einen Sekundenbruchteil später wieder losließ. Aber er tat es.

»Wenn dieses Unternehmen auch nur den Hauch einer Chance haben soll, dann müssen wir uns auf einer rein professionellen Ebene verständigen, sonst funktioniert das nicht«, sagte sie kühl. »Und ja, okay, ich gebe zu, dies war vielleicht nicht der allerbeste Anfang.« Ihr Schulterzucken erweckte bei Nick nicht gerade den Eindruck, dass es ihr besonders Leid tat, und ihr Kinn war selbstbewusst vorgereckt, als sie hinzufügte: »Vergiss es einfach, Nick! Du hast bekommen, was du wolltest, als du mir die Unschuld geraubt hast und dann gegangen bist.« Sie wandte sich ab.

Du lieber Gott, das war ja beinahe ein Witz. Er war nicht weggegangen, er war *weggerannt* – und zwar aus reinem Selbsterhaltungstrieb.

Solange er sich erinnern konnte, hatte sein Vater die Frauen wie andere Leute die Hemden gewechselt. Und er hatte mitbekommen, welchen Schaden er damit anrichtete. Das hatte ihn schon in jungen Jahren zu dem Entschluss gebracht, niemals zu heiraten. Auch hatte er es aufgegeben, auch nur den Versuch zu unternehmen, seine verschiedenen Stiefgeschwister näher kennen zu lernen, da sie nie so lange da waren, dass sich die Anstrengung gelohnt hätte. Mo war die einzige Person gewesen, auf die er zählen konnte, von der er wusste, dass sie für ihn immer da sein würde, in guten wie in schlechten Zeiten.

Und dann – es war das Jahr, in dem er seinen College-Abschluss machte – war Daisy in ihr Leben getreten.

Sie war von Beginn an anders gewesen als die Stiefgeschwister, die vor ihr gekommen und wieder gegangen waren. Sie war noch keine Stunde in der Coltrane-Villa, da ließ sie schon alle ihre Anwesenheit spüren. Mit sechzehn hatte sie bereits eine große Klappe und ihren eigenen Kopf.

Sie war durch die Flure geflitzt, auf den Möbeln herumgesprungen und hatte ungeniert ihre Füße, Schuhgröße 41, auf eine Couch oder einen Kaffeetisch gelegt. Sie hatte all das getan, was Mo und er sich nicht trauten. Sie hatte irgendetwas an sich, eine warme Herzlichkeit, die jeden anzog, der in ihre Nähe kam. Und sie war ganz wild darauf gewesen, seine und Mos Schwester zu sein.

Ihre saloppe, überbordende Emotionalität hatte irgendeine Saite in ihm zum Schwingen gebracht ... Vielleicht weil er selbst immer so sorgfältig darauf bedacht war, sich fest unter Kontrolle zu haben. Er war nicht nur von ihrem hemmungslosen Lachen fasziniert, sondern auch von ihren stürmischen Wutausbrüchen – ja, ihre Unbeherrschtheit hatte ihn geradezu magnetisch angezogen. Aber seine Gefühle für sie waren kein bisschen brüderlich, und das war gefährlich – daran hatte er keine Sekunde auch nur den geringsten Zweifel. Deshalb hatte er sie, wann immer er zu Hause war, zwar aus der Distanz beobachtet, jeden Annäherungsversuch ihrerseits jedoch abgeblockt.

Es stellte sich bald heraus, dass das mal wieder die richtige Entscheidung gewesen war. Denn die Ehe ihrer Eltern fing ein paar Wochen vor ihrem ersten Hochzeitstag massiv zu bröckeln an. Und da Dad entschlossen war, sich nicht noch weitere Unterhaltszahlungen ans Bein zu binden und zu diesem Behufe alle, wirklich alle Register zog, waren Daisy und ihre Mutter, noch bevor dieses Jubiläumsdatum herangerückt war, schon wieder abserviert und verschwunden.

Nick wandte seine Aufmerksamkeit erneut Daisy zu. Sie saß auf der Couch und nahm eine weitere Pistole zur Hand, klappte fachmännisch den Lauf nach unten ab und suchte in ihrem Innenleben nach, weiß der Teufel, was. Er setzte sich auf den breiten Sessel, der im rechten Winkel zur Couch stand, und hielt sich die Kamera vors Auge, um sie durch den Sucher zu betrachten. Er schoss – klick, klick, klick – ein paar Bilder, und sie schaute entnervt auf.

»Lass das! Ich will nicht fotografiert werden.«

»Warum nicht? Mir gefiel dein Gesicht von Anfang an.«

Sie funkelte ihn finster an, und er bannte auch das auf Zelluloid. Sie musste zu dem Schluss gekommen sein, dass sich ein Streit nicht lohnte, denn sie wandte sich wortlos der Kanone zu, lud sie und legte sie in ihr Fach zurück, um die nächste Waffe herauszuholen.

Ihr Gesicht hatte ihm in der Tat schon immer gefallen. Es war ausdrucksvoll und eigenwillig. Sie hatte große schokoladenbraune Augen und hohe Wangenknochen. Ihre Augenbrauen, ein paar Töne dunkler als ihr Haar, bogen sich außen leicht nach oben. Sie hatte eine ausgeprägte Nase und einen weichen Mund, der durch ein trotziges Kinn kontrapunktiert wurde. In Daisys Gesicht konnte man im Allgemeinen wie in einem offenen Buch lesen, obwohl sie es auch meisterlich verstand, ihre Gedanken zu verbergen, wenn sie es für richtig hielt. Er drückte noch einmal auf den Auslöser.

»Würdest du diese dämliche Kamera endlich in Ruhe lassen!« Daisy sprang auf, stopfte die Kanone vorn an ihrer Jeans in ein Pistolenhalfter und zog den Pullover darüber.

»Diese ›dämliche‹ Kamera hat es mir immerhin ermöglicht, dir viertausend Dollar rüberzuschieben«, erwiderte Nick aufsässig und ließ die Kamera sinken.

Daisy wanderte ruhelos hin und her. »Ich würde gern ein Weilchen rausgehen. Lass uns einen Spaziergang über das Gelände machen. Die Mauer um dieses Anwesen sieht ziemlich solide aus. Deshalb würde ich gerne untersuchen, wie die Schläger es gestern geschafft haben, hier einzudringen.«

»Ja, okay.« Er rappelte sich hoch, froh darüber, den kleinen Ausflug auf den Pfaden der Erinnerungen abbrechen zu können. Daisy hatte Recht: Sie mussten ihre Beziehung auf das rein Berufliche beschränken.

Das Letzte, was er also tun sollte, war, den Abend mit Daisy wieder heraufzubeschwören – jenen Abend vor neun Jahren in einem Hotelzimmer zehn Stockwerke über dem ausklingenden Hochzeitsempfang seiner Schwester.

Reid Cavanaugh spürte seine Frau im Arbeitszimmer auf. Er ging schnurstracks auf den Schreibtisch zu, an dem Mo gerade irgendwelche Zahlen zusammenrechnete, und knallte ihr das Papier, das er in der Hand hielt, auf die polierte Oberfläche. »Würdest du mir bitte mal erklären, was das hier soll?«

Sie markierte ihre Stelle in der Zahlenreihe mit dem Finger und sah erst ihn, dann das Rechtsdokument und dann wieder ihn an. Reid krampfte sich der Magen zusammen. Mein Gott, wie unglaublich kühl sie in letzter Zeit war! »Das ist der Rückzahlungsbeleg für ein Darlehen.«

»Von dir zurückgezahlt.«

»Ja.«

»Steht dein Name irgendwo auf der Darlehensurkunde, Maureen?«

»Nein, aber …«

»Nichts aber. Meiner steht drauf. *Ich* habe für das besch … für das Darlehen mitunterzeichnet.« Er stützte sich mit den Händen auf der Schreibtischplatte ab und beugte sich vor, um ihr direkt in ihre hellblauen Augen zu sehen. »Nicht du. Ich!«

»Das ist alles schön und gut, Reid, aber mir ist aufgefallen, dass du Pettigrew das Geld nicht über die Cavanaugh-Bank geliehen hast.«

»Das ist richtig. Er hatte nicht die nötigen Sicherheiten, um den Kreditausschuss zufrieden zu stellen.«

»Und trotzdem hast du *persönlich* mitunterzeichnet?«

»Er brauchte das Geld, Mo.«

»Die brauchen immer Geld, Reid! Mein Gott, du bist so ein Weichei! Und jeder dahergelaufene Versager weiß das. Wozu brauchte Pettigrew das Geld denn so furchtbar dringend? Für ein neues Polo-Pferd vielleicht?«

»Interessiert dich das wirklich? Oder geht es dir vielmehr darum, auf deinem hohen moralischen Ross zu sitzen und sarkastische Bemerkungen abzusondern?«

»Du hast unser Geld jemandem geliehen, von dem du weißt, dass du es niemals zurückbekommen wirst!«

»Ach, jetzt ist es auf einmal also unser Geld, hm? Findest du das nicht ein bisschen heuchlerisch, angesichts der Tatsache, dass du jahrelang strikt zwischen deinem Geld und meinem Geld unterschieden hast, wenn es um unsere Finanzen ging? Außerdem wird er es zurückzahlen.«

»Ich habe neulich gehört, wie du am Telefon jemandem erzählt hast, dass Pettigrew seinen Zahlungsverpflichtungen nicht nachgekommen ist und dass du nun dafür geradestehen musst.«

»Und wenn du ein paar Minuten länger gelauscht oder dir die Mühe gemacht hättest, nach dem Telefonat mit mir darüber zu sprechen, dann hättest du auch mitbekommen, dass ich mir sicher bin, dass er mich nicht sitzen lassen wird.«

Sie warf ihm nur diesen mitleidigen Blick zu, den sie so gut beherrschte. Er wusste, dass sie ihn für ganz schön naiv hielt. Wieder einmal. Dass sie so gar kein Vertrauen in seine Urteilskraft hatte, ärgerte ihn gewaltig. »Das war *mein* Problem, Mo! Ich war dabei, mir einen Überbrückungsplan zurechtzulegen, bis Pettigrew wieder flüssig ist. Aber hast du mir etwa zugetraut, dass ich das selbst auf die Reihe bekomme? Nein, natürlich nicht. Ich frage mich, wem ich das wohl verdanke. Vermutlich Old-Daddy, wenn ich mir dich und deinen Bruder so ansehe. Ihr beide habt doch eine Betriebsstörung.«

Ihre Wangen wurden rot, und sie sprang wütend auf: »Das ist gemein. Und unfair.« Ihre Gesichter waren sich jetzt ziemlich nah, und die Atmosphäre knisterte vor emotionsgeladener Spannung. Trotzdem beugte er sich noch ein Stückchen weiter vor. »Mag sein, aber es trifft den Nagel auf den Kopf. Wir schleichen um die Tatsache, dass unsere Ehe inzwischen ein einziges Chaos ist, schon viel zu lange wie die Katze um den heißen Brei herum. Dein Vater war ein emotionaler Krüppel, also zieht Nick beim geringsten Anzeichen, eine Beziehung könnte ernst werden, sofort den Schwanz ein. Und du« – er lachte sarkastisch auf –, »nun ja, du bist fest entschlossen, es mit mir bis zum bitteren Ende durchzuziehen, komme, was da wolle. Hab ich nicht Recht, Mo? Wir wollen doch um Himmels willen nicht, dass dich einer mit deinem Vater in einen Topf wirft.«

Die Farbe ihrer Wangen wechselte von rot auf kreideweiß. »Ist es das, worauf du eigentlich hinauswillst? Willst du die Scheidung?«

»Ich *will*, dass du mir nur ein einziges, lächerliches Mal vertraust. Ich möchte wie ein vollwertiges Mitglied dieser Familie behandelt werden, und nicht wie irgendein inkompetenter Teenager, der jedes Mal, wenn er in der Tinte sitzt, nach seiner Mami rufen muss.«

Er wollte einfach seine alte Mo wieder zurück – aber die hatte sich schon vor langer Zeit verabschiedet, und so wie es aussah, kehrte sie auch nicht mehr zurück. Irgendwo unterwegs war ihre Ehe, die so glücklich und so voller Liebe und Hoffnung begonnen hatte, auf der Strecke geblieben, hatte sich verbraucht und war schal geworden. Anfangs nutzten sie jede freie Minute, die ihnen ihre Verpflichtungen ließen, um zusammen zu sein. Jetzt sahen sie sich so gut wie gar nicht mehr. Und das, was sie einst an ihm am meisten geschätzt hatte, nämlich seine von Optimismus getragene Bereitschaft, einem Freund in Not die Hand zu reichen, war inzwischen genau der Punkt, der einen Keil zwischen sie getrieben hatte – im Grunde genommen paradox, wenn man sah, wie *sie* ständig auf dem Sprung war, die Probleme anderer für sie zu lösen.

»Ich verstehe dich nicht«, sagte er frustriert. »Ich habe nie das Dach über deinem Kopf oder das Essen auf deinem Tisch riskiert. Du hattest kein Recht, dich einzumischen – du hättest dich, verdammt noch mal, da raushalten sollen.«

Sie zögerte kurz und schenkte ihm dann ein gequältes Lächeln. »Glaub mir, du weißt gar nicht, wie sehr ich mir wünschte, genau das getan zu haben. Und jetzt entschuldige mich bitte, ich habe noch eine Menge zu erledigen.«

Ohne ein weiteres Wort nahm sie wieder auf ihrem Stuhl Platz und wandte sich ihren Zahlenreihen zu, so als habe er aufgehört zu existieren.

4

Dienstag

Als Daisy aufwachte, sah sie Nick neben der Couch hocken, sein Gesicht weniger als dreißig Zentimeter von dem ihren entfernt. Mit einem leisen Fluch auf den Lippen rappelte sie sich hoch und tastete unter ihrem Kissen nach der Pistole, während sie gleichzeitig die Wohnung mit den Augen abcheckte. »Was ist? Was ist los? Versucht jemand, hier einzudringen?«

Er ließ sich mit der Antwort Zeit. Sie folgte seinem Blick

und sah, dass ihre Decke verrutscht war und den Blick auf das Tank-top und die Panties, in denen sie geschlafen hatte, freigab. Obwohl weder das eine noch das andere besondere Einblicke gewährte, drückte sie sich aufrecht nach hinten gegen das Couchende und zog sich die verirrte Decke bis zum Hals hoch. Ihre Nervenenden signalisierten erhöhte Alarmbereitschaft. »Was willst du, Nick?«

»Sorry, ich wollte dich nicht erschrecken.«

Das Morgenlicht, das durch die Sprossenfenster hereinströmte, ließ die zarten goldblonden und rotbraunen Strähnen in seinem dicken, überlangen Haar, das in seiner verschwenderischen Fülle an ein Tierfell erinnerte, deutlich hervortreten.

Er schnippte mit den Fingern vor ihrem Gesicht. »Erde an Daisy.« Sie blinzelte, und er erklärte: »Ich sagte, dass wir in fünfundvierzig Minuten weg müssen. Wenn du noch duschen willst, dann steh besser auf. Ich weiß doch, wie lange ihr Frauen immer braucht, bis ihr fertig seid.«

Sie rieb sich den Schlaf aus den Augen. Das Klischee war ihr einfach zu blöde, um darauf einzugehen, aber dafür erregte ein anderes Wort ihre Aufmerksamkeit umso mehr. »Weg? Weg wohin?« Sie gähnte herzhaft und schüttelte, über sich selbst unzufrieden, den Kopf. »Sorry, bevor ich nicht meine erste Tasse Kaffee habe, funktioniere ich nicht besonders gut.«

»Ich mach dir einen. Du kannst inzwischen duschen.«

Er steuerte auf die Küche zu.

Sie wickelte sich die Decke um die Schultern, klemmte sie mit einer Hand fest und griff mit der anderen nach der Pistole. Dann tapste sie hinter ihm her. »Moment mal. Was meintest du damit, wir müssten in fünfundvierzig Minuten weg?«

Nick sah auf seine Rolex. »Jetzt in vierzig.«

»Ob fünfundvierzig Minuten oder eine Stunde spielt

keine Rolle, Coltrane. Ich würde dir nicht raten, blind irgendwohin zu gehen. Um deine Sicherheit zu gewährleisten, müssen wir schon ein paar Regeln festlegen.«

»Das musst du unterwegs machen, meine Süße. Ich muss Termine einhalten.«

»Zum Beispiel? Ein heißes Date vielleicht?« *O nein, Daisy, das war nicht gut. Denk an deine Professionalität.*

»Nein, ich habe heute einen Fototermin nach dem anderen.«

Sie atmete einmal langsam tief durch. »Ich rate dir dringend, diese Termine, wenn möglich, abzusagen. Ich bin in meinem Fach sehr gut, Nick, aber ich bin auch nur ein Mensch, und der Risikofaktor verzigfacht sich, wann immer du in der Öffentlichkeit erscheinst.«

»Tu einfach dein Bestes, Daisy. Ich habe diese Foto-Shootings vor Monaten zugesagt, und bis auf ein oder zwei handelt es sich ausnahmslos um Events, die an ein bestimmtes Datum gebunden sind. Ich kann sie nicht verschieben.«

»Schick ihnen einen anderen Fotografen.«

Er gab das frisch gemahlene Kaffeepulver in einen Kaffeefilter, setzte ihn auf eine Glaskanne und hielt das Ganze unter einen Instamatic-Heißwasserhahn. Während der heiße Dampf aufstieg, warf er ihr einen kurzen Blick zu. »Sie wollen den Besten.«

Sie schnaubte verächtlich. »Ach, und Annie Leibovitz war wohl zufällig gerade nicht verfügbar, was?«

»Autsch.« Er verzog das Gesicht zu einem Grinsen und schlug sich mit einer Hand ans Herz, so als sei er tödlich verwundet. Dann schob er ihr über die Küchentheke einen Kaffeebecher zu und holte die Kanne. Als er ihren Becher gefüllt hatte, fixierte er sie. Das Lächeln war aus seinem Gesicht verschwunden. »Ich habe ihnen mein Wort gegeben.«

Sie seufzte. Sein Wort war ein Argument, das sie nachvollziehen konnte. Sie war nur überrascht, dass es auch für ihn ein Argument war. Sie drapierte ihre Decke um, so dass sie die Hand durchstecken konnte, legte die Pistole auf die Theke und nahm sich den Becher.

»Ist es wirklich nötig, dies Ding hier zum Frühstückstisch mitzuschleppen?« Er sah sie stirnrunzelnd an.

Sie zuckte die Achseln. »Wahrscheinlich nicht. Aber ich käme mir ganz schön blöd vor, wenn die Schläger deines Gentlemans plötzlich hier auftauchen und das Ding läge drüben bei der Couch.« Sie überlegte, wie sie Pistole und Becher gleichzeitig tragen und dabei auch noch ihre Decke festhalten sollte. Sie setzte den Becher noch einmal ab und drehte sich mit dem Rücken zu Nick. Dann wickelte sie sich die Decke um den Oberkörper und stopfte die eine Ecke unter ihrer linken Achsel fest. So hatte sie beide Hände für den Kaffee und die Pistole frei. »Ich geh jetzt ins Bad.« An ihrem Kaffee nippend, machte sie sich auf den Weg.

»Du hast dreiunddreißig Minuten.«

Ohne sich umzudrehen, beschrieb sie mit dem Lauf der Pistole einen kleinen Kreis in der Luft, um zu signalisieren, dass sie verstanden hatte.

»Ich meine es ernst, Daisy, ich werde deinetwegen nicht zu spät kommen.«

»Ja, ja, ja.«

Fünfzehn Minuten später war sie fertig angezogen, die Zähne geputzt, das nasse Haar aus der Stirn nach hinten gekämmt. Sie wusste nicht, warum ausgerechnet Frauen einen so schlechten Ruf hatten. Reggie und die übrigen Jungs, mit denen sie zu tun hatte, brauchten viel länger im Bad als sie. Der Fairness halber musste sie natürlich zugeben, dass die meisten von ihnen Möchtegern-Frauen waren.

Sie hatte bemerkt, dass Nick ein seidig glänzendes

Hemd, Flanellhosen und ein Knitterleinenjackett trug, und sie wollte, um ihr eigenes Outfit – Jeans, Stiefel und ein weißes T-Shirt – aufzupeppen, ihren goldfarbenen Wollblazer anziehen. Doch zuvor schnallte sie sich ein Messer um den Unterarm und steckte ihre Pistole in ihr Halfter.

»Du bist ja ein wandelndes Waffenarsenal.«

»Ich bin gern vorbereitet, nur für den unwahrscheinlichen Fall, dass die bösen Buben nicht hören wollen, wenn man ihnen sagt, sie sollen endlich artig sein.« Sie wurde wieder ernst. »Es wäre wirklich besser, wenn du nicht rausgehen würdest. Bist du ganz sicher, dass du deine Termine nicht verlegen kannst?«

»Die meisten nicht. Aber während du geduscht hast, habe ich begonnen, die wenigen Termine, bei denen das geht, zu verschieben.« Er nahm sich seine Schlüssel. »Können wir?«

»Fahren wir mit deinem Wagen?« Als er nickte, bat sie: »Dann lass mich eben noch etwas holen.«

»Lass mich raten – du hast deine Bazooka vergessen.«

»Du bist ein echter Witzbold, Coltrane.« Sie lief ins Schlafzimmer und holte etwas aus einer ihrer Tüten. Als sie ins Wohnzimmer zurückkam, schraubte sie die zwei Teile eines Werkzeugs zusammen, die durch einen Klettverschluss verbunden waren. Das Ergebnis war eine lange Stange, an deren einem Ende ein Winkelspiegel steckte. Nick hob eine große Sporttasche hoch, während sie versuchte, sich an ihm vorbeizuschlängeln. Da er ihr jedoch nicht gleich den Weg freigab, streifte sie seinen Körper. Für jemanden, der ein so ausschweifendes Leben führte, fühlte er sich unter seinen schicken Klamotten ziemlich fest an, ein Gedanke, den sie jedoch hastig verdrängte. »Lass mich vorgehen.«

»Aber ja doch, Puppengesicht, Ladys first.«

»Das hat hier nichts mit Etikette zu tun, Coltrane. Das

ist professionelles Verhalten.« Die Hand an der Pistole, trat sie auf den winzigen Treppenabsatz hinaus und checkte den Garten und die Auffahrt, wobei sie den Schattenstellen besondere Aufmerksamkeit widmete. »Okay, die Luft ist rein.«

Nick kam heraus und schleppte die Tasche hinter sich her. »Ich komme mir vor wie ein Idiot.«

»Das brauchst du nicht. Wie geht's übrigens deinem Arm heute?«

Er ballte und öffnete ein paarmal seine linke Hand. »Ich habe mehr Kraft drin.«

»Ja, echt?« Sie stieg langsam die Treppe hinunter. »Wie wär's dann mit einer Partie Armdrücken?«

»Darauf erwartest du sicher keine Antwort.«

»Hast wohl Angst, dass ich dich auf dem Tisch festnagele, hm?«

»Du bist wirklich eine nervtötende kleine Ratte, weißt du das, Daisy?« Er war dicht hinter ihr und trat ihr fast auf die Fersen, als sie die Garage betraten.

Sie blieb abrupt stehen und schnellte den Arm seitlich heraus, um ihn davon abzuhalten, an ihr vorbeizustürmen, während sie die Schatten mit den Augen absuchte. Sein Zwerchfell fühlte sich warm und muskulös an, und sie war froh, ihren Arm einen Moment später fallen lassen zu können. »Okay, welches Auto ist deins?«

»Der Porsche.«

»Na klar. Lass mich den Wagen erst untersuchen, dann können wir fahren.«

Sie fuhr mit dem verspiegelten Ende der Stange unter das Auto und bewegte es von Achse zu Achse.

»Hältst du etwa nach einer *Bombe* Ausschau?«

»Ja.« Sie zog die Stange zurück und zerlegte sie in ihre beiden Teile, um sie mit dem Klettband wieder zusammenzubinden. »Mach die Motorhaube auf.«

Er tat, wie ihm befohlen, und sie suchte den Motorraum ab. Dann kletterte sie in den Wagen und beugte sich unter das Armaturenbrett. Endlich setzte sie sich auf und sagte: »Okay, alles sauber.«

»Du meine Güte«, murmelte er und steckte den Schlüssel ins Zündschloss.

Sie quittierte seinen indignierten Gesichtsausdruck mit einem Grinsen. »Weißt du, Coltrane, es gibt eine Methode, das künftig zu vermeiden.«

Er musterte sie argwöhnisch. »Ich frage wohl besser nicht.« Ein paar Sekunden des Schweigens vergingen. »Okay, was soll's. Also, wie lässt sich das in Zukunft vermeiden?«

»Wenn dir das nächste Mal eine verheiratete Frau begegnet, die dir schöne Augen macht, dann lass deinen Hosenstall zu.«

Mo winkte ihren Kunden noch einmal zum Abschied zu, verschloss den Schlüsselkasten an der Villa, die sie ihnen gerade in Pacific Heights gezeigt hatte, und ging zu ihrem Wagen. Sie öffnete die Tür, blieb dann aber mit der Hand auf dem Autodach stehen und starrte den Hügel hinab auf das Planetarium und die nebelverhangene Bucht dahinter.

Du hattest kein Recht, dich einzumischen, tönte ihr Reids Stimme zum hundertsten Mal durch den Kopf. *Du hättest dich, verdammt noch mal, da raushalten sollen.*

Gott, wie sehr sie sich wünschte, das getan zu haben. Aber nein, sie hatte ja sofort ihre Nase da hineinstecken und sein Problem für ihn lösen müssen – gar nicht davon zu sprechen, dass die Art, wie sie es getan hatte, kriminell war, und Reid alles andere als begeistert wäre, wenn er davon erführe. Was natürlich ein zusätzliches Problem war. Vielleicht sogar das Größte.

Sie hätte ihm erzählen sollen, was sie unternommen hatte. Sie hatte es auch vorgehabt. Aber dann hatte sich ihr Stolz energisch gemeldet, und sie hatte Reid aus dem Arbeitszimmer gehen lassen, ohne den Versuch zu unternehmen, ihm alles zu erklären. Nein, sie hatte sogar noch Schlimmeres getan. Sie hatte ihn *hinausgetrieben.*

Ich möchte wie ein vollwertiges Mitglied dieser Familie behandelt werden, und nicht wie irgendein inkompetenter Teenager, der jedes Mal, wenn er in der Tinte sitzt, nach seiner Mami rufen muss.

»Ach, halt die Klappe, Reid«, murmelte sie, stieg ins Auto und zog die Wagentür zu.

Das stimmte doch gar nicht. Oder?

Sicher, sie machte sich Sorgen um ihr Geld. Ihr Vater hatte sie zu Hause kurz gehalten, trotz des aufwändigen Lebensstils der Kreise, in denen sie verkehrten. Diese Sorge begriff Reid mit dem beachtlichen Vermögen des Cavanaugh-Bankgeschäfts im Rücken nicht. Vielleicht *hatte* sie ja zu viel an ihm herumgenörgelt, aber er ging so verdammt leichtsinnig mit seinem Treuhandvermögen um und warf es jedem, der eine traurige Geschichte zu erzählen wusste, in den Rachen. Das war auch der Grund, warum sie die Immobilienfirma Cavanaugh Realty aufgezogen hatte, und sie würde sich nicht dafür entschuldigen, dass sie Sicherheit brauchte.

Wenn sie ihm wirklich etwas bedeutete, dann hätte er sie erst gar nicht in diese Lage gebracht. Aber jedes Mal, wenn ihre Angst sie dazu getrieben hatte, an seine finanzielle Verantwortung zu appellieren, hatte er sich zurückgezogen und seine eigenen Ziele verfolgt. Er hatte ihr keine andere Wahl gelassen, als ihre eigenen Fähigkeiten gezielt einzusetzen. Nur dann konnte sie sicher sein, sich niemals sorgen zu müssen, dass die Gläubiger ihr auf den Fersen waren.

Mo lachte sarkastisch auf. Es war ein echter Treppenwitz, wenn man verfolgte, wohin sie ihre viel gerühmte Rationalität gebracht hatte.

Sie griff nach dem Zündschlüssel, lehnte sich dann aber noch einmal auf dem Fahrersitz zurück, ohne den Wagen zu starten. Sie blickte durch das Beifahrerfenster und bemerkte, dass sich der Nebel über der Bucht zu lichten begann und die ersten schwachen Sonnenstrahlen durchbrachen.

Sie und Reid hatten sich so auseinander gelebt, dass es sie überrascht hatte, wie stark ihr Wunsch gewesen war, seine Schulden zu begleichen. Doch die Wahrheit war, dass sie den Gedanken nicht ertragen konnte, ihm könne je etwas Schlimmes widerfahren.

Sie seufzte. Sie bezweifelte, dass er Gefallen daran fand, wenn sein Name verunglimpft würde. Sie musste ihm bald erzählen, was sie angestellt hatte, um die Schulden zurückzuzahlen. Und zwar, *bevor* sie einen Haftbefehl erhielt.

Aber jetzt noch nicht.

Das Ehepaar, dem sie gerade die Villa gezeigt hatte, war hellauf begeistert gewesen. Sie würde noch ein paar Tage abwarten, und vielleicht – wenn sie Glück hatte – erübrigte sich dann die Notwendigkeit, Reid zu beichten, welchen Mist sie gebaut hatte. *Bitte, lieber Gott, lass es sich erübrigen. Mach, dass ich ihm nie erzählen muss, wie dumm ich war.* Sie brauchte nur zwei oder drei zusätzliche Tage – das war doch nicht zu viel verlangt.

J. Fitzgerald Douglass bewunderte sein Spiegelbild. Sein stahlgraues Haar war perfekt frisiert und seine Wangen glänzten frisch von der Rasur. Er zupfte an dem Seidentaschentuch in seiner Brusttasche eine Weile herum, bis es richtig drapiert war, und beschäftigte sich zwei geschlagene Minuten lang mit dem Sitz seiner Krawatte. Erst als er mit seinem Outfit hundertprozentig zufrieden war, schloss er die Spiegeltür des Schranks und wandte sich um, um die beiden Männer, die schweigend auf ihn warteten, zu begrüßen. Ihre Anwesenheit missfiel ihm.

»Wir hatten doch vereinbart, wie sonst auch, nur telefonisch Kontakt aufzunehmen«, sagte er. »Kommt hier nie wieder her. Wenn ein persönliches Treffen erforderlich sein sollte, lässt sich immer eine Möglichkeit finden, dies woanders zu arrangieren.« Er schüttelte ungnädig sein Haupt. »Aber da ihr nun schon einmal hier seid – wo ist eigentlich Jacobsen?«

»Er beobachtet weiter Coltranes Bude.«

»Ausgezeichnet. Was gibt's zu berichten?«

Der Größere der beiden, von der Statur eines Schrankes, fing an: »Gestern ist so 'ne blonde Puppe auf dem Anwesen aufgekreuzt. Sie kam zu Fuß und sah nicht so aus, als würde sie das Haupthaus besuchen. Wir denken, sie ist bei Coltrane eingezogen.«

»Sein Sexleben interessiert mich nicht, Autry. Wo ist mein Film?«

»Wir haben in der Dunkelkammer nichts gefunden, Mr. Douglass. Und bevor wir Coltrane zum Sprechen bringen konnten, hatte jemand die Polizei alarmiert. Er musste allerdings ins Krankenhaus.«

J. Fitzgerald nahm hinter seinem Schreibtisch Platz, jedoch ohne seine Handlanger dazu aufzufordern, es ihm gleichzutun. »Ist er immer noch dort?«

»Nein, Sir, er ist wieder zu Hause. Wir haben ihn heute Morgen allerdings noch nicht zu Gesicht bekommen, weil es unmöglich ist, dort ständig rumzulungern. Die Leute vom Haupthaus scheinen aufzupassen, dass sich kein Fremder dort rumtreibt.«

J. Fitzgerald blickte von dem einen vierschrötigen Kerl zum anderen. »Und ich nehme an, euch ist nie in den Sinn gekommen, jemanden an den Querstraßen zu beiden Seiten des Anwesens zu postieren.«

»Hä?«

Er unterdrückte es, seinen Unmut laut zu äußern. Es brachte nichts, wütend zu werden. Er hatte sie ja schließlich nicht wegen ihres Hirns engagiert.

Sie täten allerdings verdammt gut daran, den Job, für den er sie angeheuert hatte, zu erledigen, und zwar bald.

Denn er dachte nicht im Traum daran, sich von einem verarmten blaublütigen Fotografen um die Früchte seines Lebens, für die er so hart gearbeitet hatte, bringen zu lassen.

Nachdem er diese Typen am Sonntagnachmittag angeheuert hatte, hatte er ein paar Nachforschungen über Coltrane angestellt. Das Wichtigste, was er herausgefunden hatte, war, dass er die Hunde vielleicht ein bisschen überstürzt von der Leine gelassen hatte. Das war Pech, aber jetzt war es zu spät, daran noch irgendetwas zu ändern.

Die Würfel waren gefallen. Wenn man Coltrane in Frieden gelassen hätte, hätte er die Negative möglicherweise von sich aus am Sonntagabend vernichtet. Das tat er jetzt bestimmt nicht mehr. »Okay, ich sage euch jetzt, was ihr tut.« Er skizzierte ein ausgeklügeltes System, bei dem seine Schießkumpane Coltrane im Auge behalten konnten, ohne selbst gesehen zu werden. »Unternehmt was, egal was«, befahl er und entließ sie. »Ich will diese Fotos.«

5

Ein Unfall und Arbeiten an einer Gasleitung sorgten zwischen Pacific Heights und Nob Hill für stockenden Verkehr, so dass man für eine Strecke, für die man normalerweise fünf bis zehn Minuten brauchte, fast eine halbe Stunde benötigte. Sie kamen bei Nicks erstem Termin eine Viertelstunde zu spät.

Daisy registrierte Nicks Anspannung. Sie selbst war nicht sonderlich gestresst, obwohl sie normalerweise eine Pünktlichkeitsfanatikerin war. Natürlich, es war ja auch sein Kunde, nicht ihrer, da lag der entscheidende Unterschied. Sie grinste. Auf jeden Fall hatten sie die in ihre Hupen verliebten Fahrer jetzt hinter sich gelassen, niemand beschattete sie, und Optimistin, die sie war, kam sie zu der Auffassung, dass eine Verspätung von fünfzehn Minuten wohl kaum so gravierend sein konnte, dass sich davon irgendjemand den Tag vermiesen ließ.

Sie hatte sich geirrt.

Nick hatte, während sie im Stau standen, erwähnt, dass es sich bei den Morrisons um einen Wiederholungstermin handelte. Das Erste, was Mrs. Morrison sie wissen ließ, nachdem das Dienstmädchen sie in den Frühstückssalon komplimentiert hatte, war, dass sie über ihre Verspätung ganz und gar nicht glücklich sei.

»Sie sind spät dran«, maulte sie, bevor Nick und Daisy noch durch die Tür waren. Ihre finster hochgezogenen vornehmen Augenbrauen straften das frisch-fröhliche Aussehen, das ihr ihr Yachtclub-Outfit verlieh, Lügen. »Ich kann Unpünktlichkeit nicht ausstehen! Ich finde sie äußerst ungehörig.« Ungnädig musterte sie Nicks makellose Erscheinung von oben bis unten. »Wenn Sie ein bisschen weniger Zeit auf das Föhnen Ihrer Haare und die Auswahl Ihrer Garderobe verwendeten, dann könnten Sie womöglich Ihre Termine einhalten, Mr. Coltrane.«

Daisy merkte, wie ihr der Unterkiefer herunterklappte. Sie hatte mit Nick zwar auch einige Hühnchen zu rupfen, aber dass Eitelkeit zu seinen Schwächen gehören sollte, darauf wäre sie nie gekommen. Sicher, er hatte tolle Haare und ein angeborenes natürliches Stilempfinden, aber sie hatte ihn nie übertrieben lange vor einem Spiegel stehen sehen.

»Ich habe Sie in erster Linie engagiert, weil Maria Beauchamps meinte, sie seien nicht nur der beste, sondern auch der professionellste Fotograf in San Francisco und Umgebung, Sir.« Mrs. Morrisons Miene drückte ihr gesamtes Missfallen aus. »Professionell wäre das letzte Attribut, das ich Ihnen zuordnen würde. Drei viel beschäftigte Leute mussten umplanen, um den neuen Termin wahrnehmen zu können, und das für eine Sache, für die wir uns schon einmal Zeit genommen hatten. Dass Sie uns nun zusätzlich warten ließen, das ist der Gipfel.« Mit einem giftigen Blick wandte sie sich an Daisy. »Und wer ist das? Das letzte Mal, als Sie hier waren, waren Sie allein.«

Nick, der gerade seine Ausrüstung aus seiner Tasche holte, unterbrach seine Arbeit kurz. »Das ist Daisy Parker«, antwortete er mit ungezwungener Freundlichkeit. »Sie will mir heute ein bisschen zur Hand gehen, damit wir Ihre Sitzung möglichst schnell über die Bühne bringen. Daisy, darf ich dir Mrs. Helena Morrison, ihren Gatten Herbert und ihren Sohn Donald vorstellen.«

Mama, Papa und Baby Bär. Nur dass Donald eigentlich kein Baby mehr war. Er war wahrscheinlich dreizehn oder vierzehn Jahre alt – alt genug jedenfalls, um angesichts des Benehmens seiner Mutter am liebsten im Boden zu versinken. Daisy rechnete es ihm jedoch hoch an, dass er sich jeglichen Kommentars enthielt. Die meisten Jungs in seinem Alter hätten jeden peinlichen Satz, den ihre Mutter absonderte, mit einem indignierten »Maam« begleitet.

Nick wies erklärend auf den Stau hin, aber Mrs. Morrison war an seinen Entschuldigungen eindeutig nicht interessiert. Daisy rechnete eigentlich jede Sekunde damit, dass Nick der Geduldsfaden riss, aber nein, er plapperte weiter munter drauflos.

Helena Morrison heftete ihre Fischaugen plötzlich auf Daisy. Ihr Blick verhakte sich an ihrer Frisur – Daisy konnte spüren, wie ihr die Ponys beim Trocknen des Haars hochsprangen. »Und *sie*, ist sie aus irgendeinem Grund davon befreit, sich anständig zu kleiden?«

Im Gegensatz zu Nick war Daisy nicht gewillt, zurückzustecken, und schluckte. Sie machte einen Schritt vorwärts. »Sie sollten eventuell etwas konsequenter sein, Ma'am. Es ist schwer, Ihrer Logik zu folgen, wenn Sie in einem Atemzug Nick der Eitelkeit bezichtigen, nur weil er adrett gekleidet ist, und im nächsten …«

»… sagen, er sei ein Narr, weil er sich mit einer Freundin abgibt, die keine Zeit auf ihr Äußeres verwendet?«, beendete die ältere Dame ungerührt den Satz.

»Genau.« Sie blickte an sich hinunter – T-Shirt, Jeans, Blazer – und funkelte dann Mrs. Morrison mit erhobenem Haupt an. »Ich bin sauber, und ich bin anständig angezogen. Was genau ist eigentlich Ihr Problem?«

Unvermittelt spürte sie Nicks festen Griff um ihren Arm. »Daisy, bitte!«

Ihr erster Impuls war, sich von ihm loszureißen, doch sie wollte Mrs. Morrison nicht die Genugtuung gönnen, dass sie ihn abschüttelte. Und außerdem spiegelten Nicks Augen so etwas wie Traurigkeit, was ihren Zorn tatsächlich besänftigte. Sie blieb also artig stehen.

Ohne sie loszulassen, wandte Nick sich an Helena. »Es tut mir wirklich Leid, dass wir die Sitzung wiederholen müssen, Mrs. Morrison«, sagte er freundlich. »Aber wie ich Ihnen am Telefon schon sagte, ist am Sonntagabend in mein Fotolabor eingebrochen worden. Die ganzen Filme der letzten Woche, die noch in Bearbeitung waren, sind zerstört.«

»Und warum sollte irgendjemand ein Interesse daran haben, so etwas Unbedeutendes wie Familienporträts zu ruinieren?«

»Ein Nicholas-Coltrane-Foto ist nie unbedeutend«, erwiderte er mit ruhiger Arroganz. »Alles, was ich Ihnen dazu sagen kann, ist, dass es ein Akt von Vandalismus war. Ich bezweifle, dass die Vandalen auch nur einen Blick auf das geworfen haben, was sie zerstörten.«

»Hmmpff«, war alles, was sie darauf zu sagen hatte, aber darin schwang eine gehörige Portion Skepsis mit, und Daisy bewunderte aufrichtig Nicks Gelassenheit. Sie wäre nicht annähernd so höflich gewesen. Die Frau war ein Drachen. Sie beleidigte nicht nur seine Arbeit, es war auch idiotisch zu glauben, dass Nick auf die Demolierung seines Labors Einfluss hatte. Abgesehen davon vielleicht, dass er sich von verheirateten Frauen fernhalten könnte. Aber das war etwas – wie sie sich immer wieder klar machen musste –, worüber sie sich kein Urteil erlauben durfte.

»Die Arbeit einer ganzen Woche für nichts und wieder nichts noch einmal machen zu müssen, ist auch nicht gerade die gelungenste Art, seine Zeit zu nutzen, Ma'am«, hörte sie sich selbst sagen. Nicks Hand war inzwischen zu ihrem Handgelenk hinuntergeglitten, und sie spürte einen warnenden Druck, was sie jedoch nicht davon abhielt hinzuzufügen: »Dies ist wirklich für alle Beteiligten eine missliche Situation und eine Zumutung.« Dann befreite sie sich sanft aus Nicks Griff.

Helena durchbohrte sie mit ihren kühlen blauen Augen. »Sie sagen es, junge Frau. Aber solche Sachen passieren in meiner Nachbarschaft nicht, so viel ist sicher.«

Daisy lachte; sie konnte einfach nicht anders. »Pacific Heights zählt sicher kaum zu den Slums, Mrs. Morrison. Aber als jemand, der vier Jahre Officer bei der Polizei war, kann ich Ihnen nur sagen, dass Verbrechen in jeder Gegend passieren, glauben Sie mir. Ich habe noch kein einziges Viertel kennen gelernt, das davon ausgenommen ist.«

Die Frau sah entschieden auf ihre Uhr. »Könnten wir netterweise noch vor Sonnenuntergang beginnen?«, schnappte sie. »Ich habe um zwölf Uhr fünfundvierzig einen Termin.«

Wow, dachte Daisy angewidert. *Wirklich schade, wenn du die Anprobe für dein neuestes Kleid verpassen würdest.* Sie fragte sich, warum die Frau den Termin nicht einfach verschob, wenn fünfzehn Minuten so ein Drama waren.

Sie fragte sich allerdings auch, wie Nick etwas halbwegs Brauchbares zustande bringen wollte, wenn seine Kundin einen solch offensichtlichen Hirnschaden hatte.

Aber sie unterschätzte ihn gewaltig. Er redete unbeirrt höflich mit den Morrisons und mobilisierte sogar seinen Charme, um sie aufzulockern. Die Männer entspannten zuerst. Und als Nick dann davon sprach, dass er bestimmte Bildausschnitte der heutigen Aufnahmen retuschieren könne, damit sie genauso gut wie die Fotos der letzten Woche würden, da legte sich auch bei Helena die Widerborstigkeit.

Als die Frau dann zum ersten Mal unbefangen lächelte, fiel Daisy auf, dass sie eigentlich recht attraktiv, ja sogar ziemlich hübsch war, wenn sie vergaß, eine Ziege zu sein. Ihr kurzes braunes Haar zeigte Anzeichen, die möglicherweise auf ein Frühstadium von kreisrundem Haarausfall hindeuteten. Aber es war tadellos frisiert. Sie hatte schöne glatte Haut, eine schlanke Figur und Gesichtszüge, die auffallend gut proportioniert waren.

Genau besehen war die Familie ganz passabel. Mr. Morrison war groß und dunkelhaarig und mit seinen ergrauenden Schläfen eine distinguiert wirkende Erscheinung. Donald war zwar noch ein bisschen unfertig und kindlich, aber er versprach, eines Tages die Größe seines Vaters mit dem guten Aussehen seiner Mutter zu vereinen.

Und sie schienen sich nahe zu stehen. Daisy beobachtete, wie sie sich mit leichten Berührungen und sanften Worten gegenseitig in die richtige Position brachten. Sie bekam das alles nicht auf die Reihe. Mrs. Morrison schien alles zu haben: Geld, Schönheit, eine Familie, die offenkundig sehr an ihr hing. Was bitte machte sie also so unzufrieden?

Nick schaffte es, die Sitzung in Rekordzeit über die Bühne zu bringen, und begann dann unverzüglich, seine Geräte zusammenzupacken. Daisy sammelte die Lichtschirme ein und als sie sich umdrehte, um sie Nick zu bringen, streckte Helena die Hand aus und berührte ihren Arm. Daisy hielt misstrauisch inne, und ihr Argwohn steigerte sich, als sie beobachtete, wie Helena ihre Nase noch ein Stückchen höher hob.

Deshalb traf es sie völlig unvorbereitet, als Mrs. Morrison tief Luft holte und rausplatzte: »Ich wollte Ihnen nur sagen, dass ich es bewundere, wie Sie für sich selbst einstehen und wie Sie Ihre Freunde verteidigen. Vor allem Letzteres. Ich halte Loyalität für eine der wichtigsten Eigenschaften, die ein Mensch haben kann.« Sie zückte eine Visitenkarte und hielt sie ihr hin. »Hier. Ich dachte – falls Sie es mal mit meinem Frisiersalon versuchen wollen. Man kann da sicher etwas für Ihr Haar tun.« Ihr Kinn ruckte, als erwarte sie eine spöttische Bemerkung über ihre eigenen ausgehenden Locken.

Daisy blinzelte sie verwirrt an. Es fiel ihr schwer, erst einmal das zu verdauen, was wohl tatsächlich als Kompliment gedacht war. Sie klemmte den einen Lichtschirm unter den rechten Arm und nahm die Karte entgegen. »Da möchte ich mich bedanken.« Sie ließ die Karte in ihrer Blazertasche verschwinden und begegnete ihrem Blick. »Ich hoffe, Sie kommen noch rechtzeitig zu Ihrem Termin.«

Helena blickte kurz auf ihre Armbanduhr. »Ich glaube, ich muss los.«

Ein paar Minuten später saß Daisy wieder auf dem Beifahrersitz in Nicks Auto. Sie betrachtete ihn von der Seite. »Ich muss zugeben, ich bin leicht verwirrt. Da ist man völlig sicher, dass jemand eine grässliche Beißzange ist … und dann macht Mrs. Morrison dir ein *Kompliment!* Kannst du dir das vorstellen? Sie mochte, wie ich für mich eingestanden bin und wie ich dich – hör gut zu – in Schutz genommen habe. Ach, und schau mal ...« Sie griff in ihre Westentasche. »Sie hat mir die Karte ihres Stylisten gegeben. Was ist eigentlich mit meinen Haaren, dass die Leute sich pausenlos derart ereifern?«

Nick bedachte sie mit einem schrägen Blick. »Abgesehen von der Tatsache, dass sie naturblond sind? Wahrscheinlich weil sie so aussehen, als würdest du sie dir selbst mit einer Nagelschere schneiden.«

Sie spürte, wie ihr das Blut in die Wangen schoss. »Na und? Hast du damit ein Problem?«

»Ach, du meine Güte.« Nick lachte. »Du machst das tatsächlich, oder?«

»Na, wer hat denn schon Zeit für diesen ganzen Beauty-Kram?« Was sollte sie dazu sagen? Irgendwie fehlte ihr das Girlie-Gen. Sie hatte nie verstanden, warum man um seine Haare oder sein Make-up so viel Tamtam machen sollte. Von dem dringenden Wunsch erfasst, das Thema zu wechseln, fragte sie: »Also, was ist mit Mrs. Morrison los? Ich kenne Tunten, die könnten bei ihr noch Nachhilfestunden nehmen, und dabei hätte ich bis heute schwören können, zickiger geht's nicht. Trotzdem, irgendwie mochte ich sie am Schluss sogar.« Sie hatte in der Art, wie Helena das Kinn reckte und erwartete, eins draufzubekommen, eine bestimmte Seelenverwandtschaft erkannt.

»Sie hat Krebs.«

Daisy war wie vom Donner gerührt. »Wie bitte?« Ihre Stimme war nur ein Flüstern. Sie starrte Nick an.

»Das ist der Grund, warum sie ausgerastet ist. Sie wollte, dass die Aufnahmen gemacht werden, solange sie noch ihre eigenen Haare hat. Und solange sie noch fotogen ist«, setzte er hinzu.

»Oh, meine Güte. Was für eine Art Krebs hat sie denn?«

»Eierstockkrebs. Sie haben ihn früh erkannt, und es besteht Hoffnung, dass sie ihn in den Griff bekommen. Aber man weiß ja, wie das ist. Es kann sich auch anders entwickeln.«

»Und der Termin heute Nachmittag, zu dem sie deinetwegen zu spät zu kommen befürchtet?«

»Chemo.«

»Oh, Scheiße. Was natürlich der Grund für ihren Haarausfall ist, nehme ich an.

»Ja. Letzte Woche hatte sie noch mehr.«

»Klar. Jetzt verstehe ich, warum die Spannung von ihr abfiel, als du ihr sagtest, du könntest die Fotos retuschieren.« Sie sah blind aus dem Fenster. »Und ihr Zustand ist auch der Grund dafür, warum du nicht ausgerastet bist, als sie auf dich losging.«

»Ich raste bei meinen Kunden nie aus, Daisy. Nicht solange sie meine Honorare zahlen. Ich lasse es einfach an mir abprallen und konzentriere mich auf die Aufnahmen.« Er stoppte an einer roten Ampel und musterte sie aus seinen blauen Augen scharf. »Ich erwarte von dir, diese Information für dich zu behalten.«

Daisy schnaubte verächtlich. »Wem sollte ich das denn erzählen, Coltrane? – Reggie und den Boys? Das würde die sicher brennend interessieren.«

J. Fitzgeralds Muskelmänner waren auf dem Weg zurück nach Pacific Heights, zu dem Anwesen, wo Nick wohnte, als das Autotelefon klingelte. Autry griff danach und drückte den Empfangsknopf. »Yeah?«

»Hey, Autry, Jacobsen hier. Coltrane und die Blonde, die wir gestern sahen, sind auf Achse. Ich hatte sie erst in einem Stau verloren, hab sie aber vor ein paar Minuten in Nob Hill wieder eingefangen.«

»Echt? Ohne Scheiß?« Autry setzte sich kerzengerade auf. »Gute Arbeit, Jake. Wo bist du jetzt?«

»Auf dem Broadway, kurz vor dem Tunnel.«

»Okay, wir kommen rüber. Bleib dran. Wir tun unser Bestes, um uns an dich ranzuhängen. Ach, und Jacobsen?«

»Yeah?«

»Douglass hat uns freie Hand gegeben. Wir sollen tun, was wir für richtig halten, Hauptsache, die Fotos tauchen nirgends auf.«

Die Funkverbindung war gestört und wurde immer schwächer. Aber Autry hörte Jacobsen noch sagen: »Alles klar!« Dann brach die Verbindung endgültig ab.

6

Sie machten eine Mittagspause und fuhren dann zu Nicks letztem Termin an diesem Tag. Die Trevors waren ein älteres Ehepaar, das im Telegraph-Hill-Viertel in einem noblen Apartmenthaus mit einer spektakulären Aussicht auf die Bucht und die Golden Gate Bridge wohnte. Eudora Trevor erinnerte mit ihrer knochigen, hageren Gestalt an einen Zuchtmeister. Die stocksteife Haltung, die strenge Kleidung und die von Natur aus herabgezogenen Mundwinkel versetzten Daisy sofort in erhöhte Alarmbereitschaft. Es stellte sich allerdings heraus, wie sehr der äußere Schein trügen kann – sie brauchte ja nur daran zu denken, wie der Tag bisher gelaufen war –, denn nachdem Nick sie vorgestellt hatte, begrüßte die ältere Dame sie mit einem warmen Lächeln, das außerordentlich einnehmend war.

»Ach, was sind Sie reizend! Stanley, guck doch nur, wie sich Nicholas' junge Frau hält. Wie eine junge Amazone.« Sie tätschelte Daisys Hand. »Eine gute Haltung ist für mich stets ein Grund zur Freude.« Sie wandte sich Nick zu, der vor seiner Sporttasche in die Knie gegangen war und die Reißverschlüsse aufzog. »Packen Sie gar nicht erst aus, mein Lieber. Stanley und ich möchten, dass Sie die Aufnahmen im Golden Gate Park machen.«

Daisy fiel vor Schreck das Herz in die Hose. »Oh, aber ...«

Ihr instinktiver Protest wurde im Keim erstickt, als Eudora meinte: »Ich weiß, wir hätten uns gleich dort verabreden sollen, das hätte Ihnen die Fahrt erspart, aber es war nicht sicher, ob das Wetter mitspielt. Doch nun ist es richtig schön geworden, nicht wahr, Stanley?« Ohne Stanley die Chance zu einer Erwiderung zu geben, erklärte sie mit einem reizenden Lächeln: »Wissen Sie, Nick soll uns zur Erinnerung an unseren fünfzigsten Hochzeitstag aufnehmen. Und der Golden Gate Park ist etwas ganz Besonderes für uns: Dort hatten wir nämlich unsere erste Verabredung.«

Da Daisy ahnte, dass Nick sich ein Bein ausreißen würde, um den Wünschen seiner Kunden zu entsprechen, entschuldigte sie sich, um zu telefonieren. Um ungestört zu sein, ging sie nach draußen auf die Terrasse, zog ihr Handy aus der Blazertasche und drückte die Büronummer ein.

»Parker Security.«

»Reggie, find heraus, ob ein paar der Jungs verfügbar sind. Nick hat ein Foto-Shooting im Golden Gate Park angesetzt.«

Reggie stieß einen unflätigen Fluch aus.

»Ja, das empfinde ich genauso. Wir werden eine Personenschutzstaffel brauchen. Stell fest, wer verfügbar ist, und dann ruf mich gleich zurück.«

Sie klopfte nervös mit dem linken Fuß auf den Boden und blickte auf die Bucht und die Brücke hinaus. Dann wandte sie sich um, lehnte sich an die sonnenwarme Brüstung und beobachtete Nick und die Trevors in der Wohnung. Ungeduldig sah sie auf die Uhr. Schließlich drückte sie sich vom Geländer ab, öffnete die Verandatür und steckte den Kopf ins Wohnzimmer. »Nick, könnte ich dich eine Sekunde sprechen?« Sie schenkte Eudora und Stanley ein gezwungenes Lächeln, das ihr wahrscheinlich keiner abnahm.

Er trat nach draußen und musterte sie misstrauisch. »Daisy, wenn die Trevors ihre Fotos im Park aufnehmen lassen wollen, bleibt mir nichts anderes übrig, als mich ihren Wünschen zu beugen.«

»Ich weiß.«

Seine Kinnlade klappte nach unten. »Du weißt?«

»Ja. Aber angesichts der Größe des Parks brauche ich Hilfe für die Überwachung. Ich muss wissen, wo ich meine Jungs postieren soll.«

»Oh. Und ich dachte schon, du hüpfst mir mit deinen eleganten blauen Springerstiefeln ins Gesicht.« Sein Blick wurde wärmer. Er verringerte den Abstand zwischen ihnen und legte die Hände zu beiden Seiten an ihr vorbei auf das Terrassengeländer. Die Sonne zauberte rotbraune und bernsteinfarbene Glanzlichter in sein volles Haar und vertiefte noch das Blau seiner Augen. Daisy stockte der Atem.

»Weißt du«, murmelte Nick. »Eudora denkt, du seist mein Mädchen. Das ist eine ziemlich gute Tarnung. Vielleicht sollten wir …« Er brach abrupt ab, als er merkte, wie ihre Hände seinen warmen Nacken umfassten.

»Riskier doch mal 'nen Blick, wie hoch dieser Balkon ist«, forderte sie ihn leise auf und zog seinen Kopf über ihre Schulter, damit er besser sehen konnte. Von der Wohnung aus sah es wahrscheinlich so aus, als schmusten sie miteinander. Sicherheitshalber knibbelte sie noch an seinem Ohr herum.

»Ganz schön tief.« Aber er schien nicht sonderlich beunruhigt zu sein. Er drehte den Kopf, und Daisy spürte zuerst seinen warmen Atem und dann seinen zärtlichen Mund in ihrer Halsbeuge.

Heiße Schauer jagten ihr über den Rücken, und sie schloss für einen Moment die Augen. Doch sie riss sie sofort wieder auf und knurrte ihn warnend an: »Du willst doch nicht, dass ich dir meine Fähigkeiten im Körperwurf demonstriere, oder, Coltrane?«

»Nein, das steht ziemlich weit oben auf der Liste der Dinge, mit denen ich so schnell keine Bekanntschaft schließen möchte«, stimmte er ihr zu. »Schlimmer ist nur noch die Aussicht, dass mir jemand die Eier rausreißt und sie dann den Hunden zum Fraß vorwirft.« Aber anstatt nun von ihr abzulassen, ging er ein Stückchen in die Knie, um sie weiter unten am Hals küssen zu können. Seidenweich streifte sein Haar ihr Kinn und ihre Kehle.

Daisy klopfte das Herz hart gegen die Rippen, und es erschreckte sie, wie sehr sie die Empfindungen, die er bei ihr auslöste, genoss. Sie griff gerade nach ihrem Messer, um ihn abzuwehren, als das Handy in ihrer Jackentasche klingelte – zum Glück, dachte sie, denn jemanden zu bedrohen, für dessen Sicherheit sie verantwortlich war, war vielleicht nicht gerade der beste Weg, ihr Können unter Beweis zu stellen.

Sie ließ ihre Hände auf Nicks breite Schultern fallen und schubste ihn weg. Dann zog sie das Handy heraus und drückte den Verbindungsknopf. »Ja?« Da sie ein wenig außer Atem war, senkte sie den Kopf, um Nick nicht ansehen zu müssen.

»Daise, ich hab John, Jere und Benny an Land gezogen«, erklärte Reggie. »Ich muss dich aber warnen, Benny macht wieder mal auf Schlampe.«

»Seine Kleidung interessiert mich nicht, Hauptsache, er hat Zeit.« Dann schüttelte sie den Kopf, auch wenn Reggie das nicht sehen konnte. »Das heißt, so ganz stimmt das nicht – es wäre mir tatsächlich lieber, wenn er ein bisschen weniger auffällig wäre, aber ich kann es mir nicht leisten, pingelig zu sein.« Sie atmete tief und beruhigend durch. »Ich hab nicht im Traum daran gedacht, dass wir in diese Situation kommen würden, Reg. Deshalb habe ich auch nicht die Ohrknöpfe mitgenommen. Sei doch so gut, und gib jedem der Jungs ein Set mit. Sag ihnen, sie sollen untereinander in Kontakt bleiben. Und gib ihnen noch ein zusätzliches Set mit. Das kann mir dann einer zustecken, sofern die Umstände es erlauben. Sie wissen alle, was zu tun ist.«

»Nach wem sollen sie Ausschau halten?«

»Nach bulligen Schlägertypen. Moment mal.« Sie sah zu Nick hoch. »Beschreib mir mal deine Angreifer.«

Sie gab die Informationen an Reggie weiter. »Gib den Jungs eine Beschreibung von Nick als Zielobjekt. Sag ihnen, er trägt eine gebrochen weiße Hose, dazu ein T-Shirt, dessen Farbe ich als hellbraun bezeichnen würde – aber dir würde dafür wahrscheinlich etwas Fantasievolleres einfallen, und …«

»Ecru vielleicht?«, schlug Reggie vor. »Oder Mokka?«

»Ja, ja, was auch immer. Er trägt dazu ein haferflockenfarbenes Jackett, für das du zum Mörder werden könntest. Ach ja, und eine Kamera – vergiss die Kamera nicht. Warte noch eine Sekunde.« Sie bedeckte das Mikro mit der Hand und blickte zu Nick. »Gib mir bitte einen Anhaltspunkt, wo wir im Park sein werden.«

Nick löste seinen Blick von ihrer klopfenden Halsschlagader und entspannte seine Gesichtszüge. »Der Weg, der seitlich an der Academy of Sciences vorbeiführt.« Er vergrub die Hände in den Hosentaschen. Was, zum Teufel, hatte er sich bloß dabei gedacht?

Okay, die Wahrheit war, er hatte überhaupt nichts gedacht. Er hatte Daisy in der Sonne stehen sehen, und zwar ausnahmsweise mal nicht sauer auf ihn, und er hatte Eudora in Gedanken Recht gegeben: Sie hielt sich tatsächlich wie eine junge Amazone. Er hatte bewusst ihren zerbrechlichen Hals und ihre feingliedrigen Handgelenke wahrgenommen und sich erneut gefragt, was er mit einer mittelgroßen Blonden mit zarter Haut und schlechtem Haarschnitt als Bodyguard anfangen sollte. So wie sie aussah, würde ihr die Rolle eines Playmates weitaus besser zu Gesicht stehen. Ein Ringkampf im Bett mit ihr wäre nahe liegender.

Wenn man dann noch ihrer beider Vorgeschichte bedachte und die Tatsache, dass er ihr ursprünglich nur einen Job anbieten wollte, sich dann aber doch sehr gekränkt fühlte, als sie ihn nüchtern wie einen Kunden behandelte – ja, dann ließ sich das Ganze wahrlich nicht mehr unter der Rubrik jugendlicher Leichtsinn abhaken.

Er hatte sich vergewissern müssen, dass er sie noch nervös machen konnte, dass er sie nicht völlig kalt ließ – das war alles. Und so hatte er, als sie ihn an die Brüstung gezogen und damit gedroht hatte, ihn vom Balkon zu schleudern, halt die Gunst der Stunde genutzt. Es war ihm ganz natürlich und richtig erschienen, sich an ihren Hals zu schmiegen. Jetzt wusste er wenigstens, dass er ihr *nicht* ganz gleichgültig war. Und das war ein gutes Gefühl, ein echt gutes Gefühl.

Der Gedanke ließ ihn zusammenzucken. Nein, nichts war gut, rein gar nichts. Das Letzte, was er oder sie brauchte, war eine Konfrontation mit den Erinnerungen an jene Nacht.

Daisy klappte das Handy zu. Das Geräusch riss ihn aus seinen Träumereien.

»Tja, so verflüchtigt sich meine Gewinnspanne«, sagte sie leicht pikiert. »Da steckt doch Absicht dahinter. Das hast du dir sauber ausgeklügelt, nur damit mir von deinem Vorschuss nichts bleibt, stimmt's?«

Er zog die Augenbrauen hoch. »Ähm, ein Vorschuss ist

doch nur eine Anzahlung auf die Endkosten, Puppengesicht.«

Sie stieß einen langen gequälten Seufzer aus. »Das weiß ich, Coltrane. Aber ich wette trotzdem: Wenn ich nur tief genug grabe, dann befördere ich schon noch irgendein schändliches Motiv zu Tage. Mich anzuheuern, war doch nur ein Vorwand für irgendetwas anderes.«

Entgegen jeder Logik, schien ihn ihr Misstrauen richtig aufzuheitern. Er grinste sie breit an und streckte die Hand aus, um den Ärmel ihres Blazers wieder ordentlich über das hervorlugende Heft ihres Messers zu ziehen. »Das war kein Vorwand, Daisy Mae.«

»Ich heiße nicht …«, brauste sie auf.

»Ja, ja, ja. Komm jetzt.« Er legte eine Hand auf den Türgriff und bedeutete ihr mit der anderen, voranzugehen. »Die Trevors haben schon ihr reizendes Lächeln für das Piepvögelchen aus dem Fotoapparat aufgesetzt.«

Da Nick und Stanley jeder in seinem eigenen Wagen fahren wollten, verabredeten sie sich vor der California Academy of Sciences. Der Verkehr war fließend, und kurze Zeit später kurvte Nick bereits in eine Parklücke an der Fulton. Er und Daisy versuchten die Straße an der Achten, und dann den J. F. Kennedy Drive gleich am Eingang des Parks zu überqueren.

»Das ist totaler Wahnsinn«, murmelte sie vor sich hin, als sie sich an den Autos vorbeiquetschten.

Das letzte Mal, als Nick hier gewesen war, war die Straße für Inline-Skater, Biker und Fußgänger abgesperrt gewesen. Aber das war damals ein Sonntag. Er sah, wie Daisy mit einem Auge auf die vorbeiflitzenden Autos achtete, während sie mit dem anderen Auge nach möglichen Gefahren Ausschau hielt, die aus einem Dutzend Richtungen drohen konnten. Als sich ihre Blicke kreuzten, funkelte sie ihn nur finster an. Sie war sichtlich wütend.

»Dir ist doch wohl hoffentlich klar, dass du das Unheil geradezu herausforderst, wenn du dich der Gefahr eines so ungeschützten Ortes wie diesem hier aussetzt, oder?«

Um ehrlich zu sein – als er sah, wie Daisy mit Adleraugen versuchte, alles gleichzeitig unter Kontrolle zu halten, fühlte er sich mit einem Mal tatsächlich sehr ungeschützt. Doch er wollte sich ihr gegenüber nichts anmerken lassen und zuckte nur lässig die Schultern. »Gib einfach dein Bestes, Daise.«

»Das tu ich immer, Nicky.«

Er knirschte mit den Zähnen, nahm sich aber vor, sie nie wieder so zu nennen. Anscheinend war diese Koseform ihres Namens ausschließlich ihren guten Kumpels wie zum Beispiel ihrem Sekretär vorbehalten. »Übrigens«, hörte er sich plötzlich zu seinem Entsetzen fragen, »du und Reggie, habt ihr etwas miteinander?«

Sie riss den Kopf herum. »Wie bitte?«

»Ich habe gefragt, ob du und dein Sekretär ...«

»Ich habe gehört, was du gesagt hast. Ich glaub's nur einfach nicht. Meinst du wirklich, das ginge dich irgendetwas an?«

Er zuckte ungerührt die Schultern. »Das hält mich aber nicht davon ab, neugierig zu sein.«

Daisy musterte weiterhin aufmerksam ihre Umgebung und warf ihm nur kurz einen spöttischen Blick zu, um sich sofort wieder mit den Büschen und Bäumen, die die Avenue säumten, zu befassen. »Was ist bloß aus den viel gerühmten Coltrane-Manieren geworden?«

»Ich trete sie mit beiden Füßen. Beantworte endlich die verdammte Frage!«

»Nein!«

»Nein, du hast nichts mit Reggie, oder nein, du willst die Frage nicht beantworten?« *Dreimal darfst du raten, du Idiot.*

»Nein, ich habe nichts mit Reggie.« Der alleinige Gedanke schien sie schon zu schockieren. »Er ist mein bester Freund.«

Was Daisy mit anderen Männern hatte oder nicht hatte, sollte ihm völlig schnuppe sein. Dennoch hob die Antwort seine Laune. In der Hoffnung auf ein klipp und klares »Nein« meinte er: »Vielleicht wird ja mal mehr daraus.«

Daisy lachte laut auf. »Kaum wahrscheinlich, Coltrane. Reggie ist schwul.«

Ausgezeichnet. »Ach«, sagte er und bemühte sich, betont lässig zu klingen. »Ja, dann wohl eher nicht.« Sein reges Interesse an ihrem Liebesleben beunruhigte ihn allerdings. *Was ziehst du hier eigentlich für eine Nummer ab, du Held? Du wirst doch mit Sicherheit keine Ansprüche auf sie anmelden – aber ein anderer soll sie auch nicht haben, was?* Futterneid, das sah ihm so gar nicht ähnlich. Er beschleunigte seinen Schritt, als sie auf den Weg kamen, der eine leicht abfallende Böschung hinunterführte und von großen Palmen und Bronzestatuen gesäumt war.

Sie erreichten den Musikvorplatz, der von dem De Young Museum, dem asiatischen Museum und dem Museum der Academy of Sciences hufeisenförmig eingerahmt wurde, und an dessen Kopfseite sich das riesige, prunkvolle Amphitheater befand. Sie umrundeten den Brunnen, um anschließend einen kleinen Hain zu durchqueren, dessen knorrige Bäume die ersten grünen Blattspitzen erkennen ließen. Sie steuerten gerade auf ein paar flache Stufen zu, die sie zu ihrem Ziel führen sollten, als sich ihnen ein Transvestit näherte.

Für einen kurzen Augenblick hielt Nick ihn für eine Zwanzig-Dollar-Mieze bei der Arbeit. Es waren die Schuhe, die seine Aufmerksamkeit erregt hatten. Da er noch nie zuvor etwas Vergleichbares gesehen hatte, ging sein Blick zunächst nicht über die Fesseln der Trägerin beziehungsweise des Trägers hinaus.

Die Schuhe waren ursprünglich wahrscheinlich mal ein ganz harmloses Paar schwarze Pumps mit Pfennigabsatz gewesen. Aber jetzt waren die Fersenkappen unter den netzbestrumpften Hacken der Trägerin beziehungsweise des Trägers runtergetreten – die Pumps waren zu Pantoffeln mutiert. Es erstaunte Nick, wie jemand darauf überhaupt gehen konnte, zumal die Pfennigabsätze in einem Fünfundvierzig-Grad-Winkel nach innen umgeknickt waren. Nick hob die Kamera und schoss ein paar Fotos.

Erst durch die Linse wurde seine Aufmerksamkeit auf die ganze Person gelenkt, auf das füllige schwarze Haar und das perfekte Make-up, auf die exotischen dunklen Augen und das hübsche Gesicht. Er bemerkte aber auch, dass die Nuttenhüften unter dem hautengen schwarzen Minirock fehlten und dass die leichten O-Beine zu muskulös und die Schultern über einem grell pinkfarbenen Röhren-Top zu breit waren, um zu einer Frau zu gehören.

Es war ein Mann in Tuntenaufzug, und dieser Mann, der schnurstracks auf sie zukam, griff gerade in seine Tasche.

Daisy drängte sich vor Nick. Jetzt zieht sie gleich ihre Pistole, dachte er. Irrtum, als sie auf gleicher Höhe mit ihm war, wechselte nur eine Hand voll schwarzer Kinkerlitzchen unauffällig den Besitzer. »Danke, Benny«, murmelte sie, ohne stehen zu bleiben.

»Ist mir ein Vergnügen, Daise. Ich kann den Scheck brauchen.« Der Transvestit ließ seinen Blick einen Moment lang auf Nick ruhen und verzog dann das Gesicht zu einem frechen Grinsen. »Ooh.« Er streckte die Hand aus und strich im Vorbeigehen mit scharfen, pink lackierten Fingernägeln über den Ärmel von Nicks Jackett. »Reggies Beschreibung wird diesem Gesicht nicht *annähernd* gerecht«, hörte Nick ihn noch hinter sich säuseln. »Wäre wirklich jammerschade, wenn es entstellt würde, nur weil dieser Blödian sich dem Park nicht fernhalten kann.«

Daisy prustete los und ließ sich wieder neben Nick zurückfallen. Sie schlug ihre Jacke zur Seite und clippte seitlich an ihren Jeansbund ein Teil, das wie ein kleiner Walkman aussah. Dann heftete sie sich ein Mikro unter das Revers ihres Blazers und schraubte sich einen Ohrknopf ins Ohr. Nick beobachtete, wie ihre Hand am Fuße der Stufen, die zur Academy of Sciences führten, unter die Jacke glitt und auf dem Gerät einen Knopf drückte. »Okay, Jungs«, raunte sie. »Alle bitte kommen und den jeweiligen Standort durchgeben.«

»Ein Walkie-Talkie?«, fragte Nick.

Daisy sah kurz zu ihm hoch und ließ den Blick dann wieder über das Gelände streifen, die Augen ständig in Bewegung auf der Suche nach etwas möglicherweise Ungewöhnlichem. »Man nennt das ein drahtloses akustisches Induktionssystem, aber du hast Recht, es ist ein Funkgerät.«

»So was in der Art, wie der Geheimdienst es benutzt, hm?«

»Okay, verstanden«, murmelte Daisy ihrer Sicherheitstruppe zu, bevor sie Nicks Frage mit einem Nicken beantwortete. »Genau.« Sie spähte an ihm vorbei und tippte ihn mit dem Finger an. »Da kommen die Trevors.«

Sie marschierten die Stufen wieder hinunter, um dem älteren Ehepaar entgegenzugehen. Eudora blitzte sie mit einem amüsierten Lächeln an. »Ich habe gerade eine äußerst interessante Person gesehen! Ich wünschte, ich hätte die Worte, Ihnen ihre Schuhe zu beschreiben.«

»Ich wünschte, ich könnte Ihnen sagen, warum sie einen Adamsapfel hatte«, warf Stanley trocken ein. Als sie ihn empört ansah, lächelte er nur freundlich und tätschelte liebevoll ihre Hand. »Hör nicht auf mich, Liebling. Ich rede nur Quatsch.« Er zwinkerte Daisy zu.

Nick führte sie zu einem kleinen Weg neben dem Museum, und Daisy konnte sich ein wenig entspannen, nachdem sie nun das offene Gelände des Vorplatzes und die zahlreichen Möglichkeiten für einen Hinterhalt hinter sich gelassen hatten. Die Absicherung der Gartenwege war weitaus leichter zu managen.

Als sie einen gefällten Baumstamm am Rande des Weges erreichten, blieb Nick stehen. »Lassen Sie uns hier anfangen. Eudora, Stanley – nehmen Sie doch bitte auf dem Baumstamm Platz. Nein, ein Stückchen weiter unten. Ja, dort. Das ist perfekt. Das Grün im Hintergrund macht sich fantastisch.« Er stellte seine Tasche ab und kramte in seiner Ausrüstung.

Daisy entfernte sich, um sich an der Stelle, wo ihr Weg sich mit einem anderen kreuzte, zu postieren. Sie drückte die Sendertaste auf ihrem Funkgerät und sagte: »Benny, behalte die Stelle im Auge, wo unser Weg abgeht. John und Jere, ihr passiert uns und nehmt an den beiden nächsten Kreuzungen Aufstellung. Gebt einen Lagebericht, wenn ihr an Ort und Stelle seid.«

Eine Minute später schlenderten John und Jere an ihnen vorbei. Aber schon nach einer Viertelstunde brachte Nick die Trevors an eine andere Stelle innerhalb des verschlungenen Wegenetzes, und ihre Männer mussten ihre Position erneut wechseln. Danach wurde es ruhig. Daisy blieb mit ihren Helfern weiter in Funkkontakt, behielt ihre eigenen Wege im Auge und beobachtete, wie Nick die Trevors mit seinem Lächeln um den Finger wickelte. Doch insgeheim wünschte sie sich ein bisschen weniger Beschaulichkeit. Vom beruflichen Standpunkt aus, war es zwar durchaus wünschenswert, dass alles ruhig blieb. Aber vom persönlichen Standpunkt aus hatte sie dadurch zu viel Zeit, darüber nachzudenken, was für ein Hornochse sie gewesen war, diesen Job anzunehmen.

Hatte sie sich wirklich eingebildet, dass inzwischen genügend Zeit verstrichen war, dass sie sich nach *der* Lektion von Nick ein genügend dickes Fell zugelegt hatte, um von ihm nie wieder verletzt werden zu können? Um sich nie mehr von ihm *angezogen* zu fühlen?

Ja. Das hatte sie. Dieser Selbstbetrug ließ sich nur auf eine Weise buchstabieren: *Einfaltspinsel*, und das in mächtig fetten Großbuchstaben.

Nach dem Abend, als er sie in diesem Hotelzimmer allein zurückgelassen hatte, hatte sie sich redlich bemüht, ihn zu vergessen. Wenn sie trotzdem an ihn gedacht hatte, dann nur in der abstoßenden Weise: dass er ihr gesagt hatte, er liebe sie – nur um sie unmittelbar danach mit der Bemerkung abzufertigen, sie solle erst erwachsen werden und dürfe nicht alles glauben, was in der Hitze des Gefechts gesagt werde, bevor er ihr schließlich den Rücken zugekehrt und sie sitzen gelassen hatte. Sie hatte geglaubt, die Erinnerung an diesen tiefen Schmerz würde sie davor bewahren, erneut in seinen Bann gezogen zu werden. Es war ihr offensichtlich entfallen, wie charismatisch er sein konnte. Sie hatte seinen überbordenden Charme vergessen, seinen unwiderstehlichen Humor.

Er benutzte beide Eigenschaften, um die Leute für sich zu gewinnen, und es sagte etwas über die Stärke seiner Persönlichkeit aus, dass kein Mensch je zu bemerken schien, wie sehr er sie manipulierte. Sie hatte ihn noch nie unhöflich erlebt, außer ihr gegenüber. Das hätte sie bereits stutzig machen müssen. Aber dämlich wie sie war, hatte sie das sogar auf Romantik getrimmt, hatte sich eingeredet, sie sei die einzige Person, bei der Nick er selbst sein konnte.

Was für eine Vollidiotin sie doch war.

Sie atmete tief durch. Okay, sie fühlte sich noch ein klitzekleines bisschen zu ihm hingezogen – na und? Sich darüber klar zu sein, war die halbe Miete. Sie konnte damit umgehen. Als Erstes würde sie ihn außer Hals-küss-Reichweite halten.

Aber wo, zum Teufel, blieb die eingeplante Action, die sie ganz in Anspruch nehmen und von dummen Gedanken ablenken sollte? Es würde ihr die Sache erleichtern, wenn sie gegen ein paar Widerlinge zu fighten hätte. Der Adrenalinausstoß, der mit körperlicher Konfrontation einherging, war ein ausgezeichnetes Rezept gegen sexuelle Frustration. Allmählich sah es so aus, als habe Nick Johnsons Entschlossenheit, die Aufnahmen seiner ehebrecherischen Frau in die Hand zu bekommen, überschätzt.

Als das Shooting dem Ende zuging, instruierte sie ihr Team aber trotzdem, eine Staffelüberwachung zu organisieren. Jere rückte zu Bennys Beobachtungsposten an der Einmündung ihres Weges vor, während Benny sich zu der Grasböschung zwischen dem Kennedy Drive und dem Promenadenplatz begab und John in gewissem Abstand folgte. Sie war stolz auf ihre Abstimmung, als sie und Nick sich, nachdem sie die Trevors verabschiedet hatten, auf den Rückweg zu ihrem Auto machten. Die Jungs überholten sich gegenseitig und ließen sich wieder zurückfallen, wobei einer immer sofort wieder die frei werdende Stelle des anderen einnahm, so dass ständig jemand vor und hinter ihnen war und die Strecke sicherte. Das Ganze erfolgte so unauffällig, dass Nick es gar nicht zu bemerken schien. Falls Johnsons Spießgesellen irgendwo in der Gegend waren, was mehr und mehr unwahrscheinlich war, dann würden sie vermutlich auch nichts merken.

»Das war's dann«, murmelte sie in das Mikro, als sie bei Nicks Wagen ankamen. »Gut gemacht, Jungs. Ich werde Reggie anrufen und ihm sagen, dass er euch eure Schecks ausstellt.«

Nick hatte ihr die Beifahrertür aufgeschlossen und war um den Wagen gegangen. Er murmelte irgendetwas vor sich hin und begann, seine Ausrüstungstasche zu durchwühlen.

»Was ist los?«

»Ich habe dort, wo wir die ersten Aufnahmen gemacht haben, einen Filter benutzt«, erwiderte er. »Ich erinnere mich, dass ich das Ding nach dem Abnehmen auf den Baumstamm gelegt habe, aber ich erinnere mich nicht daran, es wieder eingesteckt zu haben.« Er kramte noch eine Weile herum; dann riss er die Wagentür auf und stopfte die Tasche in den schmalen Spalt hinter dem Sitz. An der Art, wie er das tat, konnte man deutlich erkennen, wie sauer er war. Schließlich richtete er sich auf und sah sie über das Wagendach hinweg an. »Verdammter Mist. Ich muss noch mal zurück.« Er knallte die Wagentür zu und stürmte zurück über die Fulton.

»Nick, warte.« Sie hechtete hinter ihm her und quetschte sich in Windeseile durch die geparkten Autos. Ein Stück die Straße hinunter hörte sie plötzlich einen Motor aufheulen, und ihr sechster Sinn, den sie nie in Frage stellte, bürstete ihre Nackenhaare senkrecht. Sie begann zu rennen. »Coltrane, beweg deinen Arsch von der Straße!«

Daisys Stimme zersprengte die Dunstglocke seines Frustes, und er schaute sich um. Sie flitzte wie der Teufel hinter ihm her und griff im Laufen nach der Pistole an ihrem Taillenbund. Nick riss den Kopf herum, um ihrem Blick zu folgen – in der Erwartung, einen der Männer zu sehen, die kürzlich in sein Domizil eingebrochen waren.

Doch er sah nur ein schwarzes Auto mit abgedunkelten Fenstern. Es beschleunigte mit quietschenden Reifen in weniger als zehn Sekunden von Null auf hundert – und kam direkt auf ihn zugeschossen.

7

Völlig perplex blieb er einen Moment wie angewurzelt stehen. Eine Vierteltonne glänzender schwarzer Stahl mit einer geballten Ladung dröhnender Pferdestärken hielt mit höllischer Geschwindigkeit auf ihn zu. Es fehlten nur noch wenige Meter, um ihn niederzumähen – da flog Daisy mit einem Hechtsprung auf ihn zu und katapultierte ihn zur Seite. Der Wagen verpasste sie nur um wenige Zentimeter, und Nick spürte noch den heißen Luftstrom des vorbeijagenden Autos.

Eine Sekunde später landeten er und Daisy auf dem Parkstreifen. Als Nick mit seiner geschundenen Schulter auf dem Boden aufprallte, verschlug es ihm vor Schmerz den Atem. Zusätzlich rutschte Daisy mit dem Bauch über seine Hüfte und quetschte die Schulter ein zweites Mal. In dem Bemühen, ihren Sturz mit etwas anderem als ihrer Nase abzufedern, streckte Daisy die Hände vor und griff ins Gras. Im selben Moment rollte Nick sich auf den Rücken, um ihr seinen Hüftknochen nicht in den Bauch zu rammen, und unvermittelt lag sie quer über seiner Brust.

Keuchend blieb sie einen Moment so liegen und versuchte wieder zu Atem zu kommen. Dann schob sie sich blitzschnell auf die Knie hoch, wirbelte mit gezogener Pistole herum und blickte angespannt in die Richtung, in der Wagen verschwunden war. Ein paar Sekunden später ließ sie die Kanone sinken, und ihre Schultern entspannten sich, während sie sich ihm wieder zuwandte.

»Ich glaube nicht, dass sie zurückkommen.« Sie steckte die Pistole zurück in ihr Halfter und sah ihn an. »Bist du okay?«

»Ja, ja.«

»Was macht deine Schulter?« Sie streckte die Hand aus

und berührte sie. »Du bist ganz schön hart aufgeschlagen.«

»Ein blauer Fleck mehr oder weniger macht den Kohl jetzt auch nicht mehr fett.« Er rappelte sich auf die Knie hoch. Seine Adern waren voll gepumpt mit Adrenalin, und in seinem Kopf kreiste nur ein Gedanke: »Du hast mir das Leben gerettet.«

Daisy zuckte mit den Achseln. »Ich habe nur meine …«

»*Mein Gott,* Daisy, sie wollten mich über den Haufen fahren. Stell dir das mal vor! Man hat versucht, mich zu *töten.* Du hast mir das Leben gerettet!« Er legte eine Hand um ihren Nacken und zog sie zu sich heran.

Sie sah genauso raubtierhaft aus, wie er sich fühlte. Er neigte den Kopf nach unten und küsste sie, küsste sie hart und drängend, mit einem Hunger, den er kaum bändigen konnte. Für einen kurzen Augenblick war er sich voll bewusst, dass ihr Mund heiß und ihr Körper fest war. Doch dann schaltete er sein Denken ab und tauchte kopfüber in seine Gefühle ein.

Daisy hätte ihn ohne zu zögern gestoppt, wenn sie auch nur eine Sekunde Zeit gehabt hätte, sich darauf einzustellen. Aber es traf sie völlig unvorbereitet, und Nicks Küsse waren wie Dynamit. Sein Mund war fordernd, seine Zunge gebieterisch, und die drängenden Laute tief unten in seiner Kehle jagten Flammen der Leidenschaft durch ihre Adern. Es war genauso wie vor neun Jahren: Er berührte sie, und sie war verloren. Sie schlang die Arme um seinen Hals und erwiderte seinen Kuss.

Er stöhnte auf und zog sie enger an sich, drückte ihr fast die Luft ab. Während er ihr mit der einen Hand durchs Haar fuhr und ihren Kopf umfasste, legte sich die andere um ihre Hüfte. Überall, wo er sie berührte, breitete sich eine Hitzewelle aus. Sie spürte, wie seine Lippen sanfter wurden und wie er leicht den Kopf hob, jedoch nur, um den Kuss neu anzusetzen. In seinen Augen brannten blaue Flammen, als er auf sie hinabstarrte, und sie konnte nicht verhindern, dass sich aus ihrer Kehle ein sehnsuchtsvoller Seufzer löste.

»Ja«, murmelte er rau und presste erneut seine Lippen auf ihren Mund, heiß und fordernd, nahezu triebhaft.

Sie fühlte sich fiebrig und war bar jeder Kontrolle, als sie ihre Zunge in seinem Mund fühlte. Sie klammerte sich an ihn und spürte halb bewusst, halb unbewusst, wie das Blut in ihren Handgelenken, in ihrem Hals, zwischen den Beinen – pulsierte. Sie vergrub ihre Finger in dem Dickicht von Nicks Haar und hielt seinen Kopf fest.

Da fragte plötzlich eine Stimme: »Mein Gott, ist bei Ihnen alles in Ordnung?«

Sie zerriss abrupt den Schleier rasender Leidenschaft, in dem sie sich verfangen hatte. Und als sich auf dem Bürgersteig Schritte näherten, wurde Daisy schlagartig in die Wirklichkeit zurückkatapultiert. Sie riss die Augen auf.

Nick schien seine Umgebung gar nicht wahrzunehmen, und sie zerrte wie wild an den Haaren, die sich um ihre Finger verheddert hatten. Doch er widerstand der Attacke, küsste sie noch leidenschaftlicher – und zu ihrer großen Schande musste sie sich eingestehen, dass sie auch versucht war, sich wieder ganz ihren Empfindungen hinzugeben und fallen zu lassen. Das war nun wahrlich *nicht* der richtige Weg, emotionale Distanz zu einem Mann zu bewahren, der es schon einmal geschafft hatte, ihr das Herz aus der Brust zu reißen, um dann kalt lächelnd darüber hinwegzusteigen und abzuhauen, ohne sich darum zu kümmern, dass es blutend zu seinen Füßen lag. Sie ballte die Hände und zog noch einmal kräftig.

Nick hob den Kopf und blinzelte sie aus verschleierten Augen an. Ihr beider Atem ging schwer, als sie sich gegenseitig anstarrten. Dann gelang es Daisy, die Finger freizubekommen, sie legte ihre Hände an seine Schultern und schob ihn weg. Sie sprang auf die Füße.

Lieber Gott, was hatte sie sich bloß dabei gedacht? Wie zwei läufige Katzen hatten sie sich mitten auf einem öffentlichen Parkstreifen aufeinander gestürzt. Ihr Herz klopfte wie wild. Sie drückte den Handrücken an die Lippen und zuckte angesichts ihrer Empfindlichkeit zusammen. Wie, um alles in der Welt, hatte das passieren können? Durch die Adrenalinausschüttung bei dem Beinahe-Zusammenprall mit dem Wagen mussten bei ihr alle Sicherungen durchgebrannt sein.

Der lästige Teil ihres Ichs, der immer darauf bestand, ehrlich mit sich selbst zu sein, befürchtete, dass da noch weit mehr war als das. Aber zurzeit war das ihre Erklärung und daran hielt sie fest.

»Daisy …« Nick rappelte sich ebenfalls hoch und griff nach ihrem Arm, doch sie riss ihn schnell zurück, so als habe sie sich an seinen Fingern verbrannt.

Es schien ihr ein Jahrtausend her zu sein, seit der Wagen Nick zu überfahren versucht hatte. Aber in Wirklichkeit waren es erst ein paar Minuten. Der Mann, der ihren Kuss unterbrochen hatte, bremste aus vollem Lauf vor ihnen ab und beugte sich, die Hände auf den Knien abstützend, erst einmal nach vorne, um wieder zu Atem zu kommen. Sein Bauch hing wie ein Beutel über dem Gürtel seiner Polyesterhose.

»Sie haben gesehen, was passiert ist, Sir?«, wandte sich Daisy an ihn verzweifelt bemüht, sich den Anstrich von Professionalität zu geben. Sie beobachtete, wie die Instamatic, die um seinen Hals hing, zwischen seinen Armen und seinen Hüften hin und her pendelte. Immer noch nach vorne gebeugt, hob er den Kopf. »Ja«, keuchte er. »Das war eine reife Leistung, Lady. Sie sind ganz schön schnell auf den Beinen.« Er verdrehte den Hals und blickte Nick an.

»Junge, Junge, um ein Haar wären Sie abgekratzt. Ich versteh schon, warum Sie die junge Lady hier gerade geküsst haben – Sie schulden ihr ja auch einigen Dank, und manchmal muss ein Kerl sich eben vergewissern, dass er noch lebt und noch alles an ihm dran ist.« Er schaute von einem zur andern. »Ihr zwei seid also okay, ja?«

Einen Moment herrschte Schweigen. »Ja«, erwiderte Nick schließlich, und Daisy nickte. Sie wusste, mit der Hitze, die ihr in den Kopf stieg, war sie so rot wie ein kandierter Jahrmarktsapfel.

»Ich dachte, ich traue meinen Augen nicht, als ich den Wagen direkt auf Sie zurasen sah.« Der Mann richtete sich jetzt endgültig auf und schüttelte den Kopf. »Der Kerl muss stockbesoffen gewesen sein.«

Oder sehr entschlossen. Diesen Gedanken behielt Daisy jedoch für sich. »Haben Sie zufällig sein Autokennzeichen mitbekommen?«

»Nein, tut mir Leid. Meine Frau und ich waren da oben, ungefähr einen Block entfernt.« Er deutete auf die Straße hinter ihnen, und Daisy dankte Gott, dass er von dieser Position aus nicht hatte sehen können, wie sie ihre Waffe gezückt hatte. Zivilisten gerieten leicht in Panik, wenn sie auf einer öffentlichen Straße Leute mit gezogener Pistole rumlaufen sahen. »Es passierte alles so schnell«, fügte der Tourist hinzu, »und ich war zu weit weg.«

»Nick?« Daisy zwang sich, ihn anzusehen. »Hast du auf das Nummernschild geachtet?« Sie hatte sein Haar völlig zerzaust, und über seine Augen fielen einige glänzende Strähnen, unter denen hervor er sie, ohne zu blinzeln, mit schweren Lidern anblickte. Er sah wie ein Raubtier aus und irritierend männlich.

»Nein.« Seine Augen verloren plötzlich ihren schläfrigen Ausdruck und begannen zu glühen. »Hör zu, Daisy, wir sollten miteinander re …«

»Ich auch nicht. Verdammt. Wir haben nicht viel, was wir der Polizei erzählen können.«

Der Fremde horchte alarmiert auf. »Dafür brauchen Sie mich doch nicht, oder?« Er warf einen raschen Blick über seine Schulter. »Ich muss zu meiner Frau zurück. Wir haben nur noch heute und morgen Urlaub, und wenn es Ihnen nichts ausmacht, würde ich den Rest des Nachmittags lieber woanders verbringen als auf einer Polizeistation.«

»Ich denke, das Vergnügen können Sie sich unbesorgt gönnen«, stimmte Daisy zu. Sie war sich bewusst, dass Nick sie beobachtete, und fand es schwierig, sich zu konzentrieren. »Ich sehe nicht, dass sie irgendwelche Fragen an Sie haben könnten, da Sie schließlich nichts gesehen haben, was Nick und ich nicht auch gesehen hätten. Trotzdem würde ich mir gerne Ihren Namen und das Hotel, in dem Sie wohnen, notieren, sofern es Ihnen nichts ausmacht. Dann können die Cops sich, falls sie eine Frage an Sie haben sollten, mit Ihnen in Verbindung setzen.«

Er gab ihr die gewünschten Informationen, und sie notierte sie sich in dem kleinen Spiralblock, den sie immer bei sich hatte, wenn sie im Einsatz war. Als er gegangen war, wandte sie sich wieder Nick zu, das Kinn kämpferisch nach vorne gereckt, um jede Diskussion über den mehr als bereuten Kuss gleich von vornherein abzuwürgen.

Da ein Gespräch darüber auch keineswegs in Nicks Sinne war, begleitete er sie schweigend zum Auto zurück. Ein- oder zweimal war er – den Geschmack von ihr noch auf der Zunge – dennoch versucht, mit ihr abzuklären, wie sie sich die Beziehung mit ihm eigentlich vorstellte. Aber glücklicherweise ging dieser Anfall von Wahnsinn jedes Mal rechtzeitig vorbei. Sie *hatten* keine Beziehung miteinander. Das Wort alleine ließ ihn schon frösteln. Damit konnten nur blauäugige Romantiker etwas anfangen.

Aber das war kaum sein größtes Problem. Was ihm echte Sorgen bereitete, war das, was J. Fitzgerald hier veranstaltete.

Der Mann hatte versucht, ihn *umzubringen*. Heilige Maria, Mutter Gottes. An so etwas hatte er nicht in seinen blutrünstigsten Fantasien gedacht. Aber wenn der Wagen es geschafft hätte, ihn niederzumähen, dann wäre das Mord gewesen, schlicht und einfach Mord. Das kam in den Kreisen, in denen er sich bewegte, wahrlich nicht alle Tage vor.

Und der Haken war, Nick hatte absolut keine Möglichkeit, das zu beweisen. Der Schock machte langsam kalter Wut Platz.

»Wir sollten zur Richmond-Polizeistation gehen«, sagte Daisy, »da das hier ihr Revier ist.«

Er sah sie finster an. »Dir ist schon klar, dass wir keinerlei Beweise in der Hand haben, oder?«

»Ja, schon.«

»Also was, zum Teufel, bringt es dann, ein Protokoll aufnehmen zu lassen?«

Sie fuhr sich mit der Hand durchs Haar und strich es nach hinten. Nick sah interessiert zu, wie es sofort danach wieder hochsprang. »Die Gewalt eskaliert langsam, Nick. Dieser Anschlag sollte zumindest aufgenommen werden. Das wird es erleichtern, ein Muster herauszuarbeiten, wenn wir irgendwann einmal einen brauchbaren Beweis vorlegen.«

Das Verrückte an der Sache war, dass man ihm selbst dann kaum Glauben schenken würde, wenn es ihm gelänge, Daisy genügend lange abzuschütteln, um der Polizei seinen Verdacht mitzuteilen, dass Douglass hinter dem Ganzen steckte. Auch wenn er ihnen die Abzüge zeigte – im Endeffekt würden sie lediglich beweisen, dass J. Fitzgerald ein Ehebrecher war.

Allerdings reichte das, um einen erwachsenen Mann in einen Amok laufenden Irren zu verwandeln.

Er jagte den Porsche erbarmungslos durch die Gänge, und als er eine Bergkuppe zu schnell nahm, hob der Wagen vom Boden ab. Er musterte Daisy verstohlen und rechnete fest mit ihrem Protest, doch sie sagte kein Wort. Trotzdem verlangsamte er seine Geschwindigkeit. Das Polizeirevier war nur noch wenige Blocks entfernt.

Die Fotos sollten für die Cops eigentlich Anreiz genug sein, Douglass zumindest zu verhören. Das wäre ja schon mal ein Anfang. Nach dem heutigen Tag wünschte Nick sich nichts sehnlicher, als den heuchlerischen alten Sack in die Pfanne zu hauen und schmoren zu sehen. Doch so herzerwärmend der Gedanke auch sein mochte, realistisch gesehen, das wusste er, standen die Chancen dafür schlecht.

Aber wäre es nicht eine Ironie des Schicksals, ein netter kleiner Treppenwitz der Geschichte, wenn es doch passierte? Wenn die Cops durch irgendein Wunder auf etwas stießen, was beweiskräftig genug wäre, um ihn festzunehmen? Dann wären Nicks Fotos der Boulevardpresse sogar noch mehr wert als jetzt, und die Gebote würden dementsprechend steigen. Das würde nicht nur seine Schwester vor dem Gefängnis bewahren, er selbst wäre auch aus dem Schneider und bräuchte sich wegen der Veröffentlichung keine Gedanken mehr zu machen.

Klar, alles sprach gegen ihn. Dennoch bestand eine winzige Chance, dass es klappte. Dazu musste er jedoch erst einmal sicherstellen, dass Daisy nicht in der Nähe war, wenn er mit den Cops sprach.

Er fuhr auf den Parkplatz neben dem Polizeigebäude. Er schaltete den Motor ab, zog die Handbremse an und sah sie an. »Wartest du hier auf mich?«

Daisy schnaubte nur verächtlich und kletterte aus dem Wagen.

Okay, du hast doch nicht tatsächlich damit gerechnet, dass sie darauf eingeht. Auch wenn man sich nur schwer vorstellen konnte, dass jemand so dämlich sein würde, ihn direkt vor dem Polizeirevier umzulegen, wusste er, dass sie ihn nie ungeschützt vom Parkplatz gehen lassen würde. Er stieg ebenfalls aus dem Wagen.

Das Polizeigebäude von Richmond war ein schöner alter Backsteinbau mit Kathedralen-Fenstern und zwei kurzen vorstehenden Seitenflügeln. Die Flügelfenster und die Eingangstür waren bogenförmig mit ausgerichteten weißen Ziegelsteinen umsäumt. Den gequälten Blick, den Daisy ihm zuwarf, als er sich beeilte, vor ihr an der Tür zu sein, um sie für sie aufzuhalten, quittierte er mit einem schiefen Lächeln. Er folgte ihr ins Innere des Gebäudes.

Als er sich gerade den Kopf darüber zerbrach, wie er Daisy lange genug aus dem Verkehr ziehen könnte, um seine Aussage zu machen, rief eine ungläubige weibliche Stimme auf einmal: *»Parker?«* Es gab also doch einen Gott im Himmel.

Eine dunkelhaarige Frau in Straßenkleidung eilte den Korridor entlang und kam mit einem warmen Lächeln direkt auf sie zu. »Ich traue meinen Augen nicht«, sagte sie. »Bist du's wirklich?«

»Gellahty?« Daisy lachte, und Nick wurde plötzlich bewusst, dass sie das inzwischen kaum noch tat. Er erinnerte sich daran, dass sie als Kind sehr viel gelacht hatte. »Was machst du denn hier?« Sie ging der Frau mit langen Schritten entgegen, um sie zu begrüßen.

»Hier war eine Stelle frei, und so bin ich vor ein paar Monaten von Oakland hierher gezogen«, erwiderte Gellahty.

»Du hast deinen Detective gemacht?« Daisy lachte erneut, während sie die Frau spontan umarmte. »Glückwunsch, Sheila!«

»Weißt du, wer noch hier ist? McGee. Warte eine Sekunde.« Die Polizistin wirbelte herum, und lief den Flur zurück, um auf halber Höhe den Kopf in eine Tür zu stecken. »Hey, Maggie. Komm und guck mal, was uns die Katze vor die Tür gelegt hat.«

Eine große schwarze Frau trat aus dem Zimmer und sah skeptisch den Korridor hinunter. Und plötzlich explodierte ein strahlendes, blitzend weißes Lächeln auf ihrem dunklen Gesicht. »Daisy Parker, mich laust der Affe!«

»Ja, sieh mal an! Und wie geht's meinem kleinen irischen Mädchen?«

Daisys Lachen war kehlig und ansteckend. Die Frauen trafen sich auf halbem Weg und umarmten sich überschwänglich.

Auf Nicks Gesicht spielte ein Lächeln, als er zu dem Officer am Informationsschalter hinüberging und nach einem Detective verlangte. Daisy so offen und glücklich zu sehen, ärgerte ihn irgendwie. Es war eine Seite an ihr, die sie ihm verwehrte. Das einzige Lächeln, das sie ihm, wenn überhaupt, schenkte, war stets von Zynismus geprägt.

Der Schalterbeamte riet ihm, erst einmal Platz zu nehmen, bis er den zuständigen Officer aufgestöbert hatte. Nick lehnte sich jedoch stattdessen an die Wand und stützte einen Fuß daran ab. Er nahm die Kamera zur Hand und machte einige Schnappschüsse von den Frauen, während sie freundliche Beleidigungen austauschten und sich über den neuesten Hausklatsch ausließen.

»Und was ist mit dir, Daisy?«, fragte die dunkelhaarige Frau. »Was hast du so getrieben, seitdem du die Polizei verlassen hast?«

»Ich habe ein Sicherheitsbüro eröffnet. Es dümpelt im Moment noch so vor sich hin, aber ich hoffe, ich bekomme das Schiff bald flott.« Sie lugte kurz über die Schulter zu

Nick hinüber. »Was mich wieder daran erinnert, warum ich überhaupt hier bin.«

Shit! Das Lächeln verschwand aus seinem Gesicht. Er setzte seinen Fuß wieder auf den Boden und richtete sich auf. »Ach, Daisy? Könnte ich kurz mit dir …«

In diesem Moment kam ein Detective in Zivil auf ihn zu und fragte: »Mr. Coltrane?« Und just in dieser Sekunde wandte sich Daisy wieder zu ihren Kameradinnen um und sagte: »Gerade hat jemand versucht, meinen Klienten umzufahren. Er hatte vor einiger Zeit Nacktaufnahmen von einer verheirateten Frau gemacht, und nun hat deren Mann ein paar Muskelpakete angeheuert, um sie in seinen Besitz zu bekommen. Die Kerle hatten ihm vorher schon die Schulter ausgekugelt. Und jetzt sind wir hier, um den letzten Vorfall zu Protokoll zu geben.« Sie drehte sich wieder zu Nick um. »Soll ich die Aussage machen oder willst du das lieber selbst tun?«

Alle drei Frauen sahen ihn erwartungsvoll an, und selbst der männliche Detective wandte ihm seine ganze Aufmerksamkeit zu, obwohl er ein bisschen verwirrt zu sein schien.

Verdammt und zugenäht. Jetzt saß er voll in der Patsche. Nick konnte nur schwer der Versuchung widerstehen, mit dem Kopf gegen die Wand hinter sich zu rennen.

Was sollte er jetzt nur machen? Wenn er unmittelbar nach Daisys kleinem Auftritt die Wahrheit sagte, würde er sie in den Augen ihrer Exkolleginnen diskreditieren. Sie würde wie ein Idiot dastehen und sich gedemütigt fühlen. Andererseits konnte er aber auch keine Falschaussage mit irgendeiner erfundenen Dreiecksgeschichte machen. Er wollte sich einfach nicht noch tiefer hineinreiten, als er es ohnehin schon getan hatte.

Es blieb ihm eigentlich nur eine Wahl. Um ihren Stolz nicht zu verletzen, musste er ihr seine Kooperation verweigern. Die Entscheidung hatte natürlich nichts damit zu tun, dass sein Leben keinen Pfifferling mehr wert wäre, wenn sie herausfand, dass er sie angelogen hatte. Er dachte dabei nur an sie.

»Ich habe meine Meinung geändert«, sagte er. »Ich werde keine Aussage zu Protokoll geben.«

»Was?«, flüsterte Daisy. Sie wäre nicht weniger perplex gewesen, wenn Nick etwas Obszönes über ihre Mutter gesagt hätte. In dem Gefühl, ihre berufliche Fachkompetenz stünde unter Beschuss, blickte sie zu Sheila und Maggie hinüber. Sie hatten ihre Polizeimienen aufgesetzt, hatten diesen unverbindlichen, ausdruckslosen Blick, den Polizisten immer dann für angezeigt halten, wenn sie eine Lage abschätzen. Sie warf dem Detective, der gerade aufgetaucht war, einen Blick zu. Er zuckte mit den Schultern und klopfte auf seine Brusttasche, die von einer Zigarettenschachtel deutlich ausgebeult war. Mit einem sehnsüchtigen Blick auf die Eingangstür lehnte er sich gegen die Wand. Daisy fixierte den Judas Coltrane. »Warum?«

Er richtete sich zu voller Größe auf und fragte zurück: »Ist das die Art, wie die Polizei ihren Job macht – mitten auf dem Flur?«

Er hatte Recht, aber sie hätte ihm am liebsten eine gelangt. Vor lauter Begeisterung über das Wiedersehen mit den alten Freundinnen hatte sie das übliche Protokoll außer Acht gelassen.

Er schien an einer Antwort jedoch gar nicht interessiert zu sein. Er schob die Hände in die Jackentaschen und sagte in der gestelzten Art, die er manchmal an den Tag legte: »Was Mrs. Parker zu erwähnen versäumte, ist, dass wir das amtliche Kennzeichen nicht haben, was wiederum bedeutet, dass wir keinerlei Beweise vorlegen können.«

Alle drehten sich nach Daisy um und sahen sie erwartungsvoll an. *O Gott, das wird ja immer besser. Ich hätte ihn von diesem verdammten Auto platt machen lassen sollen.*

Die Reste ihrer Autorität zusammenraffend, wollte sie gerade den Mund öffnen, um ruhig zu erklären, warum sie ihn dazu gedrängt hatte, auch ohne Beweise ein Protokoll aufnehmen zu lassen.

Doch Nick kam ihr zuvor und sammelte wieder ein paar Pluspunkte, besser gesagt Pünktchen, da er in diesem Moment selbst hinzufügte: »Sie sagte, dass die Aufnahme des Vorfalls wichtig sei, um vielleicht ein Schema zu erkennen, für den Fall, dass wir irgendwann Beweisbares vorlegen können. Das machte Sinn für mich, und deshalb habe ich mich einverstanden erklärt.«

Es war wahrscheinlich kindisch, dass ihr so viel daran lag, aber Daisy fühlte sich sehr viel besser, als die Detectives zustimmend nickten.

Doch Nick wusste anscheinend nicht, wann es Zeit war, die Klappe zu halten. »Während ich auf den Detective hier wartete« – er nickte dem Mann an der Wand zu –, »hatte ich allerdings genügend Zeit, um alles noch einmal gründlich zu überdenken«, sagte er. »Und ich bin zu dem Schluss gekommen, dass das Risiko größer ist als der Nutzen.«

»Was für ein Risiko?«, wollte Daisy wissen. »Du musst einfach nur deine Aussage machen.«

»Und diese Aussage – die verschwindet dann irgendwo unter einem dicken Stapel, ja? Oder wird sie vielleicht ganz vergraben?«

»Ganz bestimmt nicht.« Detective Gellahty sah ihn missbilligend an. »Ein Detective wird mit dem Ehemann sprechen.«

»Exakt. Und da beginnt mein Problem. Meine, hm, Freundin lebt von ihrem Mann getrennt. Er ist darüber nicht sehr glücklich, und wenn ihn dann auch noch die Polizei verhört, dann ist das ein Risiko, das einzugehen ich nicht gewillt bin, jedenfalls nicht zurzeit. Es könnte nämlich sehr gut sein, dass er dann erst richtig in Fahrt kommt.« Er blickte in die Runde. »Sehen wir der Tatsache doch ins Auge: Der Versuch heute, mich umbringen zu lassen, war nicht gerade die Tat eines rational denkenden Menschen. Was ist, wenn ihm die Einschaltung der Polizei den Rest gibt, und er völlig ausrastet? Wenn er womöglich beschließt, seinen Zorn gegen seine getrennt von ihm lebende Frau zu richten? Dann wäre ich schuld daran.«

Daisy juckte es, ihm entgegenzuhalten, dass er in jedem Fall für den ganzen Zirkus verantwortlich sei. Warum hatte er sich überhaupt mit einer verheirateten Frau eingelassen? Aber der männliche Detective nickte und McGee meinte: »Das ist in der Tat ein echtes Problem.« In dem Wunsch, sich nicht noch mehr Blößen in Bezug auf ihre Professionalität zu geben, als sie es gegenüber ihren früheren Kolleginnen ohnehin schon getan hatte, wandte sie sich ihnen zu und sagte: »Da wir nicht wissen, wer dahinter steckt, können wir diesen Teil erst einmal beiseite lassen. Trotzdem empfehle ich, ein Protokoll über den Mordversuch aufzunehmen.«

»Sie haben Recht.« Der Detective stieß sich von der Wand ab. »Die Gründe, die sie Ihnen genannt hat, haben immer noch ihre Berechtigung, Mr. Coltrane. Also warum kommen Sie beide nicht mit mir, und wir nehmen den Vorfall von heute auf.« Er öffnete eine Tür und blieb stehen, um ihnen den Vortritt zu lassen.

Nick blickte Daisy an und zuckte mit den Schultern. Bemüht, eine völlig neutrale Miene aufzusetzen, deutete sie mit der Hand auf die offene Tür und sagte steif: »Nach Ihnen, Mr. Coltrane.«

8

»Ihr habt *was* getan? Moment mal.« J. Fitzgerald hielt die Hand über die Sprechmuschel seines Telefons und sagte zum Fahrer: »Schließen Sie bitte die Scheibe.« Die Trennscheibe glitt leise hoch, und Douglass nahm die Hand vom Telefon. »Wessen Glanzidee war das denn?«

»Sie sagten, unternehmt was, egal was, Sir«, erwiderte Autry. »Als Jacobsen sich dann die Gelegenheit bot, Coltrane aus dem Verkehr zu ziehen, hat er sie beim Schopf gepackt.«

»Ich habe nie gesagt, ihr sollt den Mann *töten!*« Nicht, dass es nicht irgendwann einmal erforderlich sein könnte, aber zum jetzigen Zeitpunkt nutzte ihm ein toter Coltrane überhaupt nichts. »Ich sagte, unternehmt alles, um *den Film wieder zu bekommen.* Was bringt es, Coltrane umzubringen, wenn die verdammten Fotos trotzdem irgendwo auftauchen?«

»Oh, da haben Sie natürlich Recht. Sorry, Mr. Douglass.«

Er knirschte mit den Zähnen, um gegen die Wut anzugehen, die in ihm hochstieg. Aber es war schließlich kein Zufall, dass er so nahe davor stand, zum Botschafter ernannt zu werden. Seine Stimme war mild und einfühlsam, als er sagte: »Du kannst ja nichts dafür. Aber ich verlass mich auf dich, dass du das den anderen klar machst. Ich will keinen Murks mehr.«

»Ja, Sir.«

»Danke dir, Autry. Ich weiß, dass ich mich auf dich verlassen kann.« J. Fitzgerald beendete das Gespräch und ließ das Handy in die Innenbrusttasche seines Smokings gleiten. Verdammte Schwachköpfe. Was musste man heutzutage eigentlich anstellen, um anständige Hilfe zu bekommen?

Die Limousine fuhr die California Street hoch und glitt lautlos an der Grace Cathedral vorbei. Wenige Minuten später schnurrte sie vor das Fairmont Hotel und hielt an. J. Fitzgerald atmete einmal tief durch und legte seinen Frust vorläufig erst einmal auf Eis. Er rückte seine Fliege gerade und strich sich die Haare noch einmal glatt. Als der Wagenschlag dann aufgerissen wurde, und Monsieur ausstieg, um sich seinem Publikum zu präsentieren, war das wohlwollende Lächeln, für das er bekannt war, wieder an Ort und Stelle.

Nick nahm das Telefon mit ins Schlafzimmer und schloss die Tür hinter sich. Er wählte die erste Nummer auf seiner Liste und hörte es dreimal klingeln, bevor abgenommen wurde.

»Ja, bitte, *National Inquisitor.*«

»Hank Berentinni, bitte.« Nick hörte im Hintergrund Stimmengewirr, Telefongeklingel und das disharmonische Rasseln von Faxgeräten.

»Warten Sie eine Sekunde.« Der Hörer wurde auf eine harte Fläche geknallt. »Berentinni, dein Typ wird verlangt.«

Nick hörte dem leisen abgehackten Klickern von Computertastaturen zu, bis ein anderer Hörer abgenommen wurde.

»Berentinni.«

»Nicholas Coltrane.«

»Einen Moment mal.« Berentinnis gedämpfte Stimme – wahrscheinlich hatte er die Hand über das Mikro gelegt – rief: »Jackson! Leg dein Telefon auf.« Nick hörte ein Klick, und die Hintergrundgeräusche wurden um einige Dezibel leiser. Berentinnis Stimme war jetzt klar und deutlich, als er sich freundlich meldete: »Nun bin ich ganz für Sie da, Sportsfreund. Was kann ich für Sie tun?«

»Das liegt ganz bei Ihnen. Sie können entweder das Was-zum-Teufel-will-der-überhaupt-Spiel spielen, oder aber Sie können mir sagen, dass Sie über mein Angebot, das ich nur einmal mache, ernsthaft nachgedacht haben und bereit sind, mir ihrerseits ein Angebot zu machen, das ich nicht ablehnen kann.«

»Ich erzähl Ihnen was, Nick – ich darf Sie doch Nick nennen?«

»Nein.«

»Also gut, Mr. Coltrane. Ich habe mit meinem Chefredakteur gesprochen, und ihm behagt es ganz und gar nicht, unbesehen Bilder zu kaufen.«

»Hmm. Und Sie haben ihm erzählt, dass Nick Coltrane Fotos anzubieten hat, die Ihre Leserschaft vom Hocker reißen werden.«

»Yeah, genau das habe ich ihm gesagt. Aber Sie wollen ja noch nicht einmal preisgeben, von wem die Aufnahmen sind ...«

Das wollte er natürlich nicht. Die Boulevardzeitungen würden in null Komma nichts ihre eigenen Lokalreporter losschicken, sofern sie nur den leisesten Anhaltspunkt hatten, wonach sie suchen sollten. Sie würden selbstverständlich lieber ihre eigenen Taschen füllen als die eines Mittelsmannes. Die Tatsache, dass sie in einer Million Jahren nicht auf das stoßen würden, worüber Nick bei Douglass gestolpert war, spielte in ihren Berechnungen überhaupt keine Rolle. Der Name des Spiels war schlicht und einfach Profit.

Aber das war ein Spiel, das er zu spielen verstand. »Na gut«, sagte er. »Wenn Sie nicht interessiert sind, kann man nichts machen. Tut mir Leid, dass ich Ihre Zeit verschwendet habe.« Er legte sich auf dem Bett zurück und starrte an die Decke.

»Warten Sie eine Sekunde!«, japste Berentinni. »Ich sagte nicht, dass wir nicht interessiert seien. Ich sagte nur, uns behagt es nicht, die Katze im Sack zu kaufen.«

Du willst nur sehen, wie tief du den Preis drücken kannst. »Wie lange versucht Ihr Käseblatt eigentlich schon, meine Fotos zu kaufen, Berentinni?«

»Ich weiß nicht. Lange.«

»Genau. Sehr lange. Also versuchen Sie keine Spielchen mit mir zu treiben. Sie wissen verdammt gut, dass meine Bereitschaft zu verkaufen, einen einzigen Grund hat: Ich brauche die Knete.«

»Yeah. Man sollte meinen, Sie würden uns dankbar sein, wenn wir bereit sind, Ihnen ein Angebot zu machen.«

Nick schoss plötzlich Daisy durch den Kopf. Er hatte jetzt eine Vorstellung davon, wie Daisy sich gefühlt haben musste, als er Ähnliches zu ihr gesagt hatte. »Lassen Sie mich Ihnen ein kleines Geheimnis verraten, Hank«, säuselte er. »Ich habe mir schon vor langem die Dinge-passieren-wenn-sie-passieren-sollen-Philosophie zu eigen gemacht. Falls ich also nicht das Angebot bekomme, das ich erwarte, dann sollte es wohl auch nicht sein.« Seine Stimme wurde härter. »Also, was ist jetzt mit euch? Ist der *Inquisitor* dabei oder nicht?«

»Wir sind dabei. Aber es wird ein paar Tage dauern, bis die Finanzheinis zu einer Entscheidung kommen.«

»Ihr habt bis Freitagabend sechs Uhr Zeit. Mailt mir euer Gebot oder schickt es mir mit Kurier an folgende Adresse.« Er rasselte die Postfachnummer herunter, die er geschäftlich benutzte. »Das höchste Gebot macht das Rennen, ohne Wenn und Aber. Daran solltet ihr vielleicht denken. Also entweder höre ich bis Freitag von euch oder nicht. Bis dann.«

»Warten Sie! Geben Sie mir eine Nummer, unter der ich Sie erreichen kann, falls noch irgendwelche Fragen sein sollten.«

»Vergessen Sie's. Für Sie gilt das Gleiche, was ich allen anderen auch sage: Wenn Sie meine Privatnummer anrufen oder eine Nachricht auf meinem Anrufbeantworter hinterlassen, sind Sie automatisch aus dem Rennen. Es gibt keine zweite Chance.« Er drückte energisch auf die Stopp-Taste und wählte die nächste Nummer auf seiner Liste.

Eine Dreiviertelstunde später hatte er den letzten Anruf hinter sich. Er warf das Telefon auf das Bett und fuhr sich mit den Fingern durchs Haar, um es sich aus der Stirn zu streichen. Dann presste er die Handballen an die Schläfen, um seine Kopfschmerzen ein wenig zu lindern.

Er sollte sich eigentlich großartig fühlen. Himmel, er sollte eine Flasche Champagner köpfen. Es sah ganz so aus, als bekäme er das Geld, das er brauchte, um seiner Schwester zu helfen. Er musste nur noch eins hinbekommen – bis Freitagabend am Leben bleiben.

Aber es waren nicht Douglass' Schläger, die ihm Bauchschmerzen bereiteten. Der Verkauf an die Boulevardblätter war ein Verrat all seiner Überzeugungen. Wenn Mos Lage nicht so ernst wäre – wenn sie nicht mehr Geld brauchen würde, als sie und Reid kurzfristig flüssig machen konnten –, dann würden die Journalisten der Yellow Press nicht mal in die Nähe dieser Fotos kommen. Aber ihre Lage war mehr als ernst, und wenn er mit seinem Talent herumhuren musste, um ihr aus der Klemme zu helfen, dann würde er das eben tun.

Er drückte seine Handballen noch fester gegen die Schläfen. Meine Güte, was für ein Tag. Man hatte ihn um ein Haar überfahren, er hatte Daisy geküsst, er hatte sie und die Polizei belogen und sich quasi verpflichtet, seine Berufsehre an jeden Zuhälter zu verkaufen, der genügend Zaster hatte. Und das alles innerhalb weniger Stunden.

Yes, Sir. Den Tag musste man sich im Kalender rot anstreichen.

Wenn es zu heftig wurde, suchte Nick meist bei seinem Sandsack Zuflucht und boxte sich den Frust aus dem Leib. So zog er sich bis auf seine Boxershorts aus, schnürte sich ein Paar Boxhandschuhe an und drosch auf den Sandsack ein, der in seinem Schlafzimmer in einer Ecke hing. Er boxte so lange, bis ihm der Schweiß aus allen Poren strömte. Dann warf er sich ein paar Aspirin ein, spritzte sich kaltes Wasser ins Gesicht und zog sich eine Jeans und ein T-Shirt an. Anschließend ging er in die Küche, um sich irgendetwas zu essen zu machen …

… nur um festzustellen, dass die Übung ihre normalerweise beruhigende Wirkung verfehlt hatte. Er fühlte sich nach wie vor gestresst. Er blickte immer wieder von dem Gemüse auf, das er sich auf ein Schneidbrett gestapelt hatte, und sah zu Daisy hinüber, die auf der anderen Seite des Zimmers in einem Sessel saß und mit ihren Waffen herumhantierte. Seit sie die Polizeistation verlassen hatten, hatte sie kein einziges Wort mehr mit ihm gewechselt. Zu Anfang hatte er dem Schweigen ja noch etwas abgewinnen können, aber jetzt begann es ihn zu nerven.

Dass sie sich umgezogen hatte und jetzt ein Tank-Top trug, war auch nicht gerade hilfreich; so wie sie darin aussah, strapazierte sie sein ohnehin angespanntes Nervenkostüm zusätzlich. Was interessierte es ihn, dass es im Laufe des Nachmittags immer wärmer geworden und in seiner Wohnung im ersten Stock stickig war. Wenn sie so professionell wäre, wie sie ständig behauptete, hätte sie ihr langärmeliges T-Shirt anbehalten. Er würde seinen letzten Cent verwetten, dass sie den Strip nur veranstaltet hatte, um ihn zu ärgern – wahrscheinlich um ihm zu signalisieren: *Sieh dir genau an, was du nicht bekommen kannst, Freundchen.*

Eins war jedenfalls ganz sicher: Er hätte sie heute Mittag nicht küssen dürfen. Hätte er das nicht getan, dann würde ihn ihre spärliche Kleidung eventuell auch nicht so aus der Fassung bringen.

Es war aber auch gut möglich, dass es einfach nur die Umstände waren, die ihn so überreagieren ließen. Der Tourist hatte es wahrscheinlich erfasst: Nachdem man ihm beinahe seine letzte Rasur verpasst hatte, hätte Nick zweifellos jeden x-Beliebigen geküsst, der ihm über den Weg gelaufen wäre, einfach nur, um sich zu vergewissern, dass an ihm noch alles dran war. Das war ein eindeutiger Fall von Überlebenssyndrom. Jeder Mensch auf der Welt hätte so reagiert.

Das Problem war nur, er hatte eben nicht irgendjemand x-Beliebigen geküsst, er hatte Daisy geküsst. Und er hatte genau gewusst, wie wunderbar das sein würde. Daisy küsste, wie sie alles andere im Leben auch tat: Leinen los und volle Kraft voraus, ohne Rücksicht auf Verluste … mit ungezügelter Leidenschaft. Das war etwas, was kein Kerl so schnell vergaß – ganz gleich, wie viele Jahre inzwischen auch vergangen waren –, und Nick hätte sich ohrfeigen können, den alten Sehnsüchten und Gewissensbissen, die er längst für begraben gehalten hatte, wieder Tür und Tor geöffnet zu haben.

Er griff nach dem Küchenmesser und schnitt von zwei Selleriestangen die Enden ab. Verdammt, er *hatte* die Dinge doch schon einmal begraben, und er konnte es wieder tun. Seine Selbstkontrolle war stärker als jeder zufällige Sexualtrieb.

Er kämpfte noch ein paar Minuten mit Daisys Schweigen und seinen eigenen Gedanken, fest entschlossen, den Mund zu halten. Doch dann wurde er schwach. »Willst du den ganzen Abend hier rumschmollen, Daisy?«

Sie bedachte ihn lediglich mit einem kühlen Blick und beschäftigte sich weiter mit ihren Messern und Pistolen. »Ich schmolle nicht, Coltrane.«

So ungern er es auch zugab, sie schmollte tatsächlich selten. Sie spielte weder die Beleidigte noch beklagte sie sich. Sie blieb einfach nur still und sah schlichtweg durch ihn hindurch.

Doch er würde den Teufel tun und das laut zugeben. Es machte ihn einfach rasend, wie sehr ihm ihr Rückzug zusetzte. *In der Ruhe liegt die Kraft* – von wegen. So kribbelig, wie er sich momentan fühlte, so sehr sehnte er sich nach einer Reaktion von ihr. Es wäre ihm sogar gleichgültig, wenn sie negativ wäre, Hauptsache, sie nahm überhaupt Stellung. »Wie nennst du denn dann das Schweigen, mit dem du mich strafst?«

»Mir jeden Kommentar verkneifen.«

»Richtig.« Er schnitt eine rote Paprika der Länge nach durch und befreite sie von den Kernen. »Wie ich schon sagte, Sahnetörtchen – du schmollst.«

Daisy zuckte die Achseln. »Nenn es wie du willst. Ich habe nichts zu sagen, was dich interessieren könnte.«

Er gab es auf. Sie würde wieder sprechen, wenn sie es für richtig hielt, und keinen Moment früher. Na und? Immerhin standen die Chancen gar nicht so schlecht, dass er darauf nicht mehr allzu lange warten musste. Die Frau musste erst noch geboren werden, die es schaffte, den Mund länger als eine Stunde zu halten, und Daisy war schon einiges über die Zeit. »Was soll's. Du spielst mit deinem kleinen Kriegsspielzeug, und ich mache inzwischen das Abendessen. Hunger?«

Sie machte sich nicht die Mühe, ihn anzuschauen. »Ich könnte was essen.«

Er hätte sie am liebsten geschüttelt, bis ihr die Zähne ausfielen. Er versuchte sich das plastisch vorzustellen. Doch als seine Fantasien plötzlich in eine andere Richtung davongaloppierten, beeilte er sich, sie ganz schnell wieder einzufangen, und konzentrierte sich, aggressiv das Messer schwingend, voll und ganz auf das Gemüse auf dem Schneidbrett.

Fünf Minuten später schabte er das geschnittene Gemüse in den Wok auf dem Herd. Das heiße Öl und der Reisessig auf dem Boden zischten laut.

Kurz darauf rief er sie zum Abendessen, und sie setzten sich an die Frühstücksbar, wo er für sie gedeckt hatte. Wenn er allerdings gehofft hatte, der profane Akt des Essens würde seine kunterbunten Emotionen abkühlen, dann wurde er herb enttäuscht. Jedes Mal, wenn Daisy nach ihrem Milchglas griff, klaffte der Ausschnitt ihres Tank-Tops auseinander. Er konnte kaum mehr als eine Andeutung der verborgenen Schätze sehen. Das hielt ihn jedoch keineswegs davon ab, sich jedes Mal die Augen zu verrenken. Das kleine Stück Rundung, das er erkennen konnte, reichte allerdings aus, ihn davon zu überzeugen, dass sie keinen BH trug, und der Aufruhr in seinen Eingeweiden wuchs. Als sie mit dem Essen fertig waren und sie höflich anbot, das Abräumen zu übernehmen, war er kurz davor, die Wände anzuknabbern. Sie beugte sich nach unten, um die Spülmaschine einzuräumen, und er beobachtete, wie sich ihre Jeans über dem Po spannten. Sein Blick turnte über den Hauch Sommersprossen auf ihrer Schulter und verfolgte fasziniert das sanfte Muskelspiel ihres Armes beim Abwischen der Theke. Er stieß sich abrupt von der Bar ab und sagte: »Ich gehe eine Zeit lang in mein Labor runter. Ich muss noch Negative entwickeln.«

Daisy malmte mit den Zähnen. Na, großartig. Den ganzen Tag über hatte eine Aufregung die andere gejagt, und ihre Emotionen waren gefährlich nahe daran überzukochen. Das hatte ihr jetzt gerade noch zu ihrem Glück gefehlt – mit Nick Coltrane in einem winzigen Raum zusammengepfercht …

Sie unterdrückte einen Seufzer und knallte den Schwamm

in die Spüle. Ihre persönlichen Wünsche waren jetzt Nebensache; es war ihr Job, ihn zu beschützen. »Eine Sekunde, ich werf mich nur schnell in mein T-Shirt.« In der Garage würde es wahrscheinlich kühler als hier oben sein.

Nick, der mit seiner Tasche bereits in der kleinen Diele war und die Hand schon auf dem Türknauf liegen hatte, blieb wie angewurzelt stehen. Er drehte sich alarmiert um. »Wozu? Du kommst nicht mit.«

Daisy war nicht in der Stimmung zu streiten. »Natürlich komme ich mit. Das ist der Grund, warum ich hier bin.«

»Ich gehe doch nur in die verdammte Dunkelkammer.«

»Nun, korrigier mich, wenn ich falsch liege, Coltrane, aber ist das nicht derselbe Ort, wo Johnsons Leute neulich Abend herumgewütet haben, bevor sie dir dann die Schulter ausrenkten?«

Er zuckte die Achseln. »Dann schließe ich eben die Tür ab.«

Der Ausdruck auf seinem Gesicht vermittelte ihr das Gefühl, der soziale Emporkömmling zu sein, als den sie die Leute in seinen Kreisen von klein auf betrachtet hatten. Sie war das zwar von anderen gewöhnt, aber nicht von ihm. Sie starrte ihn einen Moment schweigend an. Dann drehte sie sich um und ging zurück ins Wohnzimmer.

Sie rechnete eigentlich damit, gleich die Wohnungstür von außen zuschlagen zu hören, und kurzfristig war ihr das auch egal. Sie war wütend und fühlte sich das zweite Mal innerhalb weniger Stunden aus unerklärlichen Gründen verraten. Doch an Stelle eines Türknalles hörte sie seine Tasche auf den Boden plumpsen und Schritte auf dem Parkett näher kommen. Sie warf sich auf die Couch und nahm eine Zeitschrift zur Hand, die sie mit gespieltem Interesse durchblätterte. Die Seiten hätten genauso gut leer sein können. Ihre Aufmerksamkeit galt ausschließlich

Nick, der sich nun über sie beugte. Sie spürte sofort seine innere Erregung.

Gut. Sie hatte es nämlich nicht gern, wenn nur sie alleine angespannt war.

»Ich bekomme hier keine Luft, verdammt noch mal.«

Er bekam keine Luft? O Gott, das war stark. Sie bekam keine Luft mehr seit der Minute, da er zurück in ihr Leben spaziert war. Sie würde sich lieber die Zunge abbeißen, als ihn merken zu lassen, wie sehr er sie beunruhigte. Doch sie hatte das Gefühl, schon seit *ewigen Zeiten* vor ihren Gefühlen davonzulaufen, und dies war ihr letzter Strohhalm. Sie warf die Zeitschrift weg und sprang auf. »Dann geh doch! Bring dich doch in Gefahr. Was juckt mich das – ich hab meinen Vorschuss und nach mir die Sintflut.«

Hoch aufgerichtet stand er vor ihr. »Und das ist das Einzige, das dich interessiert, ja, Daisy? Dein Geld.«

»Tatsache ist, dass ich vor allem an meinem geschäftlichen Ruf interessiert bin – vor dem du, wie du heute Nachmittag in so beeindruckender Weise klar gemacht hast, keinerlei Respekt hast. Auch gut.« Als sie ihm ihr Kinn herausfordernd entgegenreckte, merkte sie erst, wie nah er vor ihr stand. Sie wich sofort einen großen Schritt zurück. Um Gelassenheit bemüht, erklärte sie mit ausdrucksloser Stimme: »Ich habe dir gesagt, was ich beruflich gesehen davon halte, allein in die Dunkelkammer zu gehen. Aber ich kann dich natürlich nicht zwingen, meinen Rat zu befolgen. Also mach zum Geier, was du willst.« Sie wandte sich ab.

Er griff nach ihrem Handgelenk und wirbelte sie zu sich herum. Daisy verlor das Gleichgewicht und prallte gegen seine Brust, woraufhin er sie mit der anderen Hand am Oberarm packte, damit sie nicht hinfiel. »Nur weil ich es abgelehnt habe, ein Protokoll aufnehmen zu lassen, heißt das noch lange nicht, dass ich keinen Respekt vor deinem

Job habe«, fauchte er. Er ließ zwar ihren Arm los, nicht aber ihr Handgelenk, und marschierte zur Wohnungstür. Wenn sie nicht von den Füßen gerissen werden wollte, musste sie wohl oder übel hinter ihm herstolpern.

Daisy sah rot. Der Teufel sollte ihn holen! Er war der einzige Mensch im ganzen *Universum*, der sie mit entnervender Regelmäßigkeit dazu brachte, die Beherrschung zu verlieren, und das, ohne sich in irgendeiner Weise anzustrengen. Nach Atem und um ihre Fassung ringend, tastete sie nach ihrer Pistole und malte sich aus, wie befriedigend es sein müsste, ihm direkt in sein bestes Stück zu schießen – direkt in sein Ego.

Nick musste ihre Bewegung gemerkt haben, denn er knurrte sie wütend an: »Wenn du die Waffe auf mich ansetzt, dann solltest du auch bereit sein, sie zu benutzen.« Er bückte sich, um seine Tasche wieder aufzuheben und warf ihr dabei einen Blick über die Schulter zu. »Und komm bloß nicht auf den Gedanken, mich noch einmal mit einem deiner martialischen Kunstgriffe aufs Kreuz zu legen, Daisy; weil ich dich dann nämlich verklagen werde. Wenn du schon ständig von deiner Professionalität sprichst, dann benimm dich auch wie ein Profi.« Er stürmte die Treppe hinunter, und sie hatte nur die Wahl, mit ihm Schritt zu halten, bevor sie wie ein Kinderspielzeug an einer Schnur hinterhergezogen wurde.

Sie bekam kaum Luft vor Wut. »Ich benehme mich wie ein Profi! Wenn du aufhören würdest, meine Bemühungen zu sabotieren, dann würde vielleicht …«

»Ach, sei nicht kindisch. Wenn du meine Probleme nicht mitten im Foyer des Polizeireviers laut herausposaunt hättest, dann hätte ich dich liebend gern unter vier Augen über meine Entschlussänderung informiert. Ich hätte dir sogar meine Gründe dafür genannt.«

Da sie diesbezüglich sowieso schon reichlich Gewissensbisse hatte, brachte sie dieser Vorwurf wirksam zum Schweigen.

Sie betraten die Garage, in der es um einige Grade kühler war als oben in der Wohnung. Daisy bekam an den Armen Gänsehaut. Nick dirigierte sie nach hinten, wo sich die Dunkelkammer befand, und schob sie in den Raum. Er zog die Tür hinter sich zu und knipste das Licht an.

Sie riss sich von ihm los. »Zufrieden jetzt, Tarzan?«

»Zufrieden werde ich erst sein, wenn mir dieser Wahnsinnige nicht mehr im Nacken sitzt und ich mein Leben wieder im Griff habe.« Er zog die Augenbrauen hoch, als er sah, wie Daisy sich die Arme rieb, und sie verfolgte verblüfft, wie er sich sein T-Shirt über den Kopf zerrte. »Hier«, sagte er, und warf es ihr zu. »Zieh das über. Ich hab dir ja keine Chance gegeben, dir ein eigenes zu schnappen.«

Daisys Mund wurde staubtrocken und der kleine Raum schien sich vor ihr zu einer einzigen Wand nackter Haut zusammenzuziehen. Sie beeilte sich, das T-Shirt über den Kopf zu ziehen, dankbar dafür, dass es ihr den Blick auf Nick versperrte. Aber als ihr Kopf durch die Halsöffnung fuhr, leuchtete ihr seine nackte Brust immer noch provozierend entgegen. Die neuerliche Gänsehaut, die ihr über die Arme lief, hatte allerdings völlig andere Ursachen als die, die ihn dazu veranlasst hatte, sich das T-Shirt für sie vom Leib zu reißen.

»Das ist wirklich nicht nötig«, sagte sie, wickelte dabei aber gleichzeitig das T-Shirt enger um sich, um seine darin verbliebene Körperwärme zu absorbieren. Ihre Augen weigerten sich störrisch, den Blick von seinem Körper zu wenden.

Himmel! Wie um alles in der Welt hatte sie bloß vergessen können, wie fantastisch er ohne Klamotten aussah? Sie atmete einmal tief durch und zwang sich zuzugeben, dass sie es in der Tat nicht vergessen hatte. Sie hatte es nur verdrängt.

Und das, weiß Gott, aus gutem Grund.

Bei Nicks Größe, seinen schlaksigen Bewegungen und der lässig eleganten Kleidung, die er bevorzugte, konnte man die Power, die in seinem Körper steckte, leicht unterschätzen. Bis zur Taille entblößt, ließ sich das jedoch unmöglich übersehen.

Seine Schultern und sein Brustkorb waren zwar breiter, als sie es in Erinnerung hatte, aber genauso muskulös. Über seine Oberarme schlängelten sich leicht durchscheinende Adern, und über seine Brust spreizte sich ein Fächer dunkler Haare, der sich zum Zwerchfell hin zu einem seidenweichen Streifen verjüngte und über den Bauch im Bund seiner Jeans verschwand. Seine Haut schimmerte überall goldfarben.

Dass er so golden wirkte, war eine ihrer hartnäckigsten Erinnerungen an ihn. Sie hatte sich nie richtig erklären können, warum das so war. Denn er war kein Mann, der sich in die Sonne legte. Dennoch erinnerte sie sich daran – sie war damals sechzehn –, wie toll er in seinen Tennisshorts auf dem Clubplatz ausgesehen hatte. Und sie erinnerte sich auch daran, wie seine brünette Haut unter einem dünnen Film von Schweißperlen geglänzt hatte, als er sich an einem kühlen Novemberabend auf sie geworfen hatte.

Shit. Shit. Shit. Sie wollte sich nicht daran erinnern. Es hatte so wehgetan und hatte *ewig* gedauert, bis sie in der Lage gewesen war, die Bilder aus ihrem Gedächtnis zu verbannen. Sie wollte verdammt sein, wenn sie zuließ, dass sie jetzt wieder einen Fuß in die Tür zu ihren Gefühlen bekamen.

Sie suchte sich einen Platz, an dem sie ihm in dem winzigen Raum nicht im Wege stand. Sie beobachtete das Muskelspiel auf Nicks Rücken, als er von einem Wandregal über seinem Kopf Flaschen herunterholte, und redete sich ernsthaft ein, dass die Spannung, die sich in ihr aufbaute, nichts mit dem Anblick dieses Stückchens Haut zu tun hatte. Und selbst wenn ... *Sieh weg,* befahl sie sich. *Du brauchst nichts weiter zu tun, als dich auf irgendetwas anderes zu konzentrieren.*

»Knips das Licht aus, Daisy.«

Sie schreckte hoch. »Was?« Sie war äußerst dankbar, als sie sah, dass er sich einen vergammelten, ursprünglich einmal weißen Laborkittel überzog und ihn zuknöpfte.

»Das Licht. Mach es bitte aus. Der Schalter ist an der Wand hinter dir.«

Sie beeilte sich, seiner Anordnung nachzukommen, und atmete erleichtert auf, als der Raum in absolute Dunkelheit getaucht wurde.

9

Nick war die Dunkelheit ebenfalls sehr willkommen. Er war visuell so geübt, dass er Daisy immer noch erkennen konnte, auch ohne Licht. Doch die Einzelheiten ihrer Gestalt, die ihm so zugesetzt hatten, verschwammen wenigstens in der Finsternis und bewahrten ihn gnädigerweise vor einer Kernschmelze.

Er tastete auf dem Arbeitstisch vor sich nach einem belichteten Film, schnippte den Deckel der kleinen Kunststoffdose ab und kippte den Film auf seine Handfläche. Er wickelte ihn auf eine rostfreie Stahlspule ab, steckte diese auf eine Spindel und tastete nach einem weiteren Filmdöschen, mit der er das Gleiche tat. Diesen Vorgang wiederholte er so lange, bis alle fünf Spulen auf der Spindel waren und diese sicher in einem lichtdichten Kanister verstaut war. »Okay. Du kannst das Licht wieder anmachen.«

Das grelle Licht blendete ihn. Er kniff die Augen zusammen und griff nach einer braunen Plastikflasche mit Entwicklerflüssigkeit, von der er etwas in die Wanne mit der Spulenbüchse abmaß. Anschließend stellte er die Zeitschaltuhr ein und beugte sich leicht über die Wanne. Er bewegte die Büchse sacht von einer Seite zur anderen und passte auf, dass sich keine Luftbläschen bildeten, die die Körnigkeit seiner Negative erhöhen würden.

»Ganz schön laboraufwändig, hm?«

Daisys Stimme schreckte ihn aus einem tranceähnlichen Zustand höchster Konzentration auf, in den er stets fiel, wenn er Negative entwickelte. *Jetzt* auf einmal wollte sie sprechen? Murphys Gesetz war nach wie vor hochaktuell. Für ein paar Minuten hatte er vergessen können, dass er einen winzigen Raum mit einer Frau teilte, die wie der Teufel küsste. Er hatte es geschafft, die Ansicht ihrer sich unter dem dünnen Tank-Top abzeichnenden Brustwarzen zu vergessen, und die sexuelle Spannung, die ihn innerlich verknotet hatte seit dem Zeitpunkt, an dem er am Tag zuvor ihr Büro betreten hatte, hatte sich auch etwas gelöst.

Wie ein wildes Tier pirschte sie sich nun wieder an ihn heran. »Ja«, antwortete er kurz angebunden.

»Wieso arbeitest du nicht mit einer dieser Rotlichtlampen?«

»Weil ich einen Film entwickle und kein Papier. Wenn ich meine Abzüge mache, arbeite ich mit Rotlicht.«

Die Zeitschaltuhr lief ab, und Nick goss den Entwickler ab, gab Unterbrecherbad in die Wanne und schwenkte die Büchse aufs Neue hin und her, froh darüber, dass Daisy wieder in ihr Schweigen verfallen war. Schließlich leerte er die Wanne erneut und streckte die Hand nach dem Fixierer aus. Aber er war nicht an seinem Platz. Douglass' Schläger hatten ihn ja, wie er sich erinnerte, über den ganzen Boden verteilt. Er fluchte leise vor sich hin, weil er eigentlich schon vorher eine Flasche aus dem Vorratsschrank hatte holen wollen.

Daisy stand vor der Schranktür, und ohne groß nachzudenken, packte er sie um die Hüfte und schob sie beiseite. Er merkte, wie sie sich unter seinen Händen verkrampfte.

»Hey!«

»Sorry, aber ich muss da dran.« Obwohl die Zeit wirklich drängte, wünschte er sich doch, er hätte sie nicht berührt. Zwar hatten seine Hände nur kurz auf ihren Hüften gelegen, aber es war lang genug gewesen, um zu spüren, wie warm und fest sie waren. Die Spannung im Raum schnellte um einige Volt nach oben.

Er schraubte die neue Flasche auf und kehrte damit zu seinem Arbeitstisch zurück, wo er das Fixierbad in die Wanne schüttete.

Er war dankbar für die Arbeit, die während der nächsten Minuten seine ganze Aufmerksamkeit erforderte. Er rührte gelegentlich um, überprüfte zwischendurch seine Negative und legte sie wieder in das Fixierbad zurück. Das wiederholte er so lange, bis die Filme klar waren. Wenn er die Negative allerdings erst einmal wässerte, dann gab es für ihn keinen Vorwand mehr, Daisy zu ignorieren.

Er hörte ein leises Rascheln hinter sich und wusste, dass sie ihr Gewicht von einem Bein aufs andere verlagerte. Er wusste ohne hinzugucken, wie ihre eine Hüfte leicht einknickte, um die andere nachzuschieben. Es war eine Besonderheit, wie sie das tat. Nämlich irgendwie erotisch. Er werkelte weiter herum, um seine Hände zu beschäftigen, schraubte Flaschen mit Chemikalien zu und stellte sie weg, wischte mit einem braun verfleckten Lappen ein paar Tropfen weg, die er verschüttet hatte, machte dies und das – nur um sich davon abzulenken, dass der Raum immer enger wurde. Und während der ganzen Zeit war er sich jedes Atemzugs, jeder Bewegung von ihr bewusst.

Schließlich warf er den Lappen weg und drehte sich zu ihr um. »Hör zu, die Negative müssen mindestens eine halbe Stunde wässern. Wir können genauso gut nach oben gehen.« *Wo genügend Platz ist, um sich zu bewegen, ohne dass man sich gegenseitig ständig auf die Zehen tritt.* Er streifte seinen Laborkittel ab, hängte ihn an einen Haken und komplimentierte sie zur Tür.

Eigentlich wollte er durch etwas mehr Abstand zwischen ihnen von seiner Besessenheit auf sie loskommen, doch seine Absicht ging buchstäblich in Flammen auf, als beide gleichzeitig zum Türknauf griffen.

Sein nackter Arm streifte den ihren – und ihre Haut war warm und weich und glatt. Seine Selbstbeherrschung, auf die er immer so stolz war, verflüchtigte sich wie ein Wassertropfen vor einem Schweißbrenner. Ein animalisches Knurren drang aus seiner Kehle; er wirbelte sie herum und drängte sie gegen die Tür; presste sich gegen sie und gab sich ganz der Weichheit ihrer Brüste hin, als er sie mit dem Gewicht seines Oberkörpers platt drückte. Er neigte den Kopf nach unten und küsste sie – es war ein heißer, stürmischer Kuss, aggressiv und dominant. Seine Hände umklammerten brutal ihren Kopf, damit sie still hielt, während er in ihrem Mund wilderte. Doch trotz seiner Aggressivität erwiderte Daisy seinen Kuss einige versengende, atemlose Minuten lang.

Er zerrte ihr mit einer Hand das geliehene T-Shirt hoch und glitt zu ihrer mit dem Tank-Top bedeckten Brust. Die weiche Rundung gab unter dem Druck nach und die Brustwarze bohrte sich wie ein Diamantsplitter in seine Handfläche. Er nahm sie zwischen die Finger, formte und zupfte und zog an der süßen Form.

Er spürte, wie sich ihre Hand zwischen ihre Körper

drängte. Ihre Finger spreizten sich gegen seine Brust – Haut an heißer Haut. Er stöhnte lustvoll auf. Plötzlich gab sie ihm einen Schubs. Er taumelte rückwärts, schlug mit dem Rücken gegen den Arbeitstisch und fing sich an der Kante mit den Ellbogen ab. Verwirrt blinzelte er Daisy durch die Haarsträhne, die ihm über die Augen gefallen war, an, sah, wie sich ihre Brüste unter dem viel zu großen T-Shirt hoben und senkten und kam sich wie ein Idiot vor. Vergeblich versuchte er, die plötzliche Kehrtwendung zu begreifen.

»Was …?«

Daisy funkelte ihn an. Ihr Puls pochte an Stellen, die nur einen Puls zu haben schienen, wenn er in der Nähe war. Sie hatte das Gefühl, ihn durch einen langen, roten Tunnel hindurch zu sehen, aber mit kristallklarer Deutlichkeit. Auch wenn er ziemlich belämmert aus der Wäsche blinzelte, ging von ihm immer noch etwas aus, was sie magisch anzog.

Wenn das keine tödliche Falle war, bereit jeden Moment zuzuschnappen, dann wüsste sie nicht, wie eine Falle aussah. Er richtete sich auf. »Bleib, wo du bist, Coltrane«, befahl sie mit rauer Stimme, als er einen Schritt auf sie zumachte. Plötzlich konnte sie die Bitterkeit, die sie neun Jahre lang verborgen hatte, nicht mehr zurückhalten. Es war, als versuche man, Wasser in einem Sieb zu halten. Sie beobachtete, wie er sich mit den Fingern die Haare aus der Stirn nach hinten kämmte. Nein, sie würde sich nicht in den Bann seines hübschen Gesichts und seines symmetrisch gemeißelten Oberkörpers ziehen lassen. »Du hattest deine Chance, als ich neunzehn war – aber du hast mich nicht für wert befunden, bei dir zu bleiben. Damit hat sich die Sache für dich erledigt, du Hurensohn. Du hast mich einmal weggeworfen, das reicht. Eine zweite Chance bekommst du nicht.«

Er starrte sie an, als habe sie behauptet, er habe das letzte noch verbliebene Gesetz von Sitte und Moral gebrochen. »Ich habe dich nicht weggeworfen! Ich weiß, ich habe mich an diesem Abend jämmerlich benommen …«

Daisy löste ihren Blick von seinem Oberkörper und lachte bitter auf. »Du glaubst, ›jämmerlich‹ sei der richtige Ausdruck? Das muss eine jener Untertreibungen sein, die ihr Eliteschüler so liebt. Ich hielt dich für einen *Prinzen*, aber es hat sich herausgestellt, du bist nichts weiter als ein ordinärer Frosch. Mein Gott, ich war Jungfrau …«

»Das wusste ich nicht!«

»Vielleicht nicht, als wir in das Zimmer hochgingen«, unterbrach sie schroff. »Aber …«

»Ich wusste es wirklich nicht. Du trugst dieses aufreizende Kleidchen …«

Sie merkte, wie ihr der Kiefer runterklappte. »Willst du damit etwa andeuten, dass ich es darauf *angelegt* habe, flach gelegt zu werden?«

»Nein. Ja. *Nein,* verdammt noch mal. Aber du musst zugeben, du hast dich benommen, als hättest du Erfahrung.«

»Wie bitte? Weil ich auf dem Empfang mit dir getanzt habe? Weil ich *geflirtet* habe? Mein Gott, Nick. Du hast mir den Boden unter den Füßen weggezogen. Ich fand dich so …« *Umwerfend. Dachte, du interessiertest dich für mich.* Bis zu jenem Abend hatte er sie stets wie ein nerviges kleines Mädchen behandelt. Sie konnte sich noch an das aufregende Gefühl erinnern, als er sie plötzlich wie eine Frau behandelte. Ja, sie hatte geflirtet, aber was hätte sie denn sonst tun sollen? Er war ein Gott gewesen, goldschimmernd und aufregend, und er hatte ihr das Gefühl gegeben, ebenfalls aufregend zu sein.

Aber sie weigerte sich, irgendetwas in der Art jetzt zuzugeben. Sie würde wie ein verknalltes Landei klingen. Sie schüttelte unwillig den Kopf und versuchte, den Gesprächsfaden, den sie fallen gelassen hatte, wieder aufzunehmen. »Außerdem, wenn du zu Beginn eventuell auch nicht wusstest, dass ich noch unerfahren war, danach wusstest du auf jeden Fall hundertpro Bescheid.«

Mein Gott, ja. Nick musste notgedrungen zugeben, dass es keine Entschuldigung für ihn gab. Den Beweis für ihre Jungfräulichkeit hatte er in einem intensiven Augenblick des Vorspiels mit dem Finger entdeckt. Spätestens dann hätte er sich zurückziehen können, sich zurückziehen *müssen.*

Doch er hatte es nicht getan. Nachdem er seinen *basic instinct* über Jahre, die ihm wie ein Jahrtausend erschienen waren, niedergerungen hatte, war er an diesem Abend einfach der Chemie erlegen, die ihn zu Daisy hingezogen hatte, seit er sie das erste Mal gesehen hatte.

Jahrelang hatte sie die Hauptrolle in seinen wildesten, süßesten Fantasien gespielt. Trotzdem hatte er sich bis zu diesem Zeitpunkt vorgegaukelt, dass er niemals einer Lust nachgeben würde, die zu empfinden er nicht das Recht hatte. Er war stärker als das, hatte er sich eingeredet, viel zu ehrenwert. Hatte er sich nicht in sicherer Distanz gehalten, als sie beide unter einem Dach gewohnt hatten? Und nachdem ihre Eltern auseinander gegangen waren, hatte er sie da nicht strikt aus seinen Gedanken verbannt? Zum Teufel noch mal, ja. Er war Frauen seines Alters nachgerannt, hatte sich um Freundinnen geschlagen – hatte sich kalte Duschen verabreicht, die für ein ganzes Leben ausreichen würden.

Aber an diesem Abend hatte Mo geheiratet. Wenn er sich auch für seine Schwester gefreut hatte, so hatte er sich doch gleichzeitig verloren gefühlt, als er sah, wie seine einzige Verbündete über all die Jahre hinweg nur noch Augen für ihren Mann hatte.

Und dann war da Daisy gewesen, Daisy mit ihrem Lachen und ihrer Wärme, Daisy in ihrem neckischen Kleidchen, Daisy mit ihren großen staunenden Augen. Er hatte wahrlich mit sich gerungen, hatte sein Verlangen lange Zeit niedergekämpft. Aber als er sie dann nackt und erregt in seinen Armen hielt, hatte es einfach seine Kräfte überstiegen, weiterzukämpfen. Irgendjemand würde sie ja doch einmal entjungfern, hatte er gedacht; warum also nicht er? Er könnte zumindest dafür sorgen, dass es schön für sie war.

Als ob sie seine Gedanken lesen konnte, sagte Daisy wütend: »Mich zu entjungfern, dazu hat's gereicht, das hat dir noch Spaß gemacht. Aber als du dann hattest, was du wolltest, da konntest du nicht schnell genug flüchten.«

Nick ging zum Gegenangriff über und traf voll ins Schwarze. »Was hast du erwartet, Daisy? Dass ich sage, mit dir zu vögeln war besser als alles, was ich bis jetzt erlebt habe? Dass ich dir vorschlage, sofort zum nächsten Friedensrichter zu rennen?« Er bemühte sich, seine Stimme besonders höhnisch klingen zu lassen, denn die Wahrheit war, dass er tatsächlich versucht gewesen war, genau das zu sagen und zu tun. Und die Vorstellung hatte ihn zu Tode erschreckt.

Daisy lachte sarkastisch auf. »Nein, das habe ich bestimmt nicht erwartet. Aber als wir gevögelt haben, da sagtest du, du liebst mich, und deshalb habe ich nicht gerade erwartet, dass du dich holterdiepolter von mir runterrollst und zur Tür stürzt.« Sie schlang die Arme um sich, und er bemerkte überrascht, dass sie zitterte. »Nenn mich von mir aus eine blauäugige Optimistin, Coltrane, aber ich hatte dir etwas geschenkt, was ich mir unter allen Umständen für meinen Ehemann aufbewahren wollte. Du hättest wenigstens so etwas wie ›Du bist ein tolles Mädchen‹ sagen können. Das wäre doch nicht zu viel verlangt gewesen.«

Zu Nicks größtem Entsetzen versagte Daisy beim letzten Wort die Stimme, und ihre großen Augen schwammen in Tränen. Daisy, das Mädchen mit der kessen Lippe, Daisy, die Unerschütterliche – weinte? Bevor er noch reagieren konnte, drehte sie sich um und langte nach dem Türknauf. Er streckte die Hand nach ihr aus, doch in derselben Sekunde, als er ihre Schulter berührte, stieß Daisy mit dem Ellbogen nach hinten und traf ihn in den Bauch.

»Lass mich in Ruhe!« Sie öffnete die Tür. »Ich werde hier draußen Wache schieben.«

Die Tür donnerte hinter ihr zu. Nick rieb sich den Bauch, drehte sich um und lehnte sich mit dem Rücken gegen die Tür. Kraftlos rutschte er an ihr entlang nach unten, bis er auf dem kühlen Steinboden saß. Er stützte die Ellbogen auf die Knie und grub die Handballen in die Augenhöhlen. Er fühlte sich, als habe man ihm einen Schlag mit dem Vorschlaghammer versetzt. O Gott, was war er nur für ein Idiot. Was war er doch für ein *blinder* Idiot!

Wie hätte er sich sonst einreden können, dass sie diese Nacht vergessen hatte. Allmächtiger, sie war eine Jungfrau gewesen – natürlich erinnerte sie sich. Das war keine Sache, die eine Frau eben mal so abhakte. Er war ihr erster Liebhaber gewesen und hatte sie einfach ihrem Schicksal überlassen, nachdem er sie in eine so verdammt bedeutsame Sache eingeführt hatte. Es war zwar nicht ganz so gemein gewesen, wie sie es hingestellt hatte, aber um der Wahrheit die Ehre zu geben, er hatte sich auf ihre Kosten geschützt. Wie hatte er nur so beschränkt sein können und glauben, dass sie es tatsächlich vergessen hatte.

Er ließ die Arme fallen und den Hinterkopf gegen die Tür bumsen. Okay. Das war offensichtlich keine intellektuelle Glanzleistung gewesen. Daisy gehörte nicht zu den Frauen, die so etwas Wichtiges vergessen und vergeben. Aber bis vor zwei Minuten war er der festen Überzeugung gewesen, dass dieser Abend nur ihm zusetzte, und dafür hätte die kleine Lady schließlich eine Lektion verdient. Sie war ein durchtriebenes Frauenzimmer. Die Daisy, die er kannte, war immer brutal ehrlich gewesen. Und als sie ihn müde lächelnd angesehen hatte, als ob sie sich nur bruchstückhaft an ihre heiße gemeinsame Nacht erinnern könnte, war er total drauf reingefallen.

Nicht, dass sie ihn direkt angelogen hätte. Sie hatte ihm nicht unverblümt ins Gesicht gesagt, dass sie sich nicht mehr erinnerte. Aber sie hatte behauptet, sie wisse nicht mehr, wie lange sie sich nicht mehr gesehen hätten. Daraus hatte er genau die Schlussfolgerung gezogen, die er hatte ziehen sollen.

Er kam mühsam wieder auf die Füße. So, jetzt wusste er es besser. Die Frage war nur: Wie, zum Teufel, sollte es mit ihnen weitergehen?

»Überhaupt nicht – es geht mit uns nicht weiter.« Sie waren wieder in seiner Wohnung und Daisy starrte ihn an, als sei ihm inzwischen ein zweiter Kopf gewachsen. »Du glaubst, nur weil du mit neun Jahren Verspätung zu irgendeiner Erkenntnis gekommen bist, ist das jetzt eine brandneue Situation?« Sie sah ihn von oben herab an – wozu schon einiges gehörte, dachte Nick säuerlich, wenn man bedachte, dass sie immerhin gut zwanzig Zentimeter kleiner war als er. »Wenn du das denkst, Coltrane, dann hast du dich gehörig geschnitten.«

Nick dachte nur, dass er ihr, wenn er nur einen Funken Intelligenz hätte, mehr als eine lausige Stunde Zeit gegeben hätte, um sich wieder zu beruhigen. Daisy stand mit zusammengekniffenen Augen und Lippen da. Jeder Anflug von Sanftheit war aus ihrem Gesicht verschwunden. »Ich kann wohl auch nicht davon ausgehen, dass du meine Entschuldigung zu diesem späten Zeitpunkt noch annimmst, oder?«

»Das siehst du absolut richtig, mein Lieber. Du kannst

dir deine lahmen Entschuldigungen ausstopfen und in die Vitrine stellen. Es gab einmal eine Zeit, wo ich sie liebend gern gehört hätte. Jetzt interessieren sie mich nicht mehr.«

Es wurmte ihn, aber er wollte verdammt sein, wenn er ihr das zeigte. »Schön für dich. Dann kannst du ja einfach hier rumsitzen und schmollen.« Sie rümpfte beleidigt ihre nicht gerade zierliche Nase, ein Anblick, der sein Herz bis ins tiefste Innere erwärmte. »Ich werd mal meine Schwester anrufen.«

»Tu das … grüß sie schön von mir«, murmelte Daisy und wandte sich ab, während Nick sich ins Schlafzimmer zurückzog.

Reid dachte gerade darüber nach, wie ruhig ein Haus sein konnte, da ging das Telefon. Er nahm ab, bevor es ein zweites Mal klingeln konnte. »Cavanaugh.«

»Reid? Nick hier. Ist Mo in der Nähe?«

»Nein. Sie zeigt heute Abend einem Kunden ein Anwesen.«

»Oh.« Die Leitung war einen Moment lang still. Nick seufzte leise und sagte dann: »Eigentlich gibt es auch nichts Neues. Aber du kannst ihr sagen, dass ich das Geld, das sie so dringend braucht, zwar noch nicht habe, dass ich aber einen netten kleinen Gebotskrieg zwischen ein paar Boulevardblättern laufen habe. Bis Freitagabend weiß ich definitiv Bescheid. Und wie ist es mit dir? Hast du irgendetwas erreicht?«

Reid merkte, wie sich seine sämtlichen Eingeweide zusammenzogen. Nick hasste die Boulevardpresse – die Lage musste schon außerordentlich ernst sein, wenn er sich gezwungen sah, eines seiner Fotos an sie zu verkaufen. Doch Reid schaffte es, ruhig zu sagen: »Ich hatte bis jetzt noch kein Glück.« Jesus Maria. In was hatte Mo sich da hineingeritten? Und warum wusste Nick Bescheid und er nicht?

»Hast du herausgefunden, wofür sie das Geld brauchte?«, wollte Nick wissen. »Sie wollte es nicht sagen, aber du kennst ja Mo. Sie wollte damit bestimmt jemandem aus der Klemme helfen.«

Oh, fuck! Fuck, fuck, fuck! »Mir«, platzte Reid heraus. Doch das Wort war durch die Emotionen kaum hörbar, und er musste sich räuspern. »Sie hat ein Darlehen zurückgezahlt, das ich mitunterzeichnet habe. Ich war sauer auf sie, weil sie mir nicht zutraute, die Angelegenheit selbst zu regeln. Und jetzt ist sie …«

»In ernsten Schwierigkeiten.« Nick stieß hörbar die Luft aus. »Trotzdem kannst du nicht die Verantwortung dafür übernehmen, Reid. Du und ich, wir kennen doch beide ihre schlechte Angewohnheit, anderen Leuten die Probleme aus dem Weg zu räumen, ganz gleich, ob sie das überhaupt wollen. Und in diesem Fall hat sie mit Sicherheit nicht nachgedacht, bevor sie sich in die Sache gestürzt hat.« Nick schwieg einen Moment. Dann sagte er: »Also, hör zu, ich rufe sofort an, wenn sich etwas Neues ergibt. Und du tust das auch, okay?«

»Ja, okay.« Reid erinnerte sich nicht mehr daran, den Hörer aufgelegt zu haben. Die Ellbogen auf die weit gespreizten Oberschenkel gestützt, die Augen blind auf die locker verschränkten Hände gerichtet, saß er wie erstarrt in seinem weichen Ledersessel, während langsam immer mehr Schatten über den Parkettboden krochen.

Der Raum war fast düster, als er die Vordertür gehen hörte. Er beobachtete, wie seine Frau die Eingangshalle durchquerte, und wartete, bis sie aus ihren hochhackigen Schuhen geschlüpft war und ihre Aktentasche auf einem Sideboard abgestellt hatte, bevor er etwas sagte.

»Dein Bruder hat angerufen.«

Mo schlug sich die Hand vor die Brust und wirbelte zu dem Bogengang herum. »Mein Gott, Reid, du hast mich zu

Tode erschreckt. Das kostet mich zehn Jahre meines Lebens!« Sie kam ins Wohnzimmer. »Was tust du hier im Dunkeln?« Sie beugte sich nach vorne, um eine Tischlampe anzuknipsen.

»Ich überlege, woher du das Geld hast, mit dem du mein Darlehen zurückgezahlt hast.«

Mo erstarrte. »Du sagst, du hast mit Nick gesprochen?«

»Das habe ich. Und komisch, Maureen – er weiß von irgendwelchen Schwierigkeiten, in denen du steckst, und dachte, ich wisse auch Bescheid.« Seine Finger verkrampften sich, als er ihrem Blick begegnete. »Wir beide wissen, dass das nicht der Fall ist. Deshalb frage ich dich also noch einmal: Wie hast du mein Darlehen zurückgezahlt?«

Sie sackte auf die Couch, die im rechten Winkel zu seinem Sessel stand. »Ich habe mir das Geld von einem meiner Anderkonten geliehen.«

Ihm wurden die Knie weich. Er war froh, dass er bereits saß. »Du hast was?« Sie starrte ihn nur wortlos über die weiß hervortretenden Knöchel ihrer zur Faust geballten Hand an, die sie gegen die Lippen presste. »Aber das ist … ungesetzlich.« Und das Letzte, wozu Mo fähig war, war eine kriminelle Handlung. »Warum tust du so etwas?«

Sie legte die Hände, die Finger fest miteinander verwoben, auf den Schoß. »Ich dachte, ich helfe dir damit.«

Sie hatte ihm helfen wollen? Es überraschte Reid, dass sie sich über so etwas Gedanken machte. Sie war schon so lange so weit weg, dass er wirklich angenommen hatte, sie bleibe nur noch aus Sturheit bei ihm, damit ja niemand sagen konnte: *Wie der Vater, so die Tochter.* Es war ein Schock für ihn, dass sie für ihn nicht nur ihren guten Ruf, sondern auch ihre Freiheit riskierte.

Zum ersten Mal seit Monaten betrachtete er sie näher. Nicht nur ihre vornehmen Gesichtszüge oder ihr glänzendes, in Form eines Pagenkopfes geschnittenes Haar, sondern die ganze Person. Mo war eine stattliche Frau, groß gewachsen und wohl gerundet. Er hatte sie immer gern in seinen Armen gehalten; sie hatte sich so kompakt angefühlt. Doch heute kam sie ihm irgendwie klein und unscheinbar vor.

Irgendwie ließ das seine Hoffnungen steigen, was zweifellos kein schmeichelhaftes Licht auf seinen Charakter warf. Aber sie war ewig so erbarmungslos tüchtig, dass er schon lange Zeit das Gefühl hatte, in ihrer Ehe überflüssig zu sein. Als sie schließlich eingesehen hatte, dass ihre Nörgelei ihn nicht von Personalkrediten mit hohem Risiko abhalten würde, war sie ihren eigenen Weg gegangen und hatte auf eigene Faust, ohne ihn auch nur im Geringsten einzubeziehen, eine Immobilienfirma gegründet. Das hatte wehgetan, und als Reaktion darauf hatte er sich ganz auf seine eigenen Interessen konzentriert und die ihren völlig ignoriert, was sie wiederum veranlasst hatte, sich noch weiter zu distanzieren. Vielleicht konnte er ja jetzt endlich etwas für sie tun. Er löste seine Hände voneinander und beugte sich vor. »Was hat dich bloß auf den Gedanken gebracht, dich selbst in ein Risiko zu stürzen, würde mir helfen?«

»Es sollte nur für ein oder zwei Tage sein«, sagte sie. »Ich hatte ein Apartmenthaus in Nob Hill verkauft, und meine Provision hätte das, was ich mir ausgeliehen habe, mehr als gedeckt. Ich hätte das Geld zurücklegen können, bevor es jemand nur erahnt hätte. Doch …«

Als sie nur dasaß und auf ihre verschränkten Hände starrte, die sich blass gegen ihren kakaobraunen Rock abhoben, drängte er sie: »Doch?«

»Doch stellte sich dann heraus, dass die elektrischen Leitungen nicht den Standards entsprachen. Aber der Verkäufer denkt nicht daran, das in Ordnung zu bringen. Er meint, das sei nicht seine Aufgabe, und der Käufer überlegt nun, einen Rückzieher zu machen. Und bis das Ganze nicht geklärt ist« – sie zuckte kurz mit den Schultern –, »keine Provision.« Sie hob den Kopf und blickte ihm in die Augen, und er sah schockiert, dass Tränen in ihren Augen standen. Weinen war etwas, was er absolut nicht mit Mo assoziierte.

»Ich bin so ein Idiot, Reid, ein *krimineller* Idiot.« Tränen tropften aus ihren Augen und rollten über ihre Wangen.

»Nein, du hast dich nur auf ein riskantes Spiel eingelassen, bei dem du glaubtest, gute Karten zu haben, und jetzt hat sich das Blatt gegen dich gewendet. Aber das Gute daran ist« – er streckte den Arm aus und wischte ihr mit den Fingerspitzen sanft die Tränen ab –, »du sprichst mit dem König schlechter Karten. Und ich weiß, wie man aus einem schlechten Blatt noch etwas machen kann. Also wisch dir die Tränen ab, Honey. Ich werde es zu meiner Chefsache machen, dich da herauszuholen.«

10

Mittwoch

Daisy tauchte langsam aus dem Schlaf auf. Sie rollte sich auf den Rücken und legte den Arm über die Augen, um sich gegen das grelle Licht zu schützen, das vor ihren geschlossenen Augen herumtanzte. Sie gähnte herzhaft und streckte sich. Dann ließ sie langsam den Arm sinken und öffnete widerstrebend die Augen.

Nur mit einer Khakihose bekleidet, hockte Nick auf seinen Fersen neben der Couch. Der Schock, ihn neben sich zu sehen, machte einem leicht hysterischen Quiekton Luft.

Um ihr plötzlich stolperndes Herz zu beruhigen, schlug sie sich reflexartig die Hand vor die Brust … und traf dabei auf bloße Haut.

Sie rappelte sich hoch und beugte sich, sich ihrer nackten Arme und Beine bewusst, zum Fußende der Couch vor, wo sie die Decke hingestrampelt hatte. Die stickige Luft vom Vorabend hing noch ein bisschen im Raum, und durch die Fenster strömte Sonnenschein. Alle Anzeichen sprachen dafür, dass es noch heißer als am Tag zuvor werden würde. »Was?«, knurrte sie und zog die Decke hoch, um sie sich unter die Achseln zu stopfen. Anschließend holte sie die Pistole unter dem Kissen hervor. »Was ist?«

»Hier.« Nick drückte ihr einen dampfenden Becher in die Hände. Als ihr der Duft von frisch gebrühtem Kaffee in die Nase stieg, schloss sie genießerisch die Augen. Während sie an dem Becher nippte, warf sie ihm, mit einem Auge blinzelnd, einen argwöhnischen Blick zu. Sie wünschte sich, er hätte ein Hemd an. All die Haut und die Muskeln machten sie, na ja, halt unruhig.

Er erhob sich und setzte sich auf die Truhe, die als Kaffeetisch diente. Er griff hinter sich und schob die Ecke ihres Waffenkoffers, auf den er sich unfreiwillig gesetzt hatte, weiter zurück. Dann sah er sie ungnädig an. »Du schläfst wie eine Tote.«

»Oh, Entschuldigung. Es freut dich sicher zu hören, dass ich meine Schlafzeit nicht in Rechnung stelle.«

»Spitze. Das wird mir bestimmt ein großer Trost sein, wenn die Typen im Gänsemarsch an dir vorbeidefilieren, um mich in aller Seelenruhe in meinem Bett abzuknallen.«

Sie senkte den Becher. »Was schlägst du vor, Nick? Dass ich mit einem offenen Auge schlafe? Oder wäre es dir lieber, wenn ich überhaupt nicht schlafe?«

»Das habe ich nicht gesagt!«

»Nein, du hast mir nur zwischen den Zeilen zu verstehen gegeben, dass mich mein Schlaf inkompetent macht.« Sie beäugte ihn über den Rand des Kaffeebechers. »Andererseits ... Nun, ich hasse es zwar, dir in irgendetwas Recht zu geben, aber an deinem Argument ist tatsächlich etwas dran. Eventuell solltest du darüber nachdenken, noch jemanden für die Nachtschicht anzuheuern.« *Dann könnte ich nach Hause gehen und mich neu sortieren – und könnte tagsüber mit dieser verrückten Situation besser umgehen.*

»Oh, ja. Darüber werde ich ernsthaft nachdenken ... sobald ich genügend Geld für einen neuen Vorschuss habe.«

Er stand auf und steckte die Hände in die Taschen. »Dabei fällt mir ein, zieh dich an. Wir müssen in einer halben Stunde los.«

»Verdammt, Coltrane!« Daisy schoss von der Couch hoch, der Kaffee spritzte, die Decke rutschte. Sie stellte den Becher ab und funkelte ihn zornig an. »Was muss denn noch geschehen, um dich von der Straße fern zu halten? Hat dir das gestern nicht gereicht? Hast du daraus rein *gar nichts* gelernt?«

»Doch, doch. Von jetzt an schaue ich erst nach rechts und links, bevor ich eine Straße überquere.« Er zuckte mit seinen nackten Schultern. »Ich habe Rechnungen zu bezahlen, Daisy – ich bin meinen Kunden gegenüber verpflichtet.«

»Du bist lebensmüde, das ist es, was du bist.«

Er fuhr ihr mit der von Chemikalien aufgerauten Fingerkuppe den Unterarm hinunter bis zur Hand, in der sie die Waffe hielt. »Du erzählst mir doch ständig, wie gut du bist.«

Seine Berührung hinterließ eine Gänsehaut. Sie wedelte seine Hand weg. »Ich bin auch gut. Aber wenn du jede Vorsichtsmaßnahme in den Wind schlägst, gibt es nicht viel, was ich für deine Sicherheit tun kann.« Trotz seiner flapsigen Haltung spürte sie irgendeine unterschwellige

Wut in ihm, die sie nicht einzuordnen wusste. Doch sein verschlossener, sturer Gesichtsausdruck zeigte ihr, dass jedes Argumentieren sinnlose Zeitverschwendung war. Also schlängelte sie sich an ihm vorbei. »Schön, ich mach mich fertig.« Ihr Arm streifte aus Versehen seinen warmen Oberkörper, und die Tatsache, dass die Berührung sofort jede Faser ihres Körpers elektrisierte, setzte ihr gewaltig zu.

Als sie eine Minute später unter dem harten Strahl der Dusche stand, fragte sie sich, warum sie, um alles in der Welt, immer noch an einem Job festhielt, über dem in dreißig Zentimeter hohen, flammenden Lettern »Katastrophe« geschrieben stand.

Sicher, sie brauchte Nicks Vorschuss. Und sie wollte natürlich auch, dass ihre Firma Erfolg hatte. Aber dies hier war Wahnsinn – Nick berührte all ihre schwachen Punkte, brachte ihre schlimmsten Charakterzüge zum Vorschein. Jede Minute in seiner Gesellschaft zerrte mehr an ihren Nerven als jeder noch so schwierige Einsatz. Und bei dem Tempo, das sie vorlegte, war es nur noch eine Frage der Zeit, bis sie selbige völlig verlor und Mist baute. Und dann war sie geliefert.

Nick pfiff offensichtlich auf ihren Sachverstand, was sie ihm nicht einmal verübeln konnte, nicht, wenn sie sich so unprofessionell verhielt. Ein ums andere Mal hatte sie es versäumt, ihren Kopf zu benutzen, wenn es dringend angebracht gewesen wäre. Stattdessen hatte sie mit blindem Aktionismus reagiert, ohne jeden Sinn und Verstand – so benahmen sich meist ja nicht einmal unerfahrene Jugendliche. Nick war der einzige Mensch in ihrem Bekanntenkreis, der es, ohne sich besonders anzustrengen, fertig brachte, dass sie ihre Selbstbeherrschung verlor. Er nervte sie; er machte sie rasend.

Er erregte sie.

Nein, zum Kuckuck, tat er nicht. Sie hielt ihr Gesicht in den Strahl.

Entschlossen griff sie nach dem Shampoo. Ihm gegenüber kannst du die Wahrheit meinetwegen frisieren, wenn du unbedingt musst, Daisy. Aber zieh diese Vogel-Strauß-Nummer nicht bei dir ab.

Hol's der Geier. Mit diesem Mit-Ehrlichkeit-kommt-man-am-weitesten-Gequatsche konnte man doch keine Oma hinter dem Ofen hervorlocken. Es war nichts weiter als ein Klischee. Zum Teufel, es war einfach *naiv.* Der Takt allein gebot es schon, dann und wann mit der Wahrheit hinterm Berg zu halten, um die Leute nicht vor den Kopf zu stoßen und ihre Gefühle zu verletzen. Und es war, weiß Gott, kein Geheimnis, dass auch sie die Wahrheit notgedrungen schon ein- oder zweimal hatte verbiegen müssen.

Dennoch. Sie versuchte solche Situationen weitestgehend zu vermeiden. Und sie hatte es sich zur Gewohnheit gemacht, sich *niemals* selbst zu belügen. Also atmete sie einmal tief durch und gestand sich ein, dass Nick sie in der Tat erregte.

Er hatte sie gestern Abend geküsst, als sei sie sein Eigentum. Doch anstatt zutiefst empört zu sein, war sie voll in das Programm miteingestiegen. Es war letztlich ihr Selbsterhaltungstrieb, der sie von dem Zug hatte abspringen lassen. Aber selbst mit dem Wissen, dass sie Nick nicht zwei Millimeter über den Weg trauen konnte, war es ihr weit schwerer gefallen, ihn wegzustoßen, als es hätte sein dürfen. Demzufolge war es wohl richtig, wenn sie sagte, er erregte sie.

Daisy spülte sich das Shampoo aus dem Haar. Sie presste die Hand dort, wo ihr Herz viel zu schnell trommelte, gegen die Brust und atmete frustriert aus.

Okay. Sie begehrte ihn. Na und? Sie würde lernen, damit umzugehen. Gefühle zu haben bedeutete nicht zwangsläufig, dass man sie auch ausleben musste. Sie musste sich darin üben, Ruhe zu bewahren, wenn sie mit Nick zusammen war, musste überlegt handeln und sich wie eine Erwachsene benehmen, so wie sie es bei jedem anderen auch tat. Kühl und ruhig, das war die Devise. Und damit würde sie sofort beginnen …

Sie drehte den Duschhahn auf eiskalt.

»Nur um sicherzugehen, dass ich das richtig verstanden habe«, zischte Daisy keine halbe Stunde später. »Du hast Kopf und Kragen riskiert, um einen *Hund* zu fotografieren?« Sie spähte zu der geschniegelten kleinen Kreatur auf dem roten Seidenkissen hinüber. »Das Ding da *ist* doch ein Hund, oder?«

Frauchen nahm das winzige weiße Tier hoch und schmiegt es sich an die Brust. »Miss Muffet ist nicht einfach nur irgendein *Hund*, Miss Parker. Sie ist ein reinrassiger Malteser.« Mit einem verächtlichen Blick auf Daisy setzte sie den Winzling zurück auf seinen Hochsitz und zog die kleine Schleife glatt, mit der der lange Pony aus der Stirn gehalten wurde.

»Tut mir Leid. Es lag mir wirklich fern, irgendeinem Stammbaum zu nahe zu treten.« Daisy betrachtete Miss Muffets seidiges Fell und ihren luxuriösen Umhang, der wie ein Wasserfall auf den Boden wallte und den Schwanz des Hündchens mit seinem Gewicht zur Seite drückte. »Trotzdem müssen Sie zugeben, dass er mit ein bisschen Antistatik-Spray einen handlichen kleinen Staubwedel abgeben würde.«

»Das reicht jetzt, Daisy«, fauchte Nick.

Daisy wandte sich ihm bereitwillig zu. Immerhin war er es, mit dem sie ein Problem hatte. »Oh, es reicht noch lange nicht, Nick. Ich laufe gerade erst warm …«

Nick hielt gebieterisch die Hand hoch, was Daisy noch

ein bisschen höher auf die Palme brachte, und wandte sich dann mit seinem ganzen Charme an seine Gastgeberin. Sein Lächeln war wie Balsam und glättete sichtbar die Wogen. »Würden Sie und Miss Muffet uns einen Moment entschuldigen, Mrs. Sawyer? Ich möchte kurz mit meiner Assistentin sprechen.«

Daisy rückte wütend näher an ihn heran. »Verdammt, Coltrane, ich bin *nicht* deine …«

»Gewiss.« Mrs. Sawyer sprach zu Nick, als existiere Daisy gar nicht. »Vielleicht nutzen sie die Zeit und bringen dem Kind ein, zwei Manieren bei.« Sie rauschte aus dem Zimmer. Die runden, leicht hervorstehenden dunklen Augen des Maltesers, die sie über Mrs. Sawyers Schulter anglotzten, waren das Letzte, was Daisy sah, als sein Frauchen die Tür hinter sich schloss.

Sie wirbelte zu Nick herum, bereit und willens loszupoltern. Doch im letzten Moment fing sie sich. *Beherrsch dich, verdammt noch mal. Verlier einmal in deinem Leben in seiner Gegenwart nicht die Kontrolle. Du weißt, was zu tun ist.*

Sie atmete einmal tief ein und schob die Unterlippe vor, um auszuatmen. Dabei pustete sie ein paar Strähnen hoch, die ihr in die Stirn gefallen waren. Sie öffnete den Mund, brauchte aber erst noch eine Sekunde und dann einen dritten Atemzug, bevor sie sich so weit in der Gewalt hatte, dass sie mit ruhiger Würde sprechen konnte. »Wenn du die Aufnahmen von dem Wischmopp gemacht hast, bringe ich dich sicher nach Hause. Dann wird es Zeit, dass du dir einen anderen Sicherheitsspezialisten engagierst, der besser zu deinem Temperament passt.«

Nick, der sich gerade drohend vor ihr aufbauen wollte, versteinerte in der Bewegung und blinzelte sie verwirrt an. »Wie bitte?«

»Ich werde Reggie veranlassen, meinen bisherigen Zeitaufwand abzurechnen; Parker Security überweist dir dann den zu viel gezahlten Betrag.«

»Du kannst nicht einfach mitten im Job aussteigen!«

»O doch, das kann ich. Du hast offensichtlich keinerlei Respekt vor meinen beruflichen Fähigkeiten ...«

»Das ist absoluter Quatsch!«

»Das ist kein Quatsch. Du hast jede Empfehlung missachtet, die ich bis jetzt ausgesprochen habe. Also mache ich Schluss, bevor etwas passiert, und ich mir womöglich mein Leben lang Vorwürfe machen muss, dass ich dich nicht schützen konnte.«

»Das ist es also, ja? Du haust ab, weil du die Hosen voll hast?« Seine Augen verengten sich vor Empörung. »Was ist los mit dir, Daisy? Angst, dass du es in deiner Männerdomäne doch nicht packst?«

Die Versuchung, auszuholen und ihm eine zu scheuern, war riesig, doch sie schaffte es, ihre Wut hinunterzuschlucken. »Ja«, stimmte sie kühl zu, obwohl ihr ein bitterer Nachgeschmack auf der Zunge lag. »Das wird es sein.«

Er plinkerte sie dreist an. »Waschlappen.«

»Sehr charmant, Nick. Aber das ist genau die Haltung, die es uns unmöglich macht, zusammenzuarbeiten. Du bist und bleibst ein Chauvi.«

»*Was* bin ich?« Er musterte sie von oben herab. »Das ist einfach lächerlich.«

»Nein, das ist die Realität. Du weigerst dich, von einer Frau einen Rat anzunehmen, und du kannst deine Hände nicht bei dir behalten.«

»Ahaaa.« Es klang, als sei ihm ein ganzes Meer von Lichtern aufgegangen. Er zog die Augenbrauen hoch und betrachtete sie mit solcher Arroganz, dass sie ihm am liebsten die Augen ausgekratzt hätte. »*Daher* weht also der Wind. Ich habe dich gestern Abend geküsst, und das hat dich an alte Zeiten erinnert.«

»Nein!« Doch dann zwang sie sich, der Ehrlichkeit halber hinzuzufügen: »Na gut, ja, teilweise stimmt das wohl.«

»Teilweise, pah – kurz und bündig, das ist es. Also dann lass uns erst über den Abend von Mos Hochzeit reden, bevor du wie ein verschrecktes Kaninchen abzischst …«

»Jetzt halt aber mal die Luft an!«

»Nein, Daisy, du hältst jetzt mal die Luft an.« Er legte die Hände auf ihre Schultern und drängte sie an die nächste Wand, wo er sie mit seinen Armen und seinem Körper einkesselte. »Du hast schon viel zu viel geredet, jetzt bin ich an der Reihe. Und meine Erinnerungen an diesen Abend unterscheiden sich ein bisschen von deinen. Ich bin mir zum Beispiel ganz sicher, dass ich nicht sofort, nachdem ich abgespritzt hatte, ungerührt aus dem Bett gesprungen bin und dich kalt lächelnd sitzen gelassen habe, so wie du es von mir behauptet hast.«

»Um Gottes willen, Nick!« Sie merkte, wie ihr das Blut in die Wangen schoss. Doch tief in seinen Augen flackerte eine kalte, bläuliche Flamme unbändiger Wut, und ihr Unbehagen über seine Offenheit wurde von der Erkenntnis in den Hintergrund gedrängt, dass das also der Grund für die Wut war, die sie schon früher einmal in seinen Augen zu sehen geglaubt hatte. Dieser Zorn war nicht verflogen, er hatte nur auf den rechten Zeitpunkt gewartet, sich entladen zu können.

»Was ist los? Gefällt dir meine Version der Geschichte nicht? Wirklich zu dumm, mein Püppchen, ich erinnere mich nämlich genau daran, wie ich dich danach noch lange im Arm gehalten habe.« Er stieß sich von der Wand ab. »Aber tu dir keinen Zwang an. Halte ruhig an deiner Version fest, wenn du damit besser schlafen kannst. Ich habe mich auf jeden Fall entschuldigt. Es tut mir zutiefst Leid, und wenn du nicht dort anknüpfen willst, wo wir aufgehört haben, gut, in Ordnung. Aber, Himmel noch mal, das Ganze ist jetzt neun Jahre her. Hak es endlich ab.«

»Abhaken?« Sie hätte am liebsten laut losgeschrien, ihm am liebsten eine Kugel zwischen die Augen gejagt, am liebsten geweint. Doch dann meldete sich ihr Stolz zurück, und sie hob das Kinn. »In Ordnung. Ich bin darüber hinweg und hake die Geschichte ab. Aber du bist trotzdem ein Schwein.«

Seine Nasenflügel bebten, doch seine Stimme war vornehm kühl, als er sprach. »In den letzten zwei Tagen bin ich bedroht, vermöbelt und beinahe über den Haufen gefahren worden. Den sensiblen New-Age-Jungen bring ich im Moment irgendwie nicht.«

Sie schnaubte verächtlich. »Als ob du das jemals gewesen bist.« Sie zog sich das ärmellose Shirt über dem Bauch glatt und schlüpfte an ihm vorbei. »Ruf Mrs. Sawyer und den Wischmopp rein, Coltrane. Ich werde mir in der Zeit, die du für die Aufnahmen des Pinschers brauchst, überlegen, welchen Sicherheitsexperten ich dir in deiner Preiskategorie empfehlen kann.«

Als Nick den Porsche in die Garage steuerte und den Motor abstellte, war die Luft im Wagen so dick, dass man sie hätte schneiden können. Er war bis aufs Blut gereizt und hätte am liebsten einen Streit angefangen. Aber das war nicht möglich, weil irgendein Daisy-Klon Daisys Persönlichkeit usurpiert hatte. Wer war diese distanzierte Frau mit den kühlen Augen, die auf jede Spitze, die er verteilte, und war sie auch noch so scharf, mit Gleichmut reagierte? Du lieber Gott, sie hatte sich sogar bei Mrs. Sawyer entschuldigt und sich mit dem Hündchen angefreundet. Und als sie mit dem Shooting fertig waren, hatte Mrs. Sawyer tatsächlich davon gesprochen, wie außergewöhnlich *charmant* sie sei.

Das allein reichte schon, um die nächstbeste Wand mit den Fäusten zu traktieren.

Daisy wandte sich auf ihrem Beifahrersitz ihm zu und musterte ihn mit einer für sie so untypischen Ausdruckslosigkeit, dass sich ihm der Magen verknotete. »Ich habe zwei Adressen, die für dich in Frage kommen könnten«, informierte sie ihn kühl. »Mitch Jones oder Dega Gonzales. Beide haben ähnliche Sätze wie ich, und beide sind ziemlich gut.«

Er sah sie finster an. »Ziemlich gut reicht nicht, Schätzchen, ich will den Besten.«

»Dann hast du Pech gehabt, weil ich nicht länger zur Verfügung stehe.« Sie streckte die Hand nach dem Türgriff aus.

Ihre Finger hatten ihn kaum berührt, als die Beifahrertür aufgerissen wurde und eine Pranke sie nach draußen zog.

»Was, zum ...?« Nick sprang auf seiner Seite aus dem Wagen und blieb beim Anblick des Schreckensszenarios auf der anderen Seite des Autos wie angewurzelt stehen. Einer von Fitzgeralds Muskelpaketen hielt Daisy am Arm fest und drückte ihr eine Pistole an die Schläfe.

»Lass sie los«, forderte Nick ihn mit heiserer Stimme auf. Seine Hände auf dem Autodach ballten sich zu Fäusten.

»Halt die Schnauze, du Pfeife.« Der Griff um Daisys Arm wurde noch fester, so das überhaupt möglich war. Der Kerl hatte die Statur eines Kühlschranks – groß, kompakt und rechteckig, und ohne erkennbaren Hals. »Ich will diese Negative, und ich will sie auf der Stelle.«

»Sie hat damit nichts zu tun. Lass sie erst gehen und ...«

»Gib mir die Negative, du Schlauberger, oder deine kleine Freundin hier hat eine Kugel im Kopf.« Der Lauf der Pistole presste sich stärker an Daisys Schläfe.

Jesus, Maria. Sie sah neben dem Muskelpaket so klein aus. So zerbrechlich. Nicks Mund wurde trocken. »Okay, okay. Was immer du willst. Ich hol sie – nur tu ihr nicht weh.« Er stieß sich vom Auto ab.

»Kluge Entscheidung, mein Hübscher.« Der Schlägertyp blickte auf Daisy hinab. »Er ist doch ein hübscher Bengel, oder, Süße? Wie kommst du nur damit klar? Ich meine, die Haare von dem Kerl sind länger als deine, seine Klamotten sind schärfer, und er sieht einfach besser aus. Nun ja, nicht, dass ich mit dir nicht gern ins Bett hüpfen würde – eh ich mich schlagen lasse …« Er liebkoste Daisys Wange mit dem Pistolenlauf, und Daisy gab einen Laut der Verachtung von sich. Sie riss protestierend die Hand hoch, um ihn am Handgelenk zu erwischen, und Nick machte instinktiv einen Schritt nach vorn.

»Was ich sagen will – du bist ja nicht unbedingt potthässlich«, versicherte ihr das Muskelpaket seelenruhig und packte sie seinerseits grob am Handgelenk. Dann zuckte er die Schultern. »Aber ein Playmate bist du auch nicht gerade, wenn du weißt, was ich meine. Muss ganz schön schwer sein, einen Freund zu haben, der morgens besser aussieht als du.«

»Das ist das Drama meines Lebens«, stimmte Daisy ihm zu. Plötzlich machte sie etwas an seinem Handgelenk, was ihn zwang, seinen Griff zu lockern. Die Pistole, die auf ihren Kopf zielte, fiel zu Boden. Mit einer ansatzlosen schnellen Bewegung schob sie ihre Hüfte vor, beugte sich nach vorne – und hundert Kilo Gangster segelten über ihren Kopf, um mit einem gewaltigen Knall rücklings auf der Kühlerhaube zu landen.

Nick sprang zurück. »Du liebe Scheiße. Was war das denn, Daisy?«

Daisy griff nach ihrer Pistole, und hechtete dem Widerling hinterher. Sie hatte sie jedoch noch nicht aus dem Halfter, als selbiger sich blitzschnell zur Seite rollte, sich aufsetzte und mit Gebrüll zu einem Schlag ausholte. Sie blieb abrupt stehen und riss den Kopf nach hinten. Doch ganz konnte sie seiner Faust nicht ausweichen. Sie traf sie an der Schulter und schleuderte sie seitlich gegen die Wand. Sie spürte, wie ihr etwas Scharfes den Rücken ihrer Bluse aufriss, während sie versuchte, den Griff ihrer Glock darunter zu fassen zu bekommen. Die Zeit schien stillzustehen, als sie sah, wie Stiernacken vom Auto hechtete und auf sie zustürzte. Dann hatte sie das Teil endlich aus dem Halfter, und der Typ bremste mitten im Lauf scharf ab, als er plötzlich den Lauf einer Neun-Millimeter-Pistole auf sich gerichtet sah.

»Keine abrupten Bewegungen bitte«, riet sie ihm. »Ich bin ein bisschen nervös.«

»Daisy?«

»Ein Minütchen, Nick.«

Stiernacken nicht aus den Augen lassend, löste sie sich von der Wand und bewegte sich langsam auf die Pistole zu, die heruntergefallen war. Sie bückte sich, sammelte sie auf und steckte sie in den Hosenbund.

»Das Arschloch hier möchte Ihnen gern etwas sagen, was Sie sich vielleicht anhören sollten, kleine Lady«, sagte plötzlich eine neue Stimme.

Verdammt! Daisy wandte den Kopf. Ein zweiter Schläger bedrohte mit seiner Kanone Nick, der direkt in ihrer Schusslinie stand. Der zweite Typ war sogar noch breiter gebaut als sein Kumpan, aber im Gegensatz zu seinem Spießgesellen hatte er einen Hals. Dafür war seine Stirn flach und seine Nase platt. Sie stellte sich so hin, dass sie die neue Bedrohung im Auge, gleichzeitig aber den Stiernacken weiter im Visier hatte. Sie warf Plattnase einen prüfenden Blick zu. »Ich schätze mal, dies hier ist eine klassische Pattsituation, hm?«

»Sieht so aus. Ich sag dir was. Ich hätt's im Moment ganz gern, wenn wir hier alle mit heiler Haut rauskommen. Also machen wir einen kleinen Deal. Was meinste?«

Das war zwar weit entfernt von einer optimalen Lösung,

aber … Schätze mal, damit kann ich leben.« Als sie sah, wie grob Plattnase mit Nick umging, kniff sie die Augen zusammen und fauchte ihn an: »Wenn Coltrane auch nur einen Kratzer abbekommt, garantiere ich für nichts; dann platzt der Deal.«

»Er hat mich daran gehindert, diesen Scheiß hier ein für alle Mal zu beenden, Puppe. Dafür sollte ich dem Bastard eigentlich ins Knie schießen.«

»Nur zu, und du zwingst mich, das Gleiche mit deinem Kumpel hier zu veranstalten.«

»Ja, ja, ich weiß – deshalb bin ich ja auch so'n vernünftiges Kerlchen.« Plattnase manövrierte Nick um den Kühler des Porsche herum. Man sah sofort, dass er sich auskannte. Denn er bemühte sich, seine eigene Angriffsfläche auf ein Minimum zu beschränken.

Sie überlegte gerade, wie der Deal vonstatten gehen sollte, als Plattnase Nick einen heftigen Stoß gab, so dass er gegen sie knallte. Sie strauchelten gegen die Wand und verhedderten sich zu einem Knäuel von Armen und Beinen. Und als sie sich wieder auseinander sortiert hatten, waren die Gangster verschwunden. Fluchend rannte Daisy aus der Garage und die Einfahrt hinunter. Sie bog gerade noch rechtzeitig um die Kurve, um zu sehen, wie sich die Kerle vor dem großen Tor auf den Bürgersteig fallen ließen. Sie blieb stehen, umfasste die Hand, in der sie die Pistole hielt, und zielte, zögerte dann aber, weil sie nicht in eine Wohnstraße schießen wollte. Ein Wagen hielt mit quietschenden Reifen vor den beiden Typen. Sie hechteten hinein, und bevor noch die Tür zu war, verschwand der Wagen in einer Dunstwolke von abgeriebenem Gummi.

Sie riss die Pistole nach oben. *»Shit!«*

Nick bremste aus vollem Lauf schlitternd neben ihr ab. »Die beiden sind abgehauen?«

»Ja, verdammt. Wir rufen besser die …«

Er packte sie an der Schulter und wirbelte sie herum. »Bist du okay? Himmel, du hast mich zehn Jahre meines Lebens gekostet, als du mit dem Kleiderschrank zu ringen begonnen hast.«

»Mir geht es gut.« Sie schüttelte seine Hände ab. »Hör zu, wir sollten besser …«

»Hurensohn!«

»Wie? Sind sie wieder da?« Sie wirbelte zur Straße herum und hatte die Pistole sofort wieder im Anschlag. Sie erwartete, die Gorillas erneut auf sie zupreschen zu sehen und war beinahe enttäuscht, als es nichts zu sehen gab. Sie hatte eine Ladung unverbrauchtes Adrenalin im Blut, das in ihren Adern Amok lief und sie zwang, irgendwie zu agieren. Sie wandte sich mit finsterer Miene Nick zu. »Tu so etwas *nie* wieder – ich hätte einen unschuldigen Passanten erschießen können.« Sein Gesichtsausdruck war irgendwie seltsam, und sie trat einen Schritt näher. »Was sollte das Ganze überhaupt?«

Er starrte auf seine Hand hinunter und hielt sie ihr dann vors Gesicht. »Zum Teufel, Daisy, du blutest.«

11

»Was?« Einen Moment lang starrte Daisy verständnislos auf das Blut an Nicks Hand. Dann begriff sie. »Ach so«, sagte sie und verdrehte den Hals, um über ihre Schulter zu schauen. »Ich muss mich an einem Nagel aufgerissen haben. Als der Stiernacken mich gegen die Wand knallte, habe ich irgendetwas gespürt.«

Nick zog das Armloch ihres Shirts zurück und tatsächlich, direkt unter ihrem Schulterblatt war ein Riss, aus dem Blut sickerte. Er packte sie am Handgelenk und hetzte mit ihr die Einfahrt hinauf und um die Ecke des Garagenhauses. Ihm schossen immer wieder die Bilder durch den Kopf, wie sie, getroffen von Stiernackens Riesenpranke, rückwärts taumelte, und wie Schläger Nummer zwei seine Kanone auf sie richtete, als sie sich ganz auf Schläger Nummer eins konzentrierte. Er kochte vor Wut, als er sie die Treppe zur Wohnung hochzerrte. »Du hast nicht einmal den Verstand einer Amöbe.«

»Wie bitte?«

»Herrgott, Daisy, was machst du bloß für Sachen?«

»Meinen Job.« Während er seinen Schlüssel ins Türschloss rammte, zappelte sie wie ein Kind herum, das dringend auf die Toilette musste. »Oh, Mann, ich habe eine Überdosis Adrenalin im Blut. Mir ist, als hätte ich eine Armee Ameisen verschluckt.«

»Verlangt dein bescheuerter Job etwa von dir, dich umbringen zu lassen? Mensch, Daisy! Und du meintest, *ich* sei lebensmüde.« Irgendwo im Hinterkopf wusste er, dass er überreagierte, aber er hatte sich ihretwegen vor Angst fast in die Hosen gemacht. Und Angst verwandelte sich nur allzu leicht in Wut.

»Mein Gott, Nick, es war nur ein kleiner Schubs.« Sie rieb sich die Schulter und grinste ihn reuevoll an. »Okay, der Kerl hatte eine Faust wie ein Vorschlaghammer, aber deshalb gleich von *umbringen* zu sprechen, das ist doch ein bisschen übertrieben. Und das Loch in meinem Rücken war Zufall. Es tut nicht einmal weh, und ich bezweifle, dass es etwas Ernstes ist. Ich bin auch mit meinen Tetanus-Spritzen auf dem Laufenden, also reg dich ab.« Sie boxte ihn in den Arm. »Come on! Ich sagte dir doch, dass ich gut bin.«

Er zog sie in das kleine Badezimmer, ließ den Toilettendeckel zuknallen und befahl ihr, sich rittlings mit dem Gesicht zum Wassertank draufzusetzen. Sie gehorchte zwar ohne allzu viel Murren, doch als er die nötigen Utensilien aus dem Medizinschränkchen herauskramte, wand sie sich wie ein Aal, um zu sehen, was er tat.

»Zieh die Bluse aus.« Er kippte aus einer Flasche etwas Wasserstoffperoxid auf einen Wattebausch und betrachtete, nachdem sie seiner Aufforderung gefolgt war, mit finsterer Miene den Riss in ihrem Rücken: »Wenn du doch so verdammt gut bist, wie kommt es dann, dass der zweite Kerl dich beinahe abgeknallt hätte?«

»Plattnase? Das glaubst du doch selber nicht!« Sie legte die Hände auf die Knie und wippte nervös mit den Beinen, weil sie nicht wusste, wo sie mit ihrer überschüssigen Energie hin sollte. »Er wollte mich doch gar nicht abknallen.« Nick ging in die Hocke, um die Wunde zu säubern. Als er sie mit der getränkten Watte abtupfte, sog sie hörbar die Luft ein. Dann war der Schmerz aber offensichtlich schon wieder vergessen, denn sie verdrehte den Hals und äugte über die Schulter, um ihm ein selbstgefälliges Lächeln zuzuwerfen. »Du hast es doch selbst gesehen. Es war unentschieden.«

»Nein. Unentschieden war es, als er seine Scheißpistole auf *mich* richtete. Aber das war erst, nachdem ich ihm den Arm weggeschlagen habe, um ihn daran zu hindern, mit dem verdammten Ding auf dich zu schießen.« Er griff nach der Antibiotikum-Salbe.

Daisys Lächeln erlosch. »Wie bitte?«

Ihre aufgekratzte Selbstgefälligkeit hatte seine blanken Nerven zwar gewaltig strapaziert, doch jetzt wünschte er, er hätte ihre Seifenblase nicht ganz so schnell zum Platzen gebracht. »Sieh nach vorne, sonst bekommst du noch einen steifen Hals.« Sie gehorchte ihm *ohne jede Widerrede,* und er sah sich verwundert um, um zu überprüfen, ob die Welt, wie sie sie kannten, plötzlich aus den Angeln gehoben worden war.

Mitnichten. Er trug vorsichtig die Salbe auf und legte einen Verband an, wobei seine Aufmerksamkeit arg von ihrem gebeugten Kopf abgelenkt wurde. Irgendetwas an ihrem Nacken wirkte so ... so verletzlich. Er streckte die Hand aus, um ihn zu berühren.

»Los, Coltrane, was ist? Jetzt rück mal mit ein paar Einzelheiten raus. Spuck's endlich aus!«

Wie verbrannt ließ er seine Hand wieder sinken, überprüfte stattdessen sein Werk und meinte trocken: »So jetzt bist du wieder einigermaßen zusammengeflickt. Du kannst dich umdrehen.«

Sie rutschte herum, und er reichte ihr ihre Bluse. Sie steckte einen Finger durch das Loch im Rücken und verzog beim Anblick des blutgetränkten Randes angeekelt das Gesicht. »Die zieh ich nicht mehr an.« Sie verstaute sie im Abfalleimer und sprang vom Toilettensitz hoch. »Komm jetzt«, sagte sie im Befehlston, und es war klar, dass sie damit nicht nur meinte, er solle sie begleiten, als sie den Raum verließen. »*Raus* mit der Sprache.«

»Hast du jemals daran gedacht, zur Army zu gehen, Daisy? Du hast das Zeug zum Feldwebel.«

Sie blieb abrupt vor der Schlafzimmertür stehen, drehte sich um und baute sich, das Kinn kampflustig vorgereckt, vor ihm auf. »Ich bin, weiß Gott, geduldig gewesen.« Sie blinzelte nicht mal, als er verächtlich schnaubte. Sie bohrte ihm lediglich den Finger in die Brust und fuhr fort: »Erzähl mir, wie Plattnase mit der Pistole auf mich gezielt hat.«

»Okay, schon gut.« Er lugte auf sie hinunter und versuchte nicht zu sehen, wie sie ihren hübschen weißen Büstenhalter ausfüllte. »Es passierte ja alles ziemlich schnell, wie du weißt. Trotzdem – es tut mir Leid, dass ich nichts unternommen habe, um dir zu helfen, als du mit dem Schläger im Clinch lagst.«

Daisy betrachtete ihn bass erstaunt. »Du hast keinerlei Grund, dich zu entschuldigen.«

»Ich stand einfach nur dämlich rum und hatte die Hosen voll, während du …«

»Nick«, unterbrach sie ihn, »ich wurde auf solche Situationen *trainiert.* Glaub mir, ich weiß nur allzu gut, wie plötzliche Gewalt einen Menschen lähmen kann.«

Er stopfte die Hände in die Taschen und zuckte die Schultern. »Mag sein, auf jeden Fall war ich von dem, was zwischen dir und dem Stiernacken abging, so fasziniert, dass ich Plattnase erst bemerkte, als der direkt neben mir stand. Und selbst das realisierte ich erst, als ich aus dem Augenwinkel heraus einen Arm hochgehen sah. Dann erkannte ich, dass er eine Kanone in der Hand hatte und auf dich zielte. Ich hab ihm die Hand weggeschlagen.« Und er war blitzartig zwischen sie und die Waffe getreten, als Plattnase sich von dem Überraschungsangriff so weit erholt hatte, um sein Ziel zu korrigieren. Er hatte verdammt Glück gehabt, dass er keinen Schlag auf den Kopf bekommen hatte. Plattnase musste allerdings mehr daran gelegen gewesen sein, den Film zu finden, als Daisy sofort außer Gefecht zu setzen – und außerdem, bewusstlose Männer können nicht nur nicht reden, es ist auch verdammt unpraktisch, sie durch die Gegend zu schleifen. Nick kreiste unbehaglich mit den Schultern. »Den Rest kennst du.«

»Du hast mir das Leben gerettet?«

»Nun, das ist ein bisschen übertrieben. So wie die Dinge sich jetzt darstellen, hätte er überhaupt nicht auf dich geschossen.« Das wusste er natürlich nicht, aber sie sah schon wieder irgendwie verletzlich aus, und mit Bestimmtheit konnte er ja tatsächlich nicht sagen, dass Plattnase auf sie geschossen hätte. Aller Wahrscheinlichkeit nach scheuten die Gangster auch die Aufmerksamkeit, die sie durch Schüsse auf sich gelenkt hätten.

»Was meinte Plattnase damit, als er sagte: ›Er hat mich daran gehindert, diesen Scheiß hier ein für alle Mal zu beenden‹?« So ungern Daisy es auch zugab, das klang ganz danach, als habe Nick ihre Haut gerettet, und ihre Ehrlichkeit zwang sie, das auch auszusprechen. »Er hätte mich womöglich nicht getötet, aber wir beide wissen, dass er mich durchaus hätte anschießen können. Sie hatten den Vorteil des Überraschungsmoments verloren und mussten die Situation wieder zu ihren Gunsten umbiegen. Also hast du mich vor etwas weitaus Schlimmerem als dem Ratscher eines Nagels bewahrt.« Sie musterte ihn feierlich. Dann stellte sie sich auf Zehenspitzen und drückte ihm impulsiv einen Kuss der Dankbarkeit auf seinen Mundwinkel. »Danke.«

Nick erstarrte, und Daisy, die die Wirkung dieser kurzen Berührung wie einen Stromschlag spürte, wippte schnell wieder auf die Absätze zurück. Nick stand sehr still da und hinter seinen halb geschlossenen Augenlidern glühte ein gefährliches Feuer. Wohl wissend, dass sie mit der Leidenschaft spielte, doch unfähig sich zu stoppen, nahm sie sein Gesicht in beide Hände, stellte sich erneut auf die Zehenspitzen und drückte ihre Lippen für einen richtigen Kuss auf seinen Mund.

In den letzten zwei Tagen war eins zum anderen gekommen. So wie sich ein Windhauch langsam zum Sturm aufbaut, hatte sich die Atmosphäre zwischen ihnen von Episode zu Episode zu einem gefährlichen Gemisch eskalierender Gefühle aufgeladen. Daisys Kuss war der Funke, der die Situation zur Explosion brachte.

Nick stöhnte verhalten, und dann erwiderte er ihren Kuss – küsste sie fast brutal, bewegte seinen Mund drängend über ihre Lippen, bis sie, selbst wenn sie sich hätte wehren wollen, keine andere Wahl mehr hatte, als sie zu öffnen. Seine Zunge tauchte in ihren Mund und eignete sich jeden Winkel dieser samtig-feuchten Höhle an. Und mit jeder Brandmarke, die er setzte, jagte er Daisy einen Schauer durch den Körper.

Die Daumen auf ihren Wangen und die Hände um ihren Nacken, riss er plötzlich den Kopf zurück und starrte auf sie hinunter. »Treibst du deine Spielchen mit mir?«

Jede Faser ihres Selbsterhaltungstriebs drängte sie, seine Frage mit ja zu beantworten. Sie spürte seinen Atem an ihren feuchten Lippen, sah den Argwohn und den Hunger in seinen verdunkelten blauen Augen, und ermahnte sich, klug zu sein, ihm schlichtweg ins Gesicht zu lachen ... *Hör auf, solange du noch kannst.*

Stattdessen hörte sie sich »Nein« wispern. Sie versuchte sich zu strecken, um seine Lippen wieder zu spüren, aber er hielt sie von sich weg. *»Nein.«* Ein verzweifeltes Bedürfnis nach Nähe stieg in ihr auf, und die Tatsache, dass es ihr so viel ausmachte, erboste sie. Sie lachte, aber es war ein sarkastisches Lachen, dem jede Heiterkeit fehlte. »Als ob du jemals eine Gelegenheit für einen kleinen One-nightstand auslassen würdest – selbst *wenn* ich mit dir nur spielen würde. Sei kein Heuchler, Nick. Küss mich.«

»Ich werde dich küssen.« Seine Stimme war hart, und es klang mehr nach einer Warnung, denn nach einem Versprechen. Und er küsste sie, auf eine Wir-nehmen-keine-Gefangenen-Manier, mit aggressiven, ein wenig rauen Lippen.

Daisy stöhnte, jede Nervenfaser in ihrem Körper stellte sich in zitternder Erregung auf und signalisierte lustvolle Befriedigung. Ein paar intensive Momente lang küsste sie ihn wie im Fieberwahn, krallte ihre Hände in sein Haar, um ihn daran zu hindern, sich wieder zurückzuziehen. Dann war das Adrenalin plötzlich aufgebraucht. Ihre Küsse wurden weicher. Sie schlang die Arme um seinen Hals und brach an seiner Brust zusammen.

Nick hob sie auf und trug sie in sein Schlafzimmer. Die Tür stieß er mit dem Fuß hinter sich zu. Dann legte er sie aufs Bett und beugte sich über sie. Er verflocht seine Finger mit den ihren und führte ihre Arme in einem Bogen nach oben, so als seien sie beide Kinder, die einen Engel in den Schnee drückten. Und dann lag er ausgestreckt auf ihr, die Arme über ihrem Kopf, die verschränkten Finger an der Bettablage. Er beugte den Kopf nach unten und fing wieder an, sie zu küssen: Es waren langsame, intensive, aufwühlende Küsse, die Daisy völlig willenlos machten und heiße Schauer durch ihre Adern jagten. Sie gab leise kehlige Laute von sich, und sie erwiderte seinen Kuss, bog sich ihm entgegen, um das Gewicht seines Körpers, das sie in die Matratze drückte, noch intensiver zu genießen.

Plötzlich war das Gewicht weg. Nick hatte sich auf einen Ellbogen hochgeschoben und griff mit der anderen Hand zwischen sie, um sie von der Glock in dem Halfter an ihrem Taillenbund zu befreien. Er legte die Pistole beiseite und ließ sich wieder auf sie zurücksinken, fing ihre Unterlippe mit dem Mund ein, zupfte daran, schabte mit den Zähnen darüber. Dann wich er erneut zurück und sah sie an: »Schleppst du noch irgendwelche anderen Waffen mit dir herum, von denen ich wissen sollte?«

»Das Messer.« Sie sah, wie er an ihrem nackten Arm hinunterblickte, und erklärte: »An meinem Oberschenkel. Zieh dein Hemd aus, Nick.«

Er richtete sich auf, um sich rittlings hinzuknien und zog sich das Hemd über den Kopf. Sie sah zu ihm hoch und ließ sich von dem Anblick seiner muskulösen Brust und seines Waschbrettbauchs völlig gefangen nehmen. Der Bluterguss auf seiner Schulter war einem blassen Purpurrot mit gelbgrünen Einsprengseln gewichen. Sie berührte den Fleck sanft mit den Fingerspitzen.

Dann strich sie ihm mit den Händen über die Schultern,

zeichnete mit den Fingerspitzen sein Schlüsselbein nach und legte die Handflächen auf seine Brust. Während sie zärtlich über sein feines Brusthaar strich, machte Nick sich an dem Knopf des Hosenrocks, den sie anhatte, zu schaffen. Er legte den Überschlag, der den Shorts das Aussehen eines Rockes gab, zurück und zog den Reißverschluss darunter auf. Daisy hob die Hüften an, und er streifte ihr das Kleidungsstück ab, so dass sie nur noch mit ihrem weißen Büstenhalter, einem winzigen blauen Spitzenhöschen, Laufschuhen und Socken bekleidet war. Dazu kam das Messer, das an ihrem Oberschenkel mit einem Klettband befestigt war. Nick kauerte sich an ihre Füße, um ihr die Schuhe aufzubinden, wobei er ihr einen amüsierten Blick zuwarf. »Hübsche Schühchen! Obwohl mir der Anblick deiner zierlichen blauen Springerstiefel doch irgendwie fehlt.«

»Zierlich«, schnaubte Daisy. »Ganz recht.« Sie hob einen entblößten Fuß, Schuhgröße 41 ½, hoch und schwenkte ihn vor und zurück. »Ich nehme an, du machst Witze, aber für den Fall, dass doch nicht – es war heute zu warm für all das Stiefelleder.« Sie nahm das in einer Scheide steckende Messer von ihrem Oberschenkel ab und legte es auf den Nachttisch. Als Nick wieder im Reitersitz auf ihren Schenkeln saß, hakte sie ihre Finger in den Bund seiner Hose und zerrte daran. »Weil wir gerade von warm sprechen, mir wird langsam kalt; heiz mir ein, Nick.« Sie ließ ihren Handrücken langsam über seinen muskulösen Bauch kreisen. »Mach mich ganz, ganz heiß.«

Sein Gesicht wurde hart, der Humor wich aus seinen Augen. »Verdammt«, flüsterte er. Dann warf er sich auf sie, fuhr mit den Fingern in ihr kurzes Haar und stürzte sich gierig auf ihren Mund. Daisys Blut fing sofort an zu kochen.

Die Zärtlichkeit, die Nick noch kurz zuvor bewiesen

hatte, löste sich in Rauch auf. Irgendwo in seinem Innern war er sich der wilden, brutalen Laute, die tief unten in seiner Kehle gurgelten, bewusst, aber er ignorierte sie, während er sich weiter in Daisys Lippen hineinwühlte und sie mit seinem Mund, seiner Zunge, seinem Körper zu beherrschen versuchte.

Sie erwiderte voller Inbrunst seine hungrigen Küsse. Getrieben von ihrem eigenen Hunger, klammerte sie sich mit Händen, Armen und Beinen an ihn, versuchte sich noch näher an ihn zu drängen. Ihre leidenschaftliche Reaktion machte seine Bemühungen, ihr zu zeigen, wer hier Herr im Hause war, zunichte und trieb ihn an den Rand seiner eigenen Beherrschung.

Eine unangenehme Alarmglocke schlug in seinem Kopf an, denn sein ganzes Erwachsenenleben war darauf aufgebaut, sich stets unter Kontrolle zu haben. Er wich zurück, um durch den Nebel der Erregung den Rückzug anzutreten.

»Bitte nicht«, flüsterte sie, als er den Kopf hob. »Bitte, mir ist so ...«

Er starrte auf ihre geschwollenen Lippen und ihre verschleierten Augen hinab, die die Farbe von zartbitterer Schokolade angenommen hatten. Vielleicht war Kontrolle doch nicht alles. »Wie ist dir, Daisy?« Er beugte sich nach unten und küsste die weiche Haut in der Halsbeuge unter ihrem Kinn. Erschauernd hob sie das Kinn, um ihm besseren Zugang zu gewähren, und er küsste sich mit geöffneten Lippen den Hals hinunter. »Heiß?« Er schob eine Hand zwischen ihre Körper und umkreiste ihre linke Brust.

Daisy zog die Luft ein. »O Gott, ja, *heiß.*« Sie spreizte ungeduldig die Beine unter ihm und drückte die Brust hoch, um sie ihm darzubieten. Aber er ignorierte beide Einladungen und konzentrierte sich ganz darauf, die glatte Haut in ihrer Halsbeuge zu erkunden. »So heiß.« Sie krallte ihre Hand in sein Haar und zog seinen Kopf nach hinten, bis er widerstrebend davon abließ, die pulsierende Ader in der Vertiefung ihres Kehlkopfs zu küssen, und sie ansah. »Mach endlich was dagegen.«

Das war typisch Daisy und führte spontan zu einer kleinen Kabbelei. »Wir sind erst bei *einfach* heiß«, erinnerte er sie. »Ich kann es noch viel besser, Zuckerpüppchen; ich kann dich zum Überkochen bringen.« *Und das würde ich gern.* Er würde gern sehen, wie sie total die Kontrolle über sich verlor.

»Verdammt, Coltrane. Heißer geht es nicht.«

»O doch, das geht.« Er legte seine Finger um ihre Brust und umkreiste die Brustwarze, ohne sie zu berühren. »Ich habe noch nicht einmal damit begonnen, die Temperatur hochzufahren.«

»Vergiss endlich die *Hitzegrade.* Ich brauche kein … Ich *will* kein …« Sie rutschte unter seinen marodierenden Händen rastlos hin und her. »Nick, ich werde gleich verrückt; ich will, dass wir voranmachen.«

»Das werden wir, mein Schätzchen.« Er ließ seine Zunge über ihre Unterlippe gleiten und nahm ihre vorwitzige Brustwarze zwischen Daumen und Zeigefinger. »Zu gegebener Zeit.« Er drückte seine Beute leicht zusammen und zog daran.

Ihr Atem zischte durch die Zähne. Aber sie öffnete die schwer gewordenen Augenlider wieder und herrschte ihn an: »*Jetzt*, Coltrane!«

»Wir machen das nach meinem Zeitplan, Parker«, sagte er trocken. »Finde dich damit ab.«

»O nein; der Meinung bin ich nicht.« Sie legte die Hände an seine Brust, und verpasste ihm einen Stoß, auf den er nicht im Geringsten vorbereitet war. Er kippte seitlich auf den Rücken, sie rollte sich blitzschnell auf ihn und blieb mit gespreizten Beinen auf ihm sitzen. Sie presste die Waden gegen seine Oberschenkel, stützte die Hände auf seine Brust und richtete sich so ein, dass die feuchte blaue Spitze ihres Höschens über der Ausbuchtung seines Hosenschlitzes war. Dann begann sie, leicht mit den Hüften zu kreisen. »Genau so«, flüsterte sie, und ihre Augen wurden schwerer und schwerer, bis sie sich schließlich ganz schlossen. »So gefällt es mir besser.«

O ja. Das war gut. Nick passte sich ihrer Bewegung an und streckte die Arme aus, um ihren Büstenhalter, dessen Verschluss sich vorne befand, aufzuhaken. Er schob die Körbchen nach hinten. »Oh, Mann, ich habe versucht, sie aus meinem Gedächtnis zu streichen, aber es ist verdammt schwer, sie zu vergessen. Du hast immer noch die hübschesten Brüste, die ich je gesehen habe.«

Die Rundungen zeichneten sich cremig weiß vor dem leicht getönten, mit zarten Sommersprossen gesprenkelten Teint ihres Oberkörpers ab. Es waren feste, zwar nicht extrem große, dafür aber ausgesprochen wohl geformte Hügel. Sie wurden gekrönt von einem zarten blassrosa Hof, in deren Mitte sich die Brustwarzen hart und stolz in die Luft reckten. Nick setzte sich halb auf und umfing eine davon mit dem Mund.

»Ah!« Daisy erstarrte, als es sie von der Brust bis tief zwischen die Beine wie ein Blitz durchzuckte. Sie spürte, wie seine Hände sich durch die Beinöffnungen ihres Slips schoben und ihren Po umfassten, um ihren Hüften einen bestimmten Rhythmus zu diktieren, der sie immer wieder gegen sein hartes Glied zwischen ihren Beinen stieß.

Sie schaute zu ihm hinunter und stellte fest, dass seine blauen Augen sie beobachteten. Er hielt ihren Blick fest und begann, an ihrer Brustwarze zu saugen, wobei er mit seiner Zunge von unten gegen sie flatterte. Weitere Blitze durchzuckten sie. Auf der Suche nach Erleichterung presste sie sich auf sein steifes Glied. »O Gott, Nick, *bitte.*« Sie fummelte verzweifelt an seiner Hose herum, doch ihre Finger fühlten sich wie Gummi an. »Du hast gewonnen, okay? Ich spiele auch keine Spiele mehr. Nur, bitte, hilf mir, dieses Feuer zu löschen.« Er saugte fester an ihrer Brustwarze, und ihre ganze Not entlud sich in einem schrillen, verzweifelten »Oh, bitte, bitte, bitte«.

Entschlossen rollte Nick sie auf den Rücken und kniete sich über sie. Während er sich nach unten beugte, um auch ihrer anderen Brust die Ehre zu geben, knöpfte er seinen Hosenbund auf, öffnete den Reißverschluss und zog sich die Hosen zusammen mit den Boxershorts über die Hüften. Er hakte die Finger in ihren Slip und zerrte ihn ebenfalls nach unten. Dann griff er in die Schublade seines Nachttischs und holte eine Schachtel mit Kondomen heraus, von denen er ein paar auf die Matratze schüttelte. Die Schachtel stieß er beiseite. Anschließend kickte er seine Hosen und die Shorts weg, die sich um seine Fesseln gewickelt hatten. Den Blick nach wie vor auf sie gerichtet, riss er eines der Päckchen auf und rollte dann das Kondom über sein erigiertes Glied.

»Sieh mal an«, sagte er rau und tastete sich mit einer Fingerspitze in die feuchte Spalte zwischen ihren Beinen vor. »Daisy ist von Natur aus blond.« Seine Finger streichelten sie warm und träge.

Die Empfindungen, die sie überschwemmten, drohten ihr die Sinne zu rauben. Dennoch schaffte sie es, keuchend hervorzustoßen: »Und sieh dich mal an.« Sie tippte seinen Penis an, der lang und dick von seinem harten Bauch abstand. »Coltrane ist von Natur aus ein Zuchthengst.« Aber die Worte hatten keinen Biss, angesichts der Tatsache, dass sie ihr Herz, das sich in ihrer Kehle eingerichtet hatte, passieren mussten. Sie legte die Finger um seinen Schwanz. »Keine Witzchen mehr, Nick.« Ihre Hand glitt auf und ab. Samtweiche Haut spannte sich über geschmiedeten Stahl.

»Wenn du mich noch länger warten lässt, muss ich gemein werden.«

»Uhh, da hab ich aber Angst.« Doch er ließ sich nach vorn fallen, fing sich auf den Handflächen ab und stützte sich über sie. Er beugte den Kopf, um sie zu küssen. Dann senkte er seinen Körper wie bei einer Liegestütze ab, so dass er mit seiner Brust ihren Busen berührte. »Führe mich«, verlangte er mit heiserer Stimme. »Führ mich in dich hinein, Daisy. Jetzt.«

Ihre Finger umspannten seinen Penis fester und dirigierten ihn zuerst in kleinen Kreisen um ihre Vagina, bevor sie ihn für den entscheidenden Stoß richtig ansetzten. Nick drängte mit seinen Hüften nach vorne, und sie sog scharf die Luft ein, als er ein kleines Stückchen in sie eindrang. »O Gott, Nick.«

»Verdammt, Daisy, du bist so ...« Er fletschte die Zähne, stemmte sich mit den Armen nach oben und blickte nach unten, dorthin, wo sie sich vereinigten. »... eng. Du bist so eng.« Er zog sich ein wenig zurück, schob sich wieder sacht nach vorne, zog sich zurück, schob sich nach vorne und gewann jedes Mal ein Stückchen mehr. Er blickte zu ihr hoch. »Wie lange ist es eigentlich her, seit du das letzte Mal ...?«

»Ein Weilchen.« Sie wand leicht die Hüften und diese Bewegung ließ ihn endlich tief in sie hineingleiten. Beide sogen scharf die Luft ein.

»Eine *lange* Weile, nach dem zu urteilen, was man spürt.« Er verhielt sich einen Moment ruhig. »Ich komme mir vor wie die hässliche Stiefschwester, die versucht, ihren großen Fuß in den viel zu kleinen Schuh zu rammen.« Vorsichtig zog er sich wieder zurück.

»Oh!« Sie genoss zwar die Reibung, aber sie hasste die Leere, die er hinterließ. Dann stieß er wieder in sie hinein, und sie fühlte sich ausgefüllt und rastlos und kribbelig.

»Mehr, bitte, mehr.« Sie zappelte unruhig mit den Beinen hin und her, weil sie nicht wusste, was sie mit ihnen machen sollte. Schließlich stellte sie die Knie auf und stemmte die Füße in die Matratze, um ihm die Hüften beim nächsten Stoß entgegenzudrängen.

»O verdammt!« Seine Hüften bewegten sich schneller. »Ja, Daise. Ja, genau so. Himmel, du bist Spitze.« Dann auf einmal hielt er mit seinen Stößen inne und ließ seine Hüften in kleinen, engen Schwingungen kreisen.

Daisy stieß einen erstickten Schrei aus. Sie war so nah dran – lieber Gott, so nah. »O bitte«, flüsterte sie. »Ich bin so … ich will … Nick, *bitte*.«

Nicks Hand tastete sich zwischen ihren Körpern zu der sanften Erhebung ihres Schambeins vor. Ein Finger drängte sich in den schlüpfrigen Spalt, glitt auf und ab, auf und ab, auf und ab … Und dann, genau in dem Moment, als seine Hüften wieder ihren harten, stoßenden Rhythmus aufnahmen, legte sich seine Fingerspitze auf die geschmeidige Perle ihrer Klitoris.

Alle Empfindungen, die sein streichelnder Finger und jeder Stoß in ihr auslösten, sammelten sich zu einem pulsierenden Inferno in einem Punkt, von dessen Existenz sie bisher nicht einmal etwas geahnt hatte. Sie keuchte, flehte, forderte … Als sie es schaffte, ihren Blick auf Nicks Gesicht zu konzentrieren, merkte sie, dass er sie beobachtete. In seinen verschleierten Augen brannte ein unheiliges Licht.

Er lächelte sie scheinheilig an. »Du möchtest befriedigt werden, Daisy?«

»*Ja.* Ja, ja, ja!«

Er drang in sie ein, drehte sich leicht und zog sich zurück. »Und was bekomme ich dafür, wenn ich dafür sorge, dass du befriedigt wirst?«

»Alles. Na ja, bis auf Geld – o Gott, Nick!«

Daisy spürte, wie ihr ganz schummrig wurde, als er jenen sensiblen Punkt in ihr wieder kurz stimulierte. »Meinen erstgeborenen Sohn. Mein letztes Hemd. *Sag*, was du willst.«

Er neigte den Kopf nach unten und flüsterte ihr etwas ins Ohr, was sie veranlasste, sich eng an ihn zu klammern. Er zog hörbar die Luft zwischen den Zähnen ein.

»Ich habe, hm, diese Stellung noch nie ausprobiert«, gestand Daisy und sah ihm ins Gesicht, während sie in sehnsuchtsvoller Erwartung des Höhepunkts unruhig hin und her rutschte. Er sah aus wie ein gefallener Engel, einer, der es in der Hand hatte, ob sie in diesem Jahrtausend noch irgendwann einmal befriedigt wurde oder nicht. »Aber, ich könnte es wahrscheinlich. Ich kann nur nicht versprechen, ob ich gut bin. Doch ich würde mich bestimmt auch nicht zu dumm anstellen.«

»Oh, Jesus, Maria.« Er hakte seine Arme unter ihr Knie ein und legte die Hände neben ihren Schultern flach auf das Bett, wobei er ihr Becken von der Matratze hochhob und ihre Knie bis zu ihren Achselhöhlen zurückbog. »Du bist wirklich bemerkenswert, Daisy Parker. Du bist so verdammt umwerfend, dass es dafür keine Worte gibt.« Er begann, mit seinen Hüften wie mit einer Ramme zuzustoßen, und die neue Stellung trieb ihn noch tiefer in sie hinein.

»Nick?« Sie verschränkte die Hände in seinem Nacken und legte die Beine um seinen Rücken. Sein Penis traf sie mit jedem Stoß bis ins Mark und elektrisierte jenen magischen Punkt tief in ihrem Inneren. Sie drängte sich an ihn. »O bitte, o bitte, Nick? Uuh! Ich bin so – es ist – so – oh ...oh ...mein ...Gooott!« Das erbarmungslose Auf und Ab schlug plötzlich einen Funken los, der eine Zündschnur entlangraste ... und dann kam es zur Explosion, einer Explosion so gewaltig, als gehöre sie in die Kategorie *Special effects* von Hollywood. Jeder Muskel in ihrem Inneren lief Amok, gierig danach, sich seinen Anteil an all dieser Lust zu sichern, während durch ihren Körper Schockwellen reiner, unverfälschter Ekstase bebten. Sie nahm nur vage wahr, dass Nick ein letztes Mal tief in sie hineinpumpte und dass ihre atemlosen Oh-Oh-Ohs von seinem kehligen, verhaltenen Stöhnen begleitet wurden. Ihr ganzes Sein konzentrierte sich auf ihren eigenen Orgasmus, der andauerte …

Und andauerte.

Und andauerte.

Plötzlich brach Nick auf ihr zusammen. Sie schlang die Arme um ihn und genoss es, seine Wärme und sein Gewicht auf sich zu spüren, während sie versuchte, wieder zu Atem zu kommen. Sie fühlte sich auf einmal leicht und träge – wie ein Heliumballon, der losgelöst von der Erde am Himmel dahinschwebte. In ihrem ganzen Leben war sie noch nie so entspannt gewesen …

Bis ihr Gehirn wieder zu funktionieren begann. Ein Gefühl der Unbehaglichkeit beschlich sie. Um Gottes willen, was hatte sie sich nur dabei gedacht? Das war ja der reinste Masochismus. Dann spürte sie seinen Atem in ihrem Nacken, sein seidiges Haar unter ihrem Kinn und wurde sofort wieder weich. Sie wollte ihn weiter in ihren Armen halten – für immer.

Doch in derselben Situation war sie schon einmal gewesen. Und ihre Erfahrung sagte ihr, nicht für morgen zu planen, geschweige denn schon damit anzufangen, das Geschirr auszusuchen. Je mehr man sich an einen Mann klammerte, desto schneller war man ihn los. Und Nick war wahrscheinlich das bindungsscheueste Exemplar dieser gesamten Spezies.

Mein Gott, was hatte sie getan? Als sie den Auftrag annahm, hatte sie verdammt gut gewusst, dass sie mit dem

Feuer spielte und er ihr womöglich das Herz brechen würde. Verdammt, verdammt, verdammt. Auf was, um alles in der Welt, hatte sie sich diesmal bloß eingelassen?

12

Nick lag ausgestreckt auf Daisy und überlegte, dass er sich ein paar Gedanken darüber machen sollte, worauf er sich da eingelassen hatte.

Dann grinste er in ihren Nacken hinein. Er wusste genau, worauf er sich eingelassen hatte – auf Daisy. Er war tief in ihr, genau da, wo er sein wollte, und das gefiel ihm. Das Vergnügen an diesem Wortspiel ließ ihn leise vor sich hinkichern, doch er drückte sich schnell an ihren Hals, um das Gegluckse zu dämpfen.

»Was ist?«, murmelte sie.

»Nichts. Ich fühl mich nur wohl.« *Wohl?* Das war schlichtweg eine Untertreibung. Er fühlte sich fantastisch. Sein ganzer Körper vibrierte noch von dem besten Sex, den er je gehabt hatte.

Er wusste verdammt gut, dass Anziehungskraft vergänglich war, und dass großartiger Sex keine Basis war, um darauf eine Beziehung aufzubauen. Egal, wie heiß das Feuer zu Anfang auch brannte, am Ende verzehrte es sich selbst. Das war Coltranes Credo.

Und dennoch …

Genau das hatte er sich auch vor neun Jahren gesagt, als er aus Daisys Armen geflohen war, und sie in jenem Zimmer im Mark Hopkins allein zurückgelassen hatte. Er hatte sich eingeredet, dass es nicht wirklich Schmerz war, was er empfand, als er sich gezwungen hatte, das Weite zu suchen; hatte sich eingeredet, dass er sie in kürzester Zeit vergessen würde. Die Sache war nur, dass der Sex außerordentlich gewesen war, noch dazu, wenn man bedachte, dass es für sie das erste Mal gewesen war.

Da gab es gar kein Vertun: Der Sex *war* wirklich gut gewesen. Aber er hatte das Gift nicht in seine Adern sickern lassen und irgendetwas Unüberlegtes getan, obwohl die Versuchung an diesem Abend, weiß Gott, groß gewesen war. Er war von Sehnsüchten überschwemmt worden, die sich plötzlich Bahn gebrochen hatten, und wäre er auch nur einer erlegen – das Unheil hätte seinen Lauf genommen. Stattdessen hatte er das einzig Vernünftige getan und sich aus dem Staub gemacht, bevor er dem Drang nachgeben konnte, in die Fußstapfen seines alten Herrn zu treten.

Aber weder hatte er den Abend vergessen noch hatte das Weglaufen seinen sehnsüchtigen Schmerz gebannt. Er war immer wieder aufgebrochen.

Die Faszination, die von Daisy ausging, hatte sich ganz eindeutig nicht selbst verzehrt. Vielleicht war er doch ein bisschen zu voreilig gewesen, sie im Keim ersticken zu wollen. Vielleicht war aber auch das, was er für sie empfand, anders, stärker, als er gedacht hatte.

Vielleicht sollte er es einfach darauf ankommen lassen und sehen, wohin es ihn brachte.

Es wäre für ihn eine enorme Überwindung, ein Sprung ins kalte Wasser sozusagen. Aber es bestand tatsächlich eine kleine Chance, dass die Beziehung zwischen ihnen funktionierte. Es waren schon seltsamere Dinge geschehen. Und zum Teufel, er wollte sie ja nicht gleich heiraten oder so etwas. Er dachte nur an ein monogames Arrangement, bei dem man nicht weiter als bis zum nächsten Tag plante. Eine Art Zwölf-Stunden-Romanze.

Er atmete ihren Duft ein und fühlte sich gut. Er musste sich natürlich gut überlegen, wie er ihr das beibrachte. Einerseits wollte er nicht, dass sie dem Ganzen zu viel Bedeutung beimaß, doch andererseits wollte er ihr auf jeden Fall vermitteln, dass sie ihm etwas bedeutete.

Das wäre für ihn ein Novum. Er war es nicht gewohnt, sich auf den Ast einer Beziehung zu setzen, um seine Gefühle vor den kritischen Ohren und Augen einer Frau auszubreiten. Während er sich vornahm, es behutsam einzufädeln, drängte sich ihm spontan der Gedanke auf, dass er und Daisy aus irgendeinem Grund die reelle Chance hatten, dass sich mehr aus ihrem Zusammensein ergab.

Irgendwann einmal.

Solange sie von ihm nicht zu schnell zu viel erwartete. Er hatte sie einmal verletzt, und er nahm sich vor, alles, was in seiner Macht stand, zu tun, damit dies nicht ein zweites Mal geschah. Aber *er* würde das Tempo bestimmen.

Daisy räkelte sich unter ihm und murmelte: »Ich bin froh, dass du dich wohl fühlst. Bedeutet das, dass ich nun doch bleiben und weitermachen soll?«

»Himmelherrgott, ja. Es war im Übrigen nicht meine Idee, dass du aufhörst.« Er stützte sich auf die Ellbogen und blickte auf sie hinunter. Ihre Augen waren schwer und ihre Lippen waren voll, und er konnte sich keinen einzigen Grund vorstellen, der sie in den nächsten paar Stunden aus dem Bett treiben könnte.

»Was ist mit dir? Wie fühlst du dich?«

Sie räkelte sich erneut. »Oh, ich fühle mich auch sehr, sehr wohl.«

»Ja, wirklich?« Niemand sollte Nick Coltrane nachsagen, dass er nicht bereit wäre, einer Partnerin dazu zu verhelfen, sich ein weiteres Mal »sehr, sehr wohl« zu fühlen. Doch bevor er noch den Kopf nach unten beugen konnte, um sie zu küssen, schob Daisy ihn sacht weg. Er rollte sich von ihr runter und legte sich neben sie. Den Kopf in die Hand gestützt, beobachtete er sie, wie sie aus dem Bett kletterte. Er liebte es, sie anzuschauen. Sie war herrlich gewachsen und durchtrainiert und allein die Überlegung, welche Möglichkeiten es gab, diese körperliche Fitness zum Einsatz zu bringen, ließ sein Herz schon schneller schlagen.

»Wir hätten das schon viel früher machen sollen«, sagte Daisy leichthin, während sie sich ihre Hose angelte und hineinstieg. »Das hätte uns beiden eine Menge Spannungen erspart, ganz zu schweigen von dem Affentanz, den wir beide voreinander aufgeführt haben.« Sie fand ihren Büstenhalter, hakte ihn vorne zu und warf ihm, während sie ihre Brüste in die Körbchen schob, einen aufmunternden Blick zu. »Nachdem wir das jetzt endlich geregelt haben, könnten wir vielleicht wieder zum Geschäftlichen übergehen.« Sie rückte die Träger des Büstenhalters über den Schultern zurecht.

»Was?« Nick setzte sich auf. Er konnte nicht glauben, dass sie wirklich meinte, was so klang, als ob sie es tatsächlich so meinte.

»Es hat uns gejuckt, wir haben uns gekratzt. Jetzt können wir wieder zur Tagesordnung übergehen.«

Sein Magen verknotete sich. »Und du rechnest nicht damit, dass das Jucken wieder kommt?«

»Ich weiß nicht – ich bin sexuell nicht gerade besonders aktiv.«

»O natürlich nicht, so ruhig, wie du gerade dagelegen und ergeben darauf gewartet hast, dass ich mein böses Werk an dir verrichte.«

Ihre Wangen erröteten leicht. »Okay, dann war dies hier eben etwas anderes – bei dir habe ich mich halt lockerer gefühlt als normalerweise.«

Sein Magen zog sich bei ihrem Bekenntnis noch mehr zusammen. Doch bevor er diese Aussage noch verdauen konnte, bevor er herausfinden konnte, wie viele Männer sie gehabt hatte, und warum selbige sie hatten glauben lassen, sie sei ein sexuelles Mauerblümchen, wo doch jeder Idiot sehen konnte, dass sie so toll im Bett war, wie man nur sein konnte, fuhr sie schon fort: »Was ich dir zu sagen versuche – wenn es mich wirklich noch einmal jucken sollte, dann könnte ich mir gut vorstellen, auch wieder zu kratzen.« Sie hielt einen Moment beim Ankleiden inne und lenkte ihre volle Aufmerksamkeit auf ihn. »Aber du brauchst dir keine Sorgen zu machen, Nick. Ich habe nicht die Absicht, zu klammern; diesmal kenne ich die Regeln. Keine Verpflichtungen.«

Er glaubte in ihren Augen etwas zu sehen, was ihren frostigen Ton Lügen strafte. Doch bevor er sich ganz sicher war, beugte sie sich vor, um sich ihre Socken anzuziehen. Vorsichtig sagte er: »Und was ist, wenn *ich* Verpflichtungen will?«

Sie lachte. »Aber natürlich. Eher friert die Hölle ein, als dass das passiert.«

Aus irgendeinem Grund wurmte ihn das gewaltig. Doch bevor er aufbrausen konnte, fing er sich wieder, überrascht, dass er es überhaupt nötig hatte, sich Luft zu machen. Im Allgemeinen war er beherrschter. »Es sind schon seltsamere Dinge passiert, meine Süße. Was ist, wenn es mich jucken sollte?«

Sie hielt mitten im Schuhezubinden inne und schaute zu ihm hoch. »Ich schätze mal, dann musst du dir etwas einfallen lassen, damit ich dir beim Kratzen helfe.« Sie schnürte den Schuh endgültig zu und stand auf. »Sieh mal, wir sind beide erwachsen. Wenn wir eine rein sexuelle Beziehung führen wollen, dann werden wir genau das tun, okay?«

Verdammt. Nick wusste nicht, was er denken sollte. Eigentlich sollte er vor Freude aus dem Häuschen sein; sie bot ihm die perfekte Lösung an. Gewöhnlich wurden die Frauen zickig, wenn er ihnen klar machte, dass er an keiner langfristigen Beziehung interessiert war.

Aber er war bereit gewesen, Daisy mehr anzubieten als

sein übliches Danke-ich-bin-dann-weg-Techtelmechtel. Er hatte sich das alles so schön ausgemalt. Und jetzt das – totales Desinteresse –, das hatte er nicht auf der Rechnung gehabt.

Mit einem Schulterzucken angelte er sich seine Boxershorts. Das passierte also, wenn man auf ein Stück seiner Bequemlichkeit verzichten wollte, um zu jemandem nett zu sein. Er war bereit gewesen, für sie auf einen Baum zu klettern, mit dem Erfolg, dass sie nach der Säge griff, um den Ast abzusägen, auf dem er saß.

Hol's der Geier; es brachte nichts, jetzt den Beleidigten zu spielen, und es hatte auch keinen Sinn, seine Vorstellungen über eine Zwölf-Schritte-Beziehung vor ihr auszubreiten. Sie hatte ihre Position deutlich genug gemacht.

Und die war ... klasse. Einfach großartig. Jetzt, nachdem er eine Minute Zeit gehabt hatte, genauer darüber nachzudenken, fand er, dass dies tatsächlich die beste Lösung war. Er könnte Sex mit Daisy haben, und das ohne Klammern und ohne Zukunftsgequassel. Wirklich, die Sache war perfekt.

Aber warum hatte er dann plötzlich das Gefühl, als habe man das Blut in seinen Adern gegen Eiswasser ausgetauscht?

»Wann kommt dieser verdammte Cop denn endlich?« Nick unterbrach seinen Rundgang und blickte zum vierten Mal innerhalb von zwanzig Minuten aus dem Fenster.

Daisy, die die ganze Zeit über zugesehen hatte, wie er vom Fenster zur Küchenzeile, zum Kamin, zur Diele und wieder zurück zu den Fenstern marschierte, nahm all ihre Geduld zusammen, um ihm zum Wer-weiß-wie-vielten-Mal zu antworten, dass sie das wirklich nicht sagen könne. »Wir befinden uns nicht in unmittelbarer Gefahr, deshalb werden wir wahrscheinlich auch nicht als besonders dringlich eingestuft.« Er begann erneut, in der Wohnung herumzutigern, und ihr riss der Geduldsfaden. »Um Himmels willen, willst du dich nicht endlich hinsetzen? Du fräst noch einen Trampelpfad in den Boden.«

Er ließ sich auf die Kante des schwarzen Gobelinsessels gegenüber von ihr plumpsen, trommelte mit den Fingern auf seine Knie und klopfte nervös mit dem Fuß auf den Boden. Schließlich hielt er inne und blickte ihr in die Augen. »Hör zu, wenn die Cops hier sind, würde ich gern alleine mit ihnen sprechen.«

»Wie bitte?«, brauste sie auf. »Oh, das ist perfekt, Coltrane – warum rammst du mir nicht gleich einen Eispickel ins Herz? Oder willst du mir damit auf deine subtile Art verklickern, dass du nun doch lieber einen anderen Sicherheitsexperten hättest?«

»Himmelherrgott, Daisy! Kannst du nicht endlich mit dieser Leier aufhören? Du warst doch diejenige, die beleidigt aussteigen wollte.«

»Ich war nicht beleidigt! Ich hatte einen vernünftigen Grund: Du hast dich geweigert, meinen professionellen Rat anzunehmen.«

»Was auch immer. Das wollte ich jedenfalls nicht damit sagen.«

»Es heißt aber im Grunde nichts anderes, denn offensichtlich vertraust du mir ja nicht.« Gott sei Dank, hatte sie nach ihrer heißen Bettnummer für eine Armlänge Abstand zwischen ihnen gesorgt. Sollte sie ihm je auf die weiche Tour kommen, er würde ihre Gefühle in Grund und Boden stampfen.

Nick fuhr sich mit den Fingern durchs Haar. »Verdammt noch mal, das hier hat nichts mit Vertrauen, beziehungsweise mangelndem Vertrauen zu tun! Es ist mir nur nicht angenehm, in deiner Gegenwart über eine frühere Liebe zu sprechen, kapiert?«

Sie gab einen rüden Laut von sich, und er sah sie giftig an.

»Hör zu, Daisy. Du hast mir bei mehr als einer Gelegenheit schmerzlich klar gemacht, wie du darüber denkst. Wenn es dir also nichts ausmacht, würde ich meine Aussage über die Motive der Schlägertypen gerne machen, ohne dass du mir im Nacken sitzt.«

Sie verschränkte die Arme vor der Brust und sah ihn durchdringend an. »Toll.«

»Verflixt, lass das. Behandle mich nicht, als sei ich minderbemittelt«, knurrte er sie gereizt an. »Du meinst überhaupt nicht ›toll‹. In Wirklichkeit meinst du ›Du kannst mich mal, du Blödmann‹, nur dass du nicht ehrlich genug bist, es mir ins Gesicht zu sagen.«

»Du kannst mich mal, du Blödmann.«

Nick zuckte die Achseln, steckte die Hände in die Taschen und ließ sich im Sessel zurückfallen. Er musterte sie scharf. »Toll.«

Als der Streifenpolizist endlich auftauchte, war die Luft dicker als Herbstnebel. Daisy empfing ihn an der Tür und fragte sich, seit wann die Polizeiakademie schon Vierzehnjährige graduierte. Sie komplimentierte den jungen Mann ins Wohnzimmer, und Nick bot ihm einen Platz an.

Sie wechselten sich dabei ab, den Überfall und Daisys Rolle als Nicks Sicherheitsexpertin zu schildern. Der Cop sah Nick an. »Warum brauchen Sie eine Sicherheitsexpertin?«

»Wenn es Ihnen nichts ausmacht, würde ich das mit Ihnen gern unter vier Augen besprechen, wenn wir hier fertig sind.«

»In Ordnung.« Der Streifenpolizist zuckte die Schultern. »Sie sagten, der Überfall erfolgte etwa gegen elf Uhr vormittags?«

»So ungefähr, ja.«

»Aber in meinem Protokoll steht, dass Sie den Vorfall erst um elf Uhr fünfundfünfzig gemeldet haben.«

Daisy hatte den Kopf momentan für nichts anderes mehr frei als für das, was sie während dieser fraglichen fünfundfünfzig Minuten gemacht hatten. Sie blickte Nick erwartungsvoll an.

Er antwortete kühl: »Als der erste Typ Mrs. Parker gegen die Wand schleuderte, trug sie eine Verletzung davon. Sie blutete, und ich musste sie versorgen.«

Daisy spürte die Augen des Officers auf sich und wusste, was er sah, denn es war das, was sie eine Weile zuvor selbst im Spiegel gesehen hatte: Ihre Lippen waren von Nicks Küssen geschwollen und rosa umrändert, und sein Mund hatte direkt unterhalb des Kiefers ein schwaches Mal hinterlassen.

Ein wissendes Lächeln ließ die Mundwinkel des Cops hochgehen. »Erste Hilfe«, murmelte er und fing Daisys Blick auf. »Verstehe.«

Daisy verfluchte innerlich die Schamesröte, die ihr ins Gesicht stieg.

Nick war zwar, seit sie ihm nach ihrem Liebesakt die Tour vermasselt hatte, sauer auf sie, aber das bedeutete nicht, dass es ihm gefiel, sie in Verlegenheit zu sehen. Wenn hier irgendjemand irgendjemanden in Verlegenheit brachte, dann er. Nicht irgend so ein Polizistenbubi, der seinen Spaß daran hatte, Daisy wissen zu lassen, dass er Bescheid wusste. »Hören Sie«, sagte er, um die Aufmerksamkeit des Streifenpolizisten von Daisy abzulenken, »haben Sie noch irgendwelche Fragen, die mit dem Überfall direkt etwas zu tun haben? Wenn nicht, entschuldigt uns Mrs. Parker vielleicht eine Minute, und wir unterhalten uns kurz über das Motiv, das ich hinter dem Anschlag des Schlägertrupps vermute.«

Von Nicks Haltung ganz offensichtlich wenig begeistert, bat ihn der Cop, noch ein paar unbedeutende Details zu klären. Dann ließ er Daisy gehen. Sofort nachdem Daisy die Schlafzimmertür hinter sich geschlossen hatte, wandte er sich Nick zu. »Okay, dann schießen Sie mal los.«

»Letzten Samstag habe ich unbeabsichtigt zwei Fotos von J. Fitzgerald Douglass aufgenommen, wie er mit einer jungen Frau, die nicht seine Ehefrau ist, Sex hatte. Seither wurde in mein Fotolabor eingebrochen, man hat mein Eigentum zerstört und mir meine Schulter ausgekugelt. Ich wurde beinahe von einem Auto überfahren und, was Sie ja bereits wissen, Daisy und ich wurden im …«

»Moment, Moment, Moment.« Der Streifenpolizist hielt eine Hand abwehrend hoch. »Sie wollen mir erzählen, dass *Douglass* für all das verantwortlich ist? *Der* J. Fitzgerald Douglass, der Typ, der als Botschafter im Gespräch ist?«

»Ja. Genau das will ich sagen.«

»Das glauben Sie doch selber nicht. Er ist Mr. San Francisco höchstpersönlich. Er hat in meiner Kirche sogar *Geld* gespendet. Der Mann ist ein Heiliger.«

Na großartig. »Wenn Sie hier eine Sekunde warten wollen? Ich hole Ihnen liebend gern die Aufnahmen, auf die Douglass so scharf ist und die er unbedingt aus dem Verkehr ziehen will. Dann werden Sie schon sehen, dass er weit davon entfernt ist, ein Heiliger zu sein.«

»Behalten Sie Ihre Fotos.« Der Streifenpolizist klappte sein Notizbuch zu und stand auf. »Fotos kann man türken. Jeder, der schon mal so'n Zeugs in den Schmierblättern gesehen hat, weiß das.« Der Blick, den er Nick zuwarf, ordnete ihn eindeutig in diese Kategorie Fotografen ein.

Nick stand ebenfalls auf. »Das stimmt mit Sicherheit, aber ich arbeite nicht für die Boulevardpresse. Ich bin Porträtfotograf, und damit Sie klar sehen, mein Junge, ich bin in meiner Branche genauso hoch angesehen, wie Douglass in seiner. Sie können das nachprüfen – an dem Nachmittag, als ich Douglass mit seinem Betthäschen vor die Linse bekam, war ich bei Bitsy Pembrokes Hochzeit als Fotograf engagiert.«

Der Officer warf ihm nur einen gelangweilten Blick zu und Nicks Stimmung sank in den Keller. »Die Polizei, dein Freund und Helfer, ja?«, fragte er zynisch. »Sie haben beschlossen, dass ein Mann, den Sie bewundern, unmöglich dafür verantwortlich sein kann. Folglich ignorieren Sie einfach alles, was mir seither zugestoßen ist. Das nenn ich wirklich professionell.«

Der junge Mann wurde rot. »Nennen Sie mir Zeitpunkt und Ort dieser anderen Übergriffe.« Nick gab ihm die gewünschten Informationen, und der Officer notierte sie sich. »Ich schreib mir auch die Nummer von Mrs. Pembroke auf.« Er musterte Nick scharf. »Ich werde mich über Sie informieren.«

»Tun Sie das.« Nick stand auf. »Da sie diese Woche in den Flitterwochen ist, gebe ich Ihnen die Nummer ihrer Mutter – Sie können mit ihr sprechen. Und wenn wir schon dabei sind, hier auch noch die Nummer von Senator Slater. Er wird für mich bürgen.« Er klatschte den Zettel mit den aufgelisteten Telefonnummern in die Hand des Officers. Sein Ärger schnürte ihm beinahe die Luft ab. Er atmete einmal tief durch und versuchte, sich wieder unter Kontrolle zu bekommen.

Der Polizist legte den Zettel in sein Notizbuch und steckte es weg. Dabei blickte er Nick an und sagte: »Ich werde Mr. Douglass einen Besuch abstatten und ihn über seine Angestellten befragen.«

Als ob der Schlägertrupp auf Douglass' regulärer Gehaltsliste stehen würde!

Dennoch erkannte Nick es als das Zugeständnis an, das es wohl auch sein sollte. Nick dankte dem Cop dafür, dass er sich Zeit genommen hatte, und geleitete ihn höflich hinaus.

Er verspürte ein unbändiges Verlangen, irgendwo draufzuschlagen. Doch seine Unbeherrschtheit war wahrscheinlich auch der Grund dafür gewesen, warum er mit dem Polizisten-Greenhorn nicht klar gekommen war. Um seine Wut abzureagieren, schlug er mit der flachen Hand so heftig gegen die Schlafzimmertür, dass sie erzitterte. »Du kannst rauskommen, Daise.«

Sie öffnete die Tür so schnell, dass sie direkt dahinter gestanden haben musste. »Und?«, fragte sie. »Hattet ihr Boys ein hübsches Tête-à-tête?«

»Shit.« Er lachte kurz und trocken auf. Dann stolzierte er zurück ins Wohnzimmer und ließ sich in einen Sessel fallen.

Daisy folgte ihm auf dem Fuß. »Schätze mal nein, hm?«

»Lass es mich mal so ausdrücken, Süße: Das war das allerletzte Mal, dass ich mir die Mühe gemacht habe, die Polizei einzuschalten. Es ist reine Zeitverschwendung. Ich weiß nicht, was das mit mir und der Polizei ist, aber sie glauben mir nie ein Wort.«

»Das muss an deinem snobistischen Charme liegen.« Sie trat hinter ihn, um seine verspannten Schultern zu massieren, wobei sie mit den Daumen tief in die vom Frust verhärteten Stellen unterhalb des Nackens ging.

Nick sank in sich zusammen. Verdammt, gerade als er dachte, er wisse, woran er mit ihr war, kam sie daher und machte etwas derart Nettes.

»Ich bin es nicht gewöhnt, wie ein Erzlügner behandelt zu werden«, erklärte er, geflissentlich übersehend, dass er selbst mit niemandem hundertprozentig aufrichtig gewesen war, seit dieses ganze Theater begonnen hatte. Aber dafür war ihm bewusst geworden, wie selbstverständlich seine gesellschaftliche Position für ihn war. Sein Kopf hing nach vorne, während Daisy seinen Nacken mit den Fingern bearbeitete und seine Verspannungen wegzauberte. Plötzlich lachte er auf. »O Gott, ich habe sogar Onkel Gregs Namen strapaziert. Ich glaub's einfach nicht.«

»Wer ist Onkel Greg?«

»Senator Gregory Slater. Er ist ein alter Freund der Familie. Er und Dad waren zusammen in Choate.«

»Choate.« Sie grub die Daumen tiefer in seinen Rücken. »Du meine Güte, wie vornehm.«

Er jaulte vor Schmerz und griff über seine Schulter nach ihrem Handgelenk. Er zog sie um die Armlehne herum und mit einem Ruck auf seinen Schoß. »Es klingt wie Kot, mein Püppchen, wie vornehm kann es da schon sein?«

Sie lachte, und plötzlich fühlte er sich gut.

»Du musst das verstehen«, erklärte er. »Ich fand es immer schrecklich, wenn meine Klassenkameraden solche Sachen machten – wenn sie mit ihren Familiennamen hausieren gingen, um sich aus irgendeiner brenzligen Situation zu befreien. Und jetzt sitz ich hier und mache genau das Gleiche, um einen zwölfjährigen Polizisten davon zu überzeugen, dass ich kein Paparazzi bin.«

Daisy lehnte den Kopf zurück. »Wie kommt er denn auf die Idee?«

O shit. Nick war in einer Sackgasse. *Mach nur weiter so, du Superhirn. Welche grandiose Lüge lässt du dir denn diesmal einfallen?*

Doch zum Glück rettete ihn Daisy, sich im Zimmer umblickend, mit der Frage: »Ach, übrigens, wer *ist* eigentlich diese verheiratete Frau?«

Danke, lieber Gott, ich werde mich in Zukunft bessern; ich schwöre es. »Niemand, das ist nicht wichtig.«

Sie sah aus, als sei sie auf einen Streit aus. Rasch beugte er den Kopf und küsste sie. Ihre Lippen wurden sofort ganz weich, und was nur als Ablenkungsmanöver gedacht war, entwickelte plötzlich ein Eigenleben. Er stöhnte verhalten, und setzte sie in seinem Schoß um, um bequemer an sie heranzukommen. Er küsste sie sanft, saugte spielerisch an ihren Lippen und fragte sich, wie lange er seine Zunge wohl im Zaum halten konnte.

Daisy machte den Anfang. Ihre Zungenspitze glitt über seine Unterlippe. Er sog hörbar die Luft ein und öffnete den Mund, um ihre Zunge tiefer einzulassen. Doch sie neckte ihn auch weiterhin nur mit der Zungenspitze. Er merkte, wie er den Atem anhielt. Endlich glitt ihre Zunge in seinen Mund und tanzte mit der seinen.

Er stöhnte guttural auf und küsste sie mit solcher Heftigkeit, dass ihr Kopf an seine Schulter gepresst wurde. Einige Augenblicke später riss er sich keuchend von ihr los und starrte ihr in die Augen. »Es juckt mich wirklich ganz gewaltig, Daise.« Er zupfte ihr liebevoll eine helle Haarsträhne, die ihr in die Stirn gefallen war, zurecht.

»Ummm-hmmm?« Ihre schokoladenbraunen Augen sahen ihn lasziv an. »Und?«

»Na, ich frage mich, wen ich umbringen muss, um dich zu überzeugen, mir beim Kratzen zu helfen.«

»Nicholas, mein Schatz, du brauchst niemanden umzubringen. Du musst mich nur ganz, ganz lieb bitten.« Sie nahm sein Kinn in die Hände und biss ihm zärtlich in die Unterlippe.

»O Gott, Daisy«, murmelte er und ergab sich. »Bitte.«

13

J. Fitzgerald ließ dem jungen Polizisten eine Menge Zeit, den Ausgang des Gebäudes zu finden, bevor er sich von seinem Stuhl erhob und das Büro verließ. »Ich bin in einer

Viertelstunde wieder da«, rief er seiner Sekretärin zu, als er ihren Schreibtisch passierte.

Die Nachmittagssonne ließ das Chrom der vor dem Bürogebäude parkenden Autos grell aufblitzen. J. Fitzgerald blinzelte gegen das gleißende Licht, als er durch die Drehtür auf den Bürgersteig trat. Er nahm weder die Sonne wahr, die warm auf seine Schultern schien, noch den Kunstmarkt, der auf dem Union Square in vollem Gange war. Mit forschen Schritten ging er daran vorbei und eilte zielstrebig zu einem Münzfernsprecher, der sich einige Blocks weiter befand. An seinem Ziel angekommen, wählte er eine Nummer und warf das passende Kleingeld ein. Das Telefon läutete zweimal, bevor abgenommen wurde.

»Ja.«

»Was geht hier vor, Autry? Ich hatte wegen Coltrane gerade Besuch von der Polizei.«

Autry murmelte einen Fluch, dann sagte er laut: »Das tut mir Leid, Mr. Douglass. Ich habe Sie schon zu erreichen versucht, aber Ihre Sekretärin sagte, dass Sie bis zwei außer Haus sind.«

»Offensichtlich bin ich früher wiedergekommen. Was ist los, zum Teufel?«

»Wir haben da ein kleines Problem.«

»Ganz was Neues! Vielleicht erzählst du mir was, was ich noch nicht weiß. Was für ein kleines Problem?«

»Erinnern Sie sich an die Blonde, von der wir Ihnen gestern erzählt haben? Die Puppe, die bei ihm eingezogen ist?«

»Ja, ja. Was ist mit ihr?« Er hatte Autry doch schon gesagt, dass ihn Coltranes Sexleben nicht die Bohne interessierte.

»Hat sich rausgestellt, dass sie nicht seine Mieze ist, wie wir gedacht haben. Er hat sie als Leibwächter engagiert.«

»Was?«

»Wir haben die beiden heute am späten Vormittag in Coltranes Garage überrascht. Aber dann haben *wir* eine Überraschung erlebt. Jacobsen hat sie sich gegriffen, um sie als Druckmittel zu benutzen – um Coltrane dazu zu zwingen zu kooperieren, verstehen Sie? Und die verdammte Tante schleuderte ihn doch glatt quer über die Kühlerhaube von Coltranes Wagen. Sie ist schnell und sie ist gut. Sie bekommt von Jacobsen eine verpasst und schafft es trotzdem noch, ihn anschließend mit ihrer Pistole in Schach zu halten.«

Die Bewunderung in Autrys Stimme jagte J. Fitzgerald einen kalten Schauer über den Rücken. »Versuchst du mir etwa zu verklickern, dass ihr alles in allem nicht in der Lage seid, mir meine Fotos zu beschaffen?«

»Nein! O nein, Sir, ganz und gar nicht. Ich erzähl Ihnen nur, was Sache ist. Das eine Mal ist es ihr gelungen, uns zu überraschen. Aber nachdem wir jetzt wissen, wer sie ist und wozu sie fähig ist, wird uns das nicht noch einmal passieren. Wir erledigen den Job, für den wir bezahlt werden. Hundertpro, Mr. D.«

»Gut.« Er nickte zufrieden. »Seht zu, dass ihr das geregelt bekommt. Brennt meinetwegen Coltranes Hütte ab, wenn es nicht anders geht. Aber ich will nicht, dass diese Fotos irgendwo auftauchen.«

Mo hörte Reids Stimme im Arbeitszimmer und ging hinüber, um zu sehen, mit wem er sprach.

Er war am Telefon. »William, hier ist Reid Cavanaugh. Übrigens, klasse Ansage auf deinem AB, mein Lieber. Hör zu. Ich bin in ernsthaften finanziellen Schwierigkeiten, und ich würde gern wissen, ob du mir vielleicht unter die Arme greifen könntest.«

Gegen den Türpfosten gelehnt, lauschte Mo schamlos. Mit jedem Anruf, den er tätigte, sank ihre Zuversicht ein

Stückchen mehr. Als Reid ein paar Minuten später fertig war, stand sie immer noch da. Sie beobachtete, wie er den Hörer auf die Gabel knallte, sah, wie er sich die Handballen in die Augenhöhlen presste und in seinem Sessel herumschwenkte. Als er seine Hände in den Schoß fallen ließ und sie bemerkte, zuckte er zusammen.

Doch dann lächelte er, lächelte dieses langsame, siegesgewisse Lächeln, mit dem er immer noch ihr Herz aus dem Rhythmus bringen konnte. »Wie lange stehst du schon da?«

»Lange genug, um mitbekommen zu haben, dass du drei Nachrichten auf Anrufbeantworter gesprochen und ein Gespräch mit Biff Pendergras geführt hast.« Sie zögerte, konnte es dann aber nicht lassen, noch hinzuzufügen: »So habe ich mir das Ganze eigentlich nicht vorgestellt, als du sagtest, du wolltest es zu deiner Chefsache machen, meine gekippte finanzielle Situation gerade zu biegen. Ich dachte, dir schwebte etwas anderes vor.«

Die Wärme verschwand aus seinem Lächeln. »Und das wäre, Mo? Zu meiner Familie gehen?«

»Nein! O nein, ich habe nie …« Unglücklich brach sie den Satz ab. Reids Einstellung in finanziellen Dingen unterschied sich radikal von der der übrigen Cavanaughs. Entweder war die Neigung, sein Geld in hoffnungslose Aktionen zu stecken, eine impulsive Reaktion auf deren verbissenen Konservatismus – oder es steckte die Absicht dahinter, sie zum Wahnsinn zu treiben. Sie hatte nie herausgefunden, welches von beiden er bezweckte. Den älteren Cavanaughs ging es stets allein um die Sache. Reid ging es um die Menschen. Die einen wollten Macht und Sicherheit, während Reid die Dinge auf sich zukommen ließ. Und sie wusste aus Erfahrung, dass er sich nicht drängen ließ. Sie hatte oft genug den Fehler gemacht, es zu versuchen – und wohin hatte sie das beide gebracht? Sie holte tief Luft und atmete langsam wieder aus. »Ich meinte nur …«

»Ich gehe zu ihnen, wenn ich unbedingt muss, okay? Aber dass das ein für alle Mal klar ist – nur wenn alle Stricke reißen.«

»Das weiß ich ja, Reid. Ich erwarte doch gar nicht, dass du zu ihnen gehst. Ehrlich. Es ist nur … Ich verstehe halt nicht, was es bringen soll, Versager um Hilfe zu bitten, die schon die Kredite, die du ihnen eingeräumt hast, nicht zurückzahlen konnten.«

»Verdammt, Maureen, willst du für den Rest deines Lebens ständig dieselbe Platte auflegen? Es wäre nett, wenn du einmal, nur ein einziges Mal ein bisschen Vertrauen in mich setzen würdest.«

Sie öffnete schon den Mund, um ihm zu sagen, dass sie ihm ja vertraute – aber wenn das hier alles war, was er anzubieten hatte, um ihre Haut zu retten, dann war sie sich nicht mehr so sicher, ob sie das tatsächlich tat. Doch bevor ihr noch die passenden Worte einfielen, um eine Brücke über die Kluft, die sie wieder zwischen ihnen spürte, zu bauen, war er schon an ihr vorbeigerauscht und hatte den Raum verlassen.

»Ich habe eine gute und eine schlechte Nachricht, Puppengesicht. Welche möchtest du zuerst hören?«

Daisy wandte sich von einem Kontaktabzug der Trevors, der an eine Wäscheleine geklammert war, ab und sah zu Nick hinüber. Sie beobachtete, wie er vorsichtig einen weiteren Kontaktabzug mit einer Holzzange aus dem Fixierbad – oder welche Lösung auch immer den Entwicklungsvorgang abschloss – angelte. »Die gute Nachricht natürlich.«

»Ich habe für den Rest des Nachmittags keinen einzigen Termin.«

»Wow, das gibt's doch gar nicht. Es geschehen noch Zeichen und Wunder!« Sie blinzelte ihn argwöhnisch an. »Ich weiß, dass ich meine Frage bedauern werde – aber was ist die schlechte Nachricht?«

»Ich muss heute Abend zu einer Silberhochzeit. Das wird ein Riesending, Sahnetörtchen.«

»Verdammt, Coltrane!«

Er grinste sie an. »Tja, ich wusste doch, du würdest begeistert sein. Richte dich darauf ein, dass wir um sieben losfahren. Ach, es kommt sogar noch besser, Daisy.«

Sie wartete darauf, dass er es ausspuckte. Als er das nicht tat, beschloss sie, sich stur zu stellen und zu schweigen. Sie beugte sich vor, um sich alle zwölf Aufnahmen des Kontaktabzugs der Morrison-Familie anzusehen. Er war wirklich ein begnadeter Fotograf.

Nick stupste sie seitlich an. »Frag mich schon, was noch besser kommt.«

»Okay, du hast mich überredet.« Sie drehte sich zu ihm um. »Inwiefern kommt es noch besser?«

»Es wird förmlich.«

Daisy wurde flau im Magen. »Wie … entzückend.« Sie *hasste* es, sich aufzutakeln. Sie hatte nie zu diesen Girlie-Girls gehört, die von Natur aus alles über Kleidung und Make-up wussten, was es dringend darüber zu wissen gab. Folglich war sie auch selten darüber im Bilde, was angesagt war.

»Möchtest du, dass ich mit dir einkaufen gehe, damit du heute Abend etwas anzuziehen hast?«

Auch wenn Daisy wusste, dass er ihr nur helfen wollte, empfand sie das Angebot wie einen Fußtritt gegen ihren Stolz. »Du brauchst mit mir nicht einkaufen zu gehen, Coltrane! Ich bin weder eine Vogelscheuche noch ein Sozialfall – ich habe jede *Menge* Klamotten, in die ich mich reinschmeißen kann.«

Nick hielt abwehrend die Hände hoch. »Wow, tut mir Leid, Schätzchen. Ich wollte dir nicht auf die Füße treten.«

An dieser Stelle hätte sie natürlich Ruhe geben müssen, aber irgendwie ritt sie der Teufel, und sie musste einfach weitersticheln. »Die Frauen, mit denen du rumhängst, sind nicht die Einzigen, die ein oder zwei Kleider im Schrank hängen haben, weißt du. Wie hochgestochen ist das Ganze denn?«

»Schwarze Fliege.«

»Aha, gut. Kein Problem.« *O Daisy, dafür wirst du in der Hölle schmoren.* »Entschuldige mich eine Minute! Ich geh nur mal kurz vor die Tür.«

Sie verließ das Fotolabor, schloss die Tür hinter sich und lehnte sich dagegen. Prompt begann sie zu hyperventilieren. Sie besaß aber auch nicht im Entferntesten irgendein Teil, das einer formellen schwarzen Fliege ebenbürtig war. Sie wusste noch nicht einmal genau, wie so etwas aussehen sollte.

Glücklicherweise hatte sie Freunde, die Ahnung hatten.

Sie gab sich einen Ruck, zog ihr Handy aus der Tasche und wählte eine Nummer. »Reggie?«, stieß sie erleichtert hervor, als er abhob. »*Hilfe*. Diesmal sitze ich echt in der Tinte.«

Nick sah im Geiste schon vor sich, wie Daisy für den Empfang bei den Dillons irgendeinen grässlichen altmodischen Fetzen, möglichst noch mit Rüschen, aus dem Schrank vorkramte. Da er nicht wollte, dass sie aus dem Rahmen fiel, bereiteten ihm die Bilder, die ihm durch den Kopf geisterten, gewaltige Bauchschmerzen, und er musste sich während des Nachmittags ein paarmal auf die Zunge beißen, um sein Angebot, mit ihr einkaufen zu gehen, nicht zu wiederholen. Er hielt den Mund nur, weil er wusste, wie empfindlich ihr Stolz war und weil sie, selbst wenn man sie in das ultimative Kleid steckte, wahrscheinlich darauf bestehen würde – damit musste er sich wohl ober übel abfinden –, sich mit ihrem Waffenschmuck zu behängen.

Also was sollte die ganze Aufregung? Die Hände tief in den Taschen vergraben, zuckte er mit den Schultern. Sie würde, wie man es auch drehte und wendete, auf jeden Fall wie ein Bodyguard aussehen, und das würde eine Menge Fragen nach sich ziehen; zum Beispiel, warum er denn so etwas brauchte. Wenn dies also sowieso nicht zu umgehen war, warum sollte er sich dann anstrengen, um ihr klar zu machen, dass sie nicht gerade sehr modebewusst war und sie damit beleidigen? Zumal das gar nicht immer stimmte. Er musste einräumen, dass er ihren wurstigen Schulmädchen-Look irgendwie ganz gern mochte.

Als jedoch der Zeitpunkt aufzubrechen, immer näher heranrückte, ohne dass sie irgendwelche Anstalten machte, mit ihm in ihr Apartment zu fahren, um ihren Kleiderschrank zu durchforsten, wurde er doch zunehmend nervös. Was ging hier vor? Glaubte sie, ein Kleid würde wie durch ein Wunder plötzlich vor der Tür stehen?

Wie sich herausstellen sollte, passierte genau das.

Kurz vor fünf hörte er Schritte auf der Außentreppe. Daisy zog ihre Pistole und hielt sie seitlich, während sie mit langen Schritten durch den kurzen Korridor eilte. Als Nick ihr folgte, wedelte sie ihn zurück. Dann drückte sie sich an die Wand und fragte: »Wer ist da?«

»Ich bin's«, antwortete eine Stimme, die er nicht sofort unterbringen konnte.

Daisy ließ die Pistole wieder in ihr Halfter gleiten und sicherte sie. »Das wurde aber auch Zeit«, zeterte sie und zog die Tür einen Spalt auf.

»Es braucht eben seine Zeit, bis man das richtige Ensemble gefunden hat«, erwiderte die Stimme trocken.

Nick trat hinter Daisy, griff ihr über die Schulter und

zog die Tür ganz auf. Draußen stand Reggie zusammen mit einem anderen Mann, der ihm vage bekannt vorkam. Reggie hielt einen Kleidersack hoch, während der ihn an etwas erinnernde Fremde ein altes Lederköfferchen in der Hand hielt. »Reggie.« Nick nickte Daisys Sekretär kurz zu. »Was geht hier eigentlich vor?«

Reggie grinste. »Wir sind hier, um Cinderella für den Ball anzukleiden.«

»Sie wollen mir nur ein Kleid vorbeibringen. Anziehen kann ich mich selbst. Vielen Dank, ihr beiden.« Daisy wollte nach dem Kleidersack greifen.

Reggie blockte sie mit den Schultern ab. »Darüber lässt sich streiten«, sagte er mit einem skeptischen Blick auf ihr zerknittertes Outfit mit dem grellbunten Top, das sie sich als Ersatz für die aufgerissene Bluse übergestreift hatte. »Aber selbst wenn ich dir entgegenkomme und dir zubillige, dich zumindest selbst anziehen zu können, dann bleibt immer noch die Frage, was du mit deinem Make-up zu tun gedenkst?«

»Ich habe hier irgendwo einen Lippenstift rumliegen.«

Der andere Mann gab einen verächtlichen Laut von sich. »Das ist der Grund, warum ich hier bin, mein Hühnchen. Und jetzt macht mal Platz, wir wollen rein. Und mach uns bloß nicht an, Daisy. Wir haben uns nämlich ganz schön anstrengen müssen, um das Zeug hier für dich aufzutreiben. Also entweder lässt du uns durch, oder du kannst dir die Klamotten selbst ändern, falls sie nicht passen sollten.«

Daisy verdrehte die Augen. »Größe achtunddreißig ist Größe achtunddreißig. Was soll da nicht passen? Ich lege keinen Wert auf Perfektion. Ich muss darin nur diesen lausigen Abend überstehen.«

»Es muss zumindest so gut passen, dass du nicht darüber stolperst, Daise«, sagte Reggie. »Wir haben dir eine Auswahl Kleider und dazu passende sowohl hochhackige als auch flache Schuhe mitgebracht. Ich nehme an, du willst die flachen tragen. Aber diese Kleider sind an sich für hochhackige Schuhe gedacht, und deshalb könnte der Saum zu lang sein.«

»Gehst du jetzt zur Seite oder nicht?«, fragte der andere Mann. »Reg sagte, du müsstest um sieben fertig sein.«

»Mein Gott, bis dahin sind es noch zwei Stunden«, protestierte sie, trat aber trotzdem von der Tür zurück, und die beiden Männer betraten entschlossen die Wohnung. »Ich brauche doch keine zwei Stunden, um mich fertig zu machen.«

Der Make-up-Mann schüttelte traurig den Kopf, als Reggie hinter ihnen die Tür zumachte. »Die Eierstöcke sind bei dir eindeutig vergeudet, Schätzelchen.«

»Dem kann ich beileibe nicht zustimmen«, protestierte Nick, während Daisy gleichzeitig aufbrauste: »Red nicht so'n Stuss, Benny.«

In Nicks Kopf machte es »Klick«. »Sie sind das also!« Nick starrte den jungen Mann an und sah ein perfektes Make-up und ein paar Pumps vor sich, auf denen man nach menschlichem Ermessen eigentlich unmöglich gehen konnte.

»Ich konnte Sie nicht unterbringen, aber Sie sind der Transves … hm, der Typ vom Park.«

»Transvestit«, berichtigte Benny ihn trocken. »Sie können das Wort ruhig aussprechen.«

Daisy schielte Nick ungnädig an. »Guter Gott«, raunzte sie, während sie den Korridor entlangstiefelte und scharf links auf das Schlafzimmer zusteuerte. »Du solltest dein Gesicht sehen. Wenn das hier ein Cartoon wäre, hätte man dir über deinen Kopf eine Glühbirne gezeichnet.«

»Nun entschuldige mal. Ich habe noch nicht so viel Erfahrung mit Stöckelschuhen tragenden Kerlen, die hier so mir nichts, dir nichts hereinschneien.«

»Ich weiß, was Sie meinen«, meinte Reggie traurig. »Seit dem Thema Aids bekomme ich auch nicht mehr so viel Besuch.«

Inzwischen waren alle in Nicks Schlafzimmer. Daisy wandte sich Reggie zu und gab ihm einen ungeduldigen Klaps. »Also los, lass mal sehen, was du hast.«

Er hakte den Kleidersack an die Schranktür und öffnete den Reißverschluss. »Wir haben dir zwei zur Auswahl mitgebracht«, sagte er und zog sie heraus. »Was meinste? Langes Kleid oder lieber Hosenanzug?«

»Hosenanzug«, entschied Daisy, ohne lange zu überlegen, während Nick auf das dekolletierte bronzefarbene Abendkleid hin gleichzeitig »Kleid« sagte. Sie schaute ihn finster an, was ihn aber wenig kümmerte. Er wollte sie in diesem Kleid sehen. Er lehnte sich mit einer Schulter an die Wand, verschränkte die Arme vor der Brust und wartete darauf, dass die Show losging.

Reggie tätschelte beruhigend Daisys Unterarm. »Ich möchte, dass du beides anprobierst. Es geht nur darum, welches zuerst. Eigentlich müsste dir beides zusagen, weil Benny und ich die Teile nicht nur im Hinblick auf die Gelegenheit ausgesucht haben, sondern auch darauf geachtet haben, dass man gut an die Waffen kommt. Aber vielleicht klappt es bei dem einen ja besser als bei dem anderen – wir müssen es einfach ausprobieren.«

Ganz offensichtlich hatte er weitaus mehr Talent, Daisy zu besänftigen als Nick, denn sie sagte versöhnlich: »Okay, du bist der Experte.« Sie stieg aus ihrem schäbigen Fummel und zog sich, bevor Nick noch irgendetwas sagen konnte, das T-Shirt über den Kopf.

»Zieh auch den BH aus«, riet ihr Benny. »Denn sowohl das Kleid, als auch das Mieder, das zu dem Hosenanzug gehört, haben ziemlich dünne Träger. Wenn du also keinen trägerlosen BH hast …«

Sie griff an den Haken, um den Büstenhalter zu öffnen.

»Hey, warte doch mal 'ne Minute, verdammt noch mal«, protestierte Nick, als sie das Kleidungsstück über die Arme rutschen lassen wollte. »Ihr beide dreht euch um«, blaffte er die Männer an.

Der Büstenhalter verharrte an seinem Platz, und Reggie, Benny und Daisy drehten sich gleichzeitig zu ihm um, jeder mit einem total verdutzten Ausdruck im Gesicht. »Ääh, Nick, sie sind *schwul«*, brach es aus Daisy heraus.

»Und es ist auch nicht so, als hätten wir die Teile vorher noch nie gesehen«, fügte Benny fröhlich hinzu. »Ihr Busen ist wirklich sehr hübsch, Sportsfreund, aber offen gesagt, er ist nicht unser Ding, wenn Sie wissen, was ich meine.«

Nick spürte, wie es in ihm brodelte. Er wusste zwar sehr gut, dass er gerade dabei war, einen Narren aus sich zu machen. Aber alles, was bei ihm ankam, war, dass Daisy sich vor zwei Männern bis auf ein winziges Unterhöschen auszog.

Reggie rettete ihn davor, sich noch weiter zu blamieren. »Benny«, sagte er und wedelte mit dem Zeigefinger. Benny zuckte die Schultern, und beide Männer drehten sich mit einem schiefen Lächeln um hundertachtzig Grad herum.

»Du liebe Güte«, empörte sich Daisy und ließ den Büstenhalter auf den Boden fallen. Sie fing das Mieder, das Reggie ihr über die Schulter zuwarf, auf, streifte es sich über und zupfte es sich zurecht. »Ihr könnt euch jetzt umdrehen.« Sie wandte sich mit einem sarkastischen Unterton in der Stimme Nick zu. »Ist das okay für dich? Ich meine, am Strand könnten sie mehr Haut sehen.«

»Ja, natürlich.« Er kam sich vor wie ein kompletter Idiot.

Sie stieg in die bernsteinfarbenen Hosen aus Rohseide, die Reggie ihr reichte, knöpfte sie zu, zog den Reißverschluss hoch und ließ sich dann die farblich dazu passende

Jacke geben, die wie das Jackett eines Smokings geschnitten war. Während sie es zuknöpfte, begutachtete sie sich im Spiegel. Sie knöpfte es wieder auf und drehte sich noch einmal prüfend nach rechts und nach links. »Ich weiß nicht. Ich finde, ich sehe ein bisschen ... kerlig aus.«

»Ja«, pflichtete Benny ihr bei, »er ist zu streng. Das kann nur jemand mit längerem Haar tragen, sonst sieht man darin wie ein Feldwebel aus. Daran hätten wir früher denken müssen, Reg. Gib her!« Er streckte gebieterisch die Hand nach dem Jackett aus, das sie inzwischen wieder ausgezogen hatte. »Probier das Kleid an.«

Sie stieg aus den Hosen und reichte sie ihm ebenfalls. Als sie die Hände über Kreuz an den Saum des Mieders legte und Anstalten machte, es hochzuziehen, sahen sich ihre Freunde grinsend an und kehrten ihr den Rücken zu. Sie rupfte das Kleidungsstück über den Kopf und warf es ihnen zu. Im Gegenzug schnippte Reggie das bronzefarbene Kleid über die Schulter und ließ es von einem Finger baumeln.

Nicks Mund wurde trocken, als sie sich das Kleid überstreifte und zurechtrückte. Es war aus einer dehnbaren, schimmernden Mikrofaser gefertigt und von einer Perfektion, die ihresgleichen suchte. Es war zusätzlich der durchtrainierte Körper darunter, der aus ihm einen Blickfang machte. Das tief ausgeschnittene Oberteil wurde von schmalen Trägern gehalten, die sich auf dem Rücken kreuzten. Vom Busen bis zu den Hüften hauteng anliegend, betonte es perfekt ihre Figur, um dann, leicht ausgestellt, locker auf den Boden zu fallen. Vorne hatte es vom Saum bis zum halben Oberschenkel einen Schlitz, das war alles. Es war ein absolut meisterhaft schlichtes Kleid ohne jeden Schnickschnack, das keines Schmucks bedurfte.

»Wow«, sagte Daisy zu ihrem Spiegelbild. »Und *wo* soll ich bitte die Waffen verstecken?«

»Der Schlitz im Rock ermöglicht es dir, ein Messer an den Oberschenkel zu kletten, so dass du jederzeit rankommst«, versicherte ihr Reggie. »Und deine Beretta – sie ist doch in dem Waffenkoffer, nicht wahr?«

»Ja, sicher, aber dieses Ding hier könnte geradezu aufgesprayt sein.« Daisy zog den Stoff von ihrem flachen Bauch weg, und als sie ihn wieder losließ, schnellte er sofort an den Körper zurück. »Wo soll ich denn die Beretta unterbringen, ohne dass man sie sieht?«

»Ich wette, die passt hier hinein.« Er hielt ihr eine mit Perlen bestickte schwarze Samttasche hin, die an einem geflochtenen Samtgürtel befestigt war. »Wenn du den lose umlegst, so dass die Tasche auf der Hüfte liegt, sieht das très médieval aus. Niemand wird Verdacht schöpfen.«

»Wartet mal.« Sie raffte den Rock mit beiden Händen hoch, damit er nicht auf dem Boden schleifte, und verließ den Raum. Kurz darauf war sie mit ihrem Waffenkoffer wieder zurück. Sie band sich den Gürtel um, den Reggie ihr reichte, und ließ die kleine Pistole in das daran befestigte Täschchen gleiten. »Das funktioniert.« Sie lächelte ihren Sekretär strahlend an. »Reggie, du bist ein Genie!« Sie lachte und schmatzte ihm voller Begeisterung einen Kuss auf die Lippen.

Er grinste sie an. »Probier die Schuhe an. Wir müssen mal sehen, was wir mit der Länge machen.«

»Weil wir gerade von Genie sprechen, ich *muss* mit deinem Make-up beginnen«, meinte Benny. Er blickte zu Nick hinüber. »Sie sind entschuldigt, mein Hübscher. Lassen Sie uns allein und geben Sie uns Mädchen ein bisschen Zeit, um unser Zauberwerk zu vollbringen.«

Nick stieß sich von der Wand ab und nahm seinen Smoking aus dem Schrank. Mit einem letzten Blick auf Daisy marschierte er aus dem Zimmer und überließ sie den zarten Händen ihrer Freunde.

14

»Okay, Daisy«, sagte Reggie, sofort nachdem sich die Tür hinter Nick geschlossen hatte. »Raus mit der Sprache. Seit wann seid ihr beide, du und Coltrane, so vertraut miteinander? Ich dachte, ihr zwei seid wie Wasser und Öl.«

»Ich weiß. Und das sind wir auch. Nur ...« Sie wusste nicht, wie sie es erklären sollte, vor allem nicht, nachdem sie sich von Reggie am Montagnachmittag die Würmer über ihre Vergangenheit aus der Nase hatte ziehen lassen und sie in Bezug auf Nicks Platz in ihrem Leben so rigoros Stellung bezogen hatte. Trotzdem suchte sie nach Worten. »Er ist so – o Gott, Reg, er ist eben so ...«

»Männlich«, ergänzte Benny.

»Ja.«

»Oooh. Und so besitzergreifend. Ich *liebe* männliche Männer.«

»Hör auf damit, Benny; das hier ist ernst.« Reggie sah von unten, wo er den Saum absteckte, hoch, und Daisy wäre seinem Blick aus lauter Verlegenheit am liebsten ausgewichen. »Hast du eigentlich die geringste Vorstellung, worauf du dich da einlässt?«

»Auf ein gebrochenes Herz wahrscheinlich«, räumte sie ein. »Aber weißt du, Reg, ich habe das Gefühl, früher oder später wird es sowieso verletzt. Und warum sollte ich dann nicht versuchen, so viel zu bekommen, wie ich kann, bevor er zur Besinnung kommt und merkt, dass wir beide zu verschieden sind?«

»Es sieht mir ganz so aus, als habe es ihn voll erwischt. Vielleicht bist du dann diejenige, die zur Besinnung kommt.«

»Aber sicher doch. Als ob ein Typ wie Nick jemals seinen Kopf wegen einer wie mir verlieren würde. Nein, ich habe alles im Griff, und ich habe mir vorgenommen, die Dinge sehr, sehr realistisch zu sehen. Es ist großartiger Sex, das ist alles. Ansonsten haben wir wirklich nichts gemeinsam, es besteht also nicht der Hauch einer Chance, dass sich daraus irgendetwas entwickelt.« Sie spähte zu Reggie nach unten. »Und das ist auch okay so. Echt. Guter Sex ist nicht zu verachten.«

»Das kannst du laut sagen, Schwester«, brach es aus Benny heraus.

Reggie sah aus, als wolle er das nicht so ohne weiteres im Raum stehen lassen, aber er seufzte nur und sagte: »Zieh das Kleid aus. Ich nähe den Saum. Währenddessen kann Benny sich an dein Make-up machen.«

Keiner der beiden Männer verschwendete jetzt auch nur einen Gedanken daran, sich umzudrehen, als sie sich aus dem Kleid schälte, aber keiner von beiden hatte auch nur einen Blick für ihren nackten Busen übrig. Reggie warf Daisy ihr T-Shirt zu, das Benny jedoch in der Luft abfing, bevor Daisy noch danach greifen konnte. »Zieh etwas an, was du nicht über den Kopf ziehen musst, dann frisiere ich dich auch gleich. Ich hol uns mal einen Stuhl.«

Sie nahm eins von Nicks Hemden aus dem Schrank und schlüpfte hinein. Sie knöpfte es vorne zu und krempelte die viel zu langen Ärmel hoch. Die Hemdenschöße gingen ihr fast bis zu den Kniekehlen, was weitere Utensilien momentan unnötig machte. Sie blinzelte zu Reggie hinüber, der mit gekreuzten Beinen neben dem Bett saß und sie geflissentlich ignorierte. »Bist du sauer auf mich?«

Er stach die Nadel durch den Saum, zog den Faden stramm und ließ das Kleidungsstück auf den Schoß sinken. Er schaute zu ihr hoch. »Nein, du weißt, dass ich das nicht bin. Aber er hat dich schon einmal verletzt, Kindchen, und ich möchte einfach nicht, dass du erneut leiden musst.«

Sie schnaubte verächtlich. »Wie viele Beziehungen habe ich inzwischen gehabt?«

»Ein paar.«

»Richtig. Um genau zu sein *zwei* – in wie vielen Jahren? Und weder die eine noch die andere hat auf Dauer gehalten. Am Ende wird man in einer Beziehung immer verletzt. Ich kann Männer einfach nicht halten. Irgendetwas fehlt mir. Aber, Reg« – sie ging vor ihm in die Hocke –, »abgesehen vom letzten Mal, als ich mit Nick zusammen war, habe ich mich noch nie so gefühlt, wie ich mich bei ihm fühle. Ich weiß nicht, ich fühle mich bei ihm so – sexy, schätze ich, ein Wort, das ich in einer Million Jahre nicht auf mich angewandt hätte. Und das Gefühl gefällt mir. Ich möchte mir dieses Gefühl so lange erhalten wie nur irgend möglich, bis es eben nicht mehr geht.«

»Okay. Aber wenn er dich auf irgendeine Weise in die Enge treibt, und du nicht mehr du selbst sein kannst, dann werde ich ihn wie einen räudigen Hund jagen, und dann bezahlt er dafür.«

Daisy wurde ganz warm ums Herz. »Gebongt.« Sie streckte ihm ihre Faust entgegen.

Reggie klopfte mit der eigenen drauf. »Gebongt. In der Zwischenzeit« – er grinste sie hinterhältig an – »kannst du nach Herzenslust rumbumsen.«

»Genau.« Sie grinste zurück und richtete sich wieder auf.

Benny kam mit einem Hocker von der Frühstückstheke zurück und stellte ihn mit einem Bums vor dem Spiegel ab. »Steig rauf, mein Hühnchen.«

Es würde sie ja nicht umbringen, wenn sie lernte, wie man so etwas machte, dachte sie, und so beobachtete sie ihn, wie er lauter Fläschchen, Gläschen, Pinsel und Bürsten aus seinem alten Köfferchen zog. »Heiliger Bimbam, Ben, ist das ganze Zeugs wirklich nötig?«

»Möchtest du gut aussehen oder möchtest du fantastisch aussehen?«

Sie gab es wirklich nur ungern zu, aber … »Ich möchte fantastisch aussehen.«

»Dann ist es nötig. Vertrau mir, Mädchen. Bin ich nun die Hohepriesterin der Kosmetik oder nicht?«

»Du bist die Göttin persönlich, Benny.«

»Richtig. Dann schließ jetzt die Augen, damit ich mit dem Lidschatten beginnen kann.« Er wühlte in seinem Koffer herum und förderte verschiedene Töpfchen zu Tage. »Ich werde dieses Mokka Surprise auf deine Lider auftragen, dann kommt ein bisschen Golden Splendor unter die Augenbrauen und Bronze Beauty in die Augenfalten. Anschließend runden wir das Ganze mit einem Oliv-Liner und braunem Mascara ab.«

Daisy gab die Idee auf, sich jemals selbst in dieser Kunst zu versuchen. Den Kopf nach hinten gelegt, die Augen geschlossen, meinte sie: »Du weißt schon, dass du jetzt für den Rest meines Lebens für mein Make-up zuständig bist. Zumindest bei besonderen Anlässen.«

Benny kicherte. »Wie lange kenne ich dich jetzt, Daise – vier, fünf Jahre? Dies ist, so viel mir bekannt ist, der erste besondere Anlass, den du wahrnimmst.« Mit der Spitze des kleinen Fingers wischte er ihr vorsichtig etwas aus dem Augenwinkel. »Aber ich sag dir was. Du lädst mich weiterhin zu deinem monatlichen Spaghetti-Essen ein, und ich mach dir dein Make-up, wann immer du es brauchst.«

»Klingt nicht schlecht.«

»Dann ist das also abgemacht. Gut, wie möchtest du es gern? Möchtest du deine Verwandlung Schritt für Schritt verfolgen, oder möchtest du lieber überrascht werden?«

»Zum Teufel, was soll's – überrasch mich!«

»O-kay.« Er drehte den Sitz auf dem Barhocker herum, so dass sie mit dem Rücken zum Spiegel saß. »Du kannst die Augen wieder aufklappen, wenn du willst. Der Rest erfolgt erst, bevor ich die Wimperntusche auftrage. Die Eine-Million-Dollar-Frage ist, welche Farbe nehmen wir für die Grundierung?« Er trat einen Schritt zurück, um sie zu studieren. »Der Benny-Augapfel-Test sagt ›Elfenbein‹. Wenn das nichts ist, probieren wir es mit Light Sand.« Er gab etwas auf einen kleinen Schwamm und testete es auf ihrer Wange direkt vor dem Ohr. »Elfenbein, das ist es. Donnerwetter, bin ich gut.«

»Und so bescheiden.«

Er gab mehr von der Grundierung auf den Schwamm, trug sie auf das Gesicht auf und verrieb sie gründlich. »Ich sag dir mal was im Vertrauen, Honey: Ich bin mindestens doppelt so gut, wie ich behaupte zu sein.«

Es war mindestens eine Dreiviertelstunde vergangen, ehe er ein letztes Mal zurücktrat und sie von allen Seiten betrachtete. »Ich bin ein Genie, wenn ich das so sagen darf. Du siehst *gut* aus.«

»Nach dem Zeitaufwand zu urteilen, müsste ich jetzt eigentlich wie Cameron Diaz aussehen.«

Er grinste sie ohne jegliches Zeichen von Bedauern an. »Dann ist wohl ein Gutschein für ein Schönheitswochenende nicht unbedingt das passende Weihnachtsgeschenk für dich, was? Reg, bist du mit dem Saum fertig?«

»Jau.« Er warf Daisy ein noch eingepacktes Paar Strumpfhosen zu. »Zieh die an und das Hemd aus.« Sie tat, wie ihr befohlen, und dann hoben beide Männer das Kleid sehr behutsam über ihren Kopf. Sie zupften hier ein bisschen, und dort ein bisschen, Reggie schnallte ihr die Samttasche um und stellte ihr ein Paar Schuhe hin, in die sie hineinschlüpfen sollte. Er holte die Beretta aus dem Waffenkoffer, reichte sie ihr und zupfte noch einmal eine Winzigkeit zurecht. »Okay, bist du für die große Enthüllung bereit? Das wird dich vom Hocker hauen.«

Sie drehte sich zum Spiegel herum und bekam den Mund fast nicht mehr zu. »Ach, du lieber Himmel, bin ich das?« Sie trat einen Schritt nach vorne und starrte fasziniert auf ihr Spiegelbild. »Ich sehe … hübsch aus.« Genauso wie »sexy« war es kein Wort, das sie mit sich selbst assoziierte. Sie lächelte die beiden Männer strahlend an, um sich dann wieder dem Spiegel zuzuwenden. »Das tu ich doch, oder, Reg? Ich sehe tatsächlich hübsch aus.«

»Hübsch ist gar kein Ausdruck, Baby. Du siehst einfach hinreißend aus.«

»Um nicht zu sagen, scharf«, pflichtete Benny ihm bei. Er rieb ihr noch bronzefarbenen Puder auf die bloßen Schultern und das Schlüsselbein. Dann trat er zurück, um sie ein letztes Mal zu begutachten und gab ihr mit erhobenem Daumen sein Okay. »Warte mal ab, bis Coltrane dich sieht. Puuh, dann wird's heiß hier. Ich spür's schon förmlich.«

Nick schwoll jedes Mal, wenn er Daisy ansah, der Kamm – und er merkte, dass er sie mit fortschreitendem Abend immer öfter und viel zu oft anstarrte. Das beeinträchtigte langsam seine Arbeit.

Der Empfang in der eleganten Penthouse-Suite oben im Fairmont Hotel war in vollem Gange, und er vernachlässigte zwar nicht gerade seine Pflichten, aber er verbrachte mit Sicherheit zu viel Zeit damit, ein Auge auf sein Date zu werfen – viel zu viel. Dabei war sie nicht einmal ein richtiges Date. Das musste er sich ständig ins Gedächtnis zurückrufen. Sie war sein verdammter Bodyguard.

Ihr Äußeres hatte ihm zwar schon immer gefallen, aber er hatte sie mit den Augen eines Künstlers betrachtet. Sie hatte eine exzellente Figur, war aber im konventionellen Sinne nicht eigentlich hübsch. Weitaus interessanter war, was sie war – obwohl er wusste, dass sein Geschmack nicht unbedingt den landläufigen Vorstellungen entsprach.

Heute Abend jedoch war sie nicht nur in seinen Augen schön, so wie es für ihn nur Daisy sein konnte, sie zog auch sämtliche Blicke auf sich. Mit ihrer stolzen Haltung und ihrem unnahbaren Blick sah sie irgendwie exotisch aus und wirkte in der piekfeinen Menge wie ein Gepard unter lauter Kätzchen.

Mit dem effektvollen Augen-Make-up, den als Schmollmund geschminkten Lippen und der Frisur – das helle Haar war mit Glanzgel in Fingerwellen gelegt und vor den Ohren zu spitzen Locken geformt –, hatte Benny ihr einen Dreißiger-Jahre-Look verpasst, eine Illusion, die durch das hautenge Schlauchkleid über ihrem wunderbar athletischen Körper noch betont wurde. Sie sah schlichtweg faszinierend aus.

Er war beileibe nicht der Einzige, der so dachte. Daisy war für diese Leute eine völlig Unbekannte, und die Frauen musterten sie diskret, während ein Mann nach dem anderen versuchte, mit ihr ins Gespräch zu kommen. Daisy ignorierte Erstere und entmutigte Letztere durch ihre absolute Indifferenz – das war zumindest ihre Absicht.

Sie blieb ständig in seiner Nähe, während er arbeitete, obwohl die Gefahr, dass Douglass' Leute in eine derart exklusive Feier hineinplatzten, mehr als gering war. Nur wenn er ein interessantes Motiv vor die Linse bekam, entfernte sie sich ein Stück von ihm, einzig und allein, um ihm genügend Freiraum zu geben. Ihre aufmerksame Rücksichtnahme erwies sich allerdings mehr als Ablenkung denn als Hilfe, weil sich jedes Mal, wenn sie von seiner Seite wich, irgendein domestizierter Kater, der sich einbildete, ein Königslöwe zu sein, aus der Menge löste und sich an sie heranschlich. Ihr hochmütig erhobenes Kinn und ihr ernster Mund zogen sie an, wie das Licht die Motten.

Das Absurde daran war – das wusste er nur zu gut –, dass sie sich eigentlich fehl am Platz fühlte. Sie trug ihr

Kinn nur so hoch, weil sie nicht in ihrem Element war. Es war ihm nicht entgangen, dass sie sich in seiner Welt oft ungeschützt fühlte. Doch sie war keine Frau, die ihrer Unsicherheit nachgab. Und deshalb streckte sie das Kinn vor und machte den Job, für den sie bezahlt wurde. Aber die Idioten, die um sie herumscharwenzelten, beobachteten, dass sie Mineralwasser aus einer Champagnerflöte trank, sahen, wie ihr Blick ständig über die Menge schweifte, anstatt sich ihnen zuzuwenden, und katalogisierten sie als unnahbare Frau.

Und das forderte sie heraus.

Er wandte sich von dem jüngsten Kandidaten für den Mach-Daisy-auf-dich-aufmerksam-Preis ab und bemerkte Mrs. Dillon, die eine Hälfte des an diesem Abend geehrten Jubelpaars. Sie hielt ihrem Gatten eine in Schokolade getauchte Erdbeere zum Kosten hin und lächelte ihn an. Nick nahm die Kamera hoch und drückte genau in dem Moment auf den Auslöser, als Mr. Dillon seine Hand von unten um die Hand seiner Frau legte, ihr liebevoll in die Augen sah und sich, das angebotene Konfekt ignorierend, vorbeugte, um ihr einen Kuss auf die Innenseite des Handgelenks zu drücken.

Nick wusste: Das war das ultimative Foto, das Foto, das Mrs. Dillon mehr als alle anderen lieben würde, weil es auf den Punkt brachte, warum ihre Ehe mit Jim Dillon fünfundzwanzig Jahre gehalten hatte. Es war genau das Motiv, nach dem Nick immer Ausschau hielt und das er, wenn er konzentriert bei der Sache war, gewöhnlich auch fand.

Und jetzt hätte er es beinahe verpasst, weil er dem, was um Daisy herum vorging, mehr Aufmerksamkeit schenkte als dem, was sich um ihn herum abspielte.

Er zwang sich, sich nicht weiter Gedanken darüber zu machen. Egal, ob nun durch Aufmerksamkeit oder durch pures Glück, er hatte auf jeden Fall den Schnappschuss bekommen, auf den er aus war. Jetzt konnte er ein wenig entspannen und sich selbst amüsieren.

Unverzüglich stürzte er sich auf Daisy und drängte rigoros einen Möchtegern-Verehrer ab. »Ich glaube, Ihre Frau sucht Sie, Manwellan«, unterbrach er ohne schlechtes Gewissen das augenscheinlich angeregte Gespräch des anderen Mannes.

»Mrs. Parker« – er verbeugte sich kurz vor ihr –, »verzeihen Sie mir, dass ich Sie vernachlässigt habe. Darf ich Sie zum Büfett geleiten?«

Daisy erwiderte, ohne mit der Wimper zu zucken, seinen Blick. »Das wäre wirklich ganz reizend.« Sie schenkte ihrem verdutzten Gesprächspartner ein weihevolles Lächeln. »Wenn Sie uns bitte entschuldigen wollen, Mr. Manwellan!«

Nick legte seine Hand um ihren Nacken und steuerte sie auf das überladene Büfett zu. Als Daisy sich vorbeugte, um sich einen kleinen Porzellanteller zu nehmen, glitt seine Hand ein wenig tiefer zum Ende der Wirbelsäule, der er mit dem Finger bis zum Rand ihres Kleides folgte, wo er widerstrebend die Hand ganz von ihr nahm.

Er fühlte sich in seinem eleganten Anzug nicht wohl und bekam erneut einen dicken Hals. Ein ums andere Mal wechselte er das Standbein. Während er zusah, wie sie mit einer Silberzange vorsichtig Hors d'œuvres von einer Platte auf ihren Teller balancierte, dachte er an Sex. Er beobachtete die sparsamen Bewegungen ihrer Hüften, als sie sich einen Weg in den hinteren Teil des Penthouses bahnten, wo es einen einzigen freien Stuhl gab, sah, wie ihr Kleid beim Hinsetzen für eine Sekunde von ihrem Busen abstand, und dachte an Sex. Welch eine Überraschung! Dem Anschein nach hatte er in den letzten paar Tagen doch sowieso an nichts anderes mehr gedacht.

Wenn das also nicht neu für ihn war, wieso war er dann heute Abend so verstimmt?

Vielleicht, *weil* er so viel daran gedacht hatte. Oder weil er endlich wieder mit Daisy geschlafen hatte und sie ihn anschließend hatte auflaufen lassen.

Doch müsste die Anziehung, jetzt nachdem sie es getan hatten und der Reiz des Neuen weg war, nicht langsam nachlassen? So war es jedenfalls normalerweise. Aber er sah sie anmutig die Schokolade von einer Erdbeere lecken, und er begehrte sie.

Noch einmal.

Jetzt gleich.

Warum eigentlich nicht? Nick zupfte an seiner Fliege. Mal ehrlich – was sollte ihn eigentlich davon abhalten? Sein Job hier war erledigt, und sie hatte doch schließlich laut und deutlich verkündet, dass sie zwei erwachsene Menschen seien, oder etwa nicht?

Dieses Verlangen fühlte sich sehr erwachsen an. Wenn er den Kopf davon frei bekäme, dann könnte er sich eventuell auch besser darauf konzentrieren, sich die angeheuerten Schläger so lange vom Hals zu halten, bis er das Geld für seine Schwester aufgetrieben hatte.

Er stellte seinen Teller auf dem Tablett eines vorbeikommenden Obers ab und streckte Daisy die Hand hin. »Bist du fertig?« Sein Ton machte klar, dass er den Teller auf jeden Fall haben wollte, ganz gleich, ob sie fertig war oder nicht.

Daisy schluckte den Bissen in ihrem Mund hinunter und blickte zu ihm hoch. Mein Gott, er sah umwerfend in seinem Smoking aus. Sie wünschte, sie könnten endlich weg von hier. »Ja, natürlich.« Sie reichte ihm den leeren Teller, trank einen Schluck Wasser und stand auf, wobei sie sich suchend umblickte, um ihr leeres Glas abzustellen. »Musst du wieder zurück an die Arbeit?«

»Hmm.«

Was immer das auch bedeutete. Da er mit seinen Gedanken jedoch offensichtlich woanders war, ließ sie es dabei bewenden. Sie protestierte nicht einmal, als er sie bei der Hand nahm und mit ihr auf die – noch weit entfernte – Wohnungstür zusteuerte, obwohl ihre Schusshand dadurch behindert wurde. Falls sich die Notwendigkeit ergeben sollte, ihre Pistole zu benutzen, was in dieser illustren Gesellschaft reichlich unwahrscheinlich schien, könnte sie sich ja immer noch aus seinem Griff befreien.

Auf ihrem Weg durch den Raum wurden sie von mehreren Leuten angehalten und auf Nicks Arbeit angesprochen. Er stellte Daisy juwelenbehängte Damen in aufwändigen Kleidern und Herren in maßgeschneiderten Smokings vor. Er war charmant und höflich, verteilte Visitenkarten und übte sich in gepflegtem Small Talk. Dabei bewegte er sich jedoch ständig in Richtung Tür, und bevor Daisy noch merkte, wohin der Hase lief, standen sie plötzlich im Korridor vor der Penthouse-Wohnung.

Sie erhöhte sofort ihre Wachsamkeit. Denn wenn die Ganoven es geschafft haben sollten, sie bis hierher zu verfolgen, dann waren Nick und sie hier draußen wahrscheinlich mehr gefährdet als in der Suite, wo etwa hundert der einflussreichsten Bürger San Franciscos in Partylaune versammelt waren.

»Bist du für heute Abend fertig?« Sie musste den Korridor praktisch hinunterjoggen, um mit seinen weit ausholenden Schritten mitzuhalten. Sie versuchte sich unauffällig aus seinem Griff zu lösen, aber er weigerte sich, die Hand loszulassen. Eine Minute später standen sie vor dem Aufzug. Er drückte »Abwärts«. »Wo gehen wir hin?«

Der Aufzug kündigte durch ein Klingelzeichen seine Ankunft an, und der Pfeil über der Tür leuchtete auf. Eine Sekunde später glitten die Türen auf, sie stiegen ein, und Nick drückte den Knopf für das Erdgeschoss.

»Hat es dir die Sprache verschlagen, Coltrane?« Sein penetrantes Schweigen ging Daisy langsam auf die Nerven, und als die Türen wieder zuglitten, riss sie sich mit einem Ruck von seiner Hand los. Plötzlich fand sie sich, an die Aufzugwand gepfercht, in der Umklammerung seines Smokings wieder.

»Was ist los?«, fragte sie und blickte indigniert zu ihm hoch.

»Das ist los«, knurrte er und presste seinen Mund auf den ihren.

In ihrem Bauch flatterten unvermittelt tausend Schmetterlinge auf, und sie erwiderte seinen Kuss mit einer explosiven Leidenschaft, die der seinen ebenbürtig war. Sie krallte die Finger in die Revers seiner Smokingjacke und zog sich auf die Zehenspitzen hoch, um ihm so nahe wie möglich zu sein. Nicks Hände lösten sich von der Wand und legten sich auf ihren Rücken. Sie spürte, wie er ihre bloße Haut mit seinen warmen Fingern erst sanft massierte, bevor er ihren Körper, ohne seinen hungrigen Mund von ihren Lippen zu lösen, ungestüm an sich heranzog, ja förmlich in sich hineinpresste.

Ruckartig hob er den Kopf und starrte ihr in die Augen. Sein Atem streifte warm und ungleichmäßig ihre feuchten Lippen. »Habe ich dir schon gesagt, wie schön du in deinem Abendkleid aussiehst? Seit ich dich das erste Mal darin gesehen habe, habe ich nur noch den einen Wunsch, es dir wieder auszuziehen. Ist das nicht verrückt? Ich habe dich schon nackt gesehen, auch fast nackt, aber es raubt mir schier den Verstand, dich angezogen zu sehen.« Er beugte sich vor und drückte seine Lippen auf ihr Kinn, auf ihre Wangenknochen, auf ihre Schläfen. Sein heißer Atem strich ihr übers Ohr, als er heiser flüsterte: »Was machst du nur mit mir, Daisy?«

Was *sie* machte? Das war stark. Aber sie bekam nicht die

Chance, ihn auf die Ironie dieser Frage aufmerksam zu machen, denn er küsste sie schon wieder, und genauso wie all die anderen Male, als er sie mit seinen Lippen berührt hatte, vergaß sie alles um sich herum. Doch anders als die meisten anderen Male ließ sie sich diesmal treiben und kämpfte nicht dagegen an.

Nick streifte mit dem Daumen gerade einen schmalen Träger von ihrer Schulter, als der Aufzug anhielt und die Tür sich öffnete. Daisy wurde sich dessen erst bewusst, als sich jemand räusperte und Nick den Kopf hob. Sie blinzelte ihn an und verlor sich im Blau seiner Augen. Er drehte sich, den Arm um sie gelegt, um. Beim Anblick des verhalten grinsenden Grüppchens vor dem Aufzug schoss Daisy das Blut in den Kopf. Doch sie reckte ihr Kinn und schritt hoch erhobenen Hauptes durch die Lobby.

Guter Gott – der Schlägertrupp hätte sie bei der Umsicht, die sie hatte walten lassen, dort, wo sie standen, einfach abknallen können. Nicks Gespräch mit der Dame am Empfang ignorierend, ließ sie ihren Blick aufmerksam durch die Halle schweifen.

»Komm«, sagte Nick einen Moment später mit rauer Stimme und dirigierte sie zurück zu den Aufzügen. Als sie näher kamen, öffneten sich gerade die Türen zu einem leeren Aufzug und Nick wandte sich wieder Daisy zu, die jedoch abwehrend die Hand hochhielt.

»Lass dir bloß nicht einfallen, noch einmal über mich herzufallen.«

Er grinste sie an. »Das gehörte offensichtlich nicht zu meinen Glanzideen. Aber *du* musstest ja nicht mit ausgebeulter Hose durch die ganze Lobby marschieren.«

»Nick Coltrane!«

»Ja, genau der ist mit dem Steifen herumgelaufen, ganz richtig. Während du ja fein raus warst. Sie haben dich angesehen und gedacht: *Oh, die ist aber heiß.* Und dann haben sie mich angesehen und gedacht: *Und sie führt den Kerl an seinem Sch …«*

»Nick!«

»Schlips. Ich wollte sagen, an seinem Schlips spazieren.«

»Mein Gott, ich glaub das alles nicht. Die Leute gucken in der Öffentlichkeit nicht auf den Du-weißt-schon eines Mannes. Und sie führen bestimmt auch nicht solche Gespräche.«

»Der-du-weißt-schon.« Er sah sie mit einem zärtlichen Lächeln an und zog ihr mit der Fingerspitze die Augenbrauen nach. »Wie kann jemand, der ständig mit Tunten herumhängt, das gesegnete Alter von achtundzwanzig Jahren erreichen und sich dabei seine ganze Naivität bewahrt haben?«

Sie stieß seine Hand weg. »Ich bin nicht naiv!«

»Das war keine Beleidigung, mein Schatz.« Der Aufzug hielt an und Nick trat zurück, um ihr mit einer eleganten Bewegung den Vortritt zu lassen. »Nach dir.«

»Wo gehen wir hin?«

»Hier entlang.« Er nahm sie am Ellbogen und führte sie den Korridor hinunter. Einen Moment später blieb er vor einer Tür stehen und steckte die Keycard ins Schloss.

»Was ist das hier?« Es war eine dumme Frage, aber sie begriff nicht, was sie hier wollten.

»Ein Zimmer. Ich dachte mir, es würde dir nicht unbedingt gefallen, wenn ich meinem ersten Impuls nachgäbe und dich in eins der Schlafzimmer im Penthouse schleppen würde, um es dort mit dir zu treiben, während nebenan hundert Leute die Silberhochzeit der Dillons feiern. Und bis wir zu Hause sind, kann ich einfach nicht warten.« Er stieß die Tür auf, drehte sich um und hob sie mit einem Schwung auf seine Arme. Es war ihr peinlich, dass sie wie ein Schulmädchen aufquietschte.

»Ich finde, du bist kein Mädchen für eine schnelle Nummer in einer Besenkammer«, fuhr Nick fort, als er sie über die Türschwelle trug und die Tür mit dem Fuß hinter sich zustieß. »Also habe ich uns ein Zimmer gemietet.«

15

Daisy blickte sich in dem luxuriösen, in Grün-Weiß gehaltenen Zimmer um. »Ich dachte, du bist blank. Das hier sieht aber ganz danach aus, als hättest du ein paar Scheinchen dafür hinblättern müssen.«

»Das ist der Grund, warum man American Express erfunden hat, meine Süße – so brauchen Kerle wie ich sich bis zum nächsten Monat keine Sorgen zu machen.«

»Du machst so etwas auch?« Sie warf ihm ein strahlendes Lächeln zu. »Komisch, und ich war der Meinung, du ziehst dir die Hunderter von einem Geldscheinclip aus massivem Gold ab.« Die Vorstellung, dass er Schulden auf Kreditkarte machte, gefiel ihr weitaus besser, weil es ihm irgendwie den Anstrich eines ganz normalen Menschen gab. Während Nick sie quer durch den Raum trug, kickte sie ihre Schuhe weg. »Gut, dass es Plastikkarten gibt, was? Nicht dass ich einen ausgewachsenen Dispo oder so was habe – sie haben ihn nach meinem Weggang von der Polizei praktisch auf Null herabgesetzt. Na ja, vielleicht nicht direkt danach, aber sofort, als sie entdeckten, dass ich nicht nur nicht länger im öffentlichen Dienst tätig war, sondern mich obendrein auch noch selbstständig gemacht hatte.«

»Daisy?«

»Ja?«

Er landete mit ihr im Schoß auf dem Bett. »Halte die Klappe und küss mich!«

Sie lachte ein kehliges Lachen, weil er ihr das Gefühl

gab, sexy zu sein, und das stimmte sie heiter. Ihr rechter Arm lag bereits um Nicks Nacken; sie legte ihre freie Hand an seine Wange und drückte ihre Lippen auf seinen Mund. Die Art, wie sich seine Lippen sofort öffneten, versetzte all ihre Nervenenden in Schwingungen, und sie ließ ihrer Zunge freien Lauf, um die samtige Höhle seines Mundes zu erkunden.

»Uhhh.« Ohne den Kuss zu unterbrechen, kippte er nach hinten und rollte sich so zur Seite, dass sie halb auf ihm lag. Sein Kuss drückte ihren Kopf tief in das dicke Blumenmuster-Kissen; seine Finger suchten die dünnen Träger, die ihr Kleid hielten, um sie ihr von den Schultern zu streifen. Das Oberteil rutschte nach unten und Nick schälte ihre Brüste heraus. Er hob den Kopf, um sich anzusehen, was er freigelegt hatte. »Oh, Mann.«

Er drückte einen sanften Kuss auf eine Brustwarze, die blitzartig aus ihrem Schlaf erwachte und sich zu einem harten Diamanten versteifte. Nick nahm sie spielerisch zwischen die Zähne und schabte ein wenig daran, worauf durch Daisys Körper glutheiße Lava jagte.

Dann war Nick plötzlich weg. Er hatte sich zur Seite gerollt und war aufgestanden. »Möchtest du nicht lieber nackt mit mir zusammen sein, Daisy?« Er zog seine Smokingjacke aus und warf sie auf einen in der Nähe stehenden Klubsessel. Dann machte er sich daran, sein Hemd aufzuknöpfen.

»Warte!« Daisy setzte sich auf. »Lass mich dir helfen. Mein Gott, du hast es aber auch immer eilig.«

Nick gluckste erheitert. »Das musst gerade du sagen. Das letzte Mal, als wir es miteinander trieben, hast du mir beinahe eine Pistole an den Kopf gehalten, um mir Beine zu machen.«

Sie schürzte die Lippen und gab einen Protestlaut von sich, während sie geziert den Saum ihres Kleides raffte und auf den Knien an die Kante des Betts rutschte. Beim Anblick ihrer entblößten Brüste und der langen festen Oberschenkel, die unter dem Schlitz des Kleides hervorlugten, wurde ihm der Mund wässerig. »Hast du darunter was an, Daise?«

»Natürlich habe ich darunter was an!« Ihre schokoladenbraunen Augen drückten helle Empörung aus. »Mein Gott, mit welcher Sorte Frauen hängst du bloß immer rum? Sie scheinen weitaus verwegener zu sein als ich.«

Er hatte das Gefühl, als mache das keinen großen Unterschied – so man Verwegenheit mit umfassender Kenntnis fleischlicher Lust gleichsetzte –, aber er war klug genug, das nicht laut zu sagen. Lächelnd sah er ihr zu, wie sie die Stecker an seinem Hemd löste. Sie hielt sich für absolut tough – und das Eingeständnis mangelnder Erfahrung, auf welchem Gebiet auch immer, gehörte nicht zu ihrem Selbstbild.

Auf einmal riss sie ihm mit einem Ruck das Hemd über die Schultern nach hinten auf den halben Rücken, und in die Stille des Zimmers hinein hörte man einen lauten Ratsch, als der Kragen unter der Fliege herausgerissen wurde. Ohne sich weiter um das um seine Ellbogen baumelnde Hemd zu kümmern, legte sie beide Hände auf seine Brust und fuhr mit gespreizten Fingern durch den Fächer seines seidigen Brusthaars. Sie streckte sich und biss ihm in die Unterlippe.

Nick warf die Arme nach vorne, das heißt er versuchte es zumindest, merkte aber schnell, dass seine Manschetten noch zugeknöpft waren. Durch den Ruck wurden sie von außen nach innen gestülpt und fesselten seine Hände. Und je mehr er zog, desto enger wurde es. Er erwiderte zwar feurig ihren Kuss, doch bald schon hob er heftig atmend den Kopf. »Du hast vergessen, meine Manschettenknöpfe aufzumachen.«

»Mm-hmm.« Sie küsste sein Brustbein und legte dann ihre Wange an seine Brust. Hinter ihn greifend, löste sie den Kummerbund und ließ ihn auf den Boden fallen.

»Jetzt mach mich los.«

»Ich denk nicht dran. Ich habe dich in meiner Gewalt. Du bist jetzt mein Sexsklave.« Sie hockte sich auf ihre Fersen und machte sich an seinem Hosenbund zu schaffen.

»Das zahl ich dir heim.« Er kämpfte noch einmal gegen seine Manschetten, doch als er ihre Finger beim Aufknöpfen des Bundes auf seinem Bauch spürte, hielt er plötzlich still. Er beobachtete Daisy, wie sie kurz seinen Bauch küsste, um dann den Kopf zurückzulegen und ihn anzulächeln.

»Ja«, sagte sie. *»Vertrau* mir.« Sie lachte in sich hinein. »Wir könnten natürlich auch gleich zu dem Teil übergehen, wo ich alle Hemmungen fallen lasse.« Sie griff nach dem Reißverschluss und zog ihn herunter.

»Aber ja doch«, spöttelte er, daran denkend, wie sie seinen Schwanz einen »Du-weißt-schon« genannt hatte. »Ist das dieselbe Frau, die – *o Gott,* Daise ...« Ihre Hand tauchte in den offenen Hosenschlitz und legte sich um seinen Penis, und er vergaß, was er sagen wollte. Er hatte eine Spitze abschießen wollen, konnte sich aber um alles in der Welt nicht mehr daran erinnern.

»Ja, hallo, Nick Coltrane, *du bist es,* der hier keine Unterhöschen trägt.«

Er blickte zu ihr hinunter, während seine Hosen auf den Boden glitten. Dann schnaubte er: »Männer tragen keine Unterhöschen«, klärte er sie mit rauer Stimme auf.

»Das sehe ich.«

»Nein, Daisy, ich meine, Männer tragen *Shorts.* Sie tragen nicht so'n Mädchenkram wie ...« Sie sorgte mit ihrer Hand dafür, dass er in Atemnot kam und verstummte. Ein Kerl, dem die Hosen bis zu den Knöcheln heruntergerutscht und dessen Arme nach hinten dressiert sind, als sei er ein Truthahn, der gefüllt werden soll, sieht keineswegs smarter aus, wenn er zu dozieren beginnt. Er bemühte sich verzweifelt, seine Manschettenknöpfe zu lösen. Hinter dem Rücken von innen an sie heranzukommen, war zwar ein frustrierendes Unterfangen, aber, bei Gott, er *würde* es schaffen. Dem kleinen Fräulein Parker musste mal gezeigt werden, wer hier der Boss war.

Daisy, die nach außen hin den Eindruck erweckte, als mache sie sich daran, eine Brille zu putzen, beugte sich nach unten und hauchte warme Luft auf das aus ihrer Hand hervorlugende erigierte Glied, um den feuchten Atem anschließend zwischen ihren Brüsten wieder abzureiben.

»Oh, Herrgott.« Sein Atem ging stoßweise. Aber er stand einfach nur starr da und verfolgte aufs Höchste angespannt ihr Treiben.

Daisy suchte seinen Blick und runzelte fragend die Brauen, als sei sie sich nicht sicher, ob sie zu weit gegangen war. Dann lächelte sie ihn verschmitzt an und meinte: »Das schuldete ich dir für heute Nachmittag.« Sie setzte eine Unschuldsmiene auf. »Ich *sollte* doch einen aufreibenden Job für dich übernehmen, stimmt's?«

Für Wortspiele war er im Moment ganz und gar nicht aufgelegt. »Hilf mir aus meinem Hemd, Daise«, forderte er sie mit heiserer Stimme auf. »Komm schon. Ich möchte es nicht so gerne zerreißen, aber genau das werde ich in zwei Sekunden tun, wenn du nicht …«

»Ich finde, das ist keine so gute Idee, Coltrane …«

»Nick«, insistierte er und starrte auf sie hinunter. »Jemand, der mit einem Schwanz so umspringt, wie du gerade, sollte dessen Besitzer mit dem Vornamen ansprechen.«

»Ich sag dir was, Nick. Angenommen, ich würde dir bei deiner Entfesselung helfen, dann würdest du es mir doch heimzahlen – nur weil du mir das bisschen unschuldigen Spaß nicht gönnst.«

»Schlaues Mädchen.« Er kniete sich auf die Matratze und lächelte, als sie ihn unvermittelt losließ und zurückwich. »Aber du hast nicht zu Ende gedacht.«

»Und das bedeutet?«

»Also – auf die eine oder andere Weise komme ich aus diesem Hemd, und wenn ich es zerfetzen müsste. Und es sieht nicht so aus, als könntest du dich irgendwohin verdrücken, Daisy. Also kannst du mir auch gleich aus diesem verdammten Ding helfen – je eher, desto besser. Solltest du mich aber dazu zwingen, mein Hemd zu ruinieren, werde ich hinterher wahrscheinlich ein bisschen schwierig sein, und was machst du dann?«

»Ich greife mir vorher deine Hosen und mach mich aus dem Staub.« Sie zog ihr Kleid wieder über die Brust hoch und sah sich nach ihren Schuhen um.

»Und lässt mich hier schutzlos zurück? Dafür bist du zu sehr Profi. Außerdem …« Er leckte sich die Lippen und rückte ein bisschen näher. »Mein Zahlungsmodus wird dir *gefallen.*«

Sie streifte die Träger von ihren Schultern, wackelte ein wenig hin und her, und das Kleid rutschte ihr wieder auf die Hüften. »Das möchte ich dir auch geraten haben, sonst bezahlst *du* mir, und die Zahlungsmodalitäten dürften dir ganz und gar nicht gefallen.« Sie schnallte sich ihr Samttäschchen ab, und das Kleid glitt über die Oberschenkel auf die Matratze, so dass sie, nur noch mit ihrer schwarzen Strumpfhose und einem Minislip bekleidet, vor ihm kniete. »Dreh dich um.«

»Und auf diesen Anblick verzichten? Ich denk gar nicht dran.«

»Willst du nun, dass ich dir aus dem Hemd helfe oder nicht?«

»Es gibt mehr als nur einen Weg, das zu tun, mein Püppchen. Versuch's doch mal. Das ist die Chance für dich, richtig verwegen zu sein.« Er rückte noch näher an sie heran und sie kam ihm ebenfalls entgegen. Sie knieten beide in der Mitte des Betts und ihre Brüste drückten sich gegen sein Zwerchfell, als sie um ihn herumgriff, um ihm sein Hemd wieder über die Schultern zu ziehen. Ein paar Sekunden später waren seine Manschettenknöpfe gelöst. Daisy zog ihm das Hemd aus und warf es beiseite. Als er nach seiner Fliege griff, hielt sie seine Hand zurück.

»Mir gefällt es, wenn du nichts außer einer Fliege anhast – es ist so, als bekäme ich ein ganz persönliches Geschenk, ganz für mich allein.« Sie grinste. »Die Strümpfe kannst du dir allerdings ausziehen.«

Er musterte ihre Strumpfhose. »Du auch.«

Er war zuerst fertig und kniete sich über Daisy, die sich zurückgesetzt hatte, um sich ihrer Nylons zu entledigen. Sie hatte sie gerade auf die Oberschenkel gestreift, und ließ sich nun auf die Ellbogen zurückfallen, so dass Nick sie bequem über die Beine hinunterrollen und von den Füßen ziehen konnte. Er warf sie beiseite und küsste Daisy erneut. Und schon drängten sie sich schwer atmend aneinander.

Er rutschte ein bisschen tiefer, um ihren Hals zu küssen, und noch ein bisschen tiefer, um ihr Schlüsselbein mit Küssen zu bedecken, um sich dann hinunter zu ihrem Brustansatz zu küssen. Kurz nur umspannte seine Hand die weiche Fülle, bevor er seinen Weg nach unten fortsetzte, bis er schließlich sein Ziel erreicht hatte.

Er drängte sich zwischen Daisys Oberschenkel, um ihr kniend den schwarzen Hauch Satin von den Hüften zu streifen. Dann legte er sich flach auf den Bauch, stützte sich auf die Ellbogen und begann, sie auf der Innenseite der Oberschenkel zu streicheln, die Augen auf das kleine Dreieck dichter blonder Locken dazwischen gerichtet.

Plötzlich legte Daisy schützend eine Hand auf den kleinen Hügel und nahm ihn die Sicht darauf.

»Oh, Daisy, nicht«, flüsterte er und schob ihre Hand weg. »Nicht bedecken.« Er sah zu ihr hoch und bemerkte ihren unsicheren Blick. »Das ist alles so fantastisch.« Er drückte ihr zuerst auf den rechten und dann auf den linken Schenkel einen Kuss. »So süß und weiblich und großartig.« Er rieb sein Kinn an den flaumigen Locken.

Er nahm sich Zeit – bedeckte ihre Schenkel mit Küssen, küsste sich über die Leisten zum schwellenden Ansatz ihrer Hinterbacken, liebkoste und schmuste mit den Lippen über ihren Schamhügel.

Erst als ihre Hüften in einen leichten Schaukelrhythmus verfielen und ihre Schenkel sich freiwillig öffneten, berührte er sie mit der Zunge. Er wurde mit einem lustvollen Stöhnen belohnt. Ihre Schenkel öffneten und schlossen sich über seinen Ohren, und ihre Finger krallten sich in sein Haar, um ihn nah bei sich zu behalten.

Er trieb sie unaufhaltsam zum Orgasmus, zog sich aber Sekunden vorher zurück. Zwischen ihren gespreizten Schenkeln kniend, streifte er sich ein Kondom über.

Ihre dunklen Augen waren verhangen, ihre Wangen glühten. »Beeil dich«, wisperte sie und sah zu ihm auf. »O Gott, Nick, bitte!«

Er ließ sich auf sie fallen, stützte sich mit einer Hand ab und drückte mit der anderen sein erigiertes Glied nach unten. Seine Hüften pressten sich an sie, und als sich die feuchte Höhle für ihn öffnete, zog er scharf die Luft ein und sank in sie hinein. »O Gott, Daisy, du fühlst dich so gut an.«

Aus ihrer Kehle drang ein leises zustimmendes »Hmm«. Ihre Hüften bewegten sich auf und ab. Er stützte beide Hände auf die Matratze und presste seine Hüften gegen ihre, kam leicht hoch und drängte wieder vorwärts.

Er beobachtete ihr Gesicht, während das langsame Schaukeln seiner Hüften sie dem Orgasmus näher und näher trieb. Ihre Augen wurden schwer, ihre Zähne gruben sich in ihre Unterlippe und ihre Wangen glühten tiefrot. Abgesehen von ihrem stoßweisen Atem, löste sich kein Laut von ihren Lippen. Aber ihre Hüften bewegten sich im Takt mit den seinen, wobei sich ihr Becken bei jedem Stoß von der Matratze erhob und ihm entgegenreckte, um ihn so tief wie möglich eindringen zu lassen. Fester drückten sich ihre kurzen Fingernägel in seinen Rücken.

»Oh, bitte«, hauchte sie. »Das ist so …« Sie holte kurz Atem und biss sich wieder auf die Unterlippe, bevor es leidenschaftlich aus ihr herausbrach: »… *wunderbar.* O Gott, Nick, das Gefühl ist einfach wunderbar. Ich wünschte, es dauerte ewig.«

Aber er beschleunigte bereits den Rhythmus seiner Hüften, und sie passte sich seinen Bewegungen sofort an. Er spürte, wie ihre Spannung immer weiter stieg und erkannte an der Art, wie sie sich wand, dass er ihren Bedürfnissen noch nicht optimal entgegenkam. Er änderte leicht seine Stellung und beobachtete mit wilder Befriedigung, wie ihr Blick plötzlich ins Leere ging und ihre Scheide sich um ihn zusammenzuziehen begann. Ihre Fingernägel krallten sich nun in seinen Rücken, hinterließen Spuren auf seiner Haut. Wollüstig keuchte sie auf und ihre Schenkel umklammerten seine Hüften wie eine Zwinge.

Das heiße Auf und Ab peitschte auch ihn dem Höhepunkt zu. Er lechzte nach Erlösung, vergrub seine Zehen in die Matratze und drang mit einem heftigen Stoß noch einmal tief in sie hinein – das Feuer in seinen Lenden brach sich Bahn und trieb ihn endgültig zum Orgasmus. Er bäumte sich auf, rief mit rauer Stimme ihren Namen und kam und kam und kam, durchbebt von immer neuen Wellen heißer, verzehrender Lust.

Schließlich sackte er erschöpft auf ihr zusammen und vergrub sein Gesicht in ihrer Halsbeuge. »O Gott, Daisy.«

Sie schlang ganz fest die Arme um ihn.

Bevor er noch richtig nachgedacht hatte, hörte er sich auf einmal sagen: »Habe ich dir eigentlich schon von meiner Idee einer Zwölf-Stufen-Liebesaffäre erzählt?« Ihm wurde sofort ziemlich flau im Magen. Wie hatte er nur davon anfangen können?

Sie lachte ein tiefes kehliges Lachen. »Was, um Himmels willen, ist eine Zwölf-Stufen-Liebesaffäre?«

Zum Teufel, jetzt war sowieso alles egal. Er stützte sich auf die Ellbogen, um ihr ins Gesicht zu sehen. Sie schenkte ihm ein träges Lächeln und kuschelte sich an ihn.

»Es ist eine Affäre, die du und ich nur von einem Tag zum anderen leben – mit der Option, dass wir eventuell eine Zukunft vor uns haben. Irgendwann einmal vielleicht.« Sie sah ihn verständnislos an, und er spürte, dass ihre Muskeln sich anspannten. Er strich mit den Fingerspitzen über ihr Gesicht. »Das verwirrt dich jetzt wahrscheinlich, weil ich dir nie gesagt habe, dass du mir wichtig bist. Aber das bist du nun mal.«

»Ich weiß, fürs Bett.«

»Das versteht sich von selbst. Aber wenn du glaubst, das sei alles, Daisy …«

»Du brauchst mir keine Versprechungen zu machen, Nick.« Sie gab ihm einen leichten Schubs, und er zuckte nicht mit der Wimper. Stirnrunzelnd fuhr sie fort: »Ehrlich gesagt wäre es mir lieber, wenn dem nicht so wäre. Ich habe seit langem akzeptiert, dass langfristige Beziehungen und ich zwei sich widersprechende Begriffe sind.« Sie blickte ihm gerade in die Augen. »Ich weiß nicht, wie ich es klarer ausdrücken soll. Mit Liebesaffären habe ich nun mal kein Glück.«

Die Verletzlichkeit, die sich in ihrem Gesicht spiegelte, versetzte ihm einen Stich, und er sagte fest: »Das liegt daran, weil du noch nie eine Beziehung mit mir hattest.« Es war kaum zu fassen – das Wort »Beziehung«, an dem er normalerweise beinahe erstickte, ging ihm glatt über die Lippen. Trotzdem … »Gib die Hoffnung nicht auf, meine Süße, das Blatt wendet sich gerade für dich.«

Sie verspannte sich noch mehr, wurde steif wie ein Stock. »Und wie soll das bitte schön deiner Meinung nach geschehen, Nick – durch eine Affäre, in der wir uns wie zwei Betrunkene benehmen, die eine volle Flasche vor dem Abgrund entdecken? Warum können wir die Dinge nicht so lassen, wie sie sind? Lass uns genießen, was wir zusammen haben, solange wir es haben – und akzeptieren, dass es früher oder später zu Ende ist.«

Er öffnete den Mund, um ihre Meinung über … ja, über was eigentlich, zu diskutieren. Über die Beständigkeit von Beziehungen? Über die spezielle Beziehung, die er vorschlug? Was auch immer, er kam nicht dazu. Als sie sagte: »Könnten wir bitte das Thema wechseln? Ich möchte darüber nicht mehr sprechen«, machte ihr Gesichtsausdruck jedes weitere Wort hinfällig.

»Okay. Möchtest du heute Nacht hier bleiben?«

»Nach dem Vermögen, das du in die Miete des Zimmers investiert hast? Aber sicher doch.«

»Das bedeutet, dass du morgen früh in deinem Abendkleid durch die Hotelhalle marschieren musst.«

Sie begann so herzhaft und fröhlich zu lachen, wie er es seit ihren Jugendtagen nicht mehr gehört hatte. »Und *warum* sollte mich das bitte stören?«

»Woher soll ich das denn wissen? Das gehört halt zu den Dingen, die neun von zehn Frauen, mit denen ich ausgehe, irritieren würde.«

Sie grinste zu ihm hoch. »Ich weiß nicht – stellt sich hier

überhaupt die Frage, wie viele Frauen du schon in Hotelzimmer abgeschleppt hast, oder liegt die Erklärung nicht auf der Hand?«

»Und die wäre?«

»Ich gehöre nicht zu den vornehmen Edeltanten, mit denen du dich normalerweise verabredest, obwohl – ich frage mich dann schon, wie vornehm sie eigentlich sind, wenn sie ohne Unterwäsche herumlaufen. Aber das ist ein anderer Punkt. Ich bin nur ein Leichtgewicht aus der Vorstadt, das nicht genug Ahnung hat, um peinlich berührt zu sein, wenn es am Morgen danach im Abendkleid gesehen wird.«

»Als Leichtgewicht würde ich dich wirklich nicht bezeichnen – wenn schon leicht, dann bist du pflegeleicht, mein Püppchen.«

»Wie auch immer, ich bin nicht dein Standardtyp. Und um auf heute Nacht zurückzukommen, wenn wir bleiben, wissen die Ganoven wenigstens nicht, wo wir sind, hmm?«

»Da ist was dran. Doch bevor wir uns für die Nacht einrichten, sollten wir noch einen Sprung zur Hotelboutique nach unten machen, um uns mit ein paar wesentlichen Dingen einzudecken.«

»Als da wären?«

»Zahnpasta, Zahnbürsten, mehr Kondome.«

Sie gab ihm wieder einen Schubs, und dieses Mal rollte er von ihr runter. »Worauf warten wir also noch? Wir wollen doch nicht, dass das Geschäft schon zu hat, bevor wir« – ihr Blick glitt an seinem Oberkörper hinunter und verweilte einen Moment auf seinem Penis – »unsere Zahnbürsten haben. Du weißt doch, saubere Zähne sind das A und O gepflegter Menschen.« Sie sprang aus dem Bett und grinste ihn an. »Junge, es gefällt mir gar nicht, dass du dein Hemd wieder anziehst. Nur mit deiner Fliege um den Hals siehst du richtig scharf aus. Eventuell sollte ich allein runtergehen. Ich bin auf jeden Fall schneller angezogen als du.«

»Schätzchen, die Frau muss erst noch geboren werden, die sich schneller anziehen kann als ein Mann.«

»Hast du in den letzten paar Tagen eigentlich nichts dazugelernt? Ich wette fünfzig Piepen, dass ich dich schlage, ohne in Schweiß zu geraten.«

»Die Wette gilt.«

Sie angelten sich ihre Klamotten, und einen Augenblick später schnallte Daisy schon ihre Samttasche mit der Pistole um, während er noch mit seinen vielen Zierknöpfen kämpfte.

Sie stieg in ihre Schuhe und ging zu ihm, um ihm zu helfen. »Ich habe fast ein schlechtes Gewissen, dein Geld zu nehmen. Das war zu einfach.«

»Du hast deine Strumpfhose vergessen.«

»Und wenn schon. Ich könnte sie noch dreimal an- und ausziehen, und du würdest dich immer noch mit diesen dämlichen Dingern abmühen.«

»Wo du Recht hast, hast du Recht.« Er verzichtete darauf, den Kragen zuzuknöpfen, ließ die Fliege darunter und warf die Manschettenknöpfe auf den Frisiertisch, um sich die Ärmel hochzukrempeln. »Fertig?«

Daisy schnaubte verächtlich. »Seit zehn Minuten, Sportsfreund.«

Er bewunderte, mit welcher Eleganz sie kaum merklich die Hüften schwang, als sie vor ihm auf den Gang hinaustrat, und dachte daran, was sie über ihr Glück bei Beziehungen gesagt hatte und dass die Dinge so bleiben sollten, wie sie waren. Sie hatte zweifellos Recht. Er hatte sich im Stillen ja oft genug mit den gleichen Gedanken herumgeschlagen. Dennoch grinste er, als er die Tür hinter sich schloss.

Sie war eben noch nie von einem Coltrane umworben

worden. Und auf einmal kam ihm der Gedanke, dass er ihr unbedingt zeigen musste, was sie bisher verpasst hatte. Das war das Wenigste, was er ihr schuldete.

16

Donnerstag

»Wusstest du, dass es im Badezimmer ein *Telefon* gibt?« Daisy kam ins Schlafzimmer. Mit einem Handtuch rubbelte sie sich die Haare trocken, ein zweites hatte sie sich um den Körper geschlungen. Es wurde Zeit, in dieses Verhältnis wieder etwas mehr Professionalität hineinzubringen. In den letzten vierundzwanzig Stunden war sie ihr irgendwo abhanden gekommen.

Sie sah zu Nick hinüber, der ihr Frühstücksgeschirr zusammenräumte und den Servierwagen für den Zimmerservice auf den Gang stellte. Einen kurzen Moment ließ sie sich von dem Gedanken lenken, wie stramm sich seine Smokinghose, das einzige Kleidungsstück, das er anhatte, über seinem knackigen Po spannte. Aber sie rief sich sofort energisch zur Ordnung. Was hatte sie gerade gesagt? Oh, ja – »Wozu, um alles in der Welt, braucht man im Badezimmer ein Telefon?«

Er schloss die Tür und drehte sich zu ihr um. »Eine gute Frage. Keine Ahnung. Ich vermute mal, dass es Leute gibt, die diesen Service zu schätzen wissen. Workaholics vielleicht.«

»Badende Telefonaholics.« Sie konnte nicht widerstehen, ihren Senf dazuzugeben. Doch dann riss sie sich zusammen. Verdammt, sie waren nicht hier, um herumzualbern, ganz gleich, wie verlockend das auch sein mochte. »Aber das ist ja auch ganz egal. Es wird Zeit, dass wir …«

»Du siehst aus, als sei dir ein bisschen heiß, Daise.« Seine Stimme hatte diesen leisen, sinnlichen Ton angenommen, der ihr in der letzten Nacht so vertraut geworden war. Ihre Hände wurden plötzlich kraftlos. Das Handtuch glitt ihr vom Kopf. Er trat dicht an sie heran und drückte ihr mit einem Finger auf die stark durchblutete Haut der Brust. Ein weißer Fleck blieb zurück, und sie beobachteten, wie die Farbe langsam wieder zurückkehrte. Nick strich ihr mit dem Handrücken über die Schultern die Arme hinunter. »Ich finde, wir sollten dich von diesem blöden dicken Handtuch erlösen und dich ein wenig abkühlen.«

Sie schaffte es, eine Augenbraue hochzuziehen. »Äußerst sozial, wie du dich stets um mein Wohlergehen sorgst.«

»Ich kenne mich in diesen Dingen eben aus. Du musst einfach nur tun, was ich dir sage, dann kannst du nichts falsch machen.«

»Träum weiter, Supermann.« Sie lachte schallend.

»Okay.« Er zuckte mit einer Schulter, als sei ihr halt nicht zu helfen. »Aber du wirst bemerkt haben, dass *ich* nicht so knallrot bin: *Ich* hab mich nicht in kilometerlange Frotteehandtücher eingepackt.« Er zupfte an dem Überschlag, mit dem sie das weiche Badetuch zwischen ihren Brüsten befestigt hatte, und schien sich auch nicht aus der Ruhe bringen zu lassen, als sie seine Hände wegschlug. »Du solltest das wirklich abnehmen. Sei ein braves Mädchen und kühl dich ab, so wie ich.«

»Ach ja. Und das würde uns dann auf eine Ebene stellen, was? Du mit bloßem Oberkörper und ich splitternackt.«

Er schien sich die Sache durch den Kopf gehen zu lassen. »Du hast Recht«, pflichtete er ihr bei. Er öffnete seinen

Taillenbund und schob die Hosen über seine schmalen Hüften. Sie fielen zu Boden, und er stand in all seiner wunderbaren Nacktheit vor ihr. »So. Niemand soll Nick Coltrane nachsagen, er trüge nicht seinen Teil zur Gleichberechtigung bei.« Er griff erneut nach ihrem Badetuch.

Sie sah, wie sich sein Körper vor ihren Augen veränderte und fand plötzlich, dass er zumindestens in einem Punkt Recht hatte – ihr war wirklich sehr heiß, zu heiß. Und eine halbe Stunde hin oder her würde den Kohl auch nicht mehr fett machen.

Sie ließ ihn an ihr Badetuch.

Er breitete es mit beiden Händen aus und zeichnete mit den Augen jede Rundung, jede Kurve nach. Dann küsste er sie auf die Schulter. »Na, ist es so nicht besser?«

»Mmmm, viel besser.«

»Und darüber hinaus ist es auch passender.« Er küsste sie seitlich am Hals. »Welch Riesenglück, dass du dich nicht in einen dieser Gästebademäntel eingewickelt hast. Gar nicht auszudenken, welchen Rettungsaufwand *das* erfordert hätte.«

»Tja, du kennst mich ja.« Sie brachte gerade noch ein leichtes Schulterzucken zu Stande, obwohl ihr ihre Muskeln zunehmend den Dienst verweigerten. »Ich habe keinen blassen Schimmer, wie man sich passend kleidet.« Er ließ das Badetuch bis zu ihren Hüften sinken und zog sie mit dieser Hilfe zu sich heran. »Ich bin immer froh, wenn ich dir dabei hilfreich zur Seite stehen kann.«

Daisy schlang die Arme um seinen Hals und genoss die harte Wärme seiner Brust. Sie bewegte sich leicht hin und her und rieb ihre Brüste an ihm. »Das ändert nicht das Geringste, Nick. Daran solltest du denken.«

»Schsch.« Er neigte den Kopf nach unten, um sie zu küssen. »Ich weiß.«

Eine Dreiviertelstunde später stiegen sie aus dem Aufzug und marschierten quer durch die Lobby zum Empfang. Der Hotelangestellte reichte Nick die Rechnung und sagte: »Ich habe hier eine Mitteilung für Sie, Mr. Coltrane. Zwei Männer haben gestern Abend nach Ihnen gefragt.«

Nick erstarrte. Er merkte, dass es Daisy genauso erging. »Haben sie ihren Namen hinterlassen?«

»Nein, Sir. Der Dame vom Nachtdienst fiel auf, dass sie nicht dem Typus unserer normalen Klientel entsprachen. Sie meinte auch, sie seien ausfallend geworden, als sie sich weigerte, ihnen Ihre Zimmernummer zu nennen, und sie hätten es abgelehnt, sich mit Ihrem Zimmer verbinden zu lassen.«

»Hmmm.« Nick reichte seine Kreditkarte über den Tresen. »Ich kann mir überhaupt nicht vorstellen, wer das gewesen sein könnte. Aber danke für die Information.«

Daisy machte erst den Mund auf, als sie vor dem Eingang des Fairmonts standen. »Plattnase und Stiernacken, meinst du nicht auch?«

Er starrte mit leerem Blick auf das Flood-Gebäude auf der anderen Seite der Straße. »Wer denn sonst?« Als sie den Hügel in Richtung des Parkplatzes, den sie mit viel Glück ergattert hatten, hinuntergingen, merkte er, dass Daisy sich wachsam in der Umgebung umsah. Es konnte ja nichts schaden, entschied er, wenn er selbst auch ein Auge auf das hatte, was um sie herum vorging.

Dann entdeckte er seinen Porsche, und er sah sich gezwungen, seine Vorstellung von Parkplatzglück zu revidieren. *»Nein!«*

Daisy wandte ihre Aufmerksamkeit von der Straße ab und blickte ihn an. »Bitte! Was ist los?« Sie folgte seinem Blick. »Oh, mein Gott, Nick! Dein schönes Auto.«

Irgendjemand – und man brauchte keinen Intelligenzquotienten von hundertdreißig, um zu wissen wer – war mit einem Wagenheber auf seinen Porsche losgegangen. Fenster und Scheinwerfer waren zersplittert, das Wagendach war zerfetzt, die makellose Karrosserie überall eingedellt. Und wo sie nicht eingebeult war, waren Obszönitäten in den Lack gekratzt. Alle vier Reifen waren aufgeschlitzt.

»Fuck«, flüsterte er. Er umrundete den Wagen ein-, zwei-, dreimal. Sein Magen hatte sich in eiskalter Wut verknotet, und sein Gehirn schien in einen roten Nebel heiligen Zorns eingehüllt zu sein. Er holte mit dem Fuß gegen das Rad auf der Fahrerseite aus. *»Fuck!«* Dann wirbelte er herum und fuhr sich mit allen zehn Fingern ins Haar. Er strich es sich so rabiat aus dem Gesicht, dass sich die Haut in den Augenwinkeln spannte. Sein Kopf fing an zu hämmern, und er drückte die Handballen gegen den Schmerz in die Schläfen. Er starrte in die Ferne, ohne irgendetwas anderes wahrzunehmen als den roten Schleier rasender Wut.

Dann drang langsam Daisys Wärme von seinem Rücken her zu ihm durch. Sie hatte von hinten die Arme um ihn gelegt und streichelte mit den Händen beruhigend seine Brust. »Es tut mir so Leid«, wisperte sie, und ihm ging seltsamerweise die Frage durch den Kopf, wie oft sie diese Worte wohl schon gesagt hatte, während er in seinem Ärger und in seinem Schmerz alles um sich herum vergessen hatte. »Es tut mir so Leid.«

»Ich liebe dieses Auto«, sagte er mit heiserer Stimme. »Es war das Erste, was ich mir gekauft habe, als ich langsam etwas mehr verdiente als nur das Geld für Essen und Wohnen. Und selbst dann hat es noch dreieinhalb Jahre gedauert, bis ich das verdammte Ding abbezahlt hatte.« Er war so stolz darauf gewesen, hatte es gehegt und gepflegt ... Es bezeugte nicht nur, dass er jetzt besser verdiente, sondern auch seine Unabhängigkeit von seinem Vater und dessen verschwenderischem Lebensstil.

»Aber was soll's, hmm? Zum Teufel damit. Es ist ja nicht

so, als sei mein *Hund* gestorben – es handelt sich schließlich nur um eine leblose Sache.« Aber diese Sache hatte *ihm* gehört, verdammt, er hatte sie sich mit seinen eigenen Händen verdient. Er fühlte sich plötzlich wie gelähmt, er fühlte sich eingeengt, ihm wurde heiß, und seine Stimme war ziemlich ruppig, als er sagte: »Könntest du das lassen, Daisy – deine Pistole drückt mich.«

Er spürte, wie sie erstarrte. Sie ließ die Arme sinken, trat einen Schritt zurück und Sekunden später war die Wärme von seinem Rücken verschwunden.

Er merkte, dass der kühle Hauch, der ihn auf Grund seiner neu gewonnenen Freiheit streifte, auch keine große Erleichterung brachte. Ohne lange nachzudenken, drehte er sich um und zog sie in seine Arme. Sie stand stocksteif da, während er die Hände über ihren Rücken auf und ab wandern ließ und sein Kinn auf ihren Scheitel drückte. »Ich bin wirklich sauer, Daisy.«

»Und du dachtest, du kannst das an mir auslassen, ja?«

»Ja, so etwas in der Art.« Er küsste sie auf die Schläfe. »Das war unfair«, gab er mit belegter Stimme zu. »Es tut mir Leid.«

»Nein, du hattest Recht.« Sie schob ihn weg. »Ich habe mich ganz und gar nicht professionell verhalten ...«

»Na großartig, jetzt soll wohl jemand ein schlechtes Gewissen haben.« Ihre Reaktion wirkte auf ihn wie ein Reizmittel, und seine Wut kehrte mit großer Heftigkeit zurück. »Verdammt noch mal, Daisy, warum reibst du nicht gleich einen Karton Salz in meine Wunde, wenn du schon dabei bist.«

Sie besaß tatsächlich die Frechheit zu lachen. Gleichzeitig streckte sie aber auch die Hand aus und berührte sein Kinn versöhnlich mit den Fingerspitzen – und sah dabei, mit den Augen gegen die Sonne blinzelnd, so bezaubernd aus, dass sein Ärger verrauchte.

»Ich versuche doch gar nicht, dir Schuldgefühle einzuimpfen, Nick«, versicherte sie ihm. »Ich habe mich wirklich nicht professionell benommen. Übrigens besteht die Gefahr, dass die Ganoven hier noch rumhängen, bereit, sich jede Sekunde auf uns zu stürzen, während wir uns von dem Schlamassel, den sie an deinem Auto angerichtet haben, ablenken lassen. Ich hätte mich hier umschauen müssen, anstatt ...«

»Mich an deinen süßen Titten knabbern zu lassen.«

Sie errötete. »Nun, so hätte ich es zwar nicht unbedingt ausgedrückt, aber ... ja.«

Offen gesagt gefiel es ihm, dass sie ihn zu trösten versuchte. Sie hatte klar gemacht, wie wichtig es ihr war, professionell zu handeln; wenn sie also seine Gefühle davorgestellt hatte, dann zeigte das, dass sie absolut nicht uninteressiert an ihm war.

Aber er war weit davon entfernt, ob dieser Tatsache gefühlsduselig zu werden. Sie würde sich nur große Sorgen um ihr Image als Profi machen und am Ende müssten sie beide bezahlen. »Was schlägst du als Nächstes vor?«

»Du wirst das nicht gern hören, aber wir müssen die Polizei verständigen.«

Er knurrte verächtlich. »Vergiss es, Daisy.«

»Du musst die Sache erst der Polizei melden, bevor du bei der Versicherung irgendwelche Ansprüche geltend machen kannst, Nick.«

Ja ... zum Teufel. Sie hatte Recht. »Gut, ich werde es der Polizei melden. Aber glaub ja nicht, dass ich mich mit denen auf das Spiel ›Wer-könnte-für-den-Schaden-verantwortlich-sein?‹ einlasse.«

»Ein Teil von mir würde jetzt nichts lieber tun, als die Vorteile davon mit dir zu diskutieren.«

»Oh, Überraschung.« Er schnaubte. »Lass mich raten. Könnte das der Ex-Cop in dir sein?«

Sie zuckte die Schultern. »Du wirst sicher ganz begeistert sein, wenn du hörst, dass die Cops, selbst wenn du diskussionsbereit *wärst*, nichts tun könnten, weil wir nämlich nicht den geringsten Hinweis haben, wer die Täter sind. Also werden wir es auf deine Weise erledigen.« Sie sah sich um. »Die Ganoven scheinen wohl doch nicht auf der Lauer zu liegen. Ich bestell ein Taxi, das kann uns nach Hause bringen. Von dort aus rufen wir dann die Polizei an, damit du für deine Versicherung ein Aktenzeichen bekommst. Brauchst du noch irgendetwas aus dem Wagen?«

Die Fototasche, der seine größte Sorge gegolten hätte, trug er bei sich. Trotzdem spähte er ins Auto – und wünschte sich auf der Stelle, es lieber gelassen zu haben. Das Wageninnere war ebenfalls total verwüstet: Die Ledersitze waren aufgeschlitzt, die Fußmatten hochgerissen und die Armaturen übel zugerichtet. Die Klappe des Handschuhfachs hatte man so lange mit dem Hammer traktiert, bis sie aufgesprungen war, und der Knauf des Ganghebels fehlte. Leise vor sich hinfluchend, richtete er sich auf.

Daisy massierte ihm tröstend den Rücken. »Komm«, drängte sie. »Lass uns verdammt noch mal von hier abhauen. Ich weiß, du bist wütend, aber ich möchte wirklich keine Schießerei auf einer öffentlichen Straße riskieren, falls die Kerle doch in der Nähe sein sollten. Unschuldige Menschen könnten aus Versehen in das Kreuzfeuer geraten.«

»Ja, ja.« Er atmete ein paarmal tief durch, um sich wieder unter Kontrolle zu bekommen. »Lass uns nach Hause fahren.«

Jacobsen trat ungeduldig von einem Bein aufs andere, während er zu Autry hinüberblickte. »Los, worauf warten wir noch?«, fragte er. »Schnappen wir sie uns.«

Autry war hin- und hergerissen. Coltrane und die Blonde, die Jacobsen ausgetrickst hatte, standen genau da, wo sie sie haben wollten. Er wusste, Jake gierte danach, es Coltranes angeheuerter Muskelmieze heimzuzahlen, und das elegante Kleid, das sie anhatte, konnte sie eigentlich nur behindern. Die Bedingungen waren so günstig, wie sie besser nicht hätten sein können.

Aber dennoch …

Die beiden wirkten verdammt vertraut miteinander. Sie hatten bestimmt im Hotel die Nacht miteinander verbracht, und er hatte so ein Gefühl, als könne Douglass das in irgendeiner Weise nutzen.

»*Komm endlich*«, knurrte Jacobsen.

»Wir lassen es.«

»*Was?*« Sein Partner wirbelte zu ihm herum. »Hat man dir ins Hirn geschissen? Warum zum Teufel?«

»Was würde uns das denn bringen, Jake? Wir haben das Auto doch schon gefilzt – wir wissen, da ist nichts. Coltrane schleppt die Abzüge sicher nicht mit sich rum.«

»Dann brechen wir ihm halt alle Knochen, bis er uns *verrät*, wo er sie versteckt hat.«

»Nein. Diesmal stellen wir es schlauer an. Coltrane scheint ziemlich intim mit seiner Bodyguard-Tussi zu sein. Das stecken wir Douglass – und dann sehen wir mal, was er mit der Information anfängt.«

Mo beobachtete, wie Reid sich ihr gegenüber an den Esstisch setzte. Er hatte seinen konservativen nadelgestreiften Banker-Anzug an; nur seine Ripskrawatte musste noch festgezogen werden. Der Knoten baumelte zwischen dem ersten und zweiten Knopf seines Hemdes. Er erwiderte zwar ihren Blick über die blank polierte Mahagonitischplatte, doch seine haselnussfarbenen Augen waren ausdruckslos, und sein Mund lächelte nicht. Er sieht wie ein Fremder aus, dachte sie.

Ein aufregender Fremder.

Sie verlagerte ihr Gewicht. Wieso plötzlich das? Das war doch lächerlich, einfach absurd.

Aber es *stimmte.* Der Reid, in den sie sich verliebt und den sie geheiratet hatte, war ein unkomplizierter Mann gewesen, der gerne und oft lachte und nur selten ärgerlich wurde. Obwohl ihre Beziehung in den letzten Jahren angespannt war, hatte das der ungezwungenen Leichtigkeit, die ein Grundzug seines Charakters war, nichts anhaben können. Doch der Reid, der ihr gegenübersaß, wirkte, als sei mit ihm nicht gut Kirschen essen. Er wirkte entschlossen und erinnerte irgendwie an ein Raubtier. Selbst in sexueller Hinsicht. So als könne er jeden Augenblick das Porzellan und Silber vom Tisch fegen und auf der Tischplatte wilden ungezügelten Sex mit ihr haben.

Du meine Güte. Sie presste die Oberschenkel zusammen. Es war offensichtlich schon viel zu lange her, seit sie *überhaupt* Sex gehabt hatten, geschweige denn in einer wilden, ungezügelten Version. Sie widerstand dem Drang, sich mit ihrer Leinenserviette Luft zuzufächeln. Stattdessen setzte sie sich gerade auf, zog die Augenbrauen hoch und musterte ihn fragend. Jetzt war ganz und gar nicht die Zeit, in albernen, pubertären Fantasien zu schwelgen.

»Ich habe etwas für dich«, sagte Reid und griff in die Innentasche seines Jacketts. Er zog ein kleines Bündel Schecks heraus und warf sie auf den Tisch. Sie fächerten sich auf der Hochglanzplatte auf, und Reid drückte die Fingerspitzen oben auf den Stapel, um sie zu fixieren. Dann schob er sie zu ihr hinüber.

»Was ist das?« Sie nahm das Päckchen an sich und sah sich einen Scheck nach dem anderen an. Ihr Herz begann zu klopfen. »Reid? Mein Gott, das ist …«

»Ungefähr die Hälfte der Summe, die du brauchst. Einige meiner Schuldner haben mir geholfen.«

Genauso, wie er es angekündigt hatte. *Es wäre nett,*

wenn du nur ein einziges Mal ein bisschen Vertrauen in mich setzen würdest. Sie hatte seine Stimme noch im Ohr. Anscheinend hatte er noch eine Reihe solcher Anrufe getätigt, die sie als sinnlos abgeschmettert hatte. Oder aber die Versager aus seiner Schulzeit hatten ihm unter die Arme gegriffen, wie er es erwartet hatte.

Sie sah ihn an. »Ich ... ich ... ich«, sie räusperte sich. »Ich weiß nicht, was ich sagen soll.«

»Sag einfach, ›Du hattest Recht, Reid. Ich war im Unrecht.‹«

Sie prustete plötzlich los. Das klang ganz nach dem alten Reid. Aber er lächelte immer noch nicht. »Du hattest Recht, Reid. Ich war im Unrecht.«

»Jetzt zieh dich aus.«

»Wie bitte?«

»Keine Bange, das war nur ein Scherz.«

»Oh.« Zu schade. Zu ihrer Überraschung musste sie feststellen, dass sie sich geradezu danach sehnte, mit dem Mann ihr gegenüber nackt zusammen zu sein.

»Reich mir bitte die Würstchen herüber, bevor sie kalt werden.«

Sie kam seiner Bitte nach und schob ihm gleichzeitig die Platte mit den Früchten und den Korb mit dem von ihr vorbereiteten Toastbrot zu. Schweigend füllten sie ihre Teller. Das einzige Geräusch war das Klappern von Besteck gegen Porzellan. Reid nahm ein paar Bissen und legte dann die Gabel auf seinen Teller.

»Ist mein Smoking aus der Reinigung zurück?«

»Ja.« Sie zog fragend die Augenbraue hoch.

»Gut. Wenn du für Freitagabend irgendeinen Termin in deinem Kalender stehen hast, dann streich ihn. Wir gehen zur Whitcomb-Gala.«

Sie sah ihn verdutzt an.»Auf die Gala für J. Fitzgerald Douglass?« Normalerweise hasste Reid so ein nervtötendes gesellschaftliches Ereignis, wie es diese Gala zu werden versprach, wie die Pest.

»Ja. Ich rechne damit, dort einige meiner alten Kumpels wieder zu treffen. Einer oder zwei, die schon wissen, worum es geht, und verschiedene andere, mit denen ich noch keinen Kontakt aufnehmen konnte. Es wird Zeit, die erste Gruppe daran zu erinnern, dass es mir Ernst ist, und die zweite darauf aufmerksam zu machen, dass ihre Zahlung überfällig ist.«

Mo legte ebenfalls ihre Gabel ab. Er sah so männlich und kompetent aus, dass sie sämtliche Animositäten über Bord warf und mit samtiger Stimme begann: *»Reid …«*

»Wir werden das übrige Geld, das du brauchst, bekommen«, versicherte er kühl und nahm seine Gabel wieder zur Hand. »Und dann setzen wir beide uns hin und sprechen über unsere Ehe.«

17

Sie waren weniger als eine Meile von ihrer Wohnung entfernt, als Nick den Taxifahrer abrupt aufforderte, rechts heranzufahren. Der Fahrer bremste hart ab, und Daisy wurde nach vorne gegen den Sitz geworfen. Sie richtete sich verdutzt wieder auf und schaute Nick zu, der inzwischen aus dem Auto geklettert war und ungeduldig kommandierte: »Komm schon!« Er streckte ihr die Hand entgegen, um ihr aus dem Auto zu helfen.

Seine Miene verriet ihr, dass es sinnlos war, auf eine Erklärung zu warten. Deshalb rutschte sie auf den anderen Sitz hinüber und krabbelte hinaus.

»Lassen Sie die Uhr weiterlaufen«, sagte er zum Fahrer. »Wir sind gleich wieder da.«

Daisy sträubte sich dagegen, an der Hand hinter ihm hergezogen zu werden und ihm wie ein braver kleiner Soldat zu folgen. Sie stemmte ihre Beine in den Boden und blieb stehen. Nachdem sie kurz ihr Kleid in Ordnung gebracht hatte, blinzelte sie ihn an. »Coltrane, würdest du bitte die Güte haben, mir zu erklären, was das soll?«

»Ich bin schlecht gelaunt. Ich brauche Ablenkung, um mich abzureagieren«, erklärte er. Er hielt sie mit einem durchdringenden Blick fest. »Ich kann dich doch nicht unentwegt nageln. Am Ende bekommst du noch Muskelkater.«

»Du lieber Himmel, Nick.« An all den Stellen, die er auf Lustgefühle konditioniert hatte, durchzuckte es sie heiß, ihre Wangen glühten.

Er sah sie an und lächelte zum ersten Mal, seit sie seinen demolierten Porsche entdeckt hatten. »Ich sage es eben, wie es ist, Ma'am. Aber ich hätte vielleicht ›mit dir schlafen‹ sagen sollen.« Er fuhr mit der Fingerspitze über ihren Nasenrücken. »Ich habe heute Nachmittag keine Termine, und das bedeutet, ich werde mich mit dir am Riemen reißen müssen. Also was bleibt als Alternative? – Videos gucken.«

»Videos?« Sie drehte den Kopf und merkte, dass sie tatsächlich vor einem Video-Geschäft standen.

»Du weißt doch – hübsche kleine Filme, die du dir im Fernseher ansiehst. Jede Menge Autos, die explodieren, Gebäude, die in die Luft fliegen, Leute, die gemeuchelt werden, und alles in herrlich blutrünstigem Technicolor.«

»Mein Gott, wie süß.« Sie schnitt ihm ein Gesicht, schlüpfte aber unter seinem Arm hindurch in den Laden, als er ihr die Tür aufhielt. »Wie wär's stattdessen mit einem hübschen beruhigenden Klassiker? *The Sound of Music*, eventuell, *Meine Lieder – Meine Träume?«*

»O ja. Da kann ich ordentlich Aggressionen ablassen.

Als Nächstes schlägst du mir noch einen dieser künstlerisch wertvollen ausländischen Filme mit Untertitel vor.«

»Nö. Ich war noch nie besonders erpicht darauf, meine Filme zu lesen.«

Der Laden war zu dieser Morgenstunde noch leer, aber die junge Frau hinter der Kasse hielt mitten im Katalogisieren zurückgebrachter Videos inne und glotzte sie an. Sie hörte sogar mit Kaugummikauen auf.

»Is' was?« Daisy starrte auf das Mädchen herab. »Kommen etwa nicht alle Ihre Kunden so gekleidet in Ihren Laden?«

»Hm, nein, Ma'am.«

Daisy zuckte mit dem Kopf zurück. »*Ma'am*?«, flüsterte sie entsetzt.

Nick zog sie am Arm. »Komm schon, die Taxiuhr läuft.«

Sie stolperte hinter ihm her, aber nicht, ohne einen giftigen Blick über die Schulter zurückzuwerfen. »Sie hat mich Ma'am genannt, Nick. *Meine Mutter ist eine Ma'am.*«

»Sie wollte dich nicht beleidigen, Daisy. Das Mädchen ist nur höflich. Betrachte es als ein Zeichen für Respekt.«

»Respekt, scheiß drauf. Es ist ein Zeichen für Alter.« Sie beäugte ihr Spiegelbild in einer chromblitzenden Regalwand, an der sie vorbeistrebten. Fest stand, sie sah nicht mehr halb so gut aus wie gestern, nachdem Benny sie zurechtgemacht hatte. Aber sie war sich ziemlich sicher, dass sie auch um keinen Deut älter aussah als am Vorabend.

Nick blieb vor einem Regal stehen und zog eine leere Videokassette heraus. »Hier, *das* ist ein Klassiker.«

»*Abgrund des Todes*? Oooh, das ist mit Ed Harris. Den finde ich gut.« Sie nahm ihm die Kassettenhülle ab und drehte sie um, um hinten den Text zu lesen. »Nick, das ist ja ein Science-Fiction-Film!«

»Ja, aber er wird dir gefallen. Da kommt jede Menge frauenfreundliches Zeugs drin vor.«

Sie kniff die Augen zusammen. »Was verstehst du unter ›frauenfreundlich‹?«

»Du weißt schon, Liebeskram.« Ihre Augen mussten gefährlich aufgeblitzt haben, denn er verbesserte sich schnell: »Sagte ich Liebeskram? Ich meinte natürlich Emanzenkram. Jetzt such du dir was aus.«

»Wetten, ich finde hier auch irgendetwas männerfreundliches.« Sie schleppte ihn zur Cartoon-Abteilung hinüber.

»Sehr witzig. Suchst du dir jetzt endlich etwas aus, oder willst du das mir überlassen?«

»Ganz bestimmt. Weil ich den Nachmittag unbedingt damit verbringen will, mir explodierende Autos oder Frauen mit Silikonbusen anzusehen.« Sie marschierte in die Klassikabteilung und sah sich um. »Wie wär's mit *Harvey*? Oder *Friendly Persuasion* vielleicht?«

Er beugte sich über ihre Auswahl. »Ich kann zwischen Hasen und Gänsen wählen?« Er zuckte die Schultern und richtete sich wieder auf. »Du hast Recht. Video war eine dumme Idee.«

»Das habe ich nicht gesagt.«

»Ja, schon gut, aber du hast trotzdem Recht. Lass uns nach Hause fahren. Ich kehre zu Plan A zurück.«

»Ich weiß, ich werde meine Frage gleich bedauern, aber ich riskier's. Was ist Plan A?«

»Er sieht vor, den Nachmittag damit zu verbringen, dich für andere Männer zu versauen.«

Sie hatte das schreckliche Gefühl, dass ihm das bereits geglückt war, und ihre Chancen, mit einem unversehrten, ungebrochenen Herzen aus dieser Beziehung herauszukommen, wurden von Stunde zu Stunde geringer. Das hielt sie indessen nicht davon ab, ihr Kinn vorzurecken und zu kontern. »Ich weiß nicht, wie ich dir das beibiegen soll, Coltrane, aber dein Ego ist erheblich größer als dein Rie …«

Nick hielt ihr mit der Hand den Mund zu, grinste sie dabei aber an, und die Schatten um seine Augen wurden etwas heller. »Miss Parker, bitte. Wenn Ihnen schon nichts Nettes einfällt, dann haben Sie doch wenigstens so viel Anstand, die Dinge zu umschreiben.«

Sie entzog sich seiner Hand. »Wirklich sehr süß, Nick. Hat man dir das in der Tanzschule beigebracht?«

»Nein, ich bin mir ziemlich sicher, das war bei einem Überlebenstraining für das zerbrechliche männliche Selbstbewusstsein.« Er deutete mit dem Daumen auf das Regal. »Jetzt entscheide dich endlich. Wenn wir nicht bald zu Potte kommen, können sich die Kosten für das Taxi langsam an der Staatsverschuldung messen lassen.«

Als das Taxi sie absetzte, türmten sich vom Meer her Wolken auf, und die Temperatur war empfindlich gefallen. Daisy ging schnurstracks ins Schlafzimmer, um sich umzuziehen. Als sie in Pullover und Jeans wieder herauskam, hatte Nick sein Jackett abgelegt und stand mit dem Telefonhörer in der Hand an der Frühstückstheke. Sie hörte zu, wie er den Schaden an seinem Auto schilderte. Nachdem er das Gespräch mit der Polizei beendet hatte, wählte er die Nummer seiner Versicherungsgesellschaft.

Als er sich ein paar Minuten später zu ihr auf die Couch setzte, war er angespannt und seine Augen waren wieder umschattet. Sie warf die Zeitschrift, die sie gar nicht richtig gelesen hatte, beiseite, zog die Knie an die Brust und wandte sich ihm zu. »Bist du okay?«

»Nein.« Er riss sich die Fliege vom Hals und begann die Knopfstecker aus seinem Hemd zu lösen. »Ich bin wieder total fertig. Diese Ganoven demolieren mir mutwillig mein Auto, meine Versicherung wird vermutlich meine Prämie erhöhen, und ich werde von einem Mann verfolgt, den jeder andere als …« Er unterbrach sich selbst und starrte auf einen Perlmuttstecker, der nicht aus seinem Loch herauswollte. »Und dann noch dieses verdammte Hemd. Wer, zum Teufel, hat nur solche Verschlüsse erfunden?« Er nahm die Schlitze zwischen die Finger und riss mit beiden Händen daran, ohne Rücksicht auf das handgesäumte Knopfloch, das den Stecker nicht schnell genug freigegeben hatte.

»Langsam«, sagte sie sanft und wippte nach vorne auf die Knie. Sie schob seine Hände weg und löste die letzten paar Stecker. Dann richtete sie sich auf und streifte das Hemd von seinen Schultern.

Als es nach hinten auf die Couch fiel, starrte er sie mit brennenden Augen an. »Na wunderbar. Und um dem Ganzen die Krone aufzusetzen, benehme ich mich auch noch wie ein Idiot.«

»Sei nicht so hart zu dir, Nick. Das war ein stressiger Vormittag. Du hast das Recht auf ein bisschen schlechte Laune.«

»O Mann, o Mann.« Er nahm ihr Gesicht in beide Hände. »Mädchen, ich liebe dich.« Dann küsste er sie.

Ihr Herz machte einen Sprung und klopfte wie wild gegen ihre Rippen, auch wenn sie genau wusste, dass er mit »Ich liebe dich« nicht »Ich *liebe* dich« meinte. Es war eine Redensart. Er hatte damit nicht etwa gemeint, dass er in sie verliebt war oder so etwas.

Was auch gut war; genauso sollte es sein. Ihr Zusammensein war rein körperlicher Art, und dazu eine zeitlich begrenzte Beziehung.

Das warme Gefühl um ihr Herz kam nur von der geteilten Körperwärme an einem kühlen Frühlingstag.

Das versuchte sie sich jedenfalls einzureden, als er sie entkleidete und sich mit seinem festen, warmen Körper auf sie legte. Ständig versuchte sie, sich das ins Bewusstsein zu rufen, während er sie zärtlich und behutsam und mit unendlicher Sanftheit liebte. Und selbst als er sie leise flüsternd mit »Ich liebe dich, Daisy, liebe dich, liebe dich« in süßes Vergessen wiegte, und über den Abgrund in schwindelnde Höhen, an einen Ort pulsierender Raserei katapultierte, wo sie in Schaudern lustvoller Befriedigung verebbte, klammerte sie sich immer noch an diesen Gedanken.

Erfüllt von ihren Empfindungen, konnte sie nur schwer einen zusammenhängenden Gedanken fassen und noch viel weniger einen Schutzpanzer anlegen. So lag sie selig in Nicks Armen, und er hielt sie lange umfangen, bevor er sie schließlich in eine Ecke der Couch packte und mit einer Decke zudeckte. Er stützte sich vor ihr mit den Händen an der Rückenlehne und der Armlehne ab und starrte auf sie hinunter. »O Mann, Daisy.« Er drückte einen sanften Kuss auf ihre Lippen. »*Danke.* Ich glaube, jetzt bin ich wieder fit für den Alltag.«

Siehst du?, sinnierte sie, *das war Sexgeflüster, nichts weiter als läppisches Sexgeflüster.* Doch irgendetwas an seinem Gesichtsausdruck – etwas wie Zärtlichkeit oder Belustigung lag in seinem Lächeln – machte sie unruhig. Bevor sie es noch richtig zu fassen bekam und nachhaken konnte, hatte er schon die verstreut herumliegenden Teile seines Smokings eingesammelt und war nackt auf dem Weg ins Schlafzimmer.

Wenige Minuten später war er wieder zurück. Er war barfuß, steckte in einer alten Jeans und zog sich gerade einen ausgeblichenen blauen Pullover über den Kopf. Inzwischen hatte sie entschieden, je weniger sie sagte, desto besser sei es. Abwarten und Tee trinken. Bis morgen würde sich alles wieder normalisiert haben. Was hatte es also für einen Sinn, die Pferde heute scheu zu machen?

Er kämmte sich mit den Fingern das Haar aus der Stirn und ging schnurstracks in die Küche. Eine Minute später hörte sie Popcorn knallen, und ihre Nase umwehte ein köstlicher Duft. Daisy kniete sich hin und beobachtete ihn über die Rückenlehne der Couch. »Kann ich dir helfen?«

»Bereite das Video vor. Du kannst schon mal vorspulen und Werbung und Vorspann schnell durchlaufen lassen.« Er blickte zu ihr hinüber. »Was möchtest du trinken?«

»Ich glaube, 'ne Coke.«

»Ich habe auch Bier, wenn du das lieber hättest.«

»Für mich nicht, aber du brauchst dir keinen Zwang anzutun. Mir ist jede Art von Cola recht.« Sie war schließlich nach wie vor im Dienst, egal, wie sehr er sich bemühte, dies wie ein Date aussehen zu lassen.

Kurz darauf kam er mit einem Tablett zu ihr und hielt es ihr hin. Sie nahm sich die gekühlte Coladose und ein Glas mit Eiswürfeln. Während sie den Verschluss aufzippte und sich einschenkte, stellte er seine langhalsige Bierflasche auf der Truhe ab und griff nach einer großen Schale mit gebuttertem Popcorn und einem Stapel Servietten. Dann ließ er sich neben sie auf die Couch fallen. Er bedeutete ihr, die Decke über sie beide auszubreiten, und stellte sich anschließend die Popcornschale auf den Schoß. Nachdem er das Video per Fernbedienung aktiviert hatte, setzte er sich bequem zurück und legte einen Arm um ihre Schultern.

Daisy kuschelte sich an ihn. Sie nahm ihr Glas zur Hand, und als sie beide gleichzeitig in die Schale griffen, verschränkte sie die Finger mit ihm, jedoch ohne ihren Blick vom Fernseher zu wenden; sie hatte sich bereits in die Geschichte hineinziehen lassen, die sich vor ihnen auf dem Bildschirm ausbreitete.

Sie würde sich eher die Zunge abbeißen, als es zugeben: Aber sie merkte, wie sie von dieser Liebesgeschichte gefesselt wurde. Sie redete sich ein, dass das nur an der Heldin lag, die unerwarteterweise keine schwache Frau war. Sie brauchte den Helden weder dazu, um ihre Haut zu retten, noch erlaubte sie ihm, sie wie einen Fußabtreter zu behandeln. Stattdessen führte sie sich in der ersten Szene in Hoppla-jetzt-komm-ich-Manier ein und schien sich nicht darum zu kümmern, ob man sie mochte oder nicht. Daisy hegte den starken Verdacht, dass Nick sie mit seiner Bemerkung von wegen weiblicher Emanzipation hatte provozieren wollen. Aber dass es um eine Heldin ging, die sich trotz all ihrer Probleme nicht hängen ließ, gefiel Daisy sehr.

Aber ihr gefiel auch noch etwas anderes: Ihr gefiel es, mit Nick zusammen zu sein, auf der Couch herumzusitzen und einen Nachmittag mit Videos zu vertrödeln. Das überraschte sie; zum Teil wohl auch deshalb, weil sie sich nie und nimmer hatte vorstellen können, dass er sich mit so einer zahmen Freizeitgestaltung zufrieden geben würde. Sie brachte ihn in ihren Gedanken immer mit teuren Weinen, Designer-Klamotten und intellektuellem Bildungsbürgertum in Verbindung. Er war für sie jemand, der meist auswärts essen ging und seine Wohnung in erster Linie dafür brauchte, um sich für das nächste Event umzuziehen.

Ihr kam langsam der Verdacht, sie habe ihm Unrecht getan. Sicher, er war auf San Franciscos gesellschaftlichem Parkett zu Hause, und meist kleidete er sich wie ein Model aus einer exklusiven Modezeitschrift. Aber er schien sich genauso wohl zu fühlen, wenn er in seiner Küche kochte, Bier schluckte und in alten Jeans steckte. Und seine Wohnung war – das ließ sich nicht leugnen – gemütlich und hatte viel persönliches Flair.

Bevor der Film noch zu Ende war, begann er an ihr herumzufummeln; er zog die Linie ihres Ohrs nach und glitt mit den Händen unter ihren Pullover. Vom Video gefangen genommen, drückte sie ihr Ohr auf die Schulter und wehrte ihn mit dem Ellbogen ab.

Aber es gelang ihm trotzdem, sie scharf zu machen, und sofort, als der Abspann über den Fernsehschirm zu flimmern begann, wälzte sie sich herum und setzte sich rittlings auf seinen Schoß. Sie küsste ihn leidenschaftlich, und als sie wieder zur Besinnung kam, lag sie mit einem Lächeln auf dem Gesicht erschöpft und wohlig müde an seiner Brust. Ihre Jeans lag auf dem Boden, ihr Pullover war bis zu den Achselhöhlen hochgeschoben. Nick war in ähnlichem Zustand, nur dass seine Jeans es nur bis zu den Knien geschafft hatte.

Er räkelte sich. Als er die Arme nach oben in die Luft reckte, wurde sie von seinem Brustkorb hochgedrückt. Dann fing er an, ihren nackten Rücken zu kraulen. Er drückte das Kinn an die Brust und lächelte auf sie herab. »Ich liebe dich, Daisy.«

Und schon war es vorbei mit ihrer Entspannung. In ihrer Verlegenheit und Hilflosigkeit löste sie sich von ihm und stand auf. Sie bückte sich nach ihrer Jeans und merkte, dass ihr Slip noch an einem Knöchel baumelte. Sie zog ihn glatt, stieg mit dem anderen Bein hinein und zog ihn hoch. Dann griff sie nach ihrer Jeans. Sie musterte ihn stirnrunzelnd. »Das brauchst du nicht zu sagen.« Sie wünschte sich wirklich aus ganzem Herzen, er hätte es nicht gesagt. Die Worte gingen ihm viel zu leicht über die Lippen, und sie waren zu quälend, nachdem er ihr die schmerzliche Lektion erteilt hatte: Als Nächstes fällt die Tür hinter ihm ins Schloss. »Du kannst mich auch so flach legen, also lass das bitte, okay?« Sie zog sich den Pullover runter. »Hunger? Warum machen wir uns nicht ein paar Sandwiches?«

Er schwieg, und sie entfloh in die Küche, krampfhaft gegen die Tränen ankämpfend, die in ihr hochstiegen. Sie atmete tief durch die Nase ein und wieder aus, biss die Zähne zusammen und starrte mit brennenden Augen auf die Brotschublade, bis das Gefühl vorbei war. Sie nahm einen Laib Mehrkornbrot heraus, drehte sich um und legte ihn auf die Frühstückstheke. Nick stand auf der anderen Seite. Sie hatte ihn nicht kommen gehört, aber er war da. In der Hoffnung, dass er das Thema fallen ließ, wenn sie ihn ignorierte, machte sie sich an dem kleinen Plastikclip zu schaffen, mit dem die Brottüte verschlossen war.

Sie hätte es besser wissen müssen. Er griff geschickt über die Theke nach ihrer Hand. Sie wusste, es hatte keinen Sinn, sich zu wehren. Das Unvermeidliche würde nur aufgeschoben. Sie stand still da, ihre Blicke begegneten sich, und ein tiefer Seufzer löste sich aus ihrer Kehle.

Er lächelte sie zärtlich an und ließ sie los. »Schau, Mama, keine Erektion«, sagte er und trat mit ausgebreiteten Armen zurück, damit sie sich selbst davon überzeugen konnte. Als sie genau das tat, zog er spöttisch einen Mundwinkel hoch. Er ließ ihr einen Moment Zeit und sagte dann: »Meinst du, wir beide könnten uns darauf einigen, dass ich in genau dieser Minute nicht auf das eine aus bin?«

Sie zuckte die Schultern.

»Ich betrachte das als Zustimmung. Okay, dann lies es mir von den Lippen ab, meine Süße, denn jetzt spricht nicht mein Schwanz. Es kommt genau von hier.« Er schlug sich mit der Hand ans Herz. »Ich liebe dich.«

Sie warf mit der Tüte Brot nach ihm. »Hör auf damit!«

»Ich kann nicht.« Er flankte über die Frühstücksbar und landete direkt vor ihr. Mit den Fingerspitzen strich er ihr über die Wange und lächelte schief, als sie sie wegschlug. »Ich liebe dich.«

Seine Worte versetzten irgendeinen Teil von ihr in freudige Erregung, und sie wich entsetzt zurück. *Nein,* verdammt. Auf diese wackelige Brücke wagte sie sich nicht noch einmal. Sie hatte das ganz schlimme Gefühl, dass es dieses Mal noch weitaus schwerer sein würde, sich zu erholen, als damals. Sie merkte mit Genugtuung, dass Zorn und Wut in ihr aufflammten. Das half ihr, kühl zu reagieren. »Warte fünf Minuten«, empfahl sie ihm lakonisch. »Ich bin sicher, das geht vorbei. Ist das bei dir nicht immer so?«

Bei jedem Schritt, den sie zurückwich, machte er einen Schritt vorwärts. »Glaubst du, dass ich es mir damit leicht gemacht habe? Das Letzte, was ich wollte, war, mich zu verlieben – du und ich wissen besser als die meisten anderen, wie gering die Chancen sind, dass eine Beziehung klappt.«

»Und ich weiß auch besser als irgendjemand, dass du in der einen Minute einem Menschen gerade in die Augen sehen und sagen kannst ›Ich liebe dich‹, um dich in der nächsten umzudrehen und zu sagen: ›April, April, war nur ein Scherz.‹«

»Ich habe nie gesagt: ›War nur ein Scherz.‹«

»Aber beinahe.« Sie stieß mit dem Po an die Theke und hob das Kinn, um ihm ins Gesicht zu sehen. »Du hast gesagt: ›Sei nicht so naiv, das waren doch nur die Hormone.‹ Dann hast du dich umgedreht und bist zur Tür hinaus.«

»Ich war so verdammt durcheinander«, erklärte er heiser. »Ich fühlte mich, als hätte ich eine Atombombe gezündet, während ich eigentlich davon ausgegangen war, es nur mit einer Knallerbse zu tun zu haben.«

»Das war ja wohl nicht als Spitze gedacht.«

»Daisy, mir ist nicht nach Scherzen zumute. Ich wurde an jenem Abend von meinen Gefühlen überrollt, und ich muss dir ehrlich sagen, sie erschreckten mich zu Tode. Ich *wollte,* dass es nur Sex war. Denn wenn nicht, dann würde ich, davon war ich überzeugt, über kurz oder lang ein Leben wie mein Vater führen.«

Die Heftigkeit, mit der er sprach und der Ausdruck in seinen Augen ließen Daisys Herz so wild schlagen, dass sie dachte, ihr zerspringe gleich die Brust. Doch sie straffte die Schultern, spannte den Rücken an und sah ihm direkt in die Augen. »Das muss ich dir lassen – du wärst echt ein guter Imageberater. Es gehört schon eine große Portion Talent dazu, eine Lebensgeschichte umzuschreiben.«

»Ja, und erzählen kann man viel. Deshalb werde ich es dir wohl im Laufe der Zeit beweisen müssen.«

»Es gibt kein ›im Laufe der Zeit‹, Coltrane. Nicht für dich und nicht für mich. Es gibt nur diesen Auftrag.«

»Es gibt das Heute, Parker. Damit werde ich anfangen.« Er umfasste ihr Gesicht mit der Zartheit eines Schmetterlings. Daisy packte seine Handgelenke, um seine Hände wegzuziehen. Doch ohne jede sichtbare Anstrengung blieben sie dort, wo sie waren. Er schenkte ihr ein verunglücktes Lächeln, neigte den Kopf und küsste sie auf die Lippen. Es war der sanfteste, zärtlichste Kuss, den sie je bekommen hatte. All ihre Anspannung schwand dahin, und sie sank willenlos gegen die Theke.

Sie erwiderte seinen Kuss mit ungezügelter Leidenschaft. Doch irgendwo in einer dunklen Ecke ihres Bewusstseins versicherte sie sich, dass sie seinen Schmeicheleien nicht auf den Leim gehen würde, um sich mit Haut und Haaren verspeisen zu lassen. No, Sir.

Sie nahm einfach nur noch eine kleine Auszeit.

18

Freitag

Nick schlief wie ein Toter, als er aufwachte, hatte er Mühe, sich zu orientieren. Aber er fühlte sich seltsam zufrieden. Es war noch dunkel, und für einen Moment konnte er nicht sagen, welcher Tag es war, ja nicht einmal, wo er war. Er war wie benebelt und sehr träge, fühlte sich, als habe man ihn über Nacht seines Skeletts beraubt. Und so dauerte es eine Weile, bis er sich der Wärme in seinem Rücken und des Arms, der schwer über seiner Taille lag, bewusst wurde. Er rollte sich vorsichtig auf den Rücken und betrachtete Daisy. Seine Zufriedenheit erblühte zu vollkommenem Glück.

Seines stützenden Rückens beraubt, war sie halb auf ihr Gesicht gefallen, und selbst im Schlaf nahm sie diese Behandlung nicht einfach so hin. Sie zog die Augenbrauen zusammen und krauste verstimmt den Mund. Er hatte die Betttücher verrutscht, und sie fröstelte, als die kühle Morgenluft ihre bloße Haut streifte. Ihre Hand tastete über die Matratze und suchte ihn. Als ihre Finger seine Hüfte berührten, wand sie sich über das Laken, um sich wieder an ihn zu kuscheln. Ihre Wange fand einen Ruheplatz in der Vertiefung unterhalb seines Schlüsselbeins, und bald schmiegte sie sich noch enger an ihn, wobei sie ein Bein zwischen seine Oberschenkel platzierte.

Nick hob den Kopf und zog das Kinn ein, um sie weiter zu betrachten. Er genoss es, wie ihre glatten Beine auf der Suche nach einer bequemen Stellung an ihm rieben, genoss den Druck ihrer Brüste. Ihre Hand zog eine prickelnde Spur über seine Brust hinauf zu seinem Schlüsselbein und den Hals entlang, um sich schließlich in sein Haar zu wühlen. Ein Lächeln spielte um ihre Lippen, und aus ihrer Kehle löste sich ein Laut tiefster Befriedigung. Dann sank sie wieder in einen tieferen Schlaf, wurde schlaff und schwer.

Er schlang einen Arm um sie und grinste in die Dunkelheit. Wer hätte gedacht, dass jemand, der im Wachzustand solch eine Kratzbürste war, im Schlaf zu so einem Kuscheltier mutierte? Obwohl, wenn er genauer darüber nachdachte, dann war das gar nicht so überraschend. Daisy war ein Mensch, der ausgesprochen gern Körperkontakt suchte. Sie hatte, weiß Gott, nie gezögert, »Hand an *ihn* zu legen« – sei es in freundlicher oder in feindlicher Absicht.

Doch das eigentlich Verblüffende war, dass er selbst sich als so ein verliebter Narr entpuppt hatte. Und er *war* verliebt, trotz all seiner Bemühungen, dies abzuleugnen.

Es hatte ihn wie ein Hammerschlag getroffen, als sie in diesem Videoladen gestanden hatten und er ihr den Mund zugehalten hatte, um sie daran zu hindern, die Größe seines besten Stücks lächerlich zu machen. Bis zu diesem Augenblick hatte er sich miserabel gefühlt, war wegen der Demolierung seines Autos krank vor ohnmächtiger Wut gewesen, einer Wut, die ihn innerlich fast aufgefressen hatte. Jede andere Frau, die er kannte, hätte ihn bemitleidet und bedauert, gehätschelt und getätschelt, bis er die Situation wieder im Griff gehabt hätte. Daisy hatte ihm zwar auch beigestanden und Mitgefühl gezeigt, als sie den Wagen entdeckten, aber sie hatte im Übrigen keine besondere Rücksicht auf ihn genommen. Dann hatte er sie mit dieser blöden Bemerkung in Verlegenheit gebracht. Kein Mensch, der solche Dinge auf sich beruhen ließ, hatte sie ihr eigensinniges Kinn vorgestreckt und ihm in der ihr typischen Manier eins übergebraten, und RUMMS! Plötzlich hatte er sich *glücklich* gefühlt, einfach so, obwohl er absolut keinen Grund dazu hatte. Und in diesem Augenblick hatte er gewusst, es war um ihn geschehen. Er konnte es einfach nicht länger leugnen.

Seine Gefühle für sie waren so stark, dass sie ihm gehörig Angst machten. Wenn Daisy da war, war alles schärfer, klarer, *heller* – das Leben war prickelnder, die Welt war aufregender. Ohne sie hatte er ein absolut akzeptables Leben geführt, doch *mit* ihr, o ja, mit ihr fühlte er sich hundertmal lebendiger.

Er wäre ein Narr, wenn er nicht Angst hätte. Daisy hatte die Macht, ihn zu verletzen, und zwar auf eine Weise, die er selbst eigentlich gar nicht so recht begriff. Aber er hatte es satt, sich etwas vorzumachen. Es ging nicht nur um Lust oder Zuneigung oder Freundschaft. Die Wahrheit war, dass er sich wahrscheinlich schon vor neun Jahren in sie verliebt hatte. Er war nur nicht bereit gewesen, das zu akzeptieren.

Er war in jeder Hinsicht von ihr fasziniert, besonders aber von ihrer widersprüchlichen Persönlichkeit. Es faszinierte ihn, wie sie körperlich so furchtlos sein konnte und dabei gleichzeitig emotional so schüchtern. Sie steckte von einem Mann, der doppelt so groß war wie sie, einen Schlag ein, ohne mit der Wimper zu zucken … und dann drehte sie sich um und errötete wie ein Schulmädchen, wenn von ein bisschen Sex die Rede war.

Und dann drehte sie sich noch einmal um und brachte sich mit der Begeisterung, wenn auch nicht der Routine einer Kurtisane, die seit ihrer Geburt auf nichts anderes trainiert worden ist, in den Akt selbst mit ein.

Sie konnte taktvoll sein, aber auch von einer Direktheit, die bis hin zur Aggressivität ging. Er hatte erlebt, wie sie in dem einen Augenblick unglaubliche Geduld an den Tag legte, um im nächsten unvermittelt aus der Haut zu fahren. Sie konnte brüskieren oder charmant sein. Er wusste nie genau, was er von ihr zu erwarten hatte … nur, dass sie immer ehrlich mit ihm sein würde. Daisy war weder anmaßend noch hochgestochen, weder angeberisch noch geschwätzig, Maulheldentum war ihr so gut wie fremd.

Er wusste auch, dass er ein hartes Stück Arbeit vor sich hatte, wenn er ihre Liebe zurückgewinnen wollte. Sie hatte sie ihm einmal freiwillig gegeben, und er hatte sie mit Füßen getreten. Es würde kein Spaziergang werden, Daisy zurückzuerobern.

Er musste ihr den Hof machen, musste um sie werben. Aber wie sollte er das bewerkstelligen, wenn er und Daisy wie die Kletten aneinander hingen? Er konnte nicht überraschend mit einem Strauß Blumen in der Hand vor ihrer

Tür stehen oder unter ihrem Fenster eine Serenade darbringen oder sie zu einem Candlelight-Dinner entführen und zu einem langsamen Tanz auffordern.

Trotzdem … es war nicht unmöglich. Dinge ließen sich immer irgendwie bewerkstelligen. Er küsste Daisys Augenbraue, löste sie behutsam von sich und legte sie auf die Matratze zurück. Sie murmelte zwar irgendeinen Protest, doch er schob ihr ein Kissen unter den Kopf, zog die Betttücher um sie fest, und sie gab sich zufrieden. Dann stieg er aus dem Bett und griff nach seiner Jeans.

Die Zeit war knapp, und er hatte eine Menge zu tun. Unter anderem musste er sich einen Mietwagen kommen lassen.

Das unverwechselbare Klicken der Wohnungstür weckte Daisy. Sie setzte sich kerzengerade im Bett auf. Nick war nicht mehr neben ihr. Sie überlegte nicht lange, stieß die Betttücher beiseite und schoss splitternackt aus dem Bett. Das Herz schlug ihr bis zum Hals. Sie schnappte sich ihre Pistole und stürmte aus dem Zimmer, überzeugt, Nick im Wohnzimmer in den Klauen des Schlägertrupps vorzufinden.

Stattdessen überraschte sie ihn in dem kurzen Gang vor der Wohnungstür – allein, wo er im Gehen mit zusammengezogenen Augenbrauen irgendetwas in einem Aktendeckel studierte. Sie bremste aus vollem Lauf neben ihm ab. Entwarnung – ihr Arm mit der Pistole fiel schlaff herunter.

Ihr stürmischer Auftritt ließ ihn aufblicken, und er blieb abrupt stehen. »Wow.« Er begrüßte sie mit einem schiefen Lächeln. »Ich träum wohl? Die Fleisch gewordene Fantasie meiner schlaflosen Nächte.« Er warf ihr einen dieser ironischen Blicke zu, die er so perfekt beherrschte. »Abgesehen von der Pistole natürlich. Gewöhnlich haben die nackten Frauen in meinen Fantasien nämlich eine dieser französischen Auflaufformen in der Hand, oder eine Sautierpfanne oder so was Ähnliches, quasi als Symbol dafür, dass sie gerade dabei sind, Leckereien zu machen, um mein zweitgrößtes Verlangen zu stillen.« Sein prüfender Blick glitt langsam von unten nach oben und blieb an ihren Brüsten hängen. »Du frierst ja, Sahnetörtchen.«

Ihr war wirklich kalt. Durch den Schock der kühlen Morgenluft nach dem warmen Bett war ihr ganzer Körper mit einer Gänsehaut überzogen und ihre Brustwarzen hatten sich zu schmerzenden kleinen Punkten zusammengezogen. Als sie sich mit den Händen die Arme ein bisschen warm massieren wollte, erinnerte sie sich wieder an ihre Pistole. Sie sicherte die Waffe und legte sie ab. »Ich habe die Wohnungstür gehen gehört und ich war davon überzeugt, dass die Typen gekommen sind.«

»Also bist du in deinem Sonntagskleid losgespurtet, um meine Haut zu retten. O Daisy, du bist einfach die Beste.« Er zog sich seinen Pullover über den Kopf und warf ihn ihr zu.

Sie fing ihn mit beiden Händen auf und starrte auf den Aktendeckel, den er sich zwischen die Knie geklemmt hatte, um die Hände frei zu haben. Mit einer Geste in dessen Richtung fragte sie: »Was hast du da?« Sie zog sich schnell den Pullover über, schüttelte sich wohlig, schob sich die Ärmel hoch und streckte die Hand nach dem Aktendeckel aus, den er wieder in die Hand genommen hatte. »Hat das jemand draußen auf dem Treppenabsatz abgelegt? Du hättest die Tür nicht ohne Rückendeckung öffnen dürfen, weißt du.« Sie griff ein zweites Mal danach, weil er die Mappe aus ihrer Reichweite gebracht hatte. »Coltrane, bitte! Ich möchte es prüfen.«

Er wehrte sie ab. »Das hat niemand hier abgelegt, Daisy, also brauchst du dir auch keine Sorgen wegen einer Briefbombe oder so was zu machen. Ich habe es gerade entwickelt.«

Die eine Hand auf seiner Brust abgestützt, die andere noch in der Luft, hielt sie mitten in der Bewegung inne. »Du hast was?«

»Es gerade entwickelt. Es ist ein Foto.«

»Du bist ohne mich in der Dunkelkammer gewesen?«

»Ja-a. Ich wollte dich überr …«

»*Ohne mich?* Verdammt, Nick!« Sie hämmerte mit der Faust auf seine Brust ein. »Bist du noch bei Trost? Was muss denn noch passieren, bevor du checkst, dass diese Kerle es ernst meinen? Sie *mögen* dich nicht.«

»Und ich bin auch nicht wild auf sie. Aber wir brauchen einen Mietwagen.« Er packte die Hand, mit der sie ihn geschlagen hatte, und küsste sie auf die Knöchel. »Und bei allem war ich extra supervorsichtig. Vorsicht ist mein zweiter Vorname.«

»Selbstherrlich ist dein zweiter Vorname, Coltrane. Oder ist es ›Strohdumm‹? Auf jeden Fall irgendetwas mit S.«

»Du bist so süß, wenn du wütend bist.«

Jetzt sah sie endgültig rot. Aber er trat schnell einen Schritt zurück und streckte die Arme zur Seite, um sich einmal um die eigene Achse zu drehen. »Siehst du? Alles noch dran.«

Mit Angst konnte man so viel besser umgehen als mit Wut. Daisy holte einmal tief Luft und schluckte beide Gefühle hinunter.

Der Mann hatte ja Recht, es war noch alles an ihm dran. Ihn anzuschreien und ihm vorzuhalten, was alles passieren hätte *können,* wäre zwar befriedigend, aber es würde sie letztendlich nur wie eine Freundin oder so etwas aussehen lassen. Sie streckte das Kinn vor. »Du hast mich engagiert, um dich zu schützen. Das kann ich nicht, wenn du ständig ohne mich wegläufst.«

»Was heißt hier ›ständig‹, Daisy? Das war *ein*mal.« Er hob sie plötzlich auf die Arme, doch sie machte sich stocksteif und weigerte sich einzulenken. Als er an dem kleinen Dielentisch vorbeischritt, ging er in die Knie. »Nimm deine Kanone. Ich weiß doch, wie ungern du dich von ihr trennst.«

Sie nahm sie an sich. »Was ist denn nun in der Mappe?«, verlangte sie erneut zu wissen. Sie grapschte danach, klammerte sich dann aber schnell an seinen Hals, als er sie einmal schnell im Kreis herumdrehte. »Lass mich runter, du Idiot.«

»Ich denk nicht dran. Ich mag das Gefühl, dich in meinen Armen zu haben.

Mann. Sie wünschte, er würde solche Sachen nicht sagen. Das erinnerte sie zu sehr an ihre Gefühle in der High-School-Zeit.

Er ließ sich mit ihr auf dem Schoß auf die Couch plumpsen. Unter ihren bloßen Beinen spürte sie die Struktur seiner abgewetzten Jeans. »So«, sagte er. »Du willst also sehen, was hier drin ist, hm?« Er wedelte mit der Mappe vor ihrer Nase herum.

»Ja-a. Ich möchte echt gerne wissen, was du für so wichtig hältst, dass du dafür Kopf und Kragen riskierst?«

Er übergab ihr die Mappe ohne weiteren Kommentar.

Sie warf ihm einen neugierigen Blick zu und löste das Gummiband, das zwischen zwei flachen Knöpfen wie eine Acht um die Mappe geschlungen war. Sie öffnete beide Klappen und starrte auf eine Dreizehn-mal-achtzehn Schwarzweißfotografie von … »Oh!«

Ihr. Es war eine Porträtaufnahme. Und zwar kein Foto, das sie in all ihrem Glamour vom Abend zuvor zeigte, sondern ein Foto, das ihr Alltagsgesicht einfing – nur viel ausdrucksstärker. Es war eine Sie, die nur aus Schatten und Augen bestand, mit einer aparten ausdrucksvollen Wangenpartie, ein Gesicht – ganz Mysterium. Es war eine Frau, die so viel interessanter aussah, als sie, wie sie wusste, in natura wirkte. Selbst ihre Nase, die ihr gelegentlich Minderwertigkeitskomplexe bescherte, sah genauso aus wie sie sein sollte – und war kein Stückchen zu groß.

»Oh, Nick, das ist so …« Ratlos fuhr sie sanft mit dem Finger über die Erhebungen und Vertiefungen ihres Konterfeis. Es wirkte so lebensecht, dass sie kaum fassen konnte, dass es nur zweidimensional war. Dann merkte sie plötzlich, wie still Nick hinter ihr war und wie angespannt sein bloßer Arm, mit dem er ihr den Rücken abstützte. Sie suchte seinen Blick. »*Fantastisch.* Das ist einfach fantastisch. Unglaublich.«

»Ja?« Er stieß den Atem aus, als ob er sich tatsächlich über ihre Reaktion Sorgen gemacht hatte. »Das war von allen Fotos mein Lieblingsbild, aber man weiß nie genau, welches Bild der abgelichteten Person gefallen könnte und welches sie womöglich furchtbar findet.«

Seine Unsicherheit berührte sie, denn er musste einfach wissen, wie besonders das Foto war. »Es gefällt mir sehr. Danke.« Sie neigte schon den Kopf, um ihm zur Bestätigung einen Kuss auf die Lippen zu drücken, verharrte dann aber mitten in der Bewegung und lehnte sich wieder zurück. »Das war wirklich eine tolle Überraschung«, gab sie zu, um ihn sogleich scharf zu fixieren. »Aber geh nicht wieder ohne mich in dein Labor.« Sie öffnete noch einmal die Mappe und bewunderte die Fotografie aufs Neue.

Er ließ seine Hand über ihren nackten Oberschenkel bis zum Bund des Pullovers gleiten. »Yes, Ma'am.«

Sofort griff sie nach seinem Handgelenk, um einen Übergriff in sehr persönliches Terrain zu verhindern. »Du lieber Gott, Coltrane«, fragte sie, »kannst du an nichts anderes denken?«

»Wenn ich eine halb nackte Blonde im Arm habe?« Er gab ein verächtliches Prusten von sich. »Aber in Ordnung – sprechen wir über theoretische Mathematik.«

Er wackelte mit den Fingern, und als seine Fingerspitzen dabei die weichen Locken ihres Schambeins streiften, fühlte sich das so gut an, dass sie unwillkürlich die Beine spreizte, um ihm freie Bahn zu verschaffen. Doch als sie merkte, was sie tat, presste sie die Oberschenkel sofort wieder zusammen, wodurch seine Hand allerdings genau dort eingequetscht wurde, wo er sie haben wollte – und mit einem zustimmenden Murmeln ließ er seine Fingerspitzen mit großem Erfolg innerhalb der gesteckten Grenzen wildern. Ihre Stimme klang ein bisschen angestrengt und atemlos, als sie fragte: »Was steht denn heute auf der Tagesordnung?«

»Tja, du wirst womöglich mit Benny Kontakt aufnehmen wollen. Wir haben heute Abend nämlich wieder einen Termin, der Abendgarderobe vorschreibt.« Er beugte sich vor und küsste sie sanft auf die empfindliche Haut hinter dem Ohr. Dann glitt er mit den Lippen eine Idee nach vorne und flüsterte: »Und außerdem sind wir mit den Trevors und den Morrisons verabredet, um die Kontaktabzüge durchzugehen, damit sie eine Auswahl treffen und bestellen können.«

Er beantwortete an sich nur ihre Frage, aber er hätte ihr genauso gut heiße Schwüre ins Ohr flüstern können. Die Wirkung war dieselbe. Und das war, *bevor* er an ihrem Ohrläppchen knabberte. Sie nahm ganz bewusst den heißen Atem wahr, der über ihre Ohrmuschel strömte, und die Gänsehaut, die sich über die gesamte linke Seite ihres Körpers hinunterzog.

Er drehte sie herum, und sie spürte wie sein erigiertes Glied sich gegen ihren Po drückte, während seine Finger vorne weiter ihr Werk verrichteten. »Aber das ist erst heute Nachmittag«, sagte er mit rauer Stimme. »Und in der Zwischenzeit, Mrs. Parker …«

Zum Teufel. Sie öffnete die Knie und ließ ihre Beine auseinander fallen. »In der Zwischenzeit, Coltrane, bist du viel zu dick angezogen.«

Sie küsste ihn mit wilder Entschlossenheit, während sie gleichzeitig nach dem Knopf seines Hosenbundes griff.

Weniger als eine Stunde später fühlte Daisy sich zwar körperlich befriedigt, war aber emotional angeschlagen. Als sie aus der Dusche kam, wischte sie in dem beschlagenen Spiegel über dem Waschbecken ein Loch und starrte auf ihr Spiegelbild. Was, um alles in der Welt, sollte sie nur mit Nick machen? Er blieb beharrlich dabei, dass er sie liebte.

Daisy putzte sich die Zähne, als ginge es um ihr Leben, während sie wütend über diese unfaire Strategie nachdachte. Jedes Mal, wenn er es sagte, bewirkten die Worte etwas in ihr, ließen Gefühle hochsteigen, die sie längst unter sicherem Verschluss geglaubt hatte. Er musste damit aufhören, so unerhört zärtlich zu sein, wenn sie miteinander schliefen, so zärtlich, dass es ihr fast die Tränen in die Augen trieb.

Sie spuckte den Schaum der Zahnpasta ins Waschbecken und stellte das Wasser an, um nachzuspülen. Der Teufel sollte ihn holen, so oder so! Sie war doch gar nicht der Typ eines weinerlichen Klammeräffchens. Doch seit seinem Mund das erste Mal dieses verräterische »Ich liebe dich« entschlüpft war, verspürte sie jedes Mal, wenn er sie berührte, den verrückten Drang, sich an ihn zu klammern und zu betteln und alle möglichen unrealistischen Versprechungen zu machen.

Rabiat kämmte sie sich ihr nasses Haar zurück, durchpflügte es rigoros mit dem Kamm, bis sich vom Stirnansatz bis in den Nacken parallele Furchen zogen. Dann massierte sie sich Body-Lotion in den Körper und stieg in Slip und Jeans. Sie holte einmal tief Luft und angelte sich ihren orangefarbenen Chenille-Pulli.

Okay, er war süß. Doch das hieß nicht, dass sie wie das unbedarfte Highschool-Girl reagieren musste, das sie einmal gewesen war. Aber um ehrlich zu sein, genauso fühlte sie sich – sie fühlte sich, als würde sie plötzlich von dem beliebtesten, hippesten Typen der ganzen Schule umschwärmt.

Sie sollte einfach die Aufmerksamkeit genießen, solange sie konnte. Regel Nummer 101 zur Vermeidung von Liebeskummer: *Genieß es, aber gewöhn dich nicht daran.* Das schien simpel genug.

Nur …

O Gott, sie mochte das Gefühl, das sich einstellte, wenn sich all seine Aufmerksamkeit auf sie konzentrierte – sie mochte es viel zu sehr. Sie mochte es, wenn er ihr das Gefühl vermittelte, sie sei hübsch und interessant und begehrenswert, und sie mochte den Gedanken, dass Nick ausgerechnet sie wollte, wo er doch jede andere Frau in San Francisco hätte bekommen können.

Aber sie wäre ein Narr, wenn sie sich zu sehr daran gewöhnte. *Das* könnte sie in der Tat in Teufels Küche bringen. Sie musterte ihr Gesicht im Spiegel und versuchte zu ergründen, was ihn denn eigentlich zu ihr hinzog. Es war kein hässliches Gesicht, das auf keinen Fall. Es war einfach – gewöhnlich. Sie konnte beim besten Willen nicht die interessanten Züge und Schatten erkennen, die sie auf Nicks Aufnahme gesehen hatte. Sie sah keine Spur von einem Mysterium.

Und das war auch okay so. Sie trat vom Spiegel zurück. Sie war, was sie war: eine Frau, die mit beiden Beinen auf der Erde stand, eine Frau, die bisweilen hübsch war, die meiste Zeit aber irgendwie Durchschnitt. Dafür brauchte sie sich nicht zu entschuldigen. Und sie sah auch keine Veranlassung, den Versuch zu unternehmen, sich zu ändern.

Sie atmete tief durch. Verdammt, sie *würde* Nicks Aufmerksamkeit genießen, solange sie andauerte. Und wenn er das nächste Mal »Ich liebe dich« sagte, würde sie genau das tun, was sie auch jetzt tat: Sie biss sich auf die Zunge, um die Worte, die aus ihr herausdrängten, nicht auszusprechen.

Sie würde *nicht* sagen, dass sie ihn auch liebte.

19

Daisy sprang wie von der Tarantel gestochen auf, als die Türklingel kurz nach dem Mittagessen anschlug. Sie hatte niemanden die Außentreppe hochkommen hören, und das war kein gutes Zeichen. Die Treppe bestand aus knarrenden Bohlen. Man musste sich schon sehr anstrengen, um geräuschlos hinaufzukommen.

Sie winkte Nick zurück, griff nach ihrer Glock und entsicherte sie. Die Pistole, mit dem Lauf zur Decke gerichtet, beidhändig umklammernd, glitt sie den Flur entlang. Kurz vor der Tür blieb sie stehen und presste sich an die Wand. »Wer ist da?«

»Fleurop, Ma'am. Ich habe eine Lieferung für Sie.«

Aber sicher doch. »Legen Sie sie auf dem Treppenabsatz ab.«

»Das kann ich nicht. Ich brauche eine Unterschrift.«

Na großartig. Jetzt saß sie in der Patsche. Hier hatte sie keine Chance. »Warten Sie eine Sekunde.« Sie zog lautlos den Türbolzen zurück und stahl sich dann leise den Gang zurück, um sich hinter die Ecke zu drücken. Als sie sah, wie Nick sie von der Couch aus beobachtete, flüsterte sie ihm zu: »Verschwinde aus der Schusslinie.«

»Daise …«

»Bitte keine Diskussion, nur dies eine Mal.«

Er zuckte die Achseln und gesellte sich zu ihr. Sie steckte den Kopf um die Ecke und sagte laut: »Okay, Sie können reinkommen.« Dann ging sie wieder in Deckung.

Die Tür wurde mit so viel Temperament geöffnet, dass sie gegen die Wand knallte, und Daisy wartete auf das Geräusch einer Feuersalve, die das massive Türblatt durchschlug. Jeder Profi würde sich in der Regel so verhalten: In der Annahme, dass sich sein Opfer hinter der offenen Tür befand, würde er mit einem ökonomischen Zug die Gefahr ausschalten.

Aber es herrschte nur Stille. Dann meldete sich zögerlich die bereits bekannte Stimme. »Ma'am?«

Daisy stieß sich von der Wand ab und landete in halb gebückter Haltung im Flur, die ausgestreckte Waffe in beidhändigem Anschlag. In ihrem Blickfeld stand ein schmächtiger junger Mann in einem weißen T-Shirt und Khakihosen. Er hielt eine Schachtel mit einem Arrangement aus korallenroten Rosen und Gänseblümchen in der Hand.

Als er die auf seine Brust gerichtete Waffe sah, wurde er so weiß wie sein T-Shirt. Er ließ die Blumen fallen und riss die Hände hoch. »O Gott, Lady, bitte nicht schießen!«

»Sie haben ja tatsächlich Blumen«, sagte sie verdutzt und ließ die Waffe sinken. »Es tut mir Leid. Ich dachte …« Als sie seine weit aufgerissenen Augen sah, die angsterfüllt auf die Pistole starrten, schüttelte sie den Kopf. »Ich nehme an, es ist Ihnen scheißegal, was ich dachte. Aber wenigstens entschuldigen möchte ich mich.« Doch dann gewann ihre Neugier die Oberhand. »Für wen sind die Blumen denn eigentlich? Sind sie überhaupt noch zu gebrauchen?«

Nick schob sie sanft zur Seite und ging neben der Blumenschachtel in die Hocke. Er griff in die jetzt nasse Blumenfolie, die um das Arrangement geschlagen war, und stellte die Vase wieder ordentlich hin. Es war ein Wunder, dass sie nicht zerbrochen war. Dann richtete er sich auf, zog seine Brieftasche aus der Gesäßtasche und reichte dem jungen Mann einen großen Geldschein. »Ausgeprägte prämenstruale Stimmungsschwankungen«, murmelte er. »Deshalb auch die Blumen.«

Daisy schnitt eine Grimasse, korrigierte die ungeheuerliche Behauptung aber nicht. Sie sah ruhig zu, wie Nick auf dem Klemmbrett des geschockten jungen Mannes unterschrieb und ihn anschließend hinauskomplimentierte.

»So.« Er schloss die Tür und drehte sich mit einem schiefen Lächeln um. »Das war wirklich unterhaltsam.«

Daisy schoss das Blut in die Wangen. »Ich dachte, das sind die Typen. Woher soll ich wissen, dass dir eine deiner Freundinnen Blumen schickt?«

»Sie sind nicht für mich, mein Püppchen. Auf der Karte steht Daisy Parker.«

»Was?« Ihr Herz schlug plötzlich schneller. »Lass sehen. Da muss ein Irrtum vorliegen. Kein Mensch schickt mir Blumen.«

Er beugte sich vor, um die Schachtel hochzuheben, verharrte aber mitten in der Bewegung und starrte sie an. »Du machst wohl Witze. Dir hat doch ganz bestimmt schon mal jemand Blumen geschenkt.«

»Na gut, meine Mom hat mir zum Abschlussexamen an der Akademie einen hübschen Frühlingsstrauß geschickt. Und Benny und die Boys brachten mir auch einmal ein paar Tulpen und Narzissen mit, als ich sie zum Spaghetti-Essen eingeladen hatte. Aber das wär's auch schon. Ich habe noch nie von einem Freund Blumen zugesandt bekommen. Ich bin nicht der Typ dafür.«

»Hm. Du musst mehr der Typ sein, als du denkst. Denn hier steht eindeutig dein Name drauf.« Er ging auf sie zu und hielt ihr das Arrangement hin.

Auch wenn sie es ihm am liebsten aus der Hand gerissen hätte, zwang sie sich dazu, es mit einer gewissen Gleichgültigkeit entgegenzunehmen. Dazu bedurfte es jedoch eines gewaltigen Kraftakts. Denn das üppige Arrangement aus intensiv korallenroten Rosen, die filigran mit einer Unmenge von winzigen Gänseblümchen durchsetzt waren, zog sie wie der Gesang der Sirenen an. Vorsichtig schälte sie es aus der ausgepolsterten Schachtel. Dann hielt sie die Vase mit ihrer duftig zarten Schleife in den Händen. Sie betrachtete voller Ehrfurcht das Bouquet.

»O Gott, Nick, hast du in deinem Leben schon jemals so etwas Schönes gesehen? Und die sind für *mich.*« Sie steckte die Nase tief in die Blumen und sog das erdige Aroma der Gänseblümchen und Farne und den intensiveren, süßeren Duft der Rosen ein.

Als sie ein paar Sekunden später wieder auftauchte, um Luft zu holen, entdeckte sie in den Blüten den kleinen, weißen Briefumschlag. Sie öffnete ihn und zog ein Kärtchen heraus. »›Für meinen Liebling, Daisy‹«, las sie laut vor und überflog den Rest. »Oh!« Ihr Blick flog zu Nick und dann wieder zurück zu der Karte in ihrer Hand. Ihr Herz begann heftig zu pochen.

»Lies es laut vor. Alles.«

Mit hochrotem Kopf und belegter Zunge las sie: »›Ich lief einmal vor der Wahrheit davon, aber ich …‹« Sie brach ab. Der Kloß im Hals hinderte sie daran, weiterzusprechen.

»›Aber ich laufe nicht länger weg‹«, fuhr Nick fort. Er packte sie an den Schultern und blickte sie eindringlich an. »›Ich gehöre dir mit Leib und Seele. In großer Liebe, Nick.‹«

»*Oh.*« Zu ihrer großen Verlegenheit schossen ihr heiße Tränen in die Augen.

»Das stimmt echt und ehrlich«, sagte er hitzig. »Ich war vor neun Jahren ein jämmerlicher Feigling, aber jetzt laufe ich nicht länger vor meinen Gefühlen davon. Ich liebe dich.«

»Ich liebe deine Blumen«, hauchte sie.

»Du liebst mehr als meine Blumen.«

Sie schluckte schwer. »Ja, ich liebe auch das Foto, das du von mir gemacht hast.«

Er schüttelte sie leicht. »Du liebst *mich*.«

»Nein.« Doch sie konnte ihm nicht in die Augen sehen. Sie starrte auf das Arrangement in ihren Händen.

»Doch, das tust du.« Er packte fester zu und beugte sich nach unten, um ihr in die Augen zu sehen. »Du liebst mich, Daisy. Gib's zu.«

Seine Worte brachten sie dazu, den Kopf zu heben. »Ich gebe gar nichts zu.«

»Du liebst mich.« Er küsste sie zärtlich und sacht. Als er den Kopf wieder hob, hatte sie weiche Knie, und in ihrem Kopf drehte sich alles. Es war so unfair, wie leicht Nick sie einwickeln konnte. »Du liebst mich«, drängte er. »Sag es.«

»Mag sein, dass ich dich liebe.« Ihr Kinn schob sich noch ein Stückchen höher. »Aber deshalb braucht dir nicht der Kamm zu schwellen, Coltrane – denn *falls* ich es tun sollte, dann nur ein kleines bisschen.«

»Nur ein bisschen.« Er nickte und zog den Mundwinkel zu einem kleinen Lächeln hoch. »Hab verstanden. So – willst du nicht Wasser in die Vase nachfüllen? Das meiste davon ist auf dem Boden verteilt.«

Daisy sah ihn argwöhnisch an. »Das ist alles? Ich erzähle dir, dass ich dich liebe, zumindestens ein wenig, und du willst, dass ich Wasser nachfülle?«

»Was soll ich denn weiter dazu sagen?« Er zuckte mit der Schulter. »Ich muss mich damit arrangieren, was du mir gibst, stimmt's? Oder habe ich dich missverstanden? Habe ich etwa die Wahl, das zu nehmen, was sich hinter Tür Nummer zwei verbirgt?«

»Nein.«

»Dann hat es ja wohl kaum Sinn, darüber zu diskutieren, oder?« Doch Nicks Augen verengten sich, und der Blick, mit dem er sie unter seinen dichten Wimpern ansah, ließ Daisy das Herz bis zum Halse schlagen. »Aber fühl dich nicht zu sicher, Parker. Denn das gilt nur für den Moment.«

Wenn Nick an diesem Nachmittag mit Daisy nicht gerade kuschelte, scherzte oder sonst irgendwie herumschäkerte, ruhte sein Blick mit großem Wohlgefallen auf ihr. Sie liebte ihn, und zwar nicht nur das lächerliche bisschen, das sie zugegeben hatte – sie liebte ihn, Punktum. Er war erfüllt von dieser Erkenntnis, fühlte sich leicht und beschwingt und konnte an fast nichts anderes mehr denken. Ihm war ganz warm ums Herz.

Er fand sein eigenes Verliebtsein belustigend und keineswegs peinlich. Dabei konnte er die emotionale Erregung, die von ihm Besitz ergriffen hatte, noch nicht einmal ganz einordnen ... doch wie auch immer, er fühlte sich einfach unwahrscheinlich gut.

Er hätte Daisy am liebsten irgendwo eingesperrt, um sie dazu zu bewegen, mehr zuzugeben, zu gestehen, dass sie sich nach Beständigkeit in dieser dämlichen Beziehung sehnte – genau wie er.

War das nicht entgegen jeder Vernunft?

Doch plötzlich erschien ihm eine Beziehung gar nicht mehr so angstbesetzt, so Furcht einflößend. Und sie musste auch nicht notwendigerweise scheitern. Er wusste gar nicht, warum er so lange gebraucht hatte, um das zu erkennen. Jeder Idiot sah doch, dass er nicht wie sein Vater war – und deshalb auch nicht zwangsläufig die Fehler des alten Herrn machen musste.

Er begriff, dass es ganz allein an ihm lag, wie er sich entschied, und dass er aus einer Ehe etwas weitaus Besseres machen konnte, als es seinem Vater je gelungen war. Jedes

Mal, wenn er sich diesen Gedanken bewusst machte, verzog sich sein Mund zu einem, da war er sich sicher, dümmlichen Grinsen. Auf einmal war das Leben herrlich, und sein einziger Wunsch war, dass seine Beziehung mit Daisy Bestand hatte.

Dass sie ewig währte.

Wer hätte das gedacht? Er spürte schon wieder dieses Zucken um die Mundwinkel. Allein schon die Vorstellung einer dauerhaften Beziehung sollte ihn eigentlich zu Tode erschrecken – aber von wegen, er fühlte sich großartig.

Bis zu dem Moment, da ihn die Realität seiner Situation langsam wieder einholte, was früher oder später ja geschehen musste. Und als es dann so weit war, als er den nüchternen Tatsachen ins Auge blickte – da fuhr ihm ein gehöriger Schreck in die Glieder. Er war geliefert.

Denn er hatte aus der rosaroten Zukunft, die er in seinen Gedanken für sie beide entworfen hatte, eine winzige, klitzekleine Kleinigkeit ausgeblendet. Er hatte außer Acht gelassen, wie leichtfertig und lässig er bis zu diesem Zeitpunkt mit der Wahrheit umgesprungen war. Schon komisch, wie es ihm praktischerweise gelungen war, diesen Umstand völlig zu verdrängen.

Zumal Daisy so viel Wert auf Ehrlichkeit legte. Er hatte das dumpfe Gefühl, dass sie nicht halb so nachsichtig in Bezug auf seinen Umgang mit der Wahrheit war wie er.

Vor allem nicht, wenn der schlimmstmögliche Fall eintreten sollte, und sie heute Abend J. Fitzgerald Douglass über den Weg liefen.

Wohl wissend, dass diese Gala zu Ehren von Douglass stattfand, hatte Nick sich in den letzten Tagen den Kopf zermartert, was er diesbezüglich machen sollte. Angesichts der Tatsache, dass dieser Mann ihm nach dem Leben trachtete, hätte wahrscheinlich jeder Mensch mit ein bisschen Verstand die Veranstaltung abgesagt. Aber bis neulich

Abend hatte er schlichtweg vergessen, dass J. Fitzgerald der Ehrengast war.

Zu seiner Verteidigung konnte er immerhin vorbringen, dass er keinen persönlichen Kontakt mit Douglass gehabt hatte, als er den Auftrag annahm. Er hatte den Termin einfach in seinen Kalender eingetragen und ihn dann mehr oder weniger verdrängt. Als er sich dann später wieder daran erinnerte, hätte er klugerweise unter dem Vorwand, krank zu sein, absagen müssen. Aber von Mrs. Whitcomb und dem Festausschuss, die mit viel Mühe den Abend organisiert hatten, zu diesem Zeitpunkt noch zu verlangen, sich jemand anderen zu suchen, dazu war es zu spät.

Er hatte schließlich gewisse berufliche Prinzipien.

Außerdem wollte er verdammt sein, wenn er sich von Douglass vorschreiben ließ, was er zu tun und was er zu lassen hatte. Nick war ein Fan der alten Westernklassiker und er wusste, was Clint Eastwood in einer derartigen Situation getan hätte. Er hätte seinen Zigarillo in den anderen Mundwinkel geschoben, seinen Staubmantel hinter seine sechsschüssige Kanone gestopft und Präsenz gezeigt. Und das war in etwa das, was Nick an diesem Abend ebenfalls zu tun gedachte. Er musste Douglass ja nicht unbedingt ins Gesicht springen, aber er wollte sich auch nicht vor ihm verstecken. Er war der Gute in diesem Drehbuch.

Der Haken daran war nur, dass er dadurch womöglich seine Beziehung zu Daisy vermasselte, nachdem er ihr immer noch keinen reinen Wein eingeschenkt hatte.

Während er sie beim Telefonieren beobachtete, rang er mit sich, es ihr sofort zu sagen, noch bevor sie sich mit den Kontaktabzügen auf den Weg machten. Er zuckte leicht zusammen, als sie plötzlich das Mikro mit der Hand abdeckte und ihn ansprach.

»Haben wir Zeit, vorher bei Bennys Arbeitsplatz Zwischenstation zu machen, damit er mir meine Haare richtet und mir mein Make-up macht? Ansonsten habe er keine Zeit, sagt er. In ungefähr einer Stunde läuft bei ihm gar nichts mehr. Dann ist bei ihm die Hölle los.«

»Helena Morrison können wir wegen ihres Chemotherapie-Termins auf keinen Fall verschieben. Aber wir werden dort erst um halb drei erwartet. Lass mich schnell mal die Trevors anrufen. Wenn ich den Termin auf halb vier, vier verschieben kann, müsste das gehen.«

»Benny«, sagte Daisy in den Hörer. »Ich ruf dich in fünf Minuten zurück.« Sie beendete das Gespräch und reichte ihm das Telefon.

Zehn Minuten später fuhr Nick den Mietwagen rückwärts aus der Garage. Als sie Richtung Tor fuhren, sah er zu Daisy hinüber und fragte: »Wohin?«

»Post Avenue. Die Kneipe heißt *Motherlode.*«

Nick trat abrupt auf die Bremse und glotzte sie an. »Machst du Witze?«

»Selbstverständlich nicht. Dort arbeitet Benny. Warum, hast du davon schon mal gehört?«

Und ob er davon schon mal gehört hatte. Das *Motherlode* war ziemlich bekannt – es war der einzige Club in ganz San Francisco, in dem nicht nur Travestie-Künstler auftraten, sondern auch Transvestiten und Transsexuelle verkehrten. Und dort arbeitete Benny? »Ich nehme mal nicht an, dass er dort Barkeeper ist?«

»Nein, er macht bei dem Freitagabendprogramm mit. Das Tor ist offen, Nick.« Sie grinste ihn an und tätschelte ihm über die Mittelkonsole hinweg den Oberschenkel. »Entspann dich. Ich pass schon auf dich auf. Solange ich deinen Body bewache, ist deine Tugend nicht in Gefahr. Ich verlange dafür nicht einmal zusätzlich Geld.«

»Das ist wirklich außerordentlich freundlich von dir.« Er hatte eigentlich keine Angst vor Schwulen, aber der Gedanke, von Männern umgeben zu sein, die aus ihrem Herzen keine Mördergrube machten und ihn auf seinen süßen knackigen Po ansprachen, war nicht gerade prickelnd. Er wusste nie, wie er darauf reagieren sollte, und er konnte gut nachempfinden, was in Frauen vorging, wenn sie gegen ihren Willen angemacht wurden.

Andererseits wäre es gut, sich daran zu gewöhnen, dass die meisten Freunde von Daisy ihre weibliche Seite offensichtlich mehr auslebten, als Daisy es tat. Aber wenn es das war, was sie zu ihrem Glück brauchten, dann sollten sie sich auch keinen Zwang antun. Nachvollziehen konnte er das zwar nicht, aber es war auch kein Grund für ihn, die Nase zu rümpfen und ängstlich in Deckung zu gehen. Nur bei der Vorstellung, sich freiwillig kastrieren zu lassen, um auf das Ufer von Venus zu wechseln – nun, *da* schüttelte es ihn schon, und er hatte das dringende Bedürfnis, sein bestes Stück schnell in Sicherheit zu bringen.

Wie sich bei ihrer Ankunft herausstellte, war das *Motherlode* noch geschlossen. Seine Befürchtungen waren also unbegründet. Daisy behielt wachsam die Straße im Auge, während sie an die Eingangstür der Bar klopfte. Zunächst antwortete niemand. Doch ein paar Sekunden später hörten sie Schritte näher kommen. Dann wurden die Sperrriegel zurückgeschoben, und Benny öffnete die Tür.

»Sorry«, sagte er und trat zurück, um ihnen die Tür aufzuhalten. »Steht ihr hier schon lange? Ich war hinten und hab mich rasiert und euch gerade eben erst gehört.«

Nick betrachtete Bennys noch dunkle Kinnpartie und fragte sich, was er denn, um Himmels willen, bloß rasiert hatte. Er weigerte sich, die verschiedenen Möglichkeiten auch nur in Erwägung zu ziehen.

Sie betraten das Haus, und Benny verriegelte sofort wieder die Tür. Er sah den Kleidersack über Daisys Arm und griff danach. »Nun?«, fragte er. »Wie ist es gelaufen?«

»Es war großartig, Benny. Einfach perfekt. Ich dachte,

ich bring das Kleid besser zurück für den Fall, dass es jemand für die Abendvorstellung brauchen sollte. Doch wenn nicht – könnte ich es mir dann noch einmal für heute Abend ausleihen?«

»Eigentlich habe ich etwas anderes in petto. Ich hätte gern, dass du es einmal anprobierst. Kommt mit nach hinten.«

Sie folgten ihm in einen Ankleideraum. Make-up-Utensilien lagen verstreut auf einer Speisetheke im Stil der fünfziger Jahre herum. Vor einem hell erleuchteten Spiegel standen dazu passend mit rotem Vinyl gepolsterte Chromstühle. An der einen Querwand befand sich ein Kleiderständer mit langen Kleidern und Kostümen, an der anderen ein Doppelwaschbecken.

Und darauf steuerte Benny zu. »Ihr erlaubt?«, fragte er und nahm einen Rasierpinsel zur Hand, um damit in einer Rasierschale Schaum anzurühren. »Ich möchte das hier nur schnell zu Ende bringen.« Er verteilte den weißen, lockeren Schaum auf seinen Handrücken und nahm sich einen Rasierer. Voll konzentriert machte er sich daran, den Schaum zwischen den Knöcheln behutsam abzuziehen. Als er kurz aufblickte, merkte er, wie Nick ihn beobachtete, und grinste. »Wetten, Sie haben an die Haare auf Ihren Händen noch nie einen Gedanken verschwendet, hm?«

Die Vorstellung erheiterte Nick, und er musste lächeln. »Beileibe nicht.«

»Zum Glück habe ich keine starke Arm- oder Brustbehaarung. Und meine Beine und Achselhöhlen lasse ich ungefähr alle drei Monate lasern. Aber meine Hände muss ich oft rasieren. So! Fertig.«

Er spülte sich die Hände ab, wusch die Rasierschale aus und verstaute alle seine Utensilien ordentlich. Schließlich drehte er sich um und musterte Daisy. »Dann wollen wir mal sehen, ob die Klamotten, die ich für dich herausgesucht habe, an dir so gut aussehen, wie ich mir das vorstelle.«

Er durchquerte den Raum und nahm ein Kleidungsstück von dem Kleiderständer. Er stellte sich damit vor Daisy, hielt den Kleiderbügel hoch, ließ auf halber Höhe einen Arm dahinter gleiten und präsentierte es ihr wie ein hoch bezahlter Verkäufer in einem exquisiten Modehaus.

Nick, der auf ein weiteres eng anliegendes Kleid gehofft hatte, war enttäuscht, als er sah, dass es sich um einen Hosenanzug handelte. Doch Daisy schien er zu gefallen.

»Oh, Benny.« Sie fing sofort an, sich auszuziehen. Mit einem frechen Grinsen an die Adresse von Nick, drehte Benny sich um.

Benny hatte zweifellos ein gutes Auge für Mode. Denn Daisy sah in dem Anzug, den er ausgesucht hatte, hinreißend aus. Es war ein Hosenanzug aus schwerer Seide in einem weißen Buttercremefarbton. Die Revers der Jacke waren mit etwas dunklerem Satin verblendet, passend zu den Smokingstreifen, die an den Außennähten der Hosenbeine herunterliefen. Mit einer klassischen Bluse darunter hätte man ihn zu jedem hochrangigen Geschäftstermin tragen können. Das glitzernde, goldfarbene Bustier, das Benny dafür vorgesehen hatte, verwandelte ihn in einen sexy Abendanzug.

»Der ist toll, Benny. Absolut perfekt.« Daisy beugte sich vor, um ihm einen Kuss auf die Wange zu drücken.

»Als Chan damit ankam, wusste ich sofort, dass das was für dich ist.«

»Und ihm macht es nichts aus, ihn mir zu leihen?«

»Nicht, solange er ihn rechtzeitig für die morgige Abendshow zurückbekommt.«

»Das ist ein *Fummel?«* Nach dem zu urteilen, was Nick vor sich sah, hätte der Anzug jeder Frau aus seinem Bekanntenkreis gehören können.

»Honey, du bist nackt geboren, und alles was du danach anziehst, ist ein Fummel.« Benny grinste. »Behauptet jedenfalls RuPaul.«

»Na, wenn RuPaul das sagt …«

»Genau. Die Queen hat gesprochen.«

Während Nick zusah, wie Benny mit geschickten Händen Daisys Make-up auftrug und ihre Frisur stylte, ging Nick erneut die Punkte durch, die dafür bzw. dagegen sprachen, Daisy von J. Fitzgerald zu erzählen. Er betrachtete die Pros und Kontras aus allen Blickwinkeln, konnte aber zu keiner endgültigen Entscheidung kommen. Schließlich beschloss er, die Beichte noch um einen weiteren Tag zu verschieben. Er musste darüber nachdenken, wie er ihr die Situation erklären konnte, ohne dass sie ihm die Eier wegschoss. Er war sich sicher, dass es einen Weg gab.

Er wusste nur noch nicht genau, wie er aussah.

20

»Schönes Fest.« Mo nippte an einem Nappa-Valley-Merlot und sah sich im vollen Ballsaal um.

Reid setzte sein Glas auf dem Tablett eines vorbeikommenden Obers ab, hakte einen Finger unter seiner Fliege ein und zog sie vom Hals weg. »Ein Glas Wein und einen Teller mit Hors d'œuvres durch eine Menge overdresster Leute zu balancieren – wenn das deine Vorstellung von einem schönen Abend ist, dann schon.«

Ihr Weinglas verharrte mitten auf dem Weg zu ihren Lippen in der Luft. Sie sah ihn leicht verärgert an. »Hierher zu kommen war doch deine Idee.«

»Ich weiß. Ich hatte nur ganz vergessen, wie schnell ich bei solchen Veranstaltungen Klaustrophobie bekomme.«

Sie musterte ihn mit ihren schönen blauen Augen, und er wurde verlegen. Er hätte sich am liebsten weggedreht. Um zu verbergen, dass er sich gerade wieder einmal wie ein Zwölfjähriger fühlte, der von der Schuldirektorin bei einer unerlaubten Handlung erwischt worden war, verzog er leicht den Mund, erhob sein Weinglas und witzelte: »Okay, ich gebe zu, dass sie hier anständigen Wein servieren. Aber haben all diese Leute hier eigentlich nichts Besseres zu tun, als einem Mann zu huldigen, der schon bis in alle Ewigkeit abgefeiert worden ist?«

»Ich dachte, du magst J. Fitzgerald.«

»Er ist schon in Ordnung. Aber findest du sein ständiges Bedürfnis nach Bewunderung nicht einen Tick zu narzisstisch?«

»Du meine Güte, Reid, er will eben diesen Botschafterposten. Er will, dass sein Name in den Zeitungen steht, damit der Kongress bis zur Ernennung auch ja nicht vergisst, dass es ihn gibt.«

»Du hast sicher Recht.« Insgeheim räumte er ein, dass er seine Haltung doch ein bisschen korrigieren müsste. Wie Mo ganz richtig gesagt hatte, war es seine Idee gewesen, heute Abend hierher zu kommen – und er hatte schließlich etwas ganz Bestimmtes im Sinn, als er den Vorschlag machte. Sicher, wenn er sich so umsah, dann tummelten sich hier nach seinem Geschmack viel zu viele überprivilegierte Leute. Aber das hatte er vorher gewusst, und deshalb war es Zeit, sich damit abzufinden und sich darum zu kümmern, wie er den wohlgeformten Hintern seiner Frau retten konnte.

»Hallo, alter Knabe.«

Sieh an. Wie aufs Stichwort, dachte er, als Sheldon Fitzhugh auf sie zugeschlendert kam.

Sheldon hatte etwas an sich, was Reid stets zum Grinsen reizte. Es war mehr als seine langgesichtige, großzahnige

Ähnlichkeit mit den Pferden, die er so liebte. Er war irgendwie so unverdorben dämlich, dass es Reid fast unmöglich war, seine Lachmuskeln in Zaum zu halten. Irgendwie gelang es ihm jedoch, den Impuls zu unterdrücken und seinem alten Schulkameraden einen gelangweilten Blick zuzuwerfen. Er begrüßte ihn mit einem kühlen Nicken. »Fitzhugh.«

Sheldon schlurfte heran und probierte sein Lächeln an Mo aus. »Maureen«, sagte er und beugte sich über die Hand, die sie ihm hinhielt. »Du siehst heute Abend ganz besonders reizend aus.«

Dem kann ich nur beipflichten. Reids Blick glitt bewundernd über sie. In ihrem weißen, kurz geschnittenen Hervé-Léger-Kleid und ihrem dunklen hochgekämmten Haar, das die Diamantohrringe, die er ihr zu ihrem fünften Hochzeitstag geschenkt hatte, freigab, sah Maureen sowohl elegant als auch erotisch aus.

Sie lächelte jedoch nur distanziert und zog ihre Hand zurück. »Danke, Sheldon. Du siehst auch blendend aus.«

»Danke. Würdest du uns, hm, für einen Moment entschuldigen, Maureen? Ich muss mit Reid kurz unter vier Augen sprechen.«

»Sicher.« Mit einem angedeuteten Lächeln über ihr Glas hinweg, das sie gerade an die Lippen gesetzt hatte, schlenderte sie davon. Reid beobachtete, wie sie sich zu einer Gruppe von Gästen gesellte, die sich ein paar Meter weiter unterhielt, und wandte sich dann Sheldon zu. Er wartete.

»Entschuldigung, Reid.« Sheldon griff in seinen Smoking und zog ein dünnes Scheckbuch heraus. »Ich bin mit meinem Darlehen in Verzug gewesen. Du hattest wirklich eine Engelsgeduld. Lass mich die Sache sofort bereinigen.«

Reid beobachtete, wie er seine Unterschrift quer über den Scheck setzte. Als Sheldon ihn ihm reichte, steckte er ihn in seine Brusttasche, jedoch nicht ohne vorher noch einen kurzen Blick auf den Betrag geworfen zu haben. Reid zog die Augenbrauen hoch.

»Ich habe den Betrag ein bisschen aufgerundet – Zinsen.« Sheldon senkte die Stimme. »Ich schätze deine Freundschaft, Reid. Ich wäre kreuzunglücklich, wenn sie einen Kratzer abbekäme, nur weil ich mir mit der Rückzahlung zu viel Zeit gelassen habe.«

»Hey.« Reid täuschte einen Boxhieb gegen Fitzhughs maßgeschneiderten Ärmel an. »Du warst genau in dem Moment für mich da, als ich dich am meisten brauchte.« *Ganz zu schweigen von deinem Bonus. Das war ein netter Zug von dir.* »So sollte es eben unter Freunden sein.«

»Ja-a? Na, da fällt mir aber ein Stein vom Herzen.« Sheldon lächelte befreit und zeigte damit offen sein Pferdegebiss. Er schnappte sich von dem Tablett eines herumgehenden Obers zwei Gläser und reichte eines davon Reid. »Sag mal, hattest du schon Gelegenheit, dir das neue Pony anzusehen, das Pettigrew für seinen Stall erworben hat?« Sein reizloses Gesicht leuchtete vor Eifer.

Mo beobachtete die Szene aus ein paar Metern Entfernung. Und während sie an ihrem Wein nippte und mit langjährigen Bekannten Belanglosigkeiten austauschte, ging ihr immer wieder ein Gedanke durch den Kopf, der sie zu einer völlig neuen Erkenntnis führte. Es war höchste Zeit, etwas zu überdenken, was sie schon viel zu lange als selbstverständlich betrachtet hatte.

Jahrelang hatte sie Reid die zwischen ihnen ständig größer werdende Distanz vorgeworfen, hatte ihn für die Spannungen in ihrer Ehe verantwortlich gemacht. Sie hatte seine schädliche Neigung, sein persönliches Kapital ohne entsprechende Sicherheiten zu verleihen, bemängelt und sie als rücksichtslose Missachtung ihrer Gefühle verurteilt.

Aber es war nicht Reid, der sich verändert hatte. Sie hatte sich verändert.

Sie hatte sich zu ihm vor allem deshalb hingezogen gefühlt, weil er Humor hatte, weil er den Menschen gegenüber, die er als seine Freunde betrachtete, schier grenzenlos loyal war, und weil er für den Silberlöffel in seinem Mund, mit dem er zur Welt gekommen war, keine irdische Verwendung hatte.

Er hatte ihn, ohne einen Moment zu zögern, einfach ausgespuckt. Wenn sie nicht gewesen wäre, hätte er sich wahrscheinlich an etwas anderem versucht und der seriösen Familienbank den Rücken gekehrt, wo man ihm sein Mitgefühl für Leute, deren Kreditanträge vom übrigen Vorstand als reine Zeitverschwendung abgetan wurden, als Schwäche ankreidete. Es gehörte schon viel Charakterstärke dazu, einem ungeliebten Job treu zu bleiben, nur um dem Sicherheitsbedürfnis seiner Frau Rechnung zu tragen. Tag für Tag hatte er damit leben müssen, dass seine Ansichten von einem knausrigen, profitorientierten Bankvorstand abgeschmettert wurden. Und das einzig und allein um ihretwillen. Als sie sich zusätzlich auch noch von ihm abgewandt hatte, hatte er seine Freizeit, sein Geld und seine Kraft in Fälle gesteckt, die jeder andere als hoffnungslos abgeschrieben hätte. In Fälle, die er Freunde genannt hatte.

Seine Familie hatte das nicht verstanden. Und sie, weiß Gott, auch nicht. Für sie alle war das zum Fenster hinausgeworfenes Geld. Aber auch wenn sich die Schulkameraden, die sie Versager geschimpft hatte, für die Rückzahlung gewaltig Zeit gelassen hatten – als Reid sie am dringendsten brauchte, standen alle, in die er sein Geld und sein Vertrauen investiert hatte, für ihn ein. Genauso wie er es vorausgesagt hatte. In den letzten paar Tagen hatte sie genau mitbekommen, wie viele Freunde ihr Mann hatte.

Und es waren mehr, als sie von sich behaupten konnte.

Sheldon entfernte sich ein paar Minuten später, und sie

gesellte sich wieder zu Reid. In der nächsten halben Stunde kamen noch ein paar weitere Freunde von Reid auf sie zu. Alle näherten sich dem Ehepaar mit dem gleichen, beinahe identischen, verlegenen Lächeln. Dabei waren sie doch recht verschieden. Nicht alle von ihnen waren Söhne reicher Eltern, die unfähig waren, ihr Geld zu verwalten, oder nicht auf die hörten, die sie dafür bezahlten, es für sie zu verwalten. Für einige war der Besuch teurer Privatschulen nur mit Hilfe eines Stipendiums möglich gewesen, und Reid hatte ihnen, wie Mo den Gesprächen entnahm, Starthilfe beim Aufbau ihres jeweiligen Geschäfts gegeben. Sie begann sich zu fragen, ob sie seine Verdicnste überhaupt jemals in irgendeiner Weise anerkannt hatte.

Schecks wechselten mal mehr, mal weniger diskret ihren Besitzer. Als sich die Einzelbeträge allmählich zu einer beträchtlichen Summe addierten, keimte die Hoffnung auf, dass sie möglicherweise doch keine strafrechtliche Verfolgung zu befürchten brauchte. Sie würde nicht nur um einen Aufenthalt im Gefängnis herumkommen, sondern sehr wahrscheinlich auch einen unbeschädigten Ruf behalten. Eigentlich sollte sie nun zutiefst dankbar dafür sein, dass man ihr die Kastanien aus dem Feuer geholt hatte. Stattdessen kroch langsam die Angst in ihr empor.

Denn nichts davon zählte, wenn sie dafür am Ende Reid verlor. Sie hatte ihn unterschätzt – das wusste sie jetzt. Sie hatte ihn einfach als selbstverständlich hingenommen. Es würde sie umbringen, wenn sie bekäme, was sie verdiente, wenn sie mit ansehen müsste, wie er aus ihrem Leben verschwand.

Ihre Nerven begannen zu flattern. Als sich der Mann, der sich gerade mit Reid unterhielt, verabschiedete und sie mit ihm allein zurückblieb, so allein eben, wie es zwei Leute inmitten eines überfüllten Ballsaals sein können, atmete sie einmal zitternd durch und nahm ihren ganzen Mut zusammen. Obwohl Konfrontation das Letzte war, was ihr vorschwebte, ließ die Anspannung ihre Stimme doch einigermaßen schroff klingen, als sie sagte: »Wirst du dich von mir scheiden lassen?«

Reid hörte nur das gefürchtete Wort »Scheidung« und ihren Tonfall; die Tatsache, dass sie gefragt hatte, ob *er* die Scheidung wollte, entging ihm völlig. Er fühlte sich, als habe er einen Schlag in die Magengrube bekommen – ein besonders lähmendes Gefühl angesichts des Umstands, dass er Sekunden zuvor noch von einem Hochgefühl ohnegleichen beseelt gewesen war.

»Ist es das, was du willst?«, fragte er. Er ließ ihr keine Chance, etwas darauf zu erwidern. Kochend vor Wut, packte er sie am Handgelenk und steuerte mit ihr auf die Türen des Ballsaals zu. Draußen im Foyer, wo sowohl die Temperatur als auch der Geräuschpegel um einiges erträglicher waren, zögerte er kurz und blickte erst nach rechts und dann nach links.

»Reid.« Sie zog an ihrem Handgelenk.

Mit ungezügelter Wut in den Augen starrte er sie an. »Wenn du klug bist, Maureen, hältst du jetzt den Mund.« Sein Griff wurde noch fester, als er mit langen Schritten das Foyer durchquerte und in einen kleinen Seitengang einbog, der Ungestörtheit versprach. Er zog sie den teppichgedämpften Flur hinunter. »Ich habe mich bei dem Versuch, nicht nur deine Haut zu retten, sondern auch selber wieder Gnade vor deinen Augen zu finden, anscheinend selbst ausgeknockt. Weißt du was? Zum Teufel damit. Jetzt ist ein für alle Mal Schluss mit dem lieben Kerl. Wenn du sowieso vorhast, mich zu verlassen, dann kann ich mir genauso gut auch nehmen, was ich will – und auf deine Wünsche pfeifen.«

»Ich habe nie gesagt, dass *ich* …«

Die unbändige Wut, die ihn verzehrte, musste sich

irgendwie in seinen Augen widergespiegelt haben. Denn als sie seinen Blick sah, brach sie unvermittelt ab.

Am Ende des Korridors drehte er am Türknauf zu den Damentoiletten, stieß die Tür auf und zerrte sie hinein.

Der Raum war leer. Er knallte die Tür hinter sich zu und verriegelte sie.

Es war ein winziger Raum, nur zwei Kabinen und ein Waschbecken mit einer kurzen Schminkkonsole aus Marmor. Er wirbelte Maureen herum, packte sie um die Hüften und hob sie auf die Konsole. Dann drückte er ihre Beine auseinander und stellte sich dazwischen.

Sie starrte ihn von oben herunter an. »Was fällt dir ein? Was machst du da?«

»Was ich schon lange hätte tun sollen. Nämlich ein für alle Mal klarstellen, wer in dieser Familie die Hosen anhat.« Damit nahm er ihren Kopf zwischen beide Hände und presste seinen Mund auf den ihren.

Mos Hände legten sich auf seine Schultern, und er stellte sich darauf ein, wütend von ihr weggeschoben zu werden. Stattdessen krallten sich ihre Finger in sein Smokingjackett, um Halt zu finden. Und dann erwiderte sie seinen Kuss mit der gleichen wilden Leidenschaft, mit der er sie küsste.

Er verlor den letzten Rest seiner Kontrolle. Doch das schien ohne Belang, denn Mo hatte sich auch nicht mehr in der Gewalt. Wild klopften ihre Herzen, heiß ging ihr Atem, in brutaler Fleischeslust drängten sie sich aneinander. Vergessen war jede Finesse, als ihre Triebe, die sie beide viel zu lange unterdrückt hatten, plötzlich hervorbrachen und sie verschlangen. Reid zog ihr das Kleid über die Taille hoch und fluchte über die Strumpfhose, die sie unerbittlich wie der Eunuch eines Harems vor Eindringlingen schützte.

»Zieh die Hosen aus, die du momentan so voller Stolz

anhast«, befahl er heiser. Während Reid seine Hosen wegschleuderte, balancierte Mo erst auf der einen Pobacke und dann auf der anderen, bis ihre Strumpfhose heruntergekrempelt an einem Knöchel baumelte.

Er stellte sich sofort wieder zwischen ihre Oberschenkel und knurrte zustimmend, als sie ihre Beine für ihn weiter spreizte. Ungestüm schob er beide Hände unter ihren fülligen Po, riss sie vorwärts und drang mit einem gewaltigen Stoß in eine feuchte Höhle, die sich warm um ihn schloss. Er zog sich wieder zurück und stieß erneut zu. »Es. Wird. KEINE. Scheidung. Geben«, erklärte er im Stakkato seiner Hüftbewegungen. Er starrte ihr in die Augen. »Klar?«

»O Gott, ja«, keuchte sie, und er spürte, wie sie sich um ihn zusammenzog, und sie eruptiv kam. »Klar. Ein für alle Mal.«

»Du weißt *schon*, dass ich nie davon gesprochen habe, dass *ich* die Scheidung will, oder?«, fragte sie, während sie ihm dabei zusah, wie er seine Kleidung wieder ordnete. Stirnrunzelnd betrachtete sie dann ihre Strumpfhose, die von einem Fuß pendelte. »Verdammt, die ist total verdreht.«

»Ich helfe dir.« Er ging vor ihr in die Knie und entwirrte das Knäuel. »So. Steig mit dem Fuß hier rein.« Er blickte zu ihr hoch. »Du *hast* doch um eine Scheidung gebeten. Ich habe genau gehört, wie du ...«

»Ich habe gefragt, ob *du* sie willst.«

Sein Kopf ruckte hoch. »Warum, zum Teufel, sollte ich mich scheiden lassen wollen?« Zufrieden, dass das Problem Strumpfhose geregelt war, sprang er auf und blickte sie, die Hände in die Hüften gestemmt, an.

»Weil mir in dieser Woche bewusst geworden ist, wie armselig mein Beitrag zu unserer Ehe war. Und du hast doch gesagt, dass wir uns, sobald wir alles hinter uns hätten, hinsetzen sollten, um über unsere Ehe zu sprechen. Ich nahm halt an …«

»Dass ich da rauswollte?« Das war das Letzte, was er erwartet hatte, und er blinzelte sie verdutzt an.

»Ja.«

Er rieb sich die Stirn. »Und was genau bringt dich zu der Annahme, dass du deinen Teil der Ehe nicht erfüllt hast?«

»Alles, was du mir in letzter Zeit vorgeworfen hast, stimmt. Mir ist nie in den Sinn gekommen, du könntest tatsächlich wissen, was du mit deinem eigenen Geld machst. Ich habe dich wie einen verantwortungslosen Teenager behandelt und nicht wie meinen Partner. Und deinen Job hasst du doch, nicht wahr? Das ist mir heute erst klar geworden.«

»Ich hasse ihn nicht. Der Vorstand geht mir zwar tierisch auf den Geist – aber machen wir uns doch nichts vor, mein Schätzchen, wir wussten von Anfang an, dass meine Verwandten ein Haufen steifer Böcke sind.«

Mo gluckste vergnügt.

»Wie kommst du bloß auf die Idee, dass ich sie hasse?«

»Sie werfen dir bei den Krediten, die du gern gewähren würdest, dauernd Knüppel zwischen die Beine, und ich dachte – und denke immer noch –, dass es dich in erster Linie deshalb in der Bank hält, weil du meinem Bedürfnis nach finanzieller Sicherheit gerecht werden willst. Du hattest Recht, als du sagtest, ich hätte eine Betriebsstörung«, gab sie zu.

»Ach, Mo.« Verlegen trat er von einem Bein aufs andere und strich ihr dann mit den Handknöcheln über die Wange. »Als ich das sagte, war ich frustriert. Ich hätte das nicht sagen dürfen.«

Sie schmiegte sich an seine Hand und lächelte. »Nein, es ist wahr. Aber du hast Unrecht, wenn du denkst, ich sei nur bei dir geblieben, weil bei meinem Vater keine seiner Beziehungen hielt. Ich will nicht sagen, dass dieser Umstand mich nicht zusätzlich motiviert hat, alles daranzusetzen, dass meine Ehe funktioniert. Natürlich hat das eine Rolle gespielt. Aber ich hätte nie daran festgehalten, wenn ich dich nicht liebte, Reid. Mein größter Fehler bestand darin, von dir Verständnis für mein Bedürfnis nach finanzieller Sicherheit zu verlangen, obwohl ich mit dir tatsächlich nie offen über die Gründe gesprochen habe, die dahinter stehen.« Sie verzog unglücklich das Gesicht. »Im Grunde genommen ist das Ganze schon ziemlich komisch. All die Jahre habe ich geglaubt, *du* seist der Grund für unsere Probleme – und dabei bin ich es die ganze Zeit gewesen, die dafür verantwortlich ist.«

Aus ihrem Mund zu hören, dass er doch kein Versager war, machte ihn zwar einerseits irgendwie froh, aber zu sehen, wie sie sich erniedrigte, löste in ihm andererseits auch ein unangenehmes Gefühl aus, das weitaus stärker war als seine Freude. Er lächelte sie spitzbübisch an. »Aber natürlich hast du an allem Schuld. Und wenn es hier nicht so eng wäre, würde ich glatt einen Siegestanz aufführen, weil du es endlich zugibst.«

Erst wirkte sie geschockt. Doch dann gluckste sie belustigt los. »Du Halunke!«, rief sie und boxte ihn in den Arm.

»Also, Maureen, du dramatisierst die ganze Geschichte zu sehr. Zuerst war alles meine Schuld, und jetzt bist du allein verantwortlich. Die Wahrheit liegt irgendwo in der Mitte.« Er küsste sie leidenschaftlich und sah sie dann an – hochzufrieden, dass sie seinen Blick voller Glut erwiderte. Er strich ihr mit dem Daumen über den Mund. »Wir müssen uns trotzdem hinsetzen und ernsthaft über all den Müll, der sich zwischen uns aufgetürmt hat, unterhalten. Ich denke, wir beide haben zu lange zu viele Dinge unter Verschluss gehalten, und es ist Zeit, offen darüber zu sprechen. Aber das muss noch ein bisschen warten, weil wir jetzt nämlich …«

»Gibst du dich etwa der Illusion hin, dass *du* von jetzt an die Zügel in der Hand hast?« Sie zog die Nase hoch und glitt von der Konsole. Jetzt war sie wieder ganz die Alte. Er grinste.

»Das ist keine Illusion, mein Herz. Das ist ein Fakt. Und wie ich gerade anfing, bevor ich von dir so rüde unterbrochen wurde …«

Sie schnaubte verächtlich, was wenig damenhaft klang.

»… weil wir jetzt nämlich noch ein paar weitere Kröten aus meinen Kumpels herausquetschen werden. Ich gebe keine Ruhe, bis ich nicht hundertprozentig sicher bin, dass du nicht in den Knast wanderst.«

21

Nick sah sich den Ballsaal, auf der Suche nach dem perfekten Motiv, durch die Linse seiner Kamera an. Er schwenkte langsam von einer Seite zur anderen und dann von vorne nach hinten. Doch abgesehen von zwei Aufnahmen, die er schon vorher von Daisy gemacht hatte, stieß er auf nichts, was auch nur im Entferntesten brauchbar war, ganz zu schweigen von einem entscheidenden Moment, der sich lohnte, für alle Zeiten im Bild festgehalten zu werden.

Das größte Problem aber war seine geistige Verfassung. Sie hatten auf dem Weg hierher bei der Post Halt gemacht, und er hatte die Gebote der Zeitungen aus seinem Postfach abgeholt. Es war schwer, sich zu motivieren, nach dem ultimativen Schnappschuss Ausschau zu halten, wenn er drauf und dran war, seine Karriere die Toilette runterzuspülen.

Er hatte versucht, dem Ganzen zumindest *eine* gute Seite abzugewinnen, und sich an dem Strohhalm festgehalten, schlimmer könne es ja nicht mehr werden. Doch dann beobachtete er, wie seine Schwester und sein Schwager den Saal wieder betraten. Er ließ die Nikon sinken und starrte sie quer durch den Raum an. Na großartig. Der Faktor »Ich bin erledigt« hatte sich gerade potenziert. Es war schon so schwierig, alle Kugeln, die er in Bewegung gesetzt hatte, im Auge zu behalten, da brauchte er nicht auch noch Mo.

Bis jetzt hatte er Glück gehabt: Sie und Reid waren mit einer Reihe von Leuten beschäftigt gewesen, und es war ziemlich leicht gewesen, Daisy am anderen Ende des Saals aus ihrem Blickfeld zu halten.

Gar nicht auszudenken, wie Daisy reagieren würde, wenn sie davon erfuhr ... Sie würde glauben, er schäme sich ihrer. Aber er wollte einfach nur Mos Schwall von Fragen aus dem Weg gehen, wenn sie Daisy in seiner Gesellschaft antraf. Zum Beispiel, wie es dazu gekommen sei, dass sie plötzlich wieder in seinem Leben aufgetaucht war. Das würde zwangsläufig weitere Fragen nach sich ziehen, die er jetzt noch nicht beantworten wollte – nicht bevor er eine Chance hatte, Daisy darüber aufzuklären, dass die Dinge etwas anders lagen, als er es ihr erzählt hatte.

Deshalb hatte er gedacht, das Schicksal meine es gut mit ihm, als er beobachtete, wie Reid seine Frau aus dem Raum bugsierte. Es hatte so ausgesehen, als hätten sie einen Streit. Aber er konnte nicht einmal so viel moralischen Anstand aufbringen, sich Sorgen darüber zu machen. In der Liebe und im Krieg kämpfte jeder Mann für sich alleine, und im Moment war ihm beinahe *alles* recht, solange es nur verhinderte, dass seine Beziehung zu Daisy in die Brüche ging. Außerdem war seine Schwester eine starke Frau.

Abgesehen davon war ihre Aktion wohl nur halb so

schlimm gewesen, denn sie und Reid wirkten jetzt verdammt harmonisch. Er musste die Situation missverstanden haben, als sie den Raum verließen. Das bestätigte mal wieder seine Vorliebe, im Allgemeinen offen und ehrlich zu sein. Lügen hatten die unangenehme Angewohnheit, sich plötzlich umzudrehen und einen in den Hintern zu beißen.

Also denk nach, du Pfeife. Wenn du nach den nächsten fünfzehn Minuten noch mit Daisy zusammen sein willst, dann lass dir besser etwas Gutes einfallen.

Oder aber: Zukunft ade.

Daisy sah sich aufmerksam in dem luxuriösen Ballsaal um. Die Fete war ziemlich perfekt – schmeichelhaftes Licht, stilvolle, unaufdringliche Musik, wunderbares Essen. Und der Wein, darauf würde sie ihren letzten Dollar wetten, war auch exzellent. Das Vergnügen, die Probe aufs Exempel zu machen, musste sie sich allerdings verwehren. Schließlich war sie im Dienst.

Sie wünschte, Reggie und die Jungs wären hier. Sie würden einen Mordsspaß haben – vor allem im Hinblick auf die hocheleganten Smokings und die großartigen Abendroben. Zu ihrer Überraschung fühlte sie sich inmitten dieses Glanzes nicht einmal fehl am Platze. Die Leute, mit denen sie heute Abend gesprochen hatte, waren recht nett, und sie überlegte sich ernsthaft, ob sie ihre alten Vorstellungen über die Typen der so genannten besseren Gesellschaft nicht ein für alle Mal begraben sollte. Ihre früheren Eindrücke waren mit den Erfahrungen eines Teenagers eingefärbt – womöglich nicht gerade die objektivste Sichtweise der Welt, wie sie zugeben musste.

Sie würde lernen müssen, mit diesen Leuten irgendwie zurechtzukommen, wenn sie vorhatte, bei Nick zu bleiben.

Sie stockte. Hatte sie das? Er hatte zwar gesagt, er liebe sie, aber konnte sie ihm auch trauen?

Wie konnte sie, auch sich selbst gegenüber, zugeben, dass sie ihn doch mehr als das kleine bisschen, das sie eingeräumt hatte, liebte? Es kostete schon viel Überwindung, ihr Herz einem Mann zu schenken, bei dem sie sich nicht hundertprozentig sicher war, ob er es nicht erneut in tausend Stücke brechen würde.

Die große Frage war also: Traute sie sich? Wenn sie doch nur in ihn hineinsehen könnte, dachte sie, während sie auf Nick starrte, der den Raum durch die Linse seiner Kamera absuchte und ihr dabei sein Profil zuwandte.

Ja – sie traute sich. Letzten Endes blieb ihr doch gar keine andere Wahl. Natürlich könnte sie es ableugnen bis zu ihrem letzten Atemzug, aber es würde nichts an der Wahrheit ändern, daran, dass sie ihn mit ihrem ganzen Sein liebte.

Sie musste alles andere hinter sich lassen. Die Geschichte lag Jahre zurück, und er war seitdem ein ganzes Stück erwachsener geworden. Sie beide waren es. Sie hatte ihr Herz nun lange genug bewacht. Wenn man nie ein Risiko einging, war die Chance zu wachsen, die Chance, sich weiterzuentwickeln, gering. Und sie war der Ansicht, wenn man aufhörte, sich weiterzuentwickeln, dann starb man.

Als ob er ihren Blick spürte, drehte er sich auf einmal um und schaute sie an. Mit der Kamera um den Hals, überwand er schnell die paar Meter, die sie voneinander trennten, und stellte sich so dicht vor sie, dass die Nikon ihr glitzerndes Bustier streifte. Er umfasste ihren Kopf, drehte ihr Gesicht zu sich hoch und presste seinen Mund auf ihre Lippen.

Daisy war so verblüfft, dass sie ihre Hände wie bei einem Überfall beinahe über den Kopf hochgerissen hätte. Doch unentschlossen, ob sie ihn umarmen und seinen Kuss erwidern oder ihm eine feuern sollte, weil er sie den neugierigen Blicken der anderen Gäste aussetzte, ließ sie ihre Hände vorerst in der Nähe seiner Schultern. Doch bevor sie sich noch für das eine oder andere entscheiden konnte, ließ er sie schon wieder los und trat einen Schritt zurück.

»Ich liebe dich.« Seine Stimme war leise, aber eindringlich. »Vergiss das bloß nicht.«

»Okay.« Sie blinzelte zu ihm hoch. Was um alles in der Welt ging hier vor?

»Ich meine es ernst«, sagte er. Er spähte über sie hinweg und murmelte: »Da kommen meine Schwester und Reid. Hör zu, Daise, erzähl ihnen nicht, dass ich in Schwierigkeiten bin, ja? Ich möchte nicht, dass sie sich Sorgen machen.«

Daisy versteinerte. Langsam beschlich sie ein ungutes Gefühl. Sie hob ihr Kinn und richtete sich zu voller Größe auf. »Was geht hier vor, Coltrane?«

Er schüttelte den Kopf. »Ich kann jetzt gerade nicht darüber sprechen. Ich erzähle es dir aber später. Ich verspreche es.«

»*Daisy*?« Mo lief auf sie zu. »Mein Gott, du bist es wirklich! Als ich dich von hinten sah, war ich mir nicht so ganz sicher.« Sie drückte Daisy einen festen Kuss auf die Lippen, zog sie an ihren wogenden Busen, trat dann einen Schritt zurück und hielt sie auf Armeslänge von sich weg, um sie von Kopf bis Fuß zu mustern. »Du siehst wundervoll aus! Sehr schick, sehr raffiniert.« Sie blickte ihren Bruder an. »Wie kommst du dazu, sie zu küssen?«

Daisy konnte gar nicht so schnell rot werden, wie Nick die Schultern zuckte und so tat, als sei das für ihn absolut ohne Belang.

»Du hast sie ja auch geküsst«, wiegelte er ab. »Warum sollte ich sie also nicht küssen?«

Daisy wurde ganz flau im Magen. Sie suchte seinen Blick. Wollte er etwa ihre Beziehung verleugnen?

»*Ich* habe ihr aber nicht meine Zunge in den Hals gesteckt«, konterte Mo kühl. »Das ist ein kleiner, aber feiner Unterschied.«

»Oh, das hast du aber schön ausgedrückt, Mo. Nur dass ich meine Zunge überhaupt nicht ins Spiel gebracht habe. Oder, Daisy?«

Okay, das reichte. Sie öffnete den Mund, um etwas zu entgegnen, schloss ihn aber gleich wieder, weil sie keine Ahnung hatte, was sie überhaupt sagen sollte.

»Das ändert aber nichts an der Tatsache, dass das Ganze verdammt triebhaft aussah«, stellte Mo streng fest. »Und es sah mir auch nicht so aus, als habe Daisy mitgemacht, Nick. Bist du jetzt schon so weit, bei gesellschaftlichen Veranstaltungen junge Frauen zu überfallen?«

»Nur Daisy.« Nick legte Daisy den Arm um die Taille und zog sie zu sich heran. »Wir würden das allerdings nicht als Überfall bezeichnen. Denn immerhin wohnt sie jetzt bei mir.«

»Sie tut *was?*« Mo fiel die Kinnlade herunter. »Seit wann?«

»Was bist du eigentlich, Maureen? Die spanische Inquisition, oder was?« Er wandte sich an Reid. »Nimm deine Frau mal ein bisschen an die Kandare.«

Reid schnaubte amüsiert, und Nick wandte sich mit einem Achselzucken wieder seiner Schwester zu. »Seit Montag, zufrieden?«

»Dienstag«, korrigierte Daisy ihn. »Erinnere dich, am Montag kamst du …«

»Mehrere Male«, murmelte er, und nun war es an Daisy, die Kinnlade runterzuklappen. Nick drückte sie mit der Fingerspitze sanft wieder hoch.

Daisy überkam es heiß. Sie hatte das Gefühl, von den Zehenspitzen bis zu den Haarwurzeln zu erröten. Sie traute ihren Ohren nicht. Sie hatte sagen wollen, dass er in ihr

Büro gekommen war, und er hatte es so klingen lassen, als ob …

Guter Gott. Sie hatte vermutlich einen so roten Kopf, dass man ihn auch noch in der Dunkelheit hätte glühen sehen.

»Und am späten Nachmittag bist du dann eingezogen, mein Schatz; du erinnerst dich? Beziehungsweise nach deiner Definition, am frühen Abend.« Seine breiten Schultern zuckten ungeduldig. »Wie auch immer, Dienstagfrüh habe ich dir jedenfalls Kaffee gemacht, damit du in die Gänge kommst.«

»Ach ja. Ich schätze, du hast Recht.«

Er bohrte seinen kleinen Finger kurz ins Ohr und begutachtete anschließend seine saubere Spitze. »Was sagtest du gerade?«

»Du bist ein echter Komiker, Coltrane. Bist du mit der Nummer noch frei? Ich sagte, du hast Recht.«

Er strich ihr mit der Hand, die auf ihrer Hüfte lag, ein paarmal den Arm rauf und runter und grinste. »*Das* höre ich gerne.«

»Ich bin total verwirrt«, klagte Mo.

Ihr Bruder wandte sich ihr zu. »Ist es denn wirklich zwingend notwendig, dass du den absoluten Durchblick in Bezug auf unsere Beziehung hast, Mo?«

»Beziehung«, wiederholte sie langsam, als spreche sie ein Fremdwort aus. »Ihr habt eine *Beziehung?*«

»Habe ich das nicht gerade gesagt?« Nicks Griff um Daisys Arm wurde fester. »Ich meine es ernst, Maureen. Ich liebe sie.«

Daisy wurde es warm ums Herz, und diese Wärme breitete sich in ihrem ganzen Körper aus, bis sie sie bis in die Zehenspitzen spürte. Nick liebte sie tatsächlich. Er hatte es laut und deutlich gesagt. Sich da wieder herauszuwinden würde für ihn schwer werden.

Mo starrte ihren Bruder verdattert an. »Das kommt ziemlich plötzlich, nicht wahr?«

»Für dich vielleicht. Für mich ist das längst überfällig.«

Nick zog Daisy noch dichter an sich heran. Er lächelte zu ihr hinunter und wandte sich dann wieder seiner Schwester zu. »Meine Gefühle für Daisy bestehen schon wer weiß wie lange. Mein Fehler war nur, davor davonzulaufen.«

»Und wie habt ihr beide euch wieder gefunden?«

»Ich habe sie aufgesucht.«

Mo sah aus, als wolle sie ihr Verhör fortsetzen. Aber zu Daisys Erleichterung tauchte ein Freund von Reid auf. Nach dem Austausch von ein paar Freundlichkeiten nahm er Reid beiseite und redete mit einem drängenden Unterton auf ihn ein. Schließlich zog er ein Scheckbuch heraus und begann zu schreiben.

»Ach, dabei fällt mir ein …« Mo führte Daisy und Nick ein paar Schritte weiter weg und senkte die Stimme. »Du weißt doch, dass ich in Schwierigkeiten war?«

»Mein Gott«, platzte Daisy heraus, »was ist bloß los – ist das in eurer Familie ansteckend?«

Mo zog die Augenbrauen hoch und sah sie fragend an; Nick drückte ihren Oberarm fester, und sie schüttelte mit einem entschuldigenden Lächeln den Kopf. »Sorry. War nicht so gemeint.«

Maureen schien zwar etwas verwirrt, schüttelte ihr Unbehagen aber ab und wandte sich erneut an ihren Bruder: »Also, Nick, ich brauche deine Hilfe bei meinem Problem doch nicht mehr. Reid hat das geregelt.«

»Mo, das ist ja fantastisch!« Nick ließ Daisy los, hob seine Schwester hoch und wirbelte sie trotz ihres atemlosen Quietschens im Kreis herum. Die vielen Köpfe, die sich nach ihnen umdrehten, schienen ihn überhaupt nicht zu stören. »Ich kann dir gar nicht sagen, was für ein Stein mir vom Herzen fällt.«

»Ich dachte mir schon, dass du darüber froh sein würdest«, stimmte Mo zu. Etwas außer Puste und leicht verlegen strich sie ihr Kleid glatt und schenkte Nick ein strahlendes Lächeln, der sich wieder neben Daisy stellte. »Und nicht nur um meinetwegen. Reid erzählte mir, wie weit du zu gehen bereit gewesen wärst, um mir aus der Klemme zu helfen. Er sagte, du wolltest tatsächlich deine Fotos an ... *Was ist?«*

Daisy spürte, wie Nick sich neben ihr verkrampfte und blickte gerade noch rechtzeitig hoch, um zu sehen, wie er sich mit dem Finger imaginär den Hals durchtrennte. Sie bekam auch noch einen Zipfel von seinen Gesichtsverrenkungen mit, mit denen er Mo dazu brachte, das, was sie sagen wollte, für sich zu behalten. Was immer das auch war. Es bedurfte wahrlich nicht des Instinkts eines Polizisten, um zu sehen, dass etwas im Busch war. »Okay, raus mit der Sprache, Coltrane. Was geht hier vor?«, verlangte sie zu wissen.

»Wir reden später darüber.« Als sie den Mund aufmachte, um zu protestieren, strich er beruhigend mit der Fingerspitze über ihre Lippen. »Ich verspreche es.« Er sah seine Schwester an. »Mo, entschuldigst du uns? Ich muss zurück an die Arbeit – ich hatte bis jetzt noch kein rechtes Glück bei meiner Motivsuche.« Ein Lächeln erhellte plötzlich sein Gesicht, als er hinzufügte: »Aber ich habe das Gefühl, jetzt wird gleich alles viel besser gehen. Ich bin froh, dass du mir die gute Nachricht mitgeteilt hast.«

Mo musterte ihn kurz und wandte sich dann Daisy zu. »Wir müssen uns ganz bald einmal treffen. Lass uns zusammen Mittagessen gehen. Oder vielleicht kommt ihr beide mal zum Abendessen bei uns vorbei.«

»Gerne – entweder das eine oder das andere.«

Doch momentan hatte Daisy ganz andere Probleme im Kopf. Nick führte irgendetwas im Schilde, und dass sie nicht den geringsten Schimmer hatte, was das sein könnte, bereitete ihr Bauchschmerzen – sowohl in beruflicher als auch in privater Hinsicht.

Sie sah ihn mit der Kamera vor dem Auge durch den Ballsaal streifen, und versuchte, den genauen Zeitpunkt festzumachen, von dem ab er sich anders benommen hatte. Wenn sie sich nicht irrte, war das auf dem Weg hierher, und zwar nach ihrem Zwischenstopp bei der Post.

Sie erinnerte sich an seinen seltsamen Gesichtsausdruck, als er die Umschläge, die er aus dem Postfach genommen hatte, durchsah. Aber als sie ihn gefragt hatte, ob irgendetwas nicht in Ordnung sei, hatte er die Post nur in sein Smokingjackett gesteckt, unwirsch mit den Schultern gezuckt und ihre Frage verneint. Als er die Briefe hinterher in seinem Handschuhfach verschloss, schien sein vorheriges von innen kommendes Strahlen allerdings ein bisschen blasser geworden zu sein.

Doch vielleicht projizierte sie ja auch nur ihre eigenen Empfindungen auf ihn. Sie musste zugeben, dass er sie mit seinem Liebesgeständnis in den siebten Himmel katapultiert hatte – auch wenn sie es sich selbst gegenüber partout nicht hatte eingestehen wollen. Sie konnte nicht einmal mit Bestimmtheit sagen, ob sie sich nicht auch sein Strahlen nur eingebildet hatte. Möglicherweise hatte sie ihre himmelhoch jauchzende Gemütsverfassung auf ihn übertragen.

Sie zuckte ungehalten mit den Schultern. Über die Motive – sowohl die ihren als auch die seinen – konnte sie sich später immer noch Gedanken machen. Jetzt verwendete sie ihre Zeit besser darauf, herauszufinden, was Nick im Schilde führte. Sie hatte den unangenehmen Verdacht, dass es, was immer es auch sein mochte, seine Sicherheit gefährden konnte.

Wollte er sich womöglich schützend vor sie stellen, wollte er sie in Watte packen? Daisy nickte Sue und John Smart zu, einem Ehepaar, mit dem sie sich vorher angeregt unterhalten hatte, und ging weiter. Sie fing einen Ober ab, um ein Club-Soda zu ordern, und setzte, als sie es kurz darauf bekam, ihren Weg zu Nick fort.

Um ihn nicht bei seiner Arbeit zu behindern, wahrte sie einen angemessenen Abstand zu ihm. Sie sah zu, wie er seine Bilder schoss, nippte zwischendurch an ihrem Club-Soda und kehrte wieder zu dem Gedanken zurück, der sie vorhin angesprungen hatte und der sie gewaltig beunruhigte.

Wollte er sie wirklich beschützen? War das des Pudels Kern – dass er beschlossen hatte, er musste die kleine Frau beschützen, weil er sie liebte?

Wenn dem so war, dann brauchte er sich keine Sorgen mehr um den gehörnten Ehemann und seinen Schlägertrupp zu machen – weil *sie* ihn nämlich eigenhändig umbringen würde.

Je mehr sie darüber nachdachte, desto weniger Sinn machte das allerdings. Warum dieser abrupte Sinneswandel? Er war schließlich auch so klug gewesen, zu ihr zu kommen, weil er gewusst hatte, dass er der Sache nicht gewachsen war. Außerdem verfügte er über genügend männliches Selbstbewusstsein und hatte weder mit Worten noch mit Taten jemals zu erkennen gegeben, dass es seinem männlichen Ego Abbruch tat, von einer Frau beschützt zu werden. Warum also sollte ein perfekt funktionierendes Arrangement plötzlich auf den Kopf gestellt werden, nur weil er ihr seine Liebe gestanden hatte?

Das war lächerlich. Wollte sie eigentlich den ganzen Abend damit verbringen, über die Gründe seines seltsamen Verhaltens zu *spekulieren?* Oder sollte sie Nick jetzt, hier und auf der Stelle, zur Rede stellen, um sich Klarheit darüber zu verschaffen, was zum Teufel eigentlich los war?

O Mann, schwierig, schwierig …

Sie setzte ihr Glas auf einem leeren Tisch ab, ging auf Nick zu, stellte sich hinter ihn und tippte ihm auf die Schulter.

Nick hatte endlich ein anständiges Motiv vor dem Objektiv und wedelte ihre Hand weg. »Nur eine Sekunde, Daisy.« Er drückte auf den Auslöser, senkte die Kamera und drehte sich zu ihr um.

»Woher wusstest du, dass ich es bin?«

Er betrachtete ihre geröteten Wangen und ihr entschlossenes Kinn, ihre Funken sprühenden, herausfordernden Schokoladenaugen und spürte, wie es in seinen Mundwinkeln zuckte. »Wenn es um dich geht, mein Sahnetörtchen, dann habe ich das zweite Gesicht.«

»Ach ja?« Sie stocherte ihm mit dem Zeigefinger in den Bauch. »Und wie steht's mit deinen wahrsagerischen Fähigkeiten, Coltrane – hast du die auch? Weil wir nämlich miteinander reden müssen. Und zwar sofort.«

O verdammt. Ihm rutschte das Herz in die Hose, denn sie hatte wieder mal diesen Ich-lass-nicht-mit-mir-scherzen-Blick. Ohne viel Hoffnung sagte er: »Ich arbeite noch, Daisy.«

»Ich auch. Der Unterschied ist nur der, du hast mich den ganzen Abend über blind arbeiten lassen, und jetzt will ich wissen, warum. Ich *mag* es nun mal nicht, wenn man mich im Dunkeln tappen lässt, Nicholas.«

»Aber das verstehst du gut zu kaschieren«, murmelte er.

Sie ignorierte seine Anspielung. »Ich habe dich schon einmal gefragt, aber jetzt werde ich mich nicht von der Stelle rühren, bis ich eine klare Antwort habe. Was zum Teufel geht hier vor?«

In die Enge getrieben, strich Nick sich eine Haarsträhne, die ihm ins Gesicht gefallen war, zurück und erklärte:

»Daisy, ich sagte dir doch bereits, ich werde dir später alles erzählen. Und das meinte ich auch so. Sobald ich hier fertig bin …«

»Ich habe eine Überraschung für dich, mein Freundchen: Später ist jetzt. Du heuerst mich nicht an, um deine Haut zu retten und hinderst mich dann mit einem ›später, Baby‹ daran, meinen Job zu machen. Als Nächstes wirst du mir noch erzählen, ich solle mir mein hübsches Köpfchen nicht darüber zerbrechen.«

»Nur wenn mich das dringende Bedürfnis überkommen sollte, Selbstmord zu begehen.«

»Sehr witzig, Nick.« Sie trat ganz nah an ihn heran und hielt die Nase hoch, dass sie fast seine Nasenspitze berührte. »Du findest dich besser damit ab, dass du deine Kamera jetzt für ein Weilchen wegpackst. Denn du und ich werden jetzt ins Foyer gehen und ein nettes kleines Gespräch miteinander führen.«

»Es ist höchste Zeit, dass Sie und ich ein Gespräch miteinander führen, Coltrane«, ließ sich wie ein Echo eine höfliche Stimme hinter ihnen vernehmen.

Daisy machte sich nicht die Mühe, sich nach dem Besitzer der Stimme umzudrehen. »Stellen Sie sich hinten an«, raunzte sie.

Genauso fühlte sich Nick: Alle schienen heute Abend etwas von ihm zu wollen.

Andererseits, wenn das bedeutete, dass er darum herumkam, Daisy sofort zu erzählen, dass er sie die ganze Zeit angelogen hatte, dann war er für jede Unterbrechung dankbar – bis er sich umdrehte und J. Fitzgerald Douglass Aug in Aug gegenüberstand.

Jetzt wusste er, dass er keine Minute hätte zögern dürfen, Daisys Angebot anzunehmen, und die Gelegenheit beim Schopfe hätte packen müssen, alles offen darzulegen.

22

Nick atmete einmal tief durch und wandte sich dann an Daisy. »Könntest du uns für ein paar Minuten entschuldigen?« Als er merkte, wie sich ihre Augen verengten und ihre Lippen zu einem Protest ansetzten, begegnete er gelassen ihrem Blick. »Hiermit verdiene ich meinen Lebensunterhalt, Daisy, und wenn ich bei einem Termin bin, muss das absoluten Vorrang haben. Wir werden unser Gespräch trotzdem haben, das verspreche ich dir. Sofort, wenn wir nach Hause kommen.«

Sie klappte den Mund zwar wieder zu, aber er wusste verdammt gut, dass sie sich nicht von der Stelle rühren würde. Schließlich warf sie einen Blick auf die Person, die sie unterbrochen hatte, und ihre Augen weiteten sich.

»Es tut mir wirklich sehr Leid, und ich möchte mich auch entschuldigen«, sagte J. Fitzgerald und warf ihr sein Sie-brauchen-mich-ja-nicht-gleich-heilig-zu-sprechen-Lächeln zu. »Es ist allerdings wichtig, dass ich mit Nicholas spreche.«

Es war immerhin seine Party.

»In Ordnung.« Sie sah Nick an. »Du hast fünf Minuten.« Sie straffte die Schultern und stolzierte davon.

Nick wartete, bis er sicher sein konnte, dass sie außer Hörweite war, und wandte sich erst dann Douglass zu. »Was zum Teufel macht Sie so sicher, dass ich Ihnen etwas zu sagen habe?«

»Sie brauchen kein Wort von sich zu geben«, erwiderte der alte Herr glatt. »Sie brauchen nur zuzuhören.«

Nick schnaubte verächtlich, sagte aber: »Sie haben die Lady gehört; Sie haben fünf Minuten.« Er blickte ostentativ auf seine Rolex.

»Ich merke, ich habe Sie falsch eingeschätzt.«

»Da haben Sie verdammt Recht. Und wenn Sie Ihre Zeit damit vertrödeln wollen, Offenkundiges an den Mann zu bringen, dann soll mir das auch recht sein – aber wenn ich Sie wäre, dann würde ich etwas erzählen, was ich noch nicht weiß.«

»Ich bin mit meinen Aktionen über das Ziel hinausgeschossen – aber der Gedanke, dass diese Fotos womöglich in Umlauf kommen, so dass jeder sie sehen kann, hat mich einfach in Panik versetzt«, sagte Douglass. »Ich wollte sie auf Biegen und Brechen zurückhaben.«

»Dann hätten Sie mich einfach darum bitten sollen. Entweder das, oder Sie hätten sich lausige fünf Minuten Zeit genommen, um sich umzuhören, und Sie hätten erfahren, dass ich bis jetzt stets sämtliche kompromittierenden Negative vernichtet habe.« Er wollte eine Entschuldigung. Er hätte, weiß Gott, eine Menge mehr verdient, aber er hätte sich mit einer Entschuldigung abgefunden – zumindest so weit es den heutigen Abend anging. Sich mit Douglass anzulegen und auf einen Kampf einzulassen, würde ihm nur ein Leben lang böse Überraschungen bescheren. Ein intelligenter Mann würde unter allen Umständen einen kühlen Kopf bewahren, bis er sich hinsetzen und in Ruhe nachdenken konnte, wie er sich ein für alle Mal aus der Affäre ziehen konnte.

»Sie haben absolut Recht«, stimmte Douglass ihm zu. »Und ich würde meinen Mangel an Weitsicht jetzt gerne wieder gut machen.« Er griff in seine Innentasche und zog ein Scheckheft hervor. »Nennen Sie mir Ihren Preis.«

»Halten Sie mich etwa für einen *Erpresser?«* Nick war bis zur Spitze seiner Schuhe in seiner Ehre gekränkt. »Stecken Sie sich Ihr Scheckheft sonstwohin, mein Alter.«

»Das ist nicht klug von Ihnen, Coltrane. Nach allem, was man hört, sind Sie doch ein gewiefter Geschäftsmann ...«

»Klug?« Nick schob sein Gesicht ganz nahe an J. Fitz-

geralds heran. Er atmete tief durch, um gegen die Wut anzukommen, die ihm mitten in seinen gesunden Menschenverstand ein Loch brannte, und zischte durch die Zähne hervor: »Bis Sie anfingen, mir nachzustellen, interessierte mich Ihr Sexleben einen feuchten Dreck. Aber Sie mussten ja Dampf machen, nicht wahr? Ihre Gorillas haben mein Labor verwüstet und meinen Arm ausgekugelt. Sie haben meinen Porsche demoliert, Daisy eine Kanone an den Kopf gehalten, und versucht, mich mit ihrem Auto *umzubringen!* Glauben Sie im Ernst, das alles lässt sich einfach so mit einem Scheck ausradieren?« Er baute sich zu seiner vollen Größe vor ihm auf und atmete noch ein paarmal tief durch. Er war kurz davor, etwas zu tun, was er ganz bestimmt nicht tun sollte – etwas, was er ohne Zweifel später bereuen würde. Und er versuchte, sich zurückzuhalten; er bemühte sich wirklich. Aber …

Zum Teufel mit der gelassenen Klugheit. Sie war ihm in dieser einen höllischen Woche irgendwo abhanden gekommen. »In einem Punkt haben Sie allerdings Recht«, sagte er. »Ich bin ein gewiefter Geschäftsmann. Deshalb erzähle ich Ihnen jetzt, was ich machen werde.«

J. Fitzgerald straffte die Schultern, bereit zu verhandeln.

»Ich werde meine Negative in einem Schwung meistbietend an die Boulevardpresse verkaufen.« Er fletschte die Zähne zu einem diabolischen Lächeln. »Das müsste mir eigentlich ein hübsches Sümmchen einbringen.«

Douglass wirkte eine Sekunde wie betäubt, erholte sich aber in Rekordgeschwindigkeit wieder und begegnete Nicks Blick mit erhobenem Kopf. »Das werden Sie nicht tun«, sagte er im Brustton der Überzeugung. »Sie würden sich ins eigene Fleisch schneiden und den Ast absägen, auf dem Sie sitzen. Wer, glauben Sie, würde Ihnen danach noch jemals trauen? Sie wären in dieser Stadt erledigt.«

»Hmm, ein Punkt für Sie.« Nick schenkte ihm einen

Blick scheinheiliger Bewunderung. »Es muss doch einen Weg geben, das zu vermeiden. Aber ... vielleicht auch nicht. Verdammt. Ich muss mich Ihnen wohl geschlagen geben.«

Douglass begann zu lächeln.

»Und die schmierigen Fotos einfach anonym an die Presse geben.«

Für den Bruchteil einer Sekunde ließ Douglass die Maske fallen, und aus seinen Augen funkelte die pure Machtgier. Nick hob reflexartig die Kamera und schoss ein Bild, aber er war sich nicht sicher, ob er die Fratze eingefangen hatte. Denn als er auf den Auslöser drückte, glätteten sich die verzerrten Züge des Mannes schon wieder, und das vertraute wohlwollende Gesicht kehrte zurück.

J. Fitzgeralds Stimme war leise und freundlich, als er sich zu Nick vorbeugte. »Ich werde dich in der Versenkung verschwinden lassen, du kleiner Bastard. Du findest, mein Sicherheitstrupp war brutal zu dir? Ich sag dir was, du hast ihn noch gar nicht richtig erlebt.«

»Huch, mir schlottern die Knie.« *Himmel noch mal, Coltrane, was ist das hier – ein Kinderspielplatz? Halt dein verdammtes Maul, bevor du dir dein eigenes Grab schaufelst.* Aber er war gereizt bis aufs Messer, und das bedeutete, sein Denken wurde von Männlichkeitshormonen überschwemmt – das war nie gut. Doch es war verflixt schwierig, dagegen anzugehen, wenn die Dämme erst einmal gebrochen waren.

Er versagte sich die sofortige Befriedigung, dem alten Heuchler eins aufs Maul zu hauen, und konzentrierte sich stattdessen auf das vorrangige Ziel: eine langfristige Lösung, die es ihm ganz nebenbei noch ermöglichte, es Douglass heimzuzahlen, und zwar tüchtig. Er atmete wieder tief ein, bis die Lungenflügel ganz gefüllt waren und hielt ein paar Sekunden die Luft an, in der Hoffnung, auf diese

Weise der rasenden Wut, die in ihm tobte, Herr zu werden.

Es wäre ihm wohl auch gelungen, wenn J. Fitzgerald Daisy aus dem Spiel gelassen hätte.

»Sie glauben, dass diese blonde Leibwächterin, die Sie ficken, Ihren Arsch retten wird?«, fragte Douglass süffisant. »Denken Sie doch mal nach.« Er senkte die Stimme und lächelte wohlwollend. »Es wäre sogar leichter, für *sie* einen Unfall zu arrangieren als für *Sie.* Wer würde schon einen Nobody wie sie vermissen?«

Ohne weiter nachzudenken, riss Nick die Hände hoch und packte Douglass am Revers. Er zog den älteren Mann auf seine Zehenspitzen hoch und beugte den Kopf vor, so dass sich ihre Nasenspitzen beinahe berührten. »Wie wär's denn zum Beispiel mit der Oakland-Polizei?«, fauchte er durch den roten Nebel seiner Wut. Immerhin besaß er noch so viel Verstand, seine Stimme leise zu halten. »Die neigt dazu, sehr unangenehm zu werden, wenn einem von ihren Leuten etwas zustößt, auch wenn er inzwischen aus dem Polizeidienst ausgeschieden ist.« Sein Griff wurde fester, bis Douglass beinahe vom Boden abhob. »Aber eins müssen Sie wissen, Sie Arschloch, wenn Daisy irgendetwas geschieht, dann wird es keine Polizei geben, und Sie werden sich auch keine Sorgen mehr um den Umlauf von ein paar lausigen Fotos machen müssen, auf denen Sie mit einem Mädchen – jung genug, um Ihre Enkeltochter zu sein – herumficken.« Er bohrte seinen Blick in Douglass. »Weil ich Sie dann nämlich eigenhändig umbringe.«

Dass sie inzwischen Publikum bekommen hatten, merkte er erst, als er J. Fitzgerald mit einem Schnippen der Handrücken gegen sein Revers plötzlich freigab. Eine Mauer des Schweigens umgab sie, und die, die in vorderster Reihe standen, starrten ihn entsetzt an. Daisy beobachtete ihn mit leicht geöffnetem Mund und einem verdutzten Stirnrunzeln. Reid wirkte leicht amüsiert, aber Mo stand geradezu das Entsetzen ins Gesicht geschrieben. Als sie Nicks Blick auffing, zog sie ärgerlich eine Augenbraue hoch, als wolle sie fragen: *Was zum Geier tust du hier?*

Nick blickte in die kleine Runde und setzte sein, wie er hoffte, charmantestes Lächeln auf. »Sorry, Leute. Ich habe mich wegen meiner Fussballmannschaft ein wenig ereifert.«

Niemand war gewillt, das vorbehaltslos zu schlucken, und so richteten sich alle Blicke auf J. Fitzgerald, um zur Sicherheit seine Version zu hören. Der rückte sich das Revers glatt und nickte. »Das kann man wohl sagen. Man sollte eben nie jemanden … wie heißt doch schnell das Wort, das die Kids heute verwenden, wenn man jemandem zu nahe tritt?«

»Anmachen«, ergänzte Nick.

»Ja, richtig. Kommen Sie nie auf die Idee, diesen Jungen in Bezug auf die Galaxy anzumachen. Nicht, wenn Sie wissen, was gut für Sie ist.«

»Ganz recht.« Nick versuchte spitzbübisch zu grinsen. Aber er konnte sich des Gefühls nicht erwehren, gerade einen Riesenfehler begangen zu haben.

Einen Fehler, in dem das Desaster bereits einprogrammiert war.

Während der Heimfahrt bemühte Daisy sich redlich, keine voreiligen Schlüsse zu ziehen. Es wäre der Gipfel der Unfairness, auf Nick loszugehen, bevor sie auch nur den geringsten Beweis gegen ihn hatte. Zumal sie nichts anderes vorweisen konnte als ein ungutes Gefühl.

Nicht dass sie nichts auf ihre Instinkte geben würde … Sie hatte vor langer Zeit gelernt, sie nicht zu unterschätzen. Denn im Allgemeinen zahlte sich das aus.

Auf der anderen Seite hatte sie heute Abend den Riesenschritt gewagt und ihre Gefühle für Nick – zumindest sich selbst gegenüber – eingestanden. Also *musste* sie ihm auch Glauben schenken. Oder etwa nicht?

Sie richtete sich kaum merklich auf ihrem Sitz auf. Ja. Doch. Letzten Endes war Vertrauen das A und O in der Liebe. Warum hatte sie dann nur so ein flaues Gefühl in der Magengegend?

Während sie nach Divisadero hinaufrasten, sah sie ihn verstohlen von der Seite an. Die Straßenlaternen, an denen sie vorbeijagten, ließen seine Gesichtszüge in schnellem Wechsel hervortreten und wieder verschwinden. Er wirkte unnahbar, was so ganz und gar nicht zu Nick passte. Sie hatte ihn an diesem Abend schon mehr als einmal gefragt, was los sei, und als seine Schwester ihn nach dem Vorfall mit Douglass in die Zange nehmen wollte, war er ebenfalls ausgewichen. Was hätte es also für einen Sinn, ihn jetzt darauf anzusprechen, wo er seine Aufmerksamkeit in jedem Fall zwischen ihr und der Straße teilen musste.

Kurz darauf parkte er den Wagen in der Remise. Sie blieb auf ihrem Sitz, während er sich über sie hinüberbeugte und das Handschuhfach öffnete, um den kleinen Stapel Briefe, den er aus seinem Postfach geholt hatte, an sich zu nehmen. Ohne eine Miene zu verziehen und ohne sie anzusehen, steckte er ihn in die Innentasche seines Jacketts. Frustriert, aber trotzdem bemüht, nicht überzureagieren, griff Daisy nach dem Türgriff.

»Schon komisch«, sagte sie, als sie nach dem Aussteigen seinem Blick über das Autodach hinweg begegnete, »aber ich kann mich nicht erinnern, dass du dich seit unserem Wiedersehen auch nur für ein einziges Fußballspiel interessiert hast.«

Er zuckte nur die Schultern.

O Gott, Nick, was führst du im Schilde? »Es wird höchste Zeit, dass wir beide uns unterhalten, Coltrane.«

»Ich weiß.« Er zog sich den Riemen seiner Kameratasche auf der Schulter zurecht. »Lass uns raufgehen.«

Er folgte ihr in die Wohnung und ließ die Tasche neben der Couch auf den Boden fallen. Als sie sich umdrehte und ihn ansah, sagte er: »Ganz gleich, was sonst noch passiert, ich möchte, dass du eins nicht vergisst.«

Sie griff unbewusst nach der Lehne des Sessels, um sich festzuhalten. »Und das wäre?«

»Ich liebe dich.«

»Himmel, Nick, was ist los? Was hast du angestellt?«

Ein kleines Lächeln huschte über sein Gesicht. »Ich hab geahnt, dass du davon ausgehst, *ich* hätte etwas verbrochen.«

Hoffnung keimte in ihr auf. »Hast du nicht?«

»Nein. Na ja, ich habe jedenfalls nicht den Anfang gemacht, wenn ich auch zugeben muss, dass ich ein paar ziemlich dumme Fehler gemacht habe.«

Der ganze aufgestaute Frust machte sich in einem Ton Luft, der jedem Teekessel Ehre bereitet hätte. »Erzähl!«

Er löste seine Fliege und zog sie unter dem Kragen hervor. »Leg zuerst deine Waffen ab.«

Sie zog die Pistole aus dem Halfter und legte sie auf die Truhe. Dann schlüpfte sie aus ihrer Jacke, entfernte die Messer von ihren Oberarmen und warf sie neben die Pistole. Sie richtete sich wieder auf und stützte die Hände in die Hüften. »Was hat Mr. Douglass mit all dem zu tun?«

Nick nahm die Waffen an sich und trug sie zum Wohnzimmerregal, wo er sie im obersten Fach in Sicherheit brachte.

Als ob sie je …

»Er ist der Kerl, vor dem du mich geschützt hast.«

Sie wusste genau, dass sie sich verhört hatte. Doch dann traf sie die Bedeutung seiner Worte wie ein Hammerschlag. »Mein Gott. Du hast mit *Mrs.* Douglass geschlafen? Sie muss um die sechzig sein!«

Ihm fiel fast der Unterkiefer runter, doch er fasste sich schnell wieder. »Du müsstest dich hören, Daisy! Ich dachte immer, du seist Feministin.«

»Was tut das denn hier zur Sache?«

»Douglass vögelt mit einer jungen Frau, die seine Enkelin sein könnte. Aber wenn Mrs. D. mit einem jüngeren Mann ein bisschen Spaß hat, dann ist das nicht in Ordnung, nein?«

»Offen gestanden, finde ich beides gleich abartig. Ich meine, ich kann verstehen, wenn der Altersunterschied vielleicht zehn Jahre beträgt, aber zwanzig oder dreißig Jahre? Igitt.«

Er rieb sich mit den Händen übers Gesicht und ließ die Arme dann sinken. »Hör zu, wir kommen vom Thema ab …«

Sie sah immer noch Nicks Gesichtsausdruck vor sich, als er den Ehrengast auf der Fete hochzerrte. »Liebst du sie?« Er konnte sie nicht lieben. Er hatte gesagt, er liebe sie.

»Wen?«

»Mrs. Douglass. Liebst du sie?«

»Ich kenne die Frau nicht einmal!«

»Mit wem hast du denn dann geschlafen? Haben sie eine Tochter?«

»Zum Kuckuck, woher soll ich das denn wissen? Hör zu. Lass mich ganz von vorne beginnen, okay? Ich kann dir alles erklären …«

Ein leichtes Frösteln lief ihr über den Rücken. »Erzähl mir von den kompromittierenden Fotos.«

»Gute Idee. Damit fing nämlich alles an. Es hat mit zwei Fotos zu tun, die ich bei Bitsy Pembrokes Hochzeit geknipst habe. Nur, dass ich erst später erfuhr, was ich da überhaupt aufgenommen hatte. Ich war nämlich an diesem Tag nicht so bei der Sache wie sonst, da ich mir Sorgen wegen Mo machte, die sich finanziell in irgendetwas hineingeritten hatte. Erst als ich nach Hause kam und mein verwüstetes Fotolabor sah, wurde mir klar, dass auf einem meiner Bilder irgendetwas Brisantes sein musste. Sofort als ich am Sonntagabend vom Krankenhaus zurück war, machte ich von allem, was ich an diesem Wochenende aufgenommen hatte, Abzüge, um herauszufinden, worauf sie denn eigentlich so verdammt scharf waren.« Die Hände tief in den Taschen vergraben, betrachtete er sie ernst. »Ich musste die Bilder sogar erst vergrößern, um überhaupt etwas zu finden. Aber am Ende entdeckte ich ihn hinter dem Fenster eines Pförtnerhäuschens, das sich im Hintergrund einer Aufnahme von Braut und Bräutigam befand.«

»Douglass?«

»Ja. Und zwar, wie er es heftig mit einem gut entwickelten jungen Ding trieb, das eindeutig nicht seine Ehefrau war.«

Was, zum Teufel, hatte das damit zu tun, dass Nick mit der Frau eines anderen geschlafen hatte? »Und wegen eines Bildes, das man erst vergrößern musste, um überhaupt etwas zu erkennen, hetzt er dir Muskelmänner auf den Hals? Versteh ich nicht.«

»Wahrscheinlich, weil es keinen Sinn macht.« Er zuckte die Schultern. »Über die Jahre hinweg habe ich jede Menge kompromittierende Situationen auf Zelluloid gebannt. Aber ich vernichte die Negative sofort, und damit hat sich's. Jeder, aber auch jeder *weiß* das – meine Diskretion macht einen wesentlichen Teil meiner Reputation aus.«

»Und was passierte dieses Mal?«

»Ich schätze, er glaubte nicht, dass ich das tun würde, wofür ich bekannt bin.«

»Damit ich das richtig verstehe, J. Fitzgerald ist der Mann, der für all die Attacken auf dich verantwortlich ist, ja? Es gibt gar keine verheiratete Frau, von der du Nacktaufnahmen gemacht hast, und es hat sie auch nie gegeben.«

»Ja, das ist die gute Nachricht …«

»Die gute Nachricht«, echote sie ausdruckslos. »Dass du mich *belogen* hast. Dass du mich von Anfang an belogen hast.«

Er warf ihr einen beschwörenden Blick zu. »Aber ich hatte einen guten Grund dafür, Daise.«

Jahre der Berufserfahrung gingen in Rauch auf: Sie holte zu einem Schlag aus.

Sie kam nicht einmal in die Nähe ihres Ziels. Er musste etwas in der Art erwartet haben, denn bevor ihre Faust ihn berührte, ging er zum Angriff über, und beide gingen zu Boden, wobei sie die Truhe umstießen. Er rollte sich auf sie, packte ihre Handgelenke und drückte sie seitlich über ihren Kopf.

Nick starrte sie an, während er sein Gewicht auf ihr so verlagerte, dass er sie unter Kontrolle hatte. Er hatte nicht die Absicht, Opfer irgendwelcher martialischer Tricks zu werden und auf seinem Hintern zu landen.

Daisys Wangen glühten, ihre dunklen Augen waren nahezu schwarz vor Wut und Schmerz. Durch ihr Gerangel und die Position ihrer Arme drohte ihr Busen aus den Körbchen des kleinen Glitzer-Bustiers zu springen, das durch seine beiden Bügel nicht verrutschen konnte. Er sah, wie sich jedes Mal beim Heben und Senken ihrer Brüste die oberen Kurven ihrer Warzenhöfe als kleine rosafarbene Halbmonde hervorschoben und wieder versteckten. In dem Bewusstsein, dass seine Chancen, ihre Brustwarzen jemals wieder in ihrer Ganzheit zu Gesicht zu bekommen, geschweige denn sie zu berühren, verdammt gering waren, spannte sich sein Kiefer an.

»Verdammt, Daisy, ist das deine Antwort auf alles? Mir eine kleben?«

Sie versuchte, ihn abzuwerfen und schnaubte giftig. »Nein«, fauchte sie, »manchmal ziehe ich auch in Erwägung, dich zu erschießen.« Plötzlich erschlaffte sie unter ihm. »Denkst du, mir gefällt das? Das passiert mir bei keinem anderen, nur bei dir. Ich war vier Jahre bei der Polizei – dort habe ich gelernt, meine Emotionen zu unterdrücken und rational zu agieren, ganz gleich, wie groß die Provokation auch sein mag. Dann bist du wieder in mein Leben spaziert, und binnen weniger als einer Woche habe ich mich zu einer blindwütigen Reaktionärin entwickelt.«

Sie testete den Griff an ihren Handgelenken und sah Nick fest in die Augen, als sie merkte, dass er nicht locker ließ. »Lass mich los, Coltrane. Mir gefällt nicht, was du aus mir gemacht hast, und ich muss verschwinden, solange noch etwas zu retten ist.«

Er rollte sich von ihr herunter, hatte aber keineswegs die Absicht, sie aus der Tür spazieren zu lassen. Das würde sie allerdings sowieso nicht machen – um abzuhauen und ihn schutzlos zurückzulassen, war sie zu sehr Profi.

Er sah zu, wie sie auf die Beine kam. Sie griff unter die Bügel ihres Bustiers, zog das Mieder hoch und wand sich dabei leicht hin und her, um alles wieder an die richtige Stelle zu platzieren. Dann ging sie zu den Messern hinüber und kettete sie sich erneut an die Arme.

»Warum der ganze Quatsch, Nick? Warum hast du mir nicht einfach erzählt, worum es von Anfang an ging?«

»Weil Mo dringend Geld brauchte und ich genau wusste, wenn ich dir erzähle, was ich vorhabe, um es für sie aufzutreiben, und womöglich auch noch, dass ich es dem Kerl, der mein Leben schmerzhaft durcheinander gebracht hat, heimzahlen will, dann hättest du nie und nimmer eingewilligt, mein Bodyguard zu werden.«

Den einen Arm bereits in dem Ärmel einer Jacke, hielt sie halb angezogen inne und starrte ihn an. »Ich weiß, dass ich meine Frage bedauern werde, aber – was hattest du denn vor?«

Er zögerte, zog dann die Umschläge aus seiner Innenbrusttasche und streckte sie ihr hin.

Sie zog sich ihre Jacke zu Ende an, nahm den Stapel und öffnete den obersten Umschlag, aus dem sie ein Blatt Papier zog. Während des Lesens wich alle Farbe aus ihrem Gesicht, und als sie ihn wieder anblickte, sahen ihre Augen wie zwei Brandlöcher in einem weißen Betttuch aus. »Boulevardpresse? Du hast die ganze Zeit geplant, die Fotos, die du aufgenommen hast, an die *Boulevardpresse* zu verkaufen?«

»Hatte geplant, Vergangenheit.« Der qualvolle Ausdruck des Verrats wich nicht von ihrem Gesicht, und er beeilte sich hinzuzufügen: »Ich muss das jetzt nicht mehr, verstehst du? Ich wollte es eigentlich sowieso nicht, aber Mo war in ernsten Schwierigkeiten, Daisy. Sie ist von klein auf für mich da gewesen. Ich musste ihr irgendwie helfen, und mir fiel einfach kein anderer Weg ein, um schnell an eine Menge Geld zu kommen.«

Er merkte plötzlich, dass er gegen ihren Rücken sprach, weil sie der Tür zustrebte. Er streckte sich, um nach ihrem Arm zu greifen.

Sie schüttelte seine Hand ab und wirbelte zu ihm herum. *»Rühr mich nicht an!* Behalt – deine Pfoten bei dir.«

Nick machte eine flehende Gebärde. »Geh nicht, Daisy. Wir können das Problem lösen – ich weiß, dass wir das können.«

»Nein, können wir nicht.« Trotzdem machte sie kehrt und ging wieder ins Wohnzimmer. Und für ein paar Sekunden dachte er, sie habe ihre Meinung geändert. Sie nahm jedoch nur ihre Pistole aus dem Regal und steckte sie in ihr Halfter. Dann stürmte sie ins Schlafzimmer und fing an, ihre Klamotten in einen Koffer zu stopfen.

Nick stand im Gang und beobachtete sie. Er konnte kaum atmen. Der Kloß in seinem Hals nahm ihm die Luft. »Ich *liebe* dich.«

Einen Moment war sie wie versteinert. Aber schon packte sie weiter und stopfte ihre Stiefel in die Ecken ihres Koffers. »Du hast nicht die geringste Ahnung, was Liebe ist. Sonst hättest du mich nie belogen.«

»Als ich dich wegen Douglass belogen habe, *wusste* ich nicht, dass ich dich liebe! Und als es mir dann klar wurde, steckte ich schon bis über beide Ohren in dem Schlamassel drin.«

»Na ja, wir beide wissen ja, wie leicht dir die Worte über die Lippen kommen, nicht wahr, Nick? Ob du sie ernst meinst oder nicht.« Sie klickte die Schlösser an ihrem Koffer zu und wuchtete ihn vom Bett. Auf jeder Seite lugten ein paar Zipfel von irgendetwas heraus.

»Du meinst, als ich heute Abend auf Douglass losgegangen bin, Daisy?« Die Worte schnitten sich wie Rasierklingen in seinen Hals. »Das war, weil er dich bedrohte. Ich hörte die Drohung und sah rot.«

»Völlig unnötig«, sagte sie kühl. »Ich kann auf mich selbst aufpassen.«

Da er nicht beiseite trat, als sie in den Flur kam, blieb sie mit erhobenem Kinn vor ihm stehen. »Geh mir aus dem Weg, Coltrane.«

»Nein, bitte. Du musst mir zuhören …«

»Beweg dich! Wenn du mich dazu zwingst, all diesen Mist hier abzustellen, um mir meinen Weg freizukämpfen« – sie zeigte auf den Waffenkoffer, den sie auf dem Weg durch den Raum mit eingesammelt hatte, ihren Koffer und ihre kleine Handtasche –, »dann schieß ich dir die Kniescheiben weg – das schwör ich dir. Entweder das oder deinen dicken Pimmel, auf den du ja so stolz bist.«

Er machte ihr den Weg frei. Krank vor Verzweiflung, sah er hilflos zu, wie sie sich die Schlüssel des Mietwagens von der Truhe schnappte und die Wohnungstür hinter sich zuknallte.

23

Reggie öffnete die Tür, warf einen kurzen Blick auf Daisy und wusste sofort Bescheid. »Ach du Schande. Was hat er getan?«

»Er hat mir das Herz gebrochen, Reg.« Daisy ließ zu, dass er ihr einen Teil des Gepäcks abnahm, und folgte ihm widerstandslos, als er sie am Arm nahm und in seine Wohnung führte. Sie wusste gar nicht recht, wie sie hierher gekommen war. Eben hatte sie noch Klamotten in den Koffer geworfen, und jetzt stand sie auf einmal vor Reggies Tür. Dazwischen nur ein verschwommenes Bild von Neonlichtern, die an der Windschutzscheibe vorbeihuschten. »Er ist ein Dämon«, informierte sie den Hinterkopf ihres Freundes. »Er hat mich gegen meinen Willen, gegen mein besseres Wissen in seinen Bann gezogen und es fertig gebracht, dass ich mich ein zweites Mal Hals über Kopf in ihn verliebt habe. Und dann dreht er sich plötzlich um und bricht mir das Herz. *Schon wieder.* Es tut so weh, Reggie, so verdammt weh.« Heiße Tränen stiegen ihr in die Augen, aber sie blinzelte wütend dagegen an. Nick Coltrane würde sie, verdammt noch mal, nicht mehr zum Weinen bringen!

»Dieser elende Hurensohn!« Reggie setzte sie auf das Sofa, und sie nahm mit halbem Bewusstsein wahr, dass er ihre Hände zwischen den seinen warm rieb. Dann war er auf einmal verschwunden. Ausdruckslos starrte sie ins Nichts, bis er eine Minute später wieder aus der Küche auftauchte und ihr eine Tasse Tee hinhielt. »Hier. Gott segne den Instant-Wasserkocher. Trink einen Schluck, Daise. Das ist Kamillentee – der beruhigt. Schau, ich hab sogar ein paar Kürbis-Biscotti für dich. Die magst du doch so gerne.«

Als sie sah, dass er die Biscotti auf einem Teller des exquisiten Tafelgeschirrs, das er in einer Edelboutique erstanden hatte, servierte, wusste sie definitiv, dass ihr Leben tatsächlich so zerstört war, wie sie es befürchtet hatte. Unter normalen Umständen würde Reggie sie nicht einmal in die Nähe des kostbaren Gedecks kommen lassen, weil sie seiner Meinung nach seinen Wert nicht zu schätzen wusste und damit auch nicht umgehen konnte. »Oh«, hauchte sie mit dünnem Stimmchen. Sie nahm ihm den Teller ab und stellte ihn sich vorsichtig auf den Schoß, wobei sie den gewellten Rand fest mit den Fingern umklammerte. Und dann brachen alle Dämme. Heiße Tränen schossen ihr in die Augen und rollten ihr in Strömen über die Wangen.

»Hey, hey.« Reggie setzte sich neben sie. Er schlang einen Arm um sie, nahm ihr mit der anderen Hand den Teller ab, stellte ihn auf den Tisch und zog sie ganz fest an sich. Er saß ganz ruhig da und ließ sie sich ausweinen. Nur gelegentlich tätschelte er ihre Schulter und rieb sein Kinn an ihrem Scheitel. Ganz langsam drang seine Wärme in sie hinein, und schließlich versiegten ihre Tränen. Sie atmete schwer durch den Mund, weil sie durch ihre verstopfte Nase keine Luft mehr bekam.

»Dieser Scheißkerl«, schimpfte er. Seine sofortige Bereitschaft, bedingungslos Partei für sie zu ergreifen, machte ihn zu ihrem besten Freund. »Was hat er getan – ist er wieder auf und davon?«

»Er hat gesagt, dass er mich *liebt«,* wimmerte sie.

»Diese Ratte!« Reggie verstummte. »Moment mal, ist das nicht was Schönes?«

»Nicht, wenn es eine dreckige, gemeine Lüge ist!« Sie wischte sich mit dem Handrücken die Tränen aus den Augen, schniefte nicht gerade sehr damenhaft, und rieb sich die Nase an seiner Hemdbrust trocken. Dann schob sie sich hoch und rutschte nach hinten an die Rückenlehne des

Sofas, um ihm in die Augen zu sehen. »Er weiß überhaupt nicht, was das Wort Liebe bedeutet, Reg. O Gott, er ist so ein verdammter *Lügner.* Er war kurz davor, seine Fotos an die Boulevardpresse zu verkaufen.«

»Ach du Scheiße!« Reggie wurde sofort von der Sauerei auf seinem Hemd abgelenkt, einer Sauerei, wie nur Daisy sie zu Stande bringen konnte. Er konnte besser als alle anderen nachvollziehen, wie sehr sie diese Eröffnung getroffen haben musste. »Es tut mir Leid, Kleines. Was für ein mieser Hund. Aber verrat mir doch bitte, *welche* Fotos er verkaufen wollte.«

»Die, die er von – stell dir nur mal vor – von J. Fitzgerald Douglass geschossen hat, ausgerechnet von dem, und zwar wie er es auf einer Hochzeitsfeier mit einem blutjungen Ding treibt.«

»Das kann nicht wahr sein! Der Mann ist ein Heiliger.«

»Laut Nick hat er sich in schönstem Technicolor mit einer Frau verlustiert, die nicht die seine ist. Daraufhin hat Douglass sofort ein paar ziemlich fiese Typen auf unseren Goldjungen Nick angesetzt, um an den besagten Film zu kommen. Und das war der Punkt, an dem ich auf den Plan trat.«

»Wow! J. Fitzgerald Douglass. Das ist ein ganz schöner Hammer; schwer zu glauben, aber wenn du sagst, dass es so ist, dann ist es wohl auch so.« Er streckte den Arm aus und tätschelte ihre Knie, die sie auf das Polster hochgezogen hatte. »Aber weißt du, Daisy, man kann dem Ganzen auch etwas Positives abgewinnen«, sagte er mit einem Anflug von Lächeln. »Nick schläft wenigstens nicht mit einer verheirateten Frau.«

»Na toll. Das ist wirklich ein großer Trost.«

»Tut mir Leid, Schätzelchen, ich wollte mich nicht über deinen Kummer lustig machen. Ich versuche nur, mir ein Gesamtbild zu verschaffen. Warum zum Beispiel will Coltrane ausgerechnet jetzt an die Boulevardpresse verkaufen?«

»Häh?«

»Wenn man bedenkt, in welchen Kreisen er fotografiert, muss er in der Vergangenheit doch schon reichlich Gelegenheit gehabt haben, sein Zeug zu verhökern. Also warum erst jetzt?«

»Weil Mo in Schwierigkeiten war. Das behauptet er zumindest.«

»Mo ist seine Schwester, nicht?«

»Ja …« Daisy wollte noch etwas hinzufügen, aber ein lautes Hämmern an der Wohnungstür ließ sie zusammenzucken. Sie schlug sich die Hand vor die Brust. Ihr hüpfte das Herz bis zum Hals.

Reggie drückte sich vom Sofa hoch. »Wer, zum Teufel, ist das denn jetzt? Vergiss nicht, was du sagen wolltest, Daise. Wer auch immer das ist, ich kümmere mich mal besser um ihn, bevor er mir noch die Tür einschlägt.« Er eilte zur Türe. »Immer mit der Ruhe – ich komm ja schon!«, brüllte er, um dann in normalem Tonfall fortzufahren: »Und ich dachte, ich müsste mich auf einen *langweiligen* Freitagabend einrichten.« Er lächelte schief.

Währenddessen klickte Daisy die Schnallen ihres Koffers auf und holte eine Jeans heraus. Sie streifte schnell die Hose ihres Abendanzugs ab und zog sich um. Dann griff sie noch einmal zu der abgelegten Hose und war gerade im Begriff, den Pistolenhalfter vom Bund zu lösen, als Reggie die Tür öffnete.

»Ist sie hier?« Daisy hörte Nicks Stimme und erstarrte. Ihre Nerven waren zum Zerreißen gespannt.

»Sie möchte Sie nicht sehen, Coltrane.«

»Pech für sie. Sie wird mir wohl oder übel zuhören müssen.«

Er musste Reggie wohl aus dem Weg geschubst haben,

denn eine Sekunde später stand er im Rahmen der Wohnzimmertür. Daisy hatte das Gefühl, ihr zerspringe jeden Moment das Herz. Sie steckte das Halfter samt Pistole hinten in ihren Jeansbund und schob die Hände in die Hosentaschen, um nicht der Versuchung zu erliegen, die Glock auf ihn zu richten. Die Zeiten waren vorbei, in denen sie sich durch ihn zu unprofessionellem Verhalten hinreißen ließ.

Die Hände in die Hüften gestemmt, sah Nick sie mit zusammengekniffenen Augen an. »Sehr gut, deine Koffer sind noch gepackt. Lass uns gehen – das Taxi wartet.«

Sie machte ihm einen äußerst kreativen Vorschlag, was er mit seinem Taxi machen könne. »Ich gehe mit Sicherheit nirgendwo mit dir hin.«

Mit gespielter Lässigkeit setzte sie sich auf den Rand des Sofas und zog sich ein Paar Socken an. »Wie hast du mich überhaupt gefunden?« Sie griff nach einem Stiefel, dessen Spitze aus einer Ecke des Koffers lugte.

»Ich habe Benny im *Motherlode* angerufen und mir von ihm die Adresse von Reggie geben lassen. Als du nicht zu Hause warst, dachte ich mir gleich, dass du hier sein würdest. Hör zu, ich weiß, dass ich Mist gebaut habe …«

»Mist ist gar kein Ausdruck«, fuhr Reggie dazwischen. »Haben Sie überhaupt eine Vorstellung davon, wie sehr sie die Regenbogenpresse hasst?«

Nick ließ die Augen nicht von Daisy. »Angesichts der Tatsache, dass mein Vater für die Schmierereien über ihre Mutter auf den Titelseiten einiger Blätter verantwortlich war, habe ich eine ziemlich genaue Vorstellung davon, denke ich.«

»Gar nichts weißt du«, fuhr Daisy hoch.« Du hast nicht die leiseste Ahnung, wie es war, zurück in die Vorstadt zu kommen, wo die Nachbarn nicht einmal mehr mit meiner Mutter sprechen wollten. Wo die Kinder sie monatelang auspfiffen, sobald sie nur einen Fuß vor die Türe setzte, und sie eine Edelhure oder Schlimmeres schimpften.« O Gott, wie hatte sie sie dafür gehasst, all diese Leute mit ihren Spatzenhirnen und ihren Schandmäulern.

Nick hockte sich vor ihr auf die Fersen. »Und mit wie vielen von ihnen hast du dich angelegt, weil sie deine Mama angemacht haben? Mit einem? Mit zweien? Mit der ganzen Nachbarschaft?« Er versuchte, ihre Hände zu nehmen, aber seine Berührung weckte in ihr die Sehnsucht nach Dingen, auf die sie nicht zu hoffen wagte, und so schüttelte sie ihn ab.

Reggie, der Verräter, antwortete für sie: »Mit jedem Einzelnen von ihnen, wenn Sie's genau wissen wollen. Auf diese Weise haben Daisy und ich uns ja kennen gelernt.«

Nick sah überrascht auf. »Ihr wart Nachbarn?«

»Ich wohnte ein paar Häuserblocks weiter. Ich lief ihr über den Weg, als sie gerade von drei Jungs vermöbelt wurde, die glaubten, sie seien große Kerle, wenn sie ein Mädchen – oder eine Tunte – verkloppten, und ich beschloss, mich auf ihre Seite zu stellen, um gleiche Verhältnisse zu schaffen.«

»Denen haben wir's dann aber auch gegeben«, ergänzte Daisy beifällig.

»Jep.« Reggie zuckte die Achseln. »Der Rest ist, wie man so schön sagt, Geschichte. Seitdem sind wir die besten Freunde.«

»Dann können Sie ja wahrscheinlich verstehen, warum ich verschwiegen habe, dass ich mich mit dem Gedanken trug, die Fotos an Schmierblätter zu verkaufen. Sie hätte niemals eingewilligt, für mich zu arbeiten.«

»Wollen Sie damit sagen – und korrigieren Sie mich bitte, wenn ich falsch liege –, dass Sie sie in ihrem eigenen Interesse belogen haben?«

»Himmel, nein. Ich habe es in *meinem* Interesse getan.«

Er wandte seine volle Aufmerksamkeit wieder Daisy zu. »Ich brauchte dich und habe gelogen. Verklag mich meinetwegen, aber wirf mich nicht raus, Daisy. Denn das war, wie ich dir schon einmal gesagt habe, bevor ich mich in dich verliebt habe.«

»Und wie *ich* dir schon einmal gesagt habe, würdest du die Liebe noch nicht einmal erkennen, wenn sie dich überfällt und in deinen festen Goldhintern beißt.« Sie setzte einen frisch beschuhten Fuß an seine Brust und drückte das Bein mit einem leichten Stoß durch. Zumindest sollte es ein leichter Stoß werden – ehrlich.

Aber irgendwie flog Nick mit Karacho nach hinten und landete etwa einen Meter weiter weg auf seinem Hintern.

Er stützte sich auf einen Ellbogen und strich sich die Haare aus den Augen. »Fein. An der Beziehung können wir noch arbeiten. Aber was ist mit deiner Professionalität, auf die du ach so stolz bist? Du willst mich einfach hilflos zurücklassen und Douglass zum Fraß vorwerfen? Er wartet doch nur darauf, mir die Kehle durchzuschneiden, vor allem nach dem heutigen Abend.«

»Sehr gut. Das erspart mir die Arbeit.«

»Herrgott noch mal, Daisy. Ist dir eigentlich jemals in den Sinn gekommen, dass mir bei meiner Entscheidung, an die Boulevardpresse zu verkaufen, von Anfang an bewusst war, dass mich das meine Karriere kosten würde? Das Vertrauen in meine Diskretion zu zerstören, auf die sich meine Kunden immer hundertprozentig verlassen konnten, wäre beruflicher Selbstmord. Alles, was ich mir über die Jahre mühsam aufgebaut habe, wäre dahin. Und der Gedanke daran, mein Sahnetörtchen, ist nicht gerade sonderlich prickelnd.« Sie sah ihn schweigend an, und er fuhr sich verzweifelt mit den Fingern durchs Haar. »Verdammt noch mal, es war wirklich das Letzte, was ich tun wollte, das kannst du mir glauben. Aber Mo brauchte das Geld. Was sollte ich denn sonst tun? Zusehen, wie sie ins Gefängnis geht?«

Daisy richtete sich auf. »Was meinst du damit, zusehen, wie sie ins Gefängnis geht?«

Nick fühlte sich sichtlich nicht wohl in seiner Haut. Er rappelte sich hoch und wischte sich umständlich die Hose ab. »Nichts. Ich hätte nichts sagen sollen. Das muss Mo dir schon selber erzählen.«

Ihr Rücken wurde stocksteif, und ihr Kinn ging hoch. »Na klar, einen kleinen Niemand wie mir zeigt man natürlich nicht gern die schmutzige Wäsche seiner Familie.«

»Verdammt, Daisy, so war das doch gar nicht gemeint. Hör mir doch z …«

»Geh nach Hause, Coltrane.« Sie war auf einmal sehr müde. »Ich habe es satt, dir zuzuhören. Wir haben uns nichts mehr zu sagen. Es ist bereits alles gesagt.«

»Wir haben uns noch eine ganze Menge zu sagen«, widersprach er. Er machte einen Schritt auf sie zu, doch Reggie stellte sich plötzlich zwischen sie. Nick sah ihn feindselig an und schien ein ganzes Stück größer zu werden. Sein Brustkorb hob und senkte sich im Rhythmus seines schweren Atems. »Machen Sie Platz.«

»Nein. Sie haben gehört, was sie gesagt hat. Sie will, dass Sie nach Hause gehen.«

Nicks Augen sprühten blaue Funken. »Gehen Sie mir aus dem Weg, Reggie, oder ich zertrete Sie wie einen Wurm.«

»Das können Sie gerne versuchen, aber glauben Sie wirklich, dass Ihnen das weiterhilft?«

Nick blickte über Reggies Kopf hinweg Daisy an. Ihr Herz raste wie ein außer Kontrolle geratener Zug, und für einen kurzen wahnwitzigen Moment wusste sie nicht, was sie lieber wollte – dass er tat wie ihm geheißen oder dass er darum kämpfte, sie von seiner Sichtweise der Dinge zu überzeugen.

Plötzlich war seine Aggressivität verflogen. Er trat einen Schritt zurück und steckte die Hände in die Hosentaschen. Doch glücklich war er eindeutig nicht. Er sah sie von oben herab mit einem spöttisch kühlen Gesichtsausdruck an, wie sie ihn noch nie an ihm erlebt hatte.

»Wenn du glaubst, dass ich darum betteln werde, von dir geliebt zu werden, Daisy, dann hast du dich geschnitten. Und auf deine beruflichen Dienste pfeif ich auch – wer braucht die schon? Meine Schulter ist praktisch wieder so gut wie neu, also kann ich meine Kriege auch selber führen. Solltest du deine Meinung aber noch ändern, mein kleines Mädchen, dann weißt du ja, wo du mich findest. Ich werde dich mit offenen Armen empfangen.«

Daraufhin machte er auf dem Absatz kehrt und strebte zur Tür. Eine Sekunde später fiel sie hinter ihm ins Schloss.

Nein! Reflexartig sprang sie auf die Füße. *Verlass mich nicht!* Sie stand wie angewurzelt da, öffnete und schloss die Hände in schnellem Wechsel. Er war fort. Benommen setzte sie sich wieder hin.

»Lauf ihm hinterher, Daisy.«

Sie blickte auf und musste blinzeln, um sich auf Reggie zu konzentrieren. »Was?« Die Erschöpfung zerrte an jedem Knochen und jedem Muskel ihres Körpers.

»Lauf ihm hinterher. Es sieht ganz so aus, als liebte er dich, und wenn du dich beeilst, erwischst du ihn noch.«

»Es ist zu spät für uns. Wir sind einfach zu verschieden, es würde nie funktionieren. Aber weißt du … in einem Punkt hatte er schon Recht.« Mit plötzlicher Entschlossenheit sprang sie wieder auf und streifte sich ihr Bustier ab. »Ich stehe ihm gegenüber beruflich im Wort.«

»Ja, das tust du.« Reggie fischte einen Büstenhalter aus dem Koffer und warf ihn ihr zu. »Und dieser Verpflichtung kannst du dich nicht einfach entziehen, sonst kannst du deinen Kollegen nie mehr in die Augen sehen.«

»Und außerdem habe ich auch noch seinen Mietwagen. Immerhin war er ziemlich sauer auf mich, als er ging. Er könnte die Bullen rufen und ihn als gestohlen melden. Und dann? Wie stünde ich dann da?«

»Ganz schön beschissen, Schwester.« Reggie wühlte in dem Koffer herum und förderte einen leichten, perlmuttfarbenen Pulli zu Tage, den er ihr reichte. »Hier. Zieh das an und mach, dass du wegkommst – ehe sie dich wegen schweren Diebstahls, also wegen Autodiebstahls ranbekommen.

»Genau.« Sie schnappte sich die Autoschlüssel, den Koffer mit ihren Klamotten und ihren Waffenkoffer, gab Reggie noch schnell einen Kuss auf den Mund und lief zur Tür. Dort blieb sie noch einmal kurz stehen und drehte sich zu ihm um. In der Hoffnung, nicht halb so bedürftig und unsicher zu klingen, wie sie sich fühlte, fragte sie leise: »Sag mir die Wahrheit, Reg – bin ich der größte Idiot, der unter der Sonne herumläuft, oder meinst du, er liebt mich wirklich?«

»Ich denke, die Möglichkeit besteht durchaus, Daisy. Ganz ehrlich.«

»Welche? Dass ich ein Idiot bin?«

»Nein. Dass er dich liebt. Ich würde mein Geld darauf verwetten. Zum Teufel, Mädchen, ich würde immer auf *dich* setzen.«

»Danke, Reg. Das brauchte ich jetzt.« Sie atmete tief durch. »Und überhaupt, ich werd's vermutlich nie herausfinden, wenn ich kein Risiko eingehe.«

»Kindchen, du bist geboren, um Risiken einzugehen. Du wusstest bisher bloß nicht, dass der Einsatz dein Herz sein würde.«

Sie lächelte ihn hilflos an. Doch dann straffte sie die Schultern. »Jepp. Wer hätte je gedacht, dass das so viel Angst einflößender ist als eine Horde schießwütiger Irrer.« Sie zuckte die Achseln und war aus der Tür.

Nick war kaum auf der Straße, da bedauerte er auch schon, dass sein Ego mal wieder mit ihm durchgaloppiert war. Er hätte ihm schon vor der Tür die Zügel anlegen müssen. Aber nein, er musste sich ja vor Daisy produzieren. *Das hast du toll hingekriegt, du Held.*

Er öffnete die Tür des wartenden Taxis, stockte dann aber und blickte zu dem Erkerfenster von Reggies Wohnung hinauf. Vielleicht sollte er umkehren und versuchen, es diesmal richtig zu machen.

Nein, besser nicht. Er rollte unbehaglich mit den Schultern, kletterte ins Taxi und nannte dem Fahrer seine Adresse. Das Problem war, dass er sich nicht sicher war, ob er es das zweite Mal auch wirklich richtig machen würde. Er sah immer noch Daisy vor sich, wie sie ihn mit ihren großen, braunen Augen schmerzerfüllt anblickte, zutiefst misstrauisch, weil er sie belogen hatte. Und er hatte das sehr ungute Gefühl, dass eine weitere Begegnung mit ihr sehr schnell alle guten Vorsätze zunichte machen und ihn zu einem primitiven Macho mutieren lassen würde.

Und wenn er es so weit kommen ließe, dann würde sie ihn wahrscheinlich einstampfen.

Im Grunde seines Herzens war er eigentlich gar kein Machotyp, fand er. Allerdings hatte er den dunklen Verdacht, er könnte diese Tatsache womöglich vergessen und eine Dummheit begehen, die sich nicht wieder rückgängig machen ließe. Sie hatte es fertig gebracht, den Macho in ihm zu wecken, und er hatte das Gefühl, im Moment gefährlich nahe der Neandertaler-Mentalität zu sein.

Und er hatte Angst. Angst, sie sei zu verärgert, um jemals zu ihm zurückzukommen. Angst, sie würde ihn abschreiben und er würde sich für den Rest seines Lebens so elend fühlen wie jetzt. Er war es nicht gewohnt, vor irgendetwas Angst zu haben, und er mochte das Gefühl nicht. Er mochte es ganz und gar nicht.

Das Taxi hielt vor dem Tor zum Anwesen des Herrenhauses. Geistesabwesend bezahlte er den Fahrer und stieg aus. Das Auto ordnete sich wieder in den Verkehr ein, und er tippte den Sicherheitscode ein.

Mit den Händen in den Hosentaschen, wippte er auf den Absätzen vor und zurück, bis die Torflügel aufgeschwungen waren. Verdammt, verdammt, verdammt. Wie sollte er Daisy nur davon überzeugen, dass seine Gefühle echt waren und dass er bei Gott nicht die Absicht hatte, sie gewohnheitsmäßig anzulügen?

Plötzlich wurde er gepackt und herumgewirbelt. Er hatte Mühe, die Hände aus den Taschen zu bekommen. »Was zum Teufel?«

Eine Faust donnerte aus dem Nichts gegen sein Kinn und schickte ihn zu Boden. Er setzte sich auf dem Bordstein auf, befühlte seinen Kiefer und bewegte ihn vorsichtig hin und her. Okay, er schien in Ordnung zu sein. Nick blickte hoch und sah direkt in die Visage des Obermackers von Douglass' Schlägertrupp.

Plattnase beugte sich zu ihm nach unten, reichte ihm die Hand und zog ihn auf die Füße. »Tachchen, du Arschloch – lange nich' gesehen, wa?«, nuschelte er. »Hab Neuigkeiten für dich, Sportsfreund: Wir haben die Nase voll von dir und deinen Spielchen. Deshalb werden du, ich und mein Kollege hier« – er deutete auf Stiernacken, den omnibusgroßen Schatten hinter ihm – »jetzt eine kleine Spritztour unternehmen.«

24

Daisy bog gerade noch rechtzeitig um die Kurve, um zu sehen, wie die zwei Kerle Nick in einen schwarzen Firebird drängten. »Shit!« Sie schlug mit dem Handballen auf das Lenkrad. »Scheiße, Scheiße, *Scheiße!*«

Sie trat auf die Bremse, und der Mietwagen kam mit einem Ruck zum Stehen. Zum Glück zog sie durch ihr abruptes Abbremsen nicht die Aufmerksamkeit der Schläger auf sich. Sie schaltete die Scheinwerfer aus, um sich nicht unnötig zu exponieren, legte den Rückwärtsgang ein und setzte in eine Einfahrt zurück, wo sie aus einer sicheren Deckung heraus das Geschehen beobachten konnte.

Verflixt und zugenäht, das war alles ihre Schuld. Wenn sie ihre Gefühle nicht mit ihrem Beruf vermischt hätte, wäre Nick nie so ungeschützt gewesen. Die Angst um ihn schnürte ihr den Hals zu. Ihr Herz raste, und ihr Magen rebellierte. Sie atmete ein paarmal tief durch, um sich in den Griff zu bekommen. Es wäre absolut niemandem damit geholfen, wenn sie sich jetzt wie ein liebeskrankes Girlie benahm.

Der Firebird fuhr die Straße in die entgegengesetzte Richtung davon, und sie rollte langsam auf die Fahrbahn, um die Verfolgung aufzunehmen. Die Scheinwerfer ließ sie aus, bis sie die Hauptstraße erreichten.

Sie folgte dem Firebird nach Divisadero hinunter. Hinter dem Exploratorium und dem Palast der Schönen Künste bog er nach links ab in Richtung Doyle Drive. Sie passierten den Yacht Club rechter Hand und den Presidio linker Hand, und ehe Daisy sich versah, war sie, ein paar Autolängen hinter dem schwarzen Wagen, auf der Golden Gate Bridge in Richtung Marin County unterwegs.

Gütiger Himmel, wo brachten sie ihn nur hin? Ins Weinbaugebiet vielleicht? Die Vorstellung gefiel ihr ganz und gar nicht. Dort gab es viel zu viel unbewohntes Land, wo man ohne Zeugen weit und breit alles Mögliche mit ihm anstellen konnte, und wo man sich auch bequem einer Leiche entledigen konnte.

Douglass wartet doch nur darauf, mir die Kehle durchzuschneiden, vor allem nach dem heutigen Abend.

Gott, und sie hatte darauf nur mit einem lapidaren *»gut«* reagiert.

Doch anstatt auf der 101 weiterzufahren, wechselte der Firebird, lange bevor sie auch nur in die Nähe des Weinbaugebietes kamen, auf den Highway 1. Sie fuhren ein Stück der Küste entlang, um schon bald in eine von Bäumen gesäumte Einfahrt einzubiegen, die zu einer beeindruckenden Villa an einem Steilufer direkt über dem Pazifik führte.

Daisy hatte sich, um nicht entdeckt zu werden, zurückfallen lassen. Sie fuhr mit verminderter Geschwindigkeit an den sich automatisch schließenden Toren vorbei. Alles, was sie noch sehen konnte, war der sich schnell entfernende rote Schein der Rücklichter.

Sie fand eine Stelle, wo sie ihren Wagen parken konnte. Anschließend prüfte sie ihre Glock und band sich die Messer um. Die Beretta steckte sie in ihren Stiefel. Sie knipste die Innenbeleuchtung aus, öffnete vorsichtig die Tür und stieg aus.

Die Steinmauer, die das Anwesen zur Straße hin abgrenzte, war allenfalls Zierde. Daisy überwand sie problemlos. *Bitte, lieber Gott, mach, dass da keine Hunde sind,* betete sie inständig, als sie im Schatten der windzerzausten Bäume die Auffahrt hinaufschlich. Sie hatte einmal einem bissigen Wachhund Aug in Aug gegenübergestanden und hatte nicht die geringste Lust, diese unangenehme Erfahrung zu wiederholen.

Doch sie begegnete weder Mensch noch Tier, und so huschte sie wenige Sekunden später die flachen Treppenstufen hinauf, die die Steinterrasse der Villa umsäumten. Aus einem einzelnen Fenster schien Licht. Sie drückte sich seitlich davon flach an die Wand und beugte den Kopf leicht nach vorne, um in das Zimmer zu spähen.

Es war leer.

Sie fluchte leise und versuchte nachzudenken. Was sollte sie nur tun? Das übrige Haus war dunkel, und Mrs. Douglass schlief wahrscheinlich oben. Am Erfolg versprechendsten waren das Erdgeschoss oder die Kellerräume, so es denn welche gab. Auf einmal hörte sie ein dumpfes Krachen, das von der Rückseite des Hauses kam. Sie zögerte nicht lange und lief, von einem Schatten zum nächsten sprintend, in Richtung des Geräuschs.

Nick rappelte sich vom Boden auf, wo er unsanft gelandet war, als der Stuhl, auf den Plattnase ihn gepfeffert hatte, durch den Schwung nach hinten gekippt war. Über ihm klirrten und klapperten Flaschen, die in einem Regal lagerten, das bei dieser Aktion verrutscht war. Er war heilfroh, dass es ihn nicht unter sich begraben hatte, als er mit seiner Schulter dagegengeknallt war. Verdammt – wo seine Schulter doch gerade erst wieder einigermaßen intakt war. Er widerstand dem Verlangen, sie nach neuen Verletzungen abzutasten, wohl wissend, dass ihm jede Schwäche, die er der Bande gegenüber zeigte, zum Nachteil gereichen würde.

Er klopfte und rieb sich den Staub vom Anzug. Als seine Finger plötzlich einen Riss in der Schulternaht seines Smokings ertasteten, hielt er inne. »Mein Schneider wird nicht gerade begeistert sein«, bemerkte er kühl und richtete den Stuhl wieder auf. Er drehte ihn mit Schwung um, setzte sich rittlings darauf und verschränkte die Arme lässig auf der Lehne.

Sein Blick huschte an seinen beiden Bewachern vorbei zu der offenen Tür hinter ihnen. Sie befanden sich im Weinkeller der Villa. Die Flaschen lagerten fachmännisch in langen Reihen freistehender Eichenregale, und der Gang zwischen zweien dieser Regale gewährte ihm die Aussicht auf die weit offen stehende Tür nach draußen. Er konnte die salzige Luft riechen. Und das schwache Licht des Halbmondes erleuchtete ein paar Betonstufen, die den Weg in die Freiheit wiesen.

Eine Freiheit, die er sich sehnlichst wünschte ... die ihm aber, so fürchtete er, nicht so schnell winkte.

»Hör gut zu, du Arschloch«, grunzte Plattnase. »Wir können das hier auf die leichte oder auf die harte Tour durchziehen. Das hängt ganz von dir ab.«

Nick zuckte mit den Achseln. »Ich bin für leicht.«

»Gut. Wo sind die Fotos?«

»An einem hübschen, sicheren Ort.«

Der Schlag auf seinen Kiefer donnerte seinen Kopf herum, aber er konnte sich gerade noch auf dem Stuhl halten.

Plattnase ließ den Lederriemen, mit dem er ihn geschlagen hatte, gegen seine Handfläche klatschen. »Ich bin nicht zu Spielchen aufgelegt, Freundchen. Also wo sind die Scheißfotos?«

»Ich habe sie erst mal sicher auf Eis gelegt, und zwar an einem Ort, wo Douglass sie niemals in die Finger bekommen wird.« Den nächsten Schlag steckte er mit stoischer Ruhe ein. Er leckte sich ein Blutrinnsal von seiner aufgesprungenen Lippe und starrte zu Plattnase hoch. »Was hast du vor, Mann? Willst du Hackfleisch aus mir machen? Mich umbringen? Und das alles nur wegen ein paar läppischer *Fotos?«* Wenn Nick diese Möglichkeit wirklich in Erwägung gezogen hätte, wäre er wahrscheinlich um einiges besorgter gewesen, als er es ohnehin schon war. Aber er dachte nicht, dass sie schon so weit waren. Noch nicht, jedenfalls. »Ich kann dich offensichtlich nicht stoppen. Also tu dir keinen Zwang an. Das wird Douglass allerdings mitnichten in den Besitz seiner Fotos bringen.«

»Aber das hier vielleicht.« Aus dem Schatten trat höchstpersönlich J. Fitzgerald hervor. Er hatte sich umgezogen und trug nun an Stelle seines förmlichen Anzugs ein pastellfarbenes Polohemd und eine Freizeithose. Sein silbergraues Haar lag tadellos, und er sah aus wie ein wohlhabender Magnat im Freizeitlook.

Freizeit, die er, nach der riesigen Heckenschere in seiner Hand zu urteilen, wohl damit verbrachte, der Gartenarbeit zu frönen.

Zum ersten Mal bewegte sich nun auch Stiernacken, der bis jetzt an einem der Weinregale gelehnt hatte. »Wie ich Ihnen schon sagte«, wandte er sich mit entschiedener Stimme an Douglass, während er sich aufrichtete und die Arme, die er immer noch vor seiner Heldenbrust verschränkt hatte, sinken ließ, »ich will mit diesem Scheiß hier nichts zu tun haben.«

»Dann geh doch«, erwiderte J. Fitzgerald. »Aber wie ich dir bereits sagte, wenn du mit der Bezahlung irgendetwas zu tun haben willst, dann solltest du mir nicht die Tour vermasseln.«

Nick blickte von der im Licht aufblitzenden Klinge der Heckenschere zu dem muskelbepackten Schläger hinüber. Stiernacken erwiderte seinen Blick und zuckte dann mit den Schultern. Er drehte sich auf dem Absatz um und marschierte davon. Nick sah dem Schrank nach und ihn beschlich ein unangenehmes Gefühl. Sein Magen zog sich zusammen. Dieser Mann machte auf ihn nicht gerade den Eindruck, besonders zart besaitet zu sein – ja, er sah nicht einmal wie jemand aus, der die Grenzen dort zog, wo die meisten Menschen es gewöhnlicherweise taten.

Verdammt noch mal, das war alles Daisys Schuld. Hätte

sie ihren Job ordentlich gemacht, wäre er jetzt nicht in dieser vertrackten Situation, wo die Banditen mit ihm gleich wer weiß was anstellen würden.

Die Erinnerung an den Ausdruck in ihren Augen, als sie entdeckte, dass er sie belogen hatte, schob sich vor seine Wut und ließ ihn innehalten. Nein – die Schuld lag allein bei ihm. Er hatte in dieser Woche ein paar wirklich mehr als dämliche Entscheidungen getroffen, ganz zu schweigen von seiner Fehleinschätzung, wie weit Douglass gehen würde, um diesen Botschafterposten zu bekommen. Er hätte Vorkehrungen treffen müssen, um sich vor Situationen wie eben dieser zu schützen.

»Halt seine Hände fest«, wies J. Fitzgerald Plattnase an.

Nein! Niemand machte sich an seinen Händen zu schaffen. Nick erstarrte innerlich zu Eis. Er versuchte, sich vom Stuhl hochzuschieben. Sinnlos. Plattnase stieß ihn brutal wieder zurück. Er klemmte Nick mit seinem Körper auf dem Stuhl fest, packte seine beiden Handgelenke und riss sie nach vorne.

Nick ballte sie zur Faust.

»Mach die Hände auf«, befahl Douglass.

War der Mensch noch ganz bei Trost? »Ich denk nicht daran. Meine Hände sind mein Lebensunterhalt.« Ganz zu schweigen von dem lustvollen Vergnügen, das er ihnen verdankte, wenn er sie bei Daisy einsetzte.

»Daran hätten Sie vorher denken müssen. Bevor Sie Ihre Kamera auf Dinge richteten, die Sie nichts angehen.« Er packte Nicks Zeigefinger und bog ihn mit aller Kraft gerade. Dann versuchte er mit der freien Hand das Werkzeug zu führen, das eigentlich die Benutzung beider Hände verlangte. »Hilf mir doch mal, Autry.«

»Sind Sie jetzt total verrückt geworden?« Nick versuchte, sich zu befreien, aber er war wie in einer Schraubzwinge festgeklemmt. Scheiße! Warum hatte er auch nicht vorgesorgt und veranlasst, dass Douglass' Fotos automatisch an die Boulevardpresse gingen oder seinem Onkel Greg zugeschickt wurden, falls ihm etwas zustieß?

»Wo sind die Fotografien?«, verlangte Douglass zu wissen. »Mach den Mund endlich auf, jetzt sofort, oder ich knipse dir den Finger wie einen gottverdammten Zweig ab.«

In Nicks Kopf drehte sich alles, als Plattnase seinen Finger gerade ausrichtete und festhielt, während J. Fitzgerald die untere Schneide darunterschob und den oberen Griff umfasste, um die obere Klinge nach unten zu drücken. *Bluff doch, du Idiot! Sag irgendetwas, bevor es zu spät ist.* Er öffnete den Mund …

… und hörte Daisy brüllen: »Weg damit, oder du schmorst gleich in der Hölle!«

Nick blinzelte in Richtung der Stimme und entdeckte Daisy. Sie stand in beidhändiger Feuerstellung da und zielte mit ihrer Pistole genau auf J. Fitzgerald. Sein persönlicher Racheengel war erschienen, mit blauen Springerstiefeln, einer unmöglichen Frisur und all so was. Seine Liebe zu ihr explodierte in ihm plötzlich wie der Korken einer Champagnerflasche und durchpulste ihn mit einer Wärme, die er bis in seine gefährdeten Fingerkuppen spürte.

J. Fitzgerald ließ die Heckenschere zur Seite fallen. Plattnase ließ seine Hand los.

Da spürte Nick plötzlich, wie sich der Körper in seinem Rücken bewegte und Autry mit der rechten Hand hinter sich griff. In der Annahme, der Schläger suche nach seiner Waffe, versuchte Nick Daisy zu warnen: »Daisy!«

Sie schwang ihre Glock ein paar Zentimeter weiter herum, und Nick konnte förmlich spüren, wie Plattnase geradezu festfror. »Und jetzt holst du schön deine Waffe raus, und zwar ganz langsam«, riet sie ihm. »Mein Finger am Abzug ist nämlich ziemlich nervös. Ich empfehle dir also, deine Hände so zu halten, dass ich sie sehen kann.« Und zu Douglass gewandt, fuhr sie fort: »Und Sie, Douglass, Sie übergeben die Schere jetzt Nick. – Bist du okay?«

Sie hatte kaum einen Blick für ihn übrig. Aber das war für ihn schon in Ordnung – sie hatte jetzt wichtigere Dinge zu tun. Er bedachte sie mit einem breiten Grinsen, als er J. Fitzgerald die Heckenschere abnahm, zuckte aber beim Verziehen der geschundenen Lippe ein wenig zusammen. »Jetzt schon, mein Püppchen.«

»Sie machen gerade einen Riesenfehler, junge Frau«, sagte Douglass und versuchte, all seine Autorität in die Worte zu legen. Er machte einen Schritt auf Daisy zu. Der Blick, dem sie ihm zuschleuderte, ließ ihn jedoch mitten in der Bewegung verharren.

»Nein, Sie sind derjenige, der den Fehler gemacht hat, Mister. Meine Toleranz für Heuchler und Lügner hält sich in sehr engen Grenzen, und Sie sind so ziemlich das Schlimmste, was mir in beiderlei Hinsicht je untergekommen ist. Und ich habe bereits die Bekanntschaft von ein paar verdammt gerissenen Lügnern gemacht.«

Nick zuckte zusammen, als ihm bei diesen Worten wieder bewusst wurde, dass er mit ihr noch lange nicht im Reinen war. Im Moment wollte er allerdings einfach nur schnell weg von hier. Er nahm Plattnases Waffe an sich.

»Und wissen Sie, was das Ganze noch ärgerlicher macht?«, redete Daisy weiter auf Douglass ein, während sie Plattnase durch ein Zeichen zu verstehen gab, sich dorthin zu stellen, wo sie beide im Blick hatte, so dass sie ihre Aufmerksamkeit nicht zwischen ihnen teilen musste. »Sie sind nicht mal ein ebenbürtiger Gegner. Intelligenz könnte ich ja wenigstens noch respektieren. Aber Sie waren zu dumm, um zu erkennen, dass Nick die Negative von sich aus vernichtet hätte, wenn Sie ihn nur in Frieden gelassen hätten. Und wie, um alles in der Welt, wollten Sie sein Blut auf dem Kellerboden erklären? Sie haben doch nicht im Ernst geglaubt, Sie könnten ihn verstümmeln, und er würde hinterher nicht zur Polizei gehen.«

Douglass stierte sie rachedurstig an. »Mir gefällt weder Ihr Ton noch Ihr Benehmen, Lady.«

»Oje, so was aber auch. Wie soll ich das nur verkraften?« Ihre dunklen Augen sprühten Feuer. »Du raffst es nicht, Opa, was? Deine Meinung über gutes oder schlechtes Benehmen ist hier nicht gefragt. Und wenn ich mir so ansehe, wie Sie sich in jüngster Zeit benommen haben, dann frage ich mich wirklich, wie Sie überhaupt auf die Idee kommen können, sich hier als Benimmpapst aufzuspielen?«

»Jetzt hör mir mal gut zu, du nichtsnutzige kleine Schlampe, ich mache dich darauf aufmerksam, dass ich …«

»… ein Verbrecher bin. Sie sind nichts weiter als ein gemeiner Schläger mit einem ansehnlichen Bankkonto und einem aufgeblasenen Ego. Was mich daran erinnert …« Sie warf Nick ihr Handy zu. »Ruf die Bullen an. Sorgen wir dafür, dass dieser Clown hier hinter Gitter kommt, dorthin wo er hingehört.«

»Da bin ich aber anderer Meinung«, knurrte eine neue Stimme. Sie kam irgendwo hinter den Weinregalen hervor und gehörte Stiernacken. Er trat in ihr Sichtfeld und hatte eine Waffe in der Hand, die er auf Daisy richtete.

Verdammt! Daisy wandte sich der neuen Bedrohung zu. Ihr Verhalten war wirklich unentschuldbar fahrlässig gewesen. Sie hätte sofort die Polizei rufen müssen, anstatt erst Douglass den Marsch zu blasen.

»Lass die Kanone fallen, Süße.« Als sie seiner Aufforderung nachkam, grinste der Mann sie breit an. »So sieht man sich wieder. Schieb die Waffe mit dem Fuß zu mir rüber – so ist's recht, braves Mädchen. Nein, keinen Schritt näher. Bleib, wo du bist«, warnte er sie, als sie sich in seine Richtung vorschob. »Ich hab deine Kung-Fu-Fähigkeiten noch gut in Erinnerung. Du warst verdammt gut.«

»Ja, in der Kategorie Schlägerwerfen war ich die Beste.«

»Auch noch witzig. Ganz schön vorlautes Mundwerk, was?«

Sie zuckte mit den Schultern.

»Du passt besser auf, was du sagst, sonst könnte sich noch jemand auf den Schlips getreten fühlen.«

Daisy hätte beinahe gerufen, *Wow, er hat schon mal etwas von einem Schlips gehört.* Doch sie fing sich gerade noch rechtzeitig. Stiernacken war nämlich so damit beschäftigt, sich ihr gegenüber aufzuspielen, dass er nicht ganz auf der Hut war. Es wäre kontraproduktiv gewesen, ihn in dieser Weise anzumachen und ihn damit wieder an den Zweck seines Auftritts zu erinnern.

»Wow«, sagte Nick. »Was sagt man denn dazu? Er hat schon mal etwas von einem Schlips gehört.«

Daisy lachte, und Stiernacken wirbelte erbost zu Nick herum. »Dich hat niemand gefragt, du Schönling. An deiner Stelle würde ich mich um meinen eigenen Dr ...«

Daisys Tritt traf die Hand mit der Waffe, und selbige flog in hohem Bogen durch die Luft. Sie bückte sich, um die Beretta aus ihrem Stiefel zu ziehen, aber Stiernacken nutzte die Gelegenheit und traf sie mit der Schuhspitze an der Schulter, so dass sie aus dem Gleichgewicht kam. Und bevor sie sich wieder gefangen hatte, umfasste er sie von hinten und hielt sie wie in einem Schraubstock fest.

Mit den Füßen über dem Boden strampelnd und nach Atem ringend, weil der Stiernacken in ihrem Rücken ihr mit seinen kräftigen Armen die Luft abdrückte, sah Daisy, wie Nick blitzschnell eine Weinflasche aus einem Regal zog und auf Plattnases Handgelenk sausen ließ. Die Glock, die der Schläger inzwischen aufgefischt hatte, trudelte wieder gen Erde zurück.

Als Daisy immer mehr schwarze Punkte vor ihren Augen tanzen sah, zog sie eins ihrer Messer, langte über die Schulter und drückte es Stiernacken gegen die Halsschlagader.

»Ich kann's kaum glauben, du hast ja doch einen Hals«, quetschte sie nach Luft schnappend hervor, während er erstarrte. Er lockerte seinen Griff, und sie sog die dringend benötigte Luft ein. Plötzlich bemerkte sie, dass sie die stumpfe Seite des Messers gegen seinen Hals presste. Sie drehte sie schnell um, bevor es ihm womöglich auch dämmerte. »Und jetzt lässt du mich ganz sanft herunter, damit ich dir deine Kehle nicht aufschlitzen muss.«

Während er tat, wie ihm geheißen worden war, bückte sich Plattnase nach der Pistole, die Nick ihm aus der Hand geschlagen hatte. Mit einem einzigen Hieb mit der Flasche schickte Nick ihn zu Boden und ins vorläufige Nirwana. Verdutzt bewunderte er den bewusstlosen Fiesling zu seinen Füßen und dann die Flasche in seiner Hand.

»Guter Jahrgang«, murmelte er.

Daisy grinste und hechtete weg von Stiernacken. Dann wirbelte sie zu Nick herum, und ihre Miene war wieder bedrohlich ernst, als sie mit dem Messer vor ihm herumfuchtelte.

Er riss kapitulierend die Hände hoch, und sie trat einen Schritt zurück, um sich vor diesen langen Armen in Sicherheit zu bringen. Aus dem Augenwinkel erhaschte sie einen Blick auf J. Fitzgerald, dessen Anwesenheit sie für einen Moment ganz vergessen hatte. Er hatte irgendetwas Schwarzes in der Hand und war unterwegs zur Tür. In der Annahme, es handele sich um eine Pistole, wollte sie sich schon nach ihrer Beretta bücken. Da hörte sie ihn plötzlich aufgeregt sagen: »Hallo, ist da die Polizei? Schicken Sie schnell jemanden vorbei. Ich habe Einbrecher im Haus, und ich glaube, sie sind bewaffnet.«

»Oh, Sch … Nick!« Sie wandte sich zu ihm um, um ihn

darüber zu informieren, dass sie sich schleunigst aus dem Staub machen müssten. Aber er hatte Douglass offensichtlich selbst gehört und war schon auf dem Sprung. Sie stockte kurz, um leicht verwirrt festzustellen, dass er immer noch die Flasche Wein in der Hand hielt. Doch dann schnappte sie sich die Glock vom Boden und rannte mit ihm zur Kellertür.

»Der alte Bock ist schlauer, als ich dachte«, sagte Daisy, als Nick sie über die Grundstücksmauer schob und ihr mit einem Satz nachsprang. »Wenn die Bullen uns kriegen, werden sie wahrscheinlich erst schießen und die Fragen hinterher stellen. Dadurch, dass er uns zuvorgekommen ist, kann er sich ziemlich sicher fühlen; sie werden dir nie abnehmen, dass du gegen deinen Willen hierher verschleppt worden bist.« Sie bremsten aus vollem Lauf vor dem Auto ab, und Daisy schlug wütend mit der Hand auf das Dach. »Mist! Es kotzt mich echt an, dass er damit durchkommen und einfach so davonkommen wird.« Sie konnte Nicks Gesicht nicht erkennen, weil sich gerade Wolken vor die silberne Sichel des Mondes schoben und ihn in einen konturenlosen Schatten verwandelten. Sie steckte den Schlüssel ins Schloss.

»Er wird wahrscheinlich nie ins Gefängnis wandern«, pflichtete Nick ihr bei, als sie ins Auto stiegen. »Aber er wird es auch nicht dabei bewenden lassen.«

Sie zündete den Motor, trat aufs Gaspedal, und schon rasten sie den Küsten-Highway entlang. Trotzdem leistete sie es sich, die Augen kurz von der Straße zu nehmen, um ihm einen skeptischen Blick zuzuwerfen.

»Ich meine es ernst, Daise«, sagte er. »Er wird wahrscheinlich seine Typen zu mir nach Hause schicken, um uns abzufangen. Lass uns also beim ersten Motel, das du siehst, anhalten. Wir gönnen uns ein paar Stunden Schlaf, und dann tue ich das, was ich gleich zu Anfang hätte tun sollen.«

25

Samstag

Daisy wurde durch Nicks Stimme geweckt. Er stand am Telefon und verlangte gerade den Senator zu sprechen. Sie blinzelte und sah auf die Uhr auf dem Nachttischchen des Motelzimmers. Es war Viertel nach sechs Uhr. Sie gähnte, schob ihr Kissen gegen das Brett am Kopfende, setzte sich auf und lehnte sich zurück. Im Zimmer war es kühl, und deshalb wühlte sich ihre Hand aus den Betttüchern heraus, um nach der pinkfarbenen Wolljacke zu greifen, die sie erst wenige Stunden zuvor abgelegt hatte.

»Ja, ich glaube Ihnen ja, dass er sehr beschäftigt ist«, sagte Nick verständnisvoll. Er klang äußerst vernünftig, und sein Ton suggerierte eine Erziehung, wie man sie nur auf den besten, teuersten Schulen erhält. »Aber sagen Sie ihm doch bitte trotzdem, dass Nick Coltrane am Apparat ist und ihn unbedingt sprechen muss. Es ist ausgesprochen dringend. Würden Sie das bitte für mich tun?«

Er saß, nur mit seiner schwarzen Seidenboxershorts bekleidet, auf der Bettkante und kehrte ihr den Rücken zu. Den Telefonhörer zwischen Ohr und Schulter geklemmt, versuchte er, die andere, lädierte Schulter mit langsamen, kreisenden Bewegungen zu lockern.

Daisy verfolgte müßig das Spiel der Muskeln, die sich über das Schulterblatt zu der flachen Vertiefung seiner Wirbelsäule zogen. Gegen ihren Willen musste sie daran denken, wie er sich angefühlt hatte, als er letzte Nacht das Zusatzbett einfach ignoriert hatte und zu ihr ins Bett gekrochen war. Er hatte sich wie selbstverständlich an ihren Rücken geschmiegt, einen Arm um ihre Taille gelegt und sie fest an sich gezogen. Und noch bevor sie überhaupt Luft holen konnte, um ihn zu fragen, was, zum Teufel, er sich einbilde, hatte sie schon gespürt, wie er sich entspannte und in einen festen Tiefschlaf fiel.

»Onkel Greg!« Nick ließ den Arm sinken und richtete sich gerade auf. »Es tut mir Leid, dass ich Sie in einer Sitzung stören muss, Sir. Aber ich stecke hier in Schwierigkeiten und ich brauche Ihre Hilfe.«

Daisy hörte zu, wie Nick kurz und knapp die Ereignisse der vergangenen Woche schilderte. Nur Mos finanzielle Probleme und seinen inzwischen ad acta gelegten Plan, Fitzgeralds Fotos an die Boulevardpresse zu verkaufen, ließ er aus.

»Genau!«, rief er aus. »*Jeder* weiß das. Trotzdem hat er mir diese üblen Typen auf den Hals gehetzt, und offen gestanden, kommt die Vernichtung der Fotos für mich jetzt nicht mehr in Frage. Nachdem ich nur knapp seiner Heckenschere entkommen bin, muss ich sagen, dass ich die Seite an ihm, die er vor der Öffentlichkeit verbirgt, äußerst erschreckend finde. Deshalb möchte ich, dass man den Plan, ihn zum Botschafter zu machen, sofort fallen lässt. Ich gehe jede Wette ein, dass er mich nicht in Ruhe lassen wird, solange er noch davon ausgehen muss, ich könnte ihm die Tour vermasseln. Und ich hab wirklich keinen Bock darauf, mich für den Rest meines Lebens vor ihm in Acht nehmen zu müssen. Also, wenn Sie dafür sorgen, dass die Ernennung platzt, dann habe ich Folgendes vor ...«

Ein paar Minuten später beendete er das Gespräch und stand auf. Er dehnte seinen langen Körper und verdrehte den Oberkörper erst in die eine und dann in die andere Richtung. Die Drehung nach rechts brachte Daisy in sein Blickfeld und er hielt, die Ellbogen noch in der Luft, mitten in der Bewegung inne. Langsam verzog er den Mund zu einem warmen Lächeln und drehte sich ganz zu ihr um. »Guten Morgen. Hab ich dich geweckt?«

Sie schüttelte den Kopf. »Ich habe dich zwar telefonieren gehört, aber ich war sowieso schon halb wach.« Sie hatte plötzlich das verrückte Verlangen, seine Unterlippe, die von dem nächtlichen Abenteuer leicht geschwollen war, näher zu untersuchen. Es juckte sie gewaltig in den Fingern, und sie musste mit eisernem Willen gegen den Reflex ankämpfen, seinen geschundenen Mund zu berühren. Sicherheitshalber verschränkte sie die Hände in ihrem Schoß. »Wie fühlst du dich?«

»Steif.«

»Ich bin auch ein bisschen steif.«

Er kniff die Augen zusammen. »Oh, ich bezweifle allerdings, dass wir beide das Gleiche meinen, Zuckerpüppchen.«

Sie spürte ein Ziehen zwischen den Beinen, und unwillkürlich ging ihr Blick zum Hosenschlitz seiner Boxershorts, der sich zusehends auszubeulen begann.

Eine Sekunde später hätte sie sich am liebsten geohrfeigt. *Wie konnte sie nur auf eine so billige Masche hereinfallen?* Sie strafte den viel zu sehr von sich überzeugten Ausdruck in seinen Augen mit Verachtung. »Wirklich sehr witzig, Coltrane.«

»Hey, ich nehme meinen Steifen immer sehr ernst.«

Sie schürzte die Lippen. »Dann wundert es mich, dass du überhaupt noch zum Arbeiten kommst – wenn man bedenkt, dass das quasi dein Normalzustand ist. Wenn du mich jetzt bitte entschuldigen würdest.« Sie schlug die Decken zurück und kletterte aus dem Bett. »Ich werde jetzt meiner stinknormalen Alltagssteifheit mit einem heißen Bad zu Leibe rücken.«

Als sie an Nick vorbeirauschen wollte, schnappte er sie um die Taille und hob sie hoch. Er drückte seine Brust gegen ihren Rücken und vergrub das Gesicht in die sensible Beuge zwischen Hals und Schulter. »Okay, meine Schulter ist auch ein bisschen steif«, murmelte er. »Aber Kopf hoch, Daisy, mach dich locker. Ich habe das gute Gefühl, dass sich alles wieder einrenken wird.«

Sie stieß den Ellbogen zurück. Nick grunzte zwar, als er auf seinen harten Bauch traf, aber sie bezweifelte, dass er irgendwelchen Schaden angerichtet hatte. Sie hatte das Gefühl, als habe sie ihn gegen eine Wand gerammt.

Doch immerhin stellte es sie wieder auf die Füße.

Sie drehte sich zu ihm um. »Du täuscht dich, wenn du glaubst, du brauchtest nur ein bisschen Coltrane-Charme zu versprühen, und schon ist alles wieder oki-doki zwischen uns«, sagte sie. »Ich bin dir gestern Abend nur aus einem einzigen Grund nachgefahren: Ich habe einen Vertrag unterschrieben.«

»Lügnerin.«

»Das hättest du wohl gerne.« Sie ging zu ihrem Koffer, um sich frische Unterwäsche herauszuholen. Doch als sie sich auf den Weg ins Badezimmer machen wollte, stellte Nick sich ihr in den Weg.

»Mo borgte sich Geld von einem ihrer Anderkonten«, sagte er und sah sie durchdringend an. »Das war dumm, und das war illegal, aber sie tat es nicht aus Profitgier. Ich kenne nicht alle Gründe, warum sie es getan hat, aber ich garantiere dir, sie glaubte, damit jemandem aus der Patsche zu helfen. Ich kenne deine Gefühle hinsichtlich der Boulevardpresse, und trotzdem würde ich es wieder tun, weil ich nicht tatenlos zusehen könnte, wie meine Schwester ins Gefängnis wandert.«

Sie sträubte sich zwar dagegen, aber die Erklärung änderte einiges. Verletzt wie sie war, wünschte sie sich, an ihrem Groll festhalten zu können. Aber sie nickte und kurvte, die Klamotten fest an die Brust gedrückt, um ihn herum.

»Du wirst mir verzeihen«, sagte er zuversichtlich.

Sie blieb an der Badezimmertür stehen, blickte ihn über die Schulter an und dachte an die vielen Möglichkeiten, wie er ihr das Herz brechen konnte. »Mag sein.«

»Du wirst es«, wiederholte er großspurig und grinste. »Weil du mich nämlich liebst, und weil ich ein lustiger Kerl bin und du einfach nicht anders kannst.«

»Pfft.« Doch ihr verräterisches Herz war sich nicht sicher, ob er nicht tatsächlich Recht hatte. Und wenn sie daran dachte, was alles schon zwischen ihnen gelaufen war, dann machte ihr das Himmelangst.

»Jawohl, du liebst mich, mein Sahnetörtchen«, hörte sie ihn noch sagen, als sie die Badezimmertür hinter sich schloss und dann den Wasserhahn über der Badewanne aufdrehte. »Ich werde schon dafür sorgen, dass du es zugibst, und wenn es das Letzte ist, was ich tue.«

Als Nick kurze Zeit später mit ihr zu sich nach Hause fuhr, grübelte er über verschiedene Möglichkeiten nach, dies zu schaffen. Er wusste, dass er sie dazu bringen konnte. Denn Ehrlichkeit war für Daisy sehr wichtig, und er war sich zu neunundneunzig Prozent sicher, dass sie ihn liebte. Aber er wusste auch, dass es nicht leicht werden würde – sie war mit Sicherheit das sturste Weibsbild, das Gott jemals auf diesen blauen Planeten losgelassen hatte. Bei dem Gedanken daran, wie sie auf diese Beschreibung reagieren würde, musste er grinsen.

Zum Glück konnte sie keine Gedanken lesen. »Fahr hier rein«, forderte Daisy ihn plötzlich auf, als sie noch einen Block von dem Anwesen entfernt waren.

Nick fragte nicht lange, warum, sondern bog einfach ab und erhob auch keine Einwände, als sie ihn anwies, einen Parkplatz zu suchen und das Auto abzustellen. Wenn es um diesen Mantel-und-Degen-Kram ging, war sie der Boss.

Als er ihr eine Minute später über die hintere Mauer des Grundstücks folgte, kamen ihm diesbezüglich allerdings ein paar Bedenken. Einmal zwischen die Fronten von Daisy und Douglass' Schlägertrupp geraten, würde sein Smoking nie mehr das sein, was er einmal war – ganz zu schweigen von seiner Person. Vor ihm sprang Daisy in den Garten. Dabei ließ sie den Ast los, den sie sich aus dem Weg gehalten hatte, und selbiger peitschte zurück, direkt gegen seine Brust. Er rieb sich die Striemen, die er auf seiner nackten Haut hinterlassen hatte. Verdammt, tat das weh. Wenn er geahnt hätte, dass sie Tarzan und Jane spielen würden, hätte er die bescheuerten Hemdenstecker doch eingeknöpft und nicht achtlos in die Tasche gesteckt.

Doch diese Gedanken waren schlagartig vergessen, als er sich hinter Daisy die Treppe zu seiner Wohnung hinaufpirschte und sah, dass die Tür aufgebrochen war. Daisy legte warnend einen Finger auf den Mund und zog ihre Pistole hinten aus der Jeans. Sie richtete sie auf die Wohnung. Er nickte und übernahm bereitwillig die Beretta, die sie aus ihrem Stiefel gezogen hatte. Allerdings musste er sich erst an das Gewicht der Waffe gewöhnen, als er hinter ihr den Flur entlangstrich. Sie betraten leise das Wohnzimmer und wurden Zeuge, wie Plattnase und Stiernacken mitten dabei waren, die Bude auf den Kopf zu stellen.

Daisy richtete ihre Waffe auf die beiden Eindringlinge. »Keine Bewegung!«, bellte sie. »Und wehe, ihr atmet auch nur zu tief.«

»Oh, Shit!« Stiernackens Gefühlsausbruch war absolut synchron mit Plattnases aus tiefstem Herzen kommenden »Fuck!«.

»Das kann man wohl sagen«, pflichtete Daisy ihnen bei. »Lasst eure Kanonen fallen und schiebt sie mit dem Fuß zu mir rüber. Langsam hab ich echt die Schnauze voll. Und Mr. Coltrane hier kotzt es wahrscheinlich sogar noch mehr an, dass ihr ständig seine Bude auseinander nehmt. Die Waffensammlung in euren Stiefeln will ich auch haben. Und ein bisschen hoppla, wenn ich bitten darf.« Als Plattnase und Stiernacken sich dumm zu stellen versuchten, verlieh sie ihrer Aufforderung mit einer ungeduldigen Komm-schon-Handbewegung Nachdruck. »Versucht nicht, mich auszutricksen. Da müsst ihr schon früher aufstehen. Ich weiß inzwischen, wie viele Waffen ihr beide mit euch rumschleppt.« Sie warf Nick zwischendurch einen raschen Blick zu. »Ruf die Polizei!« Aber sofort galt ihre ganze Aufmerksamkeit wieder den beiden angeheuerten Muskelpaketen.

Nick erledigte den Anruf, und als er ein paar Minuten später wieder auflegte, saßen die beiden Typen nebeneinander auf der Couch, wo Daisy sie hinbeordert hatte. »Ich kann nur hoffen, dass Douglass euch anständig bezahlt«, sagte er, als sie mürrisch zu ihm hochglotzten. »Weil ihr für ihn nämlich ein paar Jährchen in den Knast wandern werdet. Ich an eurer Stelle würde lieber meinen eigenen Arsch retten und die Schuld dorthin zurückschieben, wo sie hingehört – nämlich in die Schuhe des Mannes, der euch angeheuert hat.«

Plattnase sah ihn jetzt scharf an. »Keine Ahnung, wovon Sie sprechen.«

Nick zuckte die Schultern. »Na ja, was soll's. *Ich* muss ja nicht den Duschtango mit den Jungs in der Haftanstalt tanzen. Wenn ihr scharf darauf seid, bitte.« Damit legte er die Finger um Daisys Nacken und drückte ihn freundschaftlich. »Gute Arbeit, Daisy. Du bist die Größte unter allen Sicherheitsexperten.«

Das fröhliche Grinsen, mit dem sie ihn anblitzte, traf ihn mitten ins Herz. Er hatte Mühe zu atmen. Er hätte sie am liebsten hochgehoben und schwindelig geküsst, sie ganz, ganz fest an sich gedrückt und mit ihr tausend Dinge angestellt, die im Augenblick leider nicht angebracht waren. »Kann ich«, er räusperte sich, »kann ich dir vielleicht irgendwie helfen?«

»Ich bin doch die Größte, das weißt du doch. Ich habe alles unter Kontrolle.«

»Wenn das so ist, dann gehe ich mich mal umziehen. Ich bin in einer Sekunde wieder da.«

Er brauchte tatsächlich nicht lange. Aber als er wieder aus dem Schlafzimmer auftauchte, noch damit beschäftigt, sein Hemd zuzuknöpfen, war die Polizei bereits da und schon dabei, Daisys Aussage aufzunehmen. Er sah, wie sie den Beamten ihren Waffenschein und ihre staatliche Lizenz zeigte. Eine Polizistin löste sich aus der Gruppe und kam auf ihn zu, um ihn zu begrüßen.

»Mr. Coltrane?« Als er nickte, fuhr die Streifenpolizistin fort: »Lassen Sie uns ein Stück beiseite gehen, wo es ruhiger ist. Ich muss Ihnen nur ein paar Fragen stellen.«

Sie setzten sich an die Frühstückstheke, und er berichtete ihr von dem Einbruch und identifizierte Plattnase und Stiernacken als dieselben beiden Männer, die am Anfang der Woche in seine Garage eingedrungen waren und mit der Waffe auf Daisy losgegangen waren. Schließlich waren alle Fragen der Polizei beantwortet. Die beiden Ganoven wurden in Handschellen abgeführt.

Die Leute waren kaum weg, da stellte Daisy Nick auch schon zur Rede. »Warum hast du ihnen nicht von Douglass erzählt?«

»Gebranntes Kind scheut das Feuer, mein Püppchen. Ich hab am Mittwoch versucht, dem Cop, der hier war, klar zu machen, dass Douglass hinter dem Angriff steckte. Doch der Idiot hat mir kein Wort geglaubt. Und letzten Endes kann ich ja auch nichts beweisen.«

»Du hättest es wenigstens versuchen können.«

»Himmel noch mal, Daisy. Ich hab's satt, ständig mit

dem Kopf gegen die Wand zu rennen. Aber ich kann *das* tun, was ich mit Onkel Greg besprochen habe.« Er kramte in seinem Schreibtisch herum und holte etwas zu schreiben heraus. Dann setzte er sich und entwarf einen Brief. Nach drei Versuchen stand er auf, wedelte das fertige Produkt hin und her, damit die Tinte trocknete, und steckte es anschließend in einen braunen Umschlag. Dann nahm er die verschiedenen Gebote der Boulevardblätter und stopfte sie ebenfalls in den Umschlag. Er sah zu Daisy hinüber und ertappte sie beim Gähnen.

Daisy hielt sich ein bisschen verspätet die Hand vor den Mund. Nick betrachtete sie mit einem amüsierten Lächeln, wobei er einen Mundwinkel leicht hochzog, und sie machte sich bereits auf einen spöttischen Kommentar gefasst.

Doch er war offensichtlich wohlwollend gestimmt, denn er sagte lediglich: »Schnapp dir deine Waffen, Schätzchen – deinen Schönheitsschlaf kannst du später nachholen.« Er grinste sie spitzbübisch an, und ihr Herz schlug plötzlich schneller. »Es mag vielleicht nicht in unserer Macht stehen, Douglass hinter Gitter zu bringen, aber wir können mit Sicherheit dafür sorgen, dass er uns vom Leib bleibt.«

Uns vom Leib bleibt. Nicht ihm, nein ihnen. Sie grübelte immer noch über diese Aussage nach, als sie ihm hinunter in die Garage folgte, wo er auf die Gefriertruhe in der Ecke zuging, den Deckel anhob und sich hineinbeugte. Er sortierte ein paar Eiscremeboxen und verschiedene eingeschweißte Fleischpakete um, um schließlich eine Art Tupperwaredose herauszubefördern. Er zog den Deckel ab, kippte einen gefrorenen Klumpen undefinierbarer Lebensmittel heraus und nahm ein flaches, in Plastik eingewickeltes Rechteck vom Boden der Dose. Er wischte die Feuchtigkeit von der dicken schwarzen Kunststofffolie ab und wickelte vorsichtig einen kleinen Stapel Fotografien aus, von denen er sich einige aussuchte. Den Rest packte er zusammen mit den Negativen wieder ordentlich ein und legte ihn zurück in den Behälter.

»Hier.« Er drückte die Bilder in Daisys Hand, verstaute den Eisklumpen zurück in die Dose und vergrub alles wieder in der Truhe. »Möchtest du mal sehen, was den ganzen Wirbel ausgelöst hat?«

»Ich bin nicht sicher, ob mein Magen den Anblick eines nackten J. Fitzgerald erträgt«, erwiderte sie aufrichtig. Aber die Versuchung, sich anzusehen, was die Ursache für so viel Stress gewesen war, war doch zu groß, und so blätterte sie langsam die Fotos durch.

Es waren eigentlich nur zwei unterschiedliche Aufnahmen – beim Rest handelte es sich um Abzüge. Sie betrachtete sie eingehend und gab sie ihm dann zurück. »Du bist echt gut.« Sie verzog das Gesicht und schüttelte sich angewidert. »Ein bisschen zu gut, was das hier angeht. Igitt.«

Er grinste sie an und steckte die Bilder zu den anderen Sachen in den braunen Umschlag. Dann nahm er sie bei der Hand. »Gehen wir, Schätzchen. Ich erzähl dir unterwegs, was ich vorhabe.«

Wenig später hielt Nick vor dem Tor zu J. Fitzgeralds Grundstück am Meer. Daisy sah ihn mit hochgezogenen Augenbrauen an.

»Und jetzt?«, fragte sie. »Klingeln wir und begehren höflich Einlass, oder stürmen wir das Tor?«

»Wir klingeln und – aber jetzt schick mir bloß nicht gleich wieder einen blauen Brief –, also wir klingeln und lügen, dass sich die Balken biegen, wenn es sein muss.«

Sie sah ihn von oben herab an. »Einen blauen Brief. Du bist so unglaublich witzig, Coltrane.«

Er grinste. Er konnte sich nicht helfen – sie war einfach so verdammt anziehend, wenn sie derart herrisch war. Er hätte gern noch etwas weiter gestichelt, aber dafür war im

Moment keine Zeit. Er kurbelte das Fenster herunter und streckte den Arm heraus, um auf den Klingelknopf zu drücken, der im Torpfosten eingelassen war.

Die Sprechanlage knackte.»Ja?«

»Nick Coltrane hier. Ich muss Mr. Douglass sprechen.«

»Tut mir Leid. Aber Mr. Douglass empfängt keine ... Was?« Die körperlose Stimme wurde leiser, so als habe ihre Besitzerin sich weggedreht, um mit jemandem im Raum zu sprechen. »Es ist ein gewisser Mr. Coltrane, Sir. Hallo, Mr. Douglass, ist alles in Ordnung?« Die Antwort war ein leises Gemurmel, zu undeutlich, um es zu verstehen. Dann hörte man die Frau sagen: »Ja, natürlich, Mr. Douglass.« Ihre Stimme meldete sich wieder mit der normalen Lautstärke: »Kommen Sie bitte zum Haus hoch, Mr. Coltrane.« Die Gegensprechanlage wurde abgestellt und das Tor schwang langsam auf.

Daisy zog ein Knie auf den Sitz und setzte sich quer, so dass sie Nick anschauen konnte. »Hmm«, meinte sie, »es ist natürlich nur so ein Gefühl, aber hattest du nicht auch den Eindruck, dass er ein bisschen überrascht war, dich vor seiner Tür zu haben?«

»Sieht ganz so aus.«

Ein leises, kehliges Lachen, viel süßer als Honig, drang an sein Ohr. »Das ist gut«, gluckste sie.

Einige Minuten später wurden sie von einer Frau in förmlicher schwarzer Uniform und weißer Schürze in ein Arbeitszimmer geführt. J. Fitzgerald saß in einsamer Pracht hinter einem massiven Schreibtisch. Er war kreidebleich. Er blieb bei ihrem Eintreten sitzen und fragte sofort, nachdem das Dienstmädchen die Tür hinter sich geschlossen hatte, mit barscher Stimme: »Wo sind Autry und Jacobson, Coltrane?«

»Sie sind im Gefängnis und singen gerade wie die Kanarienvögel, nehm ich mal an.«

Douglass stieß einen unflätigen Fluch aus und griff nach dem Telefon. »Ich werde ihnen den besten Anwalt besorgen, den man für Geld bekommen kann«, sagte er. Er riss den Hörer von der Gabel, doch Nick beugte sich schnell über den Schreibtisch und kappte die Verbindung.

»Hände weg von meinem Telefon!«, fauchte Douglass in herrischer Manier wie jemand, der es gewohnt war, dass man ihm ohne Widerrede gehorchte.

Nick ging innerlich hoch wie eine Rakete, aber er schaffte es, wieder Bodenkontakt zu bekommen. Er griff in den Briefumschlag, zog ein Foto heraus und ließ es vor J. Fitzgerald auf den Schreibtisch fallen.

Der ältere Mann grabschte danach und starrte es an. Er wurde noch einen Tick blasser. Doch dann reckte er trotzig das Kinn vor und riss die Aufnahme in der Mitte durch.

Nick zuckte die Schultern, zog zwei neue Fotos aus seiner Jackentasche und warf sie als Ersatz für den einen zerrissenen Abzug auf den Schreibtisch. Douglass schnappte sie sich, warf einen kurzen verbiesterten Blick darauf und zerriss auch sie.

Daisy öffnete ihre Handtasche und holte drei neue Fotos heraus. Wortlos beugte sie sich vor und legte eins nach dem anderen in einer Reihe vor Douglass aus. Er schob sie zusammen und machte sich, ohne dieselben eines Blickes zu würdigen, daran, auch diese Bilder zu zerreißen.

Er hatte sie gerade knapp einen Zentimeter eingerissen, da hielt er plötzlich inne und legte sie zurück auf den Schreibtisch.

Nick nickte. »Ich sehe, Sie begreifen langsam.« Er warf den Stapel der Zeitungsgebote auf den Schreibtisch.

Als J. Fitzgerald sie sich durchlas, lief er gefährlich rot an. Er funkelte Nick wütend an. »Was wollen Sie, Coltrane?«

»Was ich von Anfang an wollte. In Ruhe gelassen werden.« Er holte den Brief, den er verfasst hatte, aus dem

Briefumschlag und legte ihn oben auf die Zeitungsgebote und die Fotos. Er wartete, bis Douglass seine Lesebrille aufgesetzt und die Auflistung der Ereignisse der letzten Woche durchgelesen hatte.

Als Douglass fertig war, stützte Nick sich mit den Knöcheln auf der blank polierten Schreibtischplatte ab, beugte sich nach vorne und funkelte hoch über ihm aufragend wie ein Racheengel auf ihn hinunter. »Davon sind mehrere Kopien zusammen mit Abzügen der Fotos, die ich Ihnen gezeigt habe, in versiegelten Briefumschlägen an einen einflussreichen Freund gegangen. Wenn er von mir nicht innerhalb eines exakt festgelegten Zeitplans hört, ist er angewiesen, einen Umschlag an die Polizei und die anderen an die Schmierblätter weiterzugeben, die, wie Sie sich gerade selbst überzeugen konnten, bereit sind, unbesehen jedes verdammte Bild, das ich gewillt bin herauszurücken, meistbietend zu erstehen.«

Er beugte sich weiter vor, um Douglass noch näher auf die Pelle zu rücken. »Ich möchte, dass Sie mich und mein Umfeld in Ruhe lassen. Wenn irgendjemand, den ich liebe und der mit mir zu tun hat, auch nur einen Kratzer abbekommt, und sei es nur an seinem Auto, dann werde ich davon ausgehen, dass Sie dahinter stecken, und dann sind meine Kopien so schnell bei der Polizei und der Boulevardpresse, dass Ihnen Hören und Sehen vergehen wird, mein Alterchen. Ich habe die Schnauze gestrichen voll von diesem ganzen Scheiß, und ich rate Ihnen nur eins: Sorgen Sie in Ihrem Interesse dafür, dass keinem, der mir am Herzen liegt, etwas zustößt.« Nick richtete sich wieder auf. »Komm, Daisy.« Er griff nach ihrer Hand und zog sie zur Tür.

Auf einmal klingelte das Telefon hinter ihnen auf dem Schreibtisch, und Nick hörte, wie J. Fitzgerald den Hörer hochriss. »Ich habe doch gesagt, dass ich nicht gestört werden will, Ingrid«, fauchte er. Doch plötzlich knisterte es; irgendetwas lag in der Luft, und als Nick einen Blick über die Schulter zurückwarf, sah er, wie Douglass sich kerzengerade aufsetzte. Der Magnat fuhr sich mit der Hand an die Krawatte und zupfte sie zurecht, obwohl sie bereits perfekt saß. »Was? Senator Slater? Ja, ja, stellen Sie ihn durch.«

Nick und Daisy wechselten einen amüsierten Blick. Aber keiner sagte ein Wort, bevor sie aus dem Büro waren und die Tür hinter sich ins Schloss gezogen hatten.

»Glaubst du, der Senator hat Neuigkeiten für ihn?«, fragte sie, und er wäre jede Wette eingegangen, dass sich das Lächeln, das um ihre Mundwinkel spielte, spiegelgetreu auch in seinem Gesicht abzeichnete.

»O ja.« Er zuckte mit der Schulter. »Irgendetwas sagt mir, dass heute einfach nicht Douglass' Tag ist.«

26

Daisy wusste nicht recht, was sie mit sich anfangen sollte, als sie wieder in Nicks Wohnung waren. Die Euphorie darüber, das bedrohliche Kapitel Douglass erfolgreich abgeschlossen zu haben, verflog allmählich, ihr Job hier war getan und sie hatte Angst, sich auf Nicks Liebeserklärung einzulassen.

Also machte sie sich daran, ihre Sachen zu packen. Erst jetzt, als sie ihre Klamotten mal wieder zusammensuchte, wurde ihr bewusst, wie häuslich sie sich hier schon eingerichtet hatte. Ihre Habseligkeiten waren in der ganzen Wohnung verstreut.

Ein paar Sonnenstrahlen fanden den Weg durch den verhangenen Himmel des Spätvormittags. Sie brachen sich in den Sprossenfenstern und ließen die rostbraunen und bronzefarbenen Strähnen in Nicks braunem Haar aufleuchten. Er lehnte, die muskulösen Arme vor der Brust verschränkt, am Fensterbrett und beobachtete sie. »Das war's dann also, ja?«, fragte er, als sie den Fehler machte, ihn anzusehen. »Du willst einfach davonlaufen?« Er verzog verächtlich den Mund und traf sie damit mitten ins Herz. »Komisch, ich hätte nie gedacht, dass du so ein Feigling bist.«

Sie richtete sich kerzengerade auf. Sich selbst einzugestehen, dass man ein Feigling war, war eine Sache, doch *ihm* stand es keineswegs zu, ihr das ins Gesicht zu sagen. Aber es abstreiten und sich damit zur Lügnerin machen, das wollte sie auch nicht.

»Himmel Herrgott, ja. Ich habe Angst – ich wäre ein Dummkopf, wenn ich keine Angst hätte! Ich erinnere mich noch gut daran, wie ich mich das letzte Mal in deine fürsorgliche Hände begeben habe, Coltrane. Ich habe dir alles gegeben, und damals hast du auch gesagt, dass du mich liebst, erinnerst du dich? Das hat aber nicht ausgereicht, um dich an mich zu binden.«

Er öffnete den Mund zu einer Erwiderung, aber sie ließ ihm keine Chance. »Als du bekommen hattest, was du wolltest, hast du verdammt schnell umgeswitcht und konntest nicht schnell genug wegkommen. Wie sagtest du doch gleich? Dass man vieles in der Hitze des Gefechts sagt und dass ich erst mal erwachsen werden sollte.«

»Ich war ein Idiot.«

»Nein, *ich* war der Idiot, weil ich dir geglaubt habe.«

»Was soll das jetzt alles, Daisy? Ich dachte, wir hätten das abgehakt.«

»O ja, das wäre bestimmt sehr praktisch für dich, nicht wahr?«

»Praktisch?« Er baute sich vor ihr auf und funkelte sie an. Seine Augen erinnerten an blaue Flammen, und die Wut, aus der sie sich nährten, ließ sie nervös zurückwei-

chen. Er drängte sie Schritt für Schritt weiter nach hinten, und ehe sie sich versah, stieß sie mit dem Rücken gegen die Rückenlehne der Couch. Sie stützte sich mit den Händen ab und reckte ihr Kinn vor. Auch er reckte ihr das Kinn entgegen, so dass sie sich plötzlich Nase an Nase gegenüber standen. »Eins kannst du mir glauben, Daisy«, zischte er zwischen den Zähnen hervor. »Dich zu lieben, daran ist nichts, aber auch gar nichts *praktisch.* Du bist eine hitzköpfige, bis zu den Zähnen bewaffnete Besserwisserin, und wenn ich nur einen Funken Verstand hätte, würde ich die Beine in die Hand nehmen und sehen, dass ich von dir wegkomme.«

»Dass du viel Verstand besitzt, kann dir allerdings wirklich niemand vorwerfen, Coltrane, sonst würdest du dich nicht so aufplustern, und mir aggressiv kommen.« Du liebe Güte, was war das denn gerade? Das klang ja beinahe – schulmeisterlich.

»Das ist die Wahrheit und nichts als die Wahrheit, Parker. Also glaub ja nicht, du könntest mich jetzt mit deinem Rumgezicke loswerden.« Urplötzlich waren seine Aggressionen verflogen. Er strich ihr mit den Fingerspitzen behutsam über die Wange und zeichnete eine Linie zu ihrem kampflustig vorgeschobenen Kinn. »Ich hatte eine Scheißangst an dem Abend, als ich dir die Unschuld raubte, und bin in Panik weggelaufen, Daisy. Aber ich bin nicht mehr der verschreckte Junge von damals. Ich bin erwachsen geworden. Ich habe keine Angst mehr vor meinen Gefühlen. Ich liebe dich. Ich finde, wir sollten heiraten.«

»*Was?*« Eine Freude, wie sie sie noch nie erlebt hatte, stieg in ihr auf und zersprengte ihr fast die Brust. Aber gleichzeitig überfiel sie auch Angst, Riesenangst. Sie stieß ihn zurück. »Bist du *wahnsinnig?*«

»Wahnsinnig verliebt.«

»Nein, schlicht und einfach wahnsinnig! Das würde nie

funktionieren. Sieh dir deinen Vater an; sieh dir meine Mutter an.«

»Das sind *sie.* Wo steht geschrieben, dass du und ich ihre Fehler machen müssen? Jeder Mensch kann sich frei entscheiden, Daisy, und wir könnten einen völlig anderen Weg gehen. Wir könnten um unsere Ehe *kämpfen* und Probleme, so wir welche haben sollten, gemeinsam angehen und aus der Welt schaffen, anstatt beim ersten Anzeichen von Frust gleich aufzugeben.«

»Klingt alles sehr gut.« Sie straffte die Schultern. »Aber es würde nicht funktionieren.«

»Doch, verdammt, das würde es. Wenn wir beide uns nur ein bisschen Mühe geben.« Er beugte sich vor und drückte ihr einen sanften Kuss auf die Lippen. »Ich liebe dich, Daisy.«

»Wir sind zu verschieden.«

Er küsste sie erneut, doch diesmal etwas inniger. Dann hob er den Kopf und sagte: »Nicht in den Dingen, auf die es ankommt. Ich *liebe* dich.«

Er küsste sie noch einmal. Und dieses Mal konnte sie nicht mehr an sich halten. Sie warf die Arme um ihn und erwiderte seinen Kuss voller Inbrunst. Dann riss sie sich wieder los und keuchte: »Du hast mich *belogen.*«

»Und ich schwöre bei allem, was mir heilig ist, dass ich das niemals wieder tun werde.«

Sie sah ihm in die Augen und glaubte ihm. Aber dennoch … »Und selbst wenn – wir *sind* nun einmal verschieden. In jeder Hinsicht, Nick.«

»Quatsch.«

»Das ist kein Quatsch, das ist eine Tatsache.«

»Nenn mir ein Beispiel.«

»Okay. Nur mal angenommen, ich würde deinen Antrag annehmen – ich wette, wir könnten uns schon nicht einigen, in welchem Rahmen die Hochzeit stattfinden sollte.«

»Wieso – glaubst du, ich würde darauf bestehen, daraus ein gesellschaftliches Ereignis zu machen, mit dem ganzen Brimborium drum herum? Wenn du gerne vom Friedensrichter getraut werden möchtest, dann ist das auch gut, dann machen wir das eben.«

»Wie furchtbar! Ich möchte nicht irgend so eine sterile, bürokratische Hochzeit.«

»Was möchtest du dann?«

»Ich weiß nicht – irgendetwas Intimes, Gemütliches, eine Feier, bei der ich eines dieser knisternden, raschelnden Hochzeitskleider tragen könnte.«

»Ach was, im Ernst?« Die Zärtlichkeit, mit der er sie anlächelte, machte sie ganz schwach. Sie hatte das Gefühl, plötzlich Pudding in den Knien zu haben. »Das ist das Letzte, was ich erwartet hätte.«

»Warum? Nur weil ich nicht eins von diesen Girlie-Girls bin, heißt das noch lange nicht, dass ich nicht ab und an mal ganz gerne einen Blick in ein Braut-Magazin werfe ... oder dass ich noch nie davon geträumt hätte, mal eines dieser hinreißenden Kleider zu tragen.« Erschrocken merkte sie, dass sie an Boden verlor, und zog schnell ihren letzten Trumpf aus dem Ärmel. »Und natürlich wäre meine Hochzeit nichts Halbes und nichts Ganzes, wenn Reggie und die Jungs nicht dabei wären.«

Nick sah sie scharf an. »Ich nehme an, Benny würde darauf bestehen, als Brautjungfer aufzutauchen.«

»So ist es.« Das war's dann wohl mit ihrer Heirat. Sie hatte es gewusst: Sobald sie die Jungs ins Spiel bringen würde, würde die Angelegenheit platzen. Doch wo blieben die Triumphgefühle? Trotzdem, wenn er sie nicht so akzeptieren konnte, wie sie war ...

»Mir soll's recht sein«, hörte sie ihn sagen. »Aber er kauft sich neue Schuhe, oder die Sache hat sich erledigt. Die Absätze, mit denen er rumläuft, sind einfach eine Schande.«

Sie merkte, wie ihr die Kinnlade runterfiel und klappte den Mund schnell wieder zu. »Bist du verrückt? Du würdest die Hälfte deiner Kundschaft verlieren, wenn San Franciscos Oberschicht erführe, dass du einen Transvestiten zu deiner Hochzeit eingeladen hast!«

Nick zuckte die Schultern. »Was soll's? Wie schon die göttliche Miss M zu sagen pflegte, bevor sie sich ganz dem Mainstream verschrieb: ›*Fuck 'em, if they can't take a joke.*‹ – Scheiß auf sie, wenn sie keinen Spaß verstehen.« Er griff sie mit beiden Händen um die Taille, setzte sie auf die Rückenlehne der Couch und stellte sich zwischen ihre Beine. »Ich heirate dich schließlich nicht, um meine Karriere voranzutreiben …«

»Ach nein?«

»… ich heirate dich, weil mein Leben so viel farbiger, so viel lebendiger geworden ist, seit wir zusammen sind. Ich liebe dich, Sahnetörtchen. Und du? Liebst du mich?«

Sie hätte es so gerne abgestritten, um sich vor künftigem Schmerz zu schützen. Aber sie konnte nicht. »Ja.«

Er strahlte über das ganze Gesicht und küsste sie. »Das ist das Einzige, was zählt. Alles andere ist nebensächlich. Unsere Hochzeit ist unsere Sache und geht niemand anderen etwas an. Du willst Benny dabei haben, dann wird Benny dabei sein.«

»Ich habe wirklich Angst, Nick.«

»Nicht doch«, beruhigte er sie mit weicher Stimme und küsste sie auf die Augenbrauen, den Nasenrücken und die Lippen. Er trat einen Schritt zurück und ordnete ein paar abstehende Haarspitzen ihrer Frisur zu einem Muster, das ihm zu gefallen schien. »Hab keine Angst. Ich wünsche mir dies so sehr, Daisy.«

»Es ist so ein gewaltiger Schritt für zwei Menschen mit unserer Familiengeschichte.«

»Ja, das ist es. Aber wir sind stark. Wir werden es schaffen, egal, vor welche Probleme uns das Leben stellen wird. Außerdem haben wir eine Geheimwaffe.«

»Ach ja? Und die wäre?«

»Deine Sturheit. Wenn du dir einmal etwas in den Kopf gesetzt hast, Daisy, wenn du dich einmal entschieden hast, dann bist du viel zu stur und eigensinnig, um einen Rückzieher zu machen und aufzugeben.«

Das Grinsen, das sich auf ihrem Gesicht ausbreitete, konnte die Glückseligkeit, die ihre Brust erfüllte, nur sehr ungenügend wiedergeben. »O ja, das stimmt.« Sie küsste ihn so ungestüm, dass sie beide rücklings über die Couchlehne auf die Polster fielen. »Ich liebe dich, Nicholas Coltrane. Du bist der Einzige, der es fertig bringt, einen meiner schlimmsten Charakterfehler in eine Tugend zu verwandeln.«

Er zog das Band auf, mit dem ihre rosa Strickjacke vor ihren Brüsten zugebunden war. »Sind wir nicht ein himmlisches Paar?«

»Genau. Und ich bin der Oberengel.« Sie kämpfte mit den Knöpfen seines Hemds.

Er gab einen verächtlichen Laut von sich, während er sie aus ihren diversen Strickwaren schälte. »Im Leben nicht, Daisy.« Er löste ihren Büstenhalter und murmelte etwas Anerkennendes über die üppige Schönheit, die sich ihm darbot. Dann lächelte er und sah ihr in die Augen. »Aber es wird mir stets ein Vergnügen sein, dir ausreichend Gelegenheit zu bieten, dein Bestes zu geben.«

Epilog

Nick drückte Daisy gegen die Tür und küsste sie inbrünstig, während er gleichzeitig versuchte, die Keycard ins Schloss der Tür im zehnten Stock des Mark Hopkins Hotels zu schieben. Plötzlich gab der Türgriff unter dem Druck seiner Hand nach, und sie fielen beinahe ins Zimmer. Auseinander taumelnd, schauten sie sich an und mussten lachen. Dann hob Nick sie in ihrem raschelnden Traum aus Organza und Seide auf die Arme und trug sie über die Türschwelle.

Im Zimmer setzte er sie wieder ab, schloss die Tür und lehnte sich dagegen. »Habe ich Ihnen schon gesagt, was für eine umwerfende Braut Sie sind, Mrs. Coltrane?«

»Ja, aber sprich ruhig weiter.« Sie stand stolz und aufrecht vor ihm, grinste ihn schelmisch an und lockte mit dem Finger. »Los, mach schon, ich kann's verkraften.«

»Du bist wunderschön. Du bist großartig.« Ihre Hochzeit war toll gewesen, klein und intim, genauso wie sie es sich gewünscht hatte, und sie war sogar in halbwegs traditionellen Bahnen verlaufen, da Benny sich entschieden hatte, einen Smoking an Stelle eines Kleides zu tragen. Nick gab es zwar nicht gerne zu, aber er war darüber doch irgendwie erleichtert gewesen, auch wenn es ihm mit dem Zugeständnis durchaus ernst gewesen war, dass Benny tragen konnte, was er wolle, solange Daisy ihn nur heiratete.

Ihre Mutter war auch da gewesen, samt neuem Ehemann. Sie hatte ein Riesengetue gemacht und eimerweise Tränen vergossen – für seinen Geschmack ein bisschen *zu* viel. Aber Daisy hatte sich über das Wiedersehen wie eine Schneekönigin gefreut; was für ein Recht hatte er also, sich über das bisschen Theater aufzuregen?

Er lächelte zärtlich seine frisch angetraute Frau an, drückte sich von der Tür ab und beobachtete, wie sie die Umgebung in sich aufnahm.

Sie blickte ihn an und zog die Augenbrauen hoch. »Habe ich eines dieser Déjà-vu-Erlebnisse, oder ist dies tatsächlich …?«

Er zog sie in die Arme und küsste sie. Dann sah er sie an. »Ich dachte, es würde dir vielleicht gefallen, wenn ich es diesmal richtig mache.« Er walzte mit ihr in genau das Zimmer hinein, das sie vor neun Jahren gehabt hatten. Mit einem eleganten Schwung wirbelte er sie vor den Zimmerservice-Wagen, wiegte sie einmal nach hinten und wieder zurück und zog sie schließlich mit einem Ruck an seinen Körper, um sie ein weiteres Mal zu küssen. Dann gab er sie frei. Er zog eine Flasche Wein aus dem silbernen Weinkühler und drehte sie herum, um ihr das Etikett zu zeigen: »Madam.«

»O Gott – das ist einfach zu köstlich.« Sie starrte auf die Flasche, mit der er Plattnase an jenem Abend in J. Fitzgeralds Keller aus dem Verkehr gezogen hatte, und lachte ein tiefes, kehliges Lachen. »Das ist einfach perfekt. Das mag ich so an dir, Coltrane – du hast Stil.«

»Ich dachte, wir sollten einmal auf Douglass anstoßen. Schließlich hat er uns wieder zusammengebracht. Danach wird der alte Bastard für immer Geschichte sein.« Er konnte sich ein zufriedenes Grinsen nicht verkneifen. »Ich habe geblufft, als ich ihm erzählte, dass seine Schläger wie die Kanarienvögel singen. Wer konnte denn schon ahnen, dass ich prophetische Gaben habe?«

Stiernacken war bereits zweimal vorbestraft und mitnichten scharf darauf, zehn bis zwanzig Jahre im Kittchen zu darben, während Douglass derweil in Saus und Braus lebte. Verglichen mit dem, was ihn erwartete, erschien Stiernacken der Umstand, dass ein alter Mann den Botschafterposten abschreiben musste, offensichtlich nicht sonderlich tragisch. Also hatte er ausgepackt.

Und der Clou war, dass der »Heilige« von San Francisco nicht zum ersten Mal ein paar Muskelpakete angeheuert hatte, um sich aus der Affäre zu ziehen, nachdem er Mist gebaut hatte. Es stellte sich heraus, dass er seine Finger, sowohl geschäftlich als auch privat, in jeder Menge unappetitlicher Geschäfte stecken hatte.

»Er war zwar nicht besonders intelligent«, sagte Daisy, »aber er war doch clever genug, um die Leute zu täuschen. Sie sind immer noch ganz erschüttert.«

Nick reichte ihr ein Glas und stieß mit ihr an. »Also dann auf ihn. Möge er viele Jahre im Kittchen schmoren.«

Sie nahmen einen Schluck. Dann erhob Daisy noch einmal ihr Glas und schlang einen Arm um den seinen. »Aber jetzt trinken wir auf uns. Das ist viel wichtiger. Auf dass unser gemeinsames Leben unter einem guten Stern stehe und darauf, dass unsere Liebe zueinander ewig blühe und gedeihe.«

Sie lehrten ihr Glas.

Und über ihrem Leben stand tatsächlich ein guter Stern. Es stellte sich heraus, dass Nick J. Fitzgeralds Arroganz in dem einen Foto, das er von Douglass bei jener denkwürdigen Gala geschossen hatte, perfekt eingefangen hatte. Es wurde das Foto, das immer wieder vom Fernsehen sowie von Zeitungen wie der *Times*, dem *Chronicle* und dem *Examiner* für die Berichterstattung über den Skandal und später dann auch über die Gerichtsverhandlung herangezogen wurde. Als die Leute sich daran erinnerten, wie Nick mit Douglass bei besagter Gala aneinander geraten war und dazu erfuhren, welcher Beschäftigung Daisy nachging, nahmen sie an, dass Nick mehr gewusst haben musste, als er die ganze Zeit über erzählt hatte. Er enthielt sich jeden Kommentars und ließ die Leute reden. Aber das Ganze hatte zudem noch einen angenehmen Nebeneffekt: Daisy konnte sich plötzlich vor Kunden kaum retten.

Nick sah seine frisch gebackene Ehefrau an – etwas, was er seit dem Austausch ihrer Ja-Worte eigentlich unentwegt tat. Ihre Wangen waren gerötet, und ihre dunklen Augen glänzten, als sie seinen Blick mit einem Lächeln erwiderte. Er streckte die Hand aus und strich ihr mit dem Daumen über die Unterlippe. »Ich liebe dich, Daisy Parker Coltrane.«

Ihr Strahlen wurde noch strahlender. »Ich liebe dich auch. Zieh deine Hose aus!«

Die Ausbeulung war nicht zu übersehen. »O Mann, ich liebe energische Frauen. Du willst mich so schnell wie möglich ins Bett zerren, hm?«

»Ja, das auch. Aber die Hose ist meine Versicherungspolice. Denn falls du turboartig erneut den Drang verspüren solltest, dich aus dem Staub zu machen, dann nur so, dass alle Welt das Teil, mit dem du denkst, zwischen deinen Beinen baumeln sehen kann.«

»Glaub mir, Sweetheart, weder mein Schwanz noch ich gehen unerlaubt irgendwohin.« Aber er stieg gehorsam aus der Hose und warf sie ihr zu. Anschließend machte er sich an seinen Hemdensteckern zu schaffen. »Ich liebe zwar dein Kleid, mein Sahnetörtchen, aber du hast eindeutig zu viele Klamotten an.«

Sie grinste und drehte sich mit dem Rücken zu ihm, damit er ihr den verdeckten Reißverschluss aufmachen konnte. Als er ihn runterzippte, warf sie ihm über die Schulter einen Blick zu. »Das mit Mo sind tolle Neuigkeiten, hm?«

»Tja, was sagt man dazu? Ich werde Onkel – das ist echt stark.«

»Reid ist ganz aus dem Häuschen.«

»Das kannst du laut sagen. Es ist schon fast peinlich, wie er sich aufführt.« Nick warf sein Hemd beiseite und sah auf, nur um festzustellen, dass sie ihn beim Ausziehen wieder mal geschlagen hatte. Er plumpste mit ihr aufs Bett. Dann rollte er sich zur Seite und stützte sich auf den Ellbogen.

»Wenn du einmal schwanger werden solltest, benehme ich mich hoffentlich etwas cooler als er.« Er strich ihr über den Bauch, streichelte ihn mit einer solchen Zärtlichkeit, als wachse dort schon sein Kind heran. Dann blinzelte er ihr in ihre leuchtenden, schokoladenbraunen Augen und lächelte verschmitzt. »Aber wenn ich's mir genau überlege, Sahnetörtchen …«

Er zuckte die Schultern. »… dann habe ich, ehrlich gesagt, so meine Zweifel.«

BLANVALET

FRAUENUNTERHALTUNG MIT WITZ UND BISS

S.E. Phillips, 35394
Wer will schon einen Traummann

Michelle Martin, 35330
Keine Zeit für Millionäre

Hailey North, 35401
Kissengeflüster

Linda Howard, 35700
Mister Perfekt